GOLDMANN

Buch

Während des Münchner Oktoberfestes laufen die Ermittlungen der Kriminalpolizei auf Hochtouren. Eine Zehnjährige ist einem Sittlichkeitsverbrechen zum Opfer gefallen und nur knapp dem Tod entgangen. Der Fall ist ungewöhnlich – und nicht der erste seiner Art. Offensichtlich ist ein Serientäter am Werk, der sich vor allem an hübsche kleine Mädchen heranmacht.

Kriminalkommissar Krebs, der Chef des Dezernats »Sitte«, leitet die Polizeiarbeit. Die Jagd nach dem Täter hat unvorhergesehene Folgen, denn sie führt in die »gute« Gesellschaft, ja in die hohe Politik hinein. Und wer in diesen Kreisen etwas zu verbergen hat, wehrt sich verbissen. Doch Kommissar Krebs verfolgt unbeirrbar sein Ziel, den Verbrecher zu entlarven. Dabei bringt er sich selbst in Lebensgefahr...

Autor

Hans Hellmut Kirst wurde am 5. Dezember 1914 in Osterode in Ostpreußen geboren. Seine Vorfahren waren Bauern, Beamte und Handwerker. Im zweiten Weltkrieg nahm er an den Feldzügen in Polen, Frankreich und Rußland teil. Später versuchte er sich in vielen Berufen, war landwirtschaftlicher Angestellter, Straßenarbeiter, Gärtner, Dramaturg und Kritiker. Sein erstes Buch veröffentlichte er 1950, jetzt sind es 35 mit einer Weltauflage von 12 Millionen Exemplaren in 30 Sprachen.

Eine Übersicht über die als Goldmann-Taschenbücher erschienenen Werke von Hans Hellmut Kirst finden Sie am Schluß dieses Bandes.

Hans Hellmut

KIRST

Verfolgt vom Schicksal

Roman

GOLDMANN VERLAG

Ungekürzte Ausgabe

Made in Germany · 1. Auflage · 7/87

Umschlagentwurf: Design Team, München
Satz: Compusatz GmbH, München
Druck: Elsnerdruck, Berlin
Verlagsnummer: 8815
MV · Herstellung: Sebastian Strohmaier
ISBN 3-442-08815-1

Was in diesem Buch steht, ist nicht exakt der Wirklichkeit nachgebildet. Es handelt sich um ein Produkt aus dokumentarischen Unterlagen, subjektiven Ausdeutungen und dichterischer Freiheit. Mittelpunkt ist die Arbeit der Kriminalpolizei, deren Möglichkeiten und Gefährdungen, die Funktion ihrer Apparatur und die hohe Anforderung an ihre Menschen. So realistisch diese Vorgänge nachgestaltet worden sind, der Hintergrund, der Bereich der Politik, hat mehr symbolischen Charakter. Es handelt sich dabei weder um bestimmte Parteien noch um bekannte Persönlichkeiten, sondern nur um denkbare Möglichkeiten genereller parteipolitischer Spielarten.
Dies ist also ein Roman.

Die Wahrheit
kann auch wie ein Baum sein.

Ständiger Schatten vermag sein Wachstum zu ersticken; er kann verbrennen, wenn er stets der Sonne preisgegeben ist;
er verfault, wenn Wasser seine Wurzeln umspielt;
findet aber kein Wasser zu ihm,
trocknet er aus.

Entscheidend ist also allein,
wohin so ein Baum gepflanzt worden ist.

Der Kriminalbeamte außer Dienst Keller über den Kommissar Krebs, Chef des Dezernats »Sitte«:
»So emsig und ahnungslos wie Krebs habe ich noch niemand an einem Grab schaufeln sehen, das auch sein eigenes hätte werden können.
Was er dabei an den grellen Tag brachte, war eine Menge Unrat und Abfall; das stank dann einigen so sehr, daß sie alles in ihrer Macht Stehende taten, um dieser penetranten Wahrheitsausgrabung Einhalt zu gebieten.
Innerhalb von zweimal vierundzwanzig Stunden – während der beiden letzten Tage des alljährlichen Münchner Oktoberfestes – wurde alles erledigt. Auch jemand, der in dieses Grab hineingelegt werden konnte.«

1

Es war nur das Übliche, das ganz und gar Alltägliche – zumindest für diesen Mann. Der hatte schon lange aufgehört, Abscheu oder gar Entsetzen zu empfinden – auch wenn, wie hier, ein schwer mißhandeltes Kind vor ihm lag. Kaum daß diese Nacht für ihn als Kriminalbeamten begonnen hatte.

Dieser Mann hieß Krebs, Konrad mit Vornamen. Kommissar im Polizeipräsidium, dort Leiter des Dezernats »Sitte«; mithin verantwortlich für entsprechende Delikte – etwa Zuhälterei, Prostitution und Pornographie.

Wobei das letztere ständig an Bedeutung verlor; außer für einige wenige Beamte, die sich gerne entsprechende aus dem Verkehr gezogene Fotos und Filme ansahen. Auch um Prostitution brauchte man sich in diesem Amt kaum noch sonderlich zu kümmern – so was galt neuerdings als eine Art Gesellschaftsspiel. Und Homosexualität war schon lange kein Sonderproblem mehr.

Dennoch sollten die im Bereich »Sitte« tätigen Beamten noch immer nicht arbeitslos werden. Keine monströse Scheußlichkeit, die in diesem Bereich nicht denkbar gewesen wäre. Und diese fast immer besudelt mit Blut, Sperma, Urin. »Kloake schwerer seelischer Verdauungsstörungen« hatte Keller, der große alte Mann des Präsidiums, diesen Bereich genannt.

Im Augenblick jedoch war vorerst lediglich dies zu registrieren: Samstag – der 7. Oktober, der vorletzte Tag des diesjährigen Oktoberfestes in München. Wetterbericht: trocken, vielfach heiter. Nachts gebietsweise Frost. Tagsüber Erwärmung auf 14 bis 18 Grad. Sonnenuntergang: 17 Uhr 42.

»Tatzeit etwa gegen zwanzig Uhr dreißig«, meldete ein Polizeibeamter. »Der Täter ist offenbar gestört worden; durch zwei Passanten.«

»Ein Liebespaar vermutlich«, ergänzte eine scharfe, drängende Stimme dicht hinter Krebs – es war die des Kriminaloberinspektors Michelsdorf. »Die knutschten sich hier im Halbdunkeln herum, drängten sich in einen verdunkelten Toreingang – wo sie dann ein Wimmern hörten, das eines Kindes. Und dann alarmierten sie die Polizei. Sie sind zwecks Zeugenaussagen sichergestellt worden.«

Kriminalkommissar Krebs beugte sich tief über das liegende Kind – es war ein Mädchen; zusammengekrümmt, zuckend, wimmernd. »Nur ruhig, meine Kleine«, sagte er leise und eindringlich. »Es ist alles vorüber – du bist jetzt in Sicherheit, Kind!«

»Dieser Tatort, Herr Kommissar«, gab jetzt wieder die scharfe Stimme des Oberinspektors Michelsdorf zu bedenken, »ist noch nicht vorschriftsmäßig untersucht worden; das Tatobjekt auch nicht, zumal keine unmittelbare Lebensgefahr für das Opfer...«

»Eine Decke«, befahl Krebs. »Suchscheinwerfer ausschalten!«

Die frühen Abende im beginnenden Oktober in diesem München waren bereits kalt – nach Sonnenuntergang fielen die Temperaturen schnell. Die Erde strömte dann herbstliche Nässe aus, die Straßen schienen wie bereift. Das Kind, das zwischen zwei Häuserblocks auf dem Einfahrtsweg lag, fror. Sein heftiges Zucken hatte aufgehört – es zitterte nur noch.

»Die Serie – vermutlich!« glaubte Michelsdorf feststellen zu müssen. »Dies könnte der dritte oder vierte Fall dieser Art sein, mit voll übereinstimmenden Merkmalen; in drei Monaten.«

»Könnte sein«, sagte der Kriminalkommissar mit leiser, fast höflich klingender Stimme. Er griff nach der Decke, die ihm ein Polizeibeamter hinhielt, zerrte sie aus einer Plastikhülle und wickelte das Kind mit fast zärtlicher Sorgfalt darin ein.

»Die möglichen Spuren!« rief Michelsdorf laut und besorgt. Jeder der anwesenden Polizisten konnte ihn hören, was vermutlich beabsichtigt war. »Die direkten Untersuchungen am Objekt!«

»Die sind jetzt nicht das Wichtigste«, stellte Krebs fest, dabei prüfend über das Kind gebeugt. »Wo bleibt der Krankenwagen?«

»Der ist angefordert«, berichtete der Kriminaloberinspektor. »Aber zunächst wurde der Einsatz eines Spurensicherungskommandos für erforderlicher gehalten.«

»Ein Menschenleben ist stets das Wichtigste!« stellte Krebs entschieden fest. »Dieses Kind muß schnellstens von einem Arzt betreut werden.«

Worauf der Kriminalkommissar dieses in die steril gemachte Wolldecke gehüllte, leise vor sich hin winselnde Wesen sanft an sich zog, dann hochhob und zu seinem Dienstfahrzeug trug. Dort ließ er sich mit dem gequälten Geschöpf behutsam auf den hinteren Sitzen nieder.

»Pettenkoferstraße, Gerichtsmedizinisches Institut – zu Professor Doktor Lobner«, rief er seinem Kraftfahrer zu.

Worauf Michelsdorf, durchaus beeindruckt, meinte: »Der beste Gerichtsmediziner – angesetzt auf einen Routinefall?«

Krebs schien diese Bemerkung seines engsten Mitarbeiters bereitwillig zu überhören. »Lassen Sie Professor Lobner über Funk verständigen, daß ich mit einem Kind bei ihm eintreffen werde. Er ist darauf vorbereitet.«

»Tatsächlich?« fragte Michelsdorf ungläubig.

»Tatsächlich«, bestätigte Krebs lapidar. »Die Kollegin Brasch soll sich im Institut einfinden – während Sie hier den Rest erledigen. Vorwärts!«

Kriminaloberinspektor Michelsdorf – laut Personalakte sehr verläßlich, stets einsatzbereit, gute Fachkenntnisse – blickte seinem Chef leicht kopfschüttelnd nach. Der begann ihn neuerdings zu irritieren. Denn er schien sich immer mehr allzu menschliche Regungen zu leisten; so vernachlässigte er die unvermeidlichen kriminaltaktischen Gegebenheiten.

Praktisch hieß das: Dieser sonst als großer Fachmann geltende Kriminalkommissar betätigte sich, nicht nur in diesem Fall, neuerdings weit mehr als Krankenhelfer denn als Kriminalist! So was aber war nicht unbedenklich. In gewisser Weise sogar beunruhigend. Die Details müßten in Aktennotizen festgehalten werden!

Was Michelsdorf jedoch nicht davon abhielt, zunächst einmal vorschriftsmäßig das Standardformular KP 14 auszufüllen; Details betreffend: unbekannter Täter. Tatort – dazu angefertigte Handskizze: München, südwestliche Theresienwiese, also Oktoberfestbereich – Entfernung davon, Luftlinie, etwa eintausend Meter – dort die P-Straße – eine Nebenstraße, so gut wie ohne jeden Verkehr, allerdings zahlreiche abgestellte Fahrzeuge, auch auf dem Bürgersteig – dreistöckige Mietshäuser minderer bis mittelmäßiger Kategorie; dort nur wenige Fenster erhellt.

Opfer – kurz nach Alarmierung aufgefunden, da Gegend von zahlreichen Funkstreifen besetzt – liegend im Torweg, Einfahrt rechts, zwischen Haus 24 und 26; Haus 24 ältere Farbe, grau; Haus 26 neuere Farbe, gelblich. Schlechte Beleuchtung – Neonröhren, etwa ein Meter lang, über der Straße hängend, sind jedoch vom Tatort rechts wie links etwa 15 Meter weit entfernt. Schmiedeeisernes Tor zur dortigen Einfahrt weit offen.

Alarmierung der Polizei: 20 Uhr 35; Funkstreife trifft ein: 20 Uhr 47. Kripo am Tatort, erst Michelsdorf, dann Krebs: 20 Uhr 52 bzw. 20 Uhr 57. Entschluß von Krebs, das mißhandelte Kind vom Tatort zu entfernen: 21 Uhr 03.

Und es war, als gehöre dieser Vorgang untrennbar mit zu diesem Oktoberfest, dessen Vergnügungsgebrodel bis hierher reichte – hier jedoch nur noch ein fernes, diffuses Rauschen war, wie von einem gigantischen Motor unter Wattebergen erzeugt.

Das alljährliche, sechzehn Tage dauernde, im September beginnende Münchner Oktoberfest ist eine weltweit anerkannte, fremdenverkehrsfördernde Volksbelustigung. Millionen Liter Bier, Verspeisung etlicher hunderttausend Brathühner und vielhunderttausender gegrillter Schweinswürste – dazu noch so an die vierundzwanzig bis sechsundzwanzig am Spieß gebratener Vollmastochsen.

Des hiesigen und angereisten Volkes wahrer, wenn auch nicht sehr billiger Himmel! Wohin man blickte: Brezenberge hier, Herzenhaufen dort, ein Bierlöwe brüllte mechanisch himmelwärts; ein gewisser Jakob imitierte am Festesrande Vogelstimmen; ein Anreiter des »Hippodrom« animierte zu amüsant empfundenen Pferdequälereien; mehr als zwei, drei Dutzend Schaubuden priesen durch Lautsprecher möglichst Monströses bis Nacktes an.

Dazu hundert und mehr lustbereitende Apparaturen: Achterbahnen, Elektrogleiter, hydraulische Drehinstrumente und schnell rotierende Schwerkraftüberwinder. Eine gigantische nervenkitzelnde Bewegungsmaschinerie wurde hier tagtäglich von Mittag an in Betrieb gesetzt und bis dreiundzwanzig Uhr in Bewegung gehalten – kreischend, surrend, röhrend, schreiend, grölend! Mit Hilfe von Hunderten von Lautsprechern. Und eine wie trunkene Menschenmenge schwankte eng aneinandergedrängt, bierselig und erlebnislustig durch die Budenstraßen – buhte sich an, brüllte sich zu, stieß oktoberfestfreudiges Gelächter und Geschrei aus – Stimmung genannt.

Unerschütterlich massiv und breit über allem ragend: die erzene Bavaria am Rande des Festgeländes – weithin deutlich erkennbar als ungemein kompaktes, absolut unerschütterliches Weibsbild. Voll angestrahlt mit grünlichem Licht! In ihrem Kopf eine Aussichtsplattform montiert.

Autoschlangen umkreisten das Gelände wie Fackelzüge. Ein Riesenwurm aus Menschenleibern drängte sich über die Feststraßen vom Haupttor aus, das betont münchnerisch ausstaffiert war: Stadtfahne, Stadtwappen, Stadtsymbol. In großen Schriftzügen darüber: Willkommen zum Oktoberfest! Der Abglanz von vieltausend Festwiesenlichtern ließ den Himmel über diesem Teil von München weithin reflektierend aufleuchten.

Hell und zumindest etliche hundert Meter weit – ja bis an die tausend und mehr Meter Luftlinie – reichte dieser fahle Lichtdom. Bis dorthin also, wo ein schwer mißhandeltes Kind gelegen hatte. Und dieser Tatort war immer noch in sanft rötliches Licht getaucht. Die dort eingetroffenen Spurenspezialisten nahmen, von Michelsdorf dirigiert, ihre mühsame Arbeit auf – völlig mutlos war niemand von ihnen.

Im berstend überfüllten, von Musiklärm durchdröhnten, von freudetrunkener Fröhlichkeit brodelnden »Armbrustschützenzelt« war inzwischen Bert Neumann wieder eingetroffen. Er, klein, fast zierlich, drängte durch die ihn zäh umflutende Menge vorwärts – in wilder Eile.

Dabei prallte er auf eine Frau – als ob sie sich ihm in den Weg gestellt habe: ein wabbelndes, gutmütiges, sinnliches Zweizentnergeschöpf. Sie umarmte ihn in fröhlicher Trunkenheit, nannte ihn »mein Kleiner«, versuchte ihn mit sich zu ziehen, möglichst mitten in den Festtrubel hinein. »Du gefällst mir!«

Er stieß sie heftig von sich, starrte sie an und sagte würgend: »So was wie Sie widert mich an – hat mich schon immer angewidert; zutiefst. Nur primitive Gier!« Er eilte davon.

Die massige Frau sah ihm kopfschüttelnd nach. »Was ist denn das für einer? Der scheint sich hierher verirrt zu haben!«

Neumann schob sich rudernd der rechten hinteren Galerie dieses Festzeltes entgegen – dorthin, wo unmittelbar unter einem silbrigen Doppeladler, echt bayrisch, der für ihn zuständige Chef saß: einer der Besten der Besten, ein Gewaltiger unter den Gewalttätigen! Wenn auch nur zweiter oder dritter Mann seiner Partei – so doch fast Alleinherrscher, da der erste Mann zumeist in Bonn festgehalten war; er verunsicherte dort Regierung und Opposition zugleich.

Dieser jedenfalls, der Statthalter, war ein knorriger Mann mit Namen Holzinger. Er rief, seinen Bierkrug umarmend, Bert Neumann zu: »Du machst es aber spannend, Kleiner! Wo hast du dich denn in der letzten Stunde herumgetrieben? Etwa im Bereich der Toiletten?«

»Im Schottenhamelzelt«, berichtete Bert Neumann, während er sich neben seinem massigen Chef niederließ. Wobei er sich zwischen diesen und seinen »Adjutanten«, offiziell auch »persönlicher Referent« genannt, zwängen mußte. »Aber ich habe mich beeilt – so gut es irgend ging.«

»Du siehst reichlich strapaziert aus, Neumann«, stellte Holzinger, der Parteiboß, auflachend fest. Und wenn er auch gewöhnlich schon laut war, hier nun, mitten in diesem dröhnenden Bierzeltlärm, demonstrierte er seine Sprachgewalt überzeugend – er war am ganzen Tisch vernehmbar. Was er genoß. Wie er stets bereit war zu genießen, was sich irgendwie genießen ließ.

Huber III, Holzingers persönlicher Referent, schob einen gefüllten Maßkrug Bert Neumann zu. Auch er schien genußbereit – ganz wie sein Boß und Meister. »Stärke dich, du Milchsöhnchen, du scheinst das dringend notwendig zu haben – wie immer!«

Was in diesem »erlesenen« Kreis als scherzhafte Bemerkung empfunden und belacht wurde; bereitwillig und ausdauernd. Sie stemmten ihre Maßkrüge hoch – Neumann entgegen, sahen dabei jedoch eindeutig Maximilian Holzinger an, ihren betont konservativen Parteiboß. Und der produzierte sein überlegenes Gelächter – wobei er jedoch genau und ungeniert abschätzend seine engere Umgebung betrachtete.

Seinem persönlichen Referenten Huber III brauchte er sich nicht sonderlich zu widmen – der war erwiesenermaßen verläßlich. Fast genauso gekonnt schlitzohrig wie er, nur eben nicht mit seiner massiven Durchschlagskraft gesegnet. Seine Aufmerksamkeit konnte er deshalb ungeteilt seiner Umgebung zuwenden – die er für diesen Abend planvoll ausgewählt hatte:

Geigenbauer, Chefredakteur der örtlichen Rundfunkanstalt, also von Rundfunk und Fernsehen zugleich – ein cleverer, aufstrebender Mann. Dann ein Landtagsabgeordneter mit Namen Mausbach, sichtlich um Holzingers Wohlwollen bemüht – Druckereibesitzer in der Provinz, erfolgreicher Mietshäuserbauer und strebsamer Medienpolitiker. Das Bemerkenswerteste an ihm: seine Begleiterin, Maria-Petra, ein warmblütiges Wesen mit Kuhaugen. Nicht zuletzt Streicher – maßgebender Direktor des Welter-Imperiums: Zeitschriften, Zeitungen, Magazine, Schallplattenproduktionen, TV-Abspielgeräte und Bildkassetten.

Ihnen allen lächelte Holzinger herzlich zu und rief aus: »Ich freue mich, meine lieben Freunde, daß Sie meiner Einladung gefolgt sind – und ich hoffe auf interessante Gespräche.«

Das hatte noch gute Weile. Denn die Stimmung im Zelt war noch nicht auf dem enthemmten Höhepunkt angelangt – das war erst in ein, zwei Stunden zu erwarten. Also konnte sich Holzinger zunächst noch mit seinem Bert Neumann beschäftigen.

Dieser Bert Neumann war gewiß eines der besten, wenn nicht sogar das allerbeste Kaninchen in seinem Stall! Denn sein Neumann, wenn auch schmalbrüstig und blutarm, manchmal naiv wie ein Schaf blickend, also für direkte Aktionen in der Öffentlichkeit denkbar ungeeignet, war trotzdem ein vielfach verwendungsfähiger Theoretiker: Er verfaßte Reden, entwarf Programme, vermochte für jede sich ergebende Konstellation exakte Modelle für mehrere mögliche Spielarten zugleich aufzustellen. Der war einem Holzinger lieb und wert. Weil bestens zu gebrauchen!

Holzinger, Maximilian, intern »Max« genannt, wandte sich Bert Neumann zu. Huber III hörte aufmerksam mit. Das Orchester im Mittelpunkt des Zeltes spielte – zum fünftenmal an diesem Abend – den »Bayerischen Defiliermarsch«. Wobei diesmal ein Berliner dirigierte – »Preußens Gloria«, glaubte er.

»Neumann«, sagte Holzinger, unabgelenkt, »du hast dich also im Schottenhamelzelt umgesehen – während der letzten Stunde. Also dort, wo die Konkurrenz aufzukreuzen pflegt. Na, und – wen hast du vorgefunden?«

Neumann zählte auf: »Zunächst Müller – von der Gegenpartei. Bei ihm seinen bevorzugten Berater für kulturpolitische Belange – also Dr. Weinheber. Dann aber auch unseren Fernsehdirektor. Weiter einen Zeitungsherausgeber und Druckereibesitzer aus Frankfurt – einen gewissen Lauferer.«

Holzinger griff mechanisch nach seinem Maßkrug, als wollte er sein Gesicht verdecken – er leerte ihn scheinbar mit einem Zug. Danach lächelte er breit und gedehnt. Sein dritter Huber glaubte zu wissen, was das zu bedeuten haben könnte; zumindest nichts sonderlich Erfreuliches. Denn so lächelte Holzinger immer – kurz bevor er zuschlug.

»Sollte hier etwa«, begann Huber III, vorsichtig vorfühlend, »irgendeine heimtückische Manipulation von der Gegenseite...«

Doch Holzinger, der stets souverän wirkende Parteiboß, schien sich lediglich mit seinem Mitarbeiter Bert Neumann unterhalten zu wollen. Dem legte er seinen rechten Arm drückend schwer auf die Schultern; eindeutig besitzergreifend. »Um so eine Anwesenheitsliste festzustellen, hätte eine Viertelstunde genügt.«

»Finde ich auch!« bestätigte Huber III eifrig. »Aber unser Bert ist mehr als eine Stunde unterwegs gewesen. Und nahezu eine halbe Stunde lang habe ich nach ihm gesucht – in der ganzen Umgebung.«

Holzinger schien diese Bemerkung für unwichtig zu halten. Er beschäftigte sich weiter mit Neumann. Wenn er den duzte, so war das nichts Besonderes. So was erfolgte bei einem Holzinger automatisch – er hielt das für herzhafte Vertraulichkeit. Das beruhte jedoch so gut wie nie auf Gegenseitigkeit. Denn ihn, der noch wußte, was Respekt hieß und Wert darauf legte, durften nur sehr wenige Auserwählte mit »du« anreden und ihn dann auch »Max« nennen. Ein Privileg, mit dem sich ein Ministerposten erhoffen ließ.

»Neumann«, sagte er nun kumpanhaft herzlich, »ich glaube, deine speziellen Probleme zu kennen. Du hast eine Art Hang zum Höheren, bist sozusagen von feinerem geistigen Zuschnittt – du kannst nicht saufen!«

»Kann sein«, gestand Bert Neumann erleichtert – denn er glaubte sich endlich einmal verstanden. Das machte ihn dankbar. Er blickte seinen Boß ergeben an.

»Du hast also deine Nachforschungen über diese kulturellen Toilettenpapiertiger nur deshalb so lange ausgedehnt – um nicht mit uns saufen zu müssen.«

»Das – gebe ich zu«, bestätigte Neumann vertrauensvoll.

»Ich nehme das zur Kenntnis«, sagte Holzinger, nun jedoch fast lauernd. »Du stellst also, muß ich daraus folgern, dein persönliches lendenlahmes Wohlergehen weit über unsere gemeinsamen konstruktiven Interessen! Du treibst dich herum, irgendwo – ohne dabei zu berücksichtigen, daß es ungemein wichtig gewesen sein könnte, mir deine Beobachtungen über einen derartigen massenmusischen Schweineauftrieb unverzüglich mitzuteilen!«

Neumann schwieg – überaus betroffen. Huber III schüttelte mißbilligend seinen Tomatenkopf. Holzinger aber verlangte einen neuen, gutgefüllten Maßkrug; den erhielt er prompt von Huber und prostete damit dem an seinem Tisch sitzenden Chefredakteur für Funk und Fernsehen zu. Dem schien er sich nunmehr zuzuwenden.

»Auf ein Wort, mein Lieber! Ich habe schon immer Ihr überzeugendes Eintreten für die wahre Meinungsfreiheit zu schätzen gewußt.«

»Ich bemühe mich«, meinte Geigenbauer, noch vorsichtig. »Aber das wird mir manchmal nicht leichtgemacht – was mich aber natürlich nicht entmutigen kann.«

»Worauf ich auch hoffe«, versicherte Holzinger herzlich. Um dann ebenso vertraulich wie auch besorgt hinzuzufügen: »Es ist

Ihnen ja nicht entgangen, daß immer beharrlicher versucht wird, unsere Massenmedien zu politisieren – und zwar einseitig. Aber eben nicht von unserer Seite aus. Und deshalb empfinde ich es als geradezu alarmierend, wenn ich hören muß, daß der Fernsehdirektor, den wir bisher unseren verläßlichsten Leuten zugezählt haben, ausgerechnet bei Müller und dessen Leuten sitzt!«

»Wo der vermutlich auch hingehört«, bemerkte Geigenbauer nun ungeniert.

»Nun – schließlich ist sein Posten kein unbefristetes Privileg.« Holzinger sagte das äußerst gewichtig. »Zumal ich mir bereits vorstellen kann, wer der dafür beste Mann wäre – nämlich Sie, mein Lieber!«

»Danke«, sagte Geigenbauer ergeben.

»Was natürlich arrangiert, also schnell und gründlich vorbereitet werden muß – wobei ich auf Ihre intensive Mitarbeit rechne.«

Der Tatort, die P-Straße, war nun wieder von mehreren Polizeischeinwerfern voll angestrahlt; zusätzlich magisch umspielt von den Lichtern des Oktoberfestes, die der nachtblaue, kaltklare Himmel reflektierte. Hier hatte der Kriminaloberinspektor Michelsdorf das Kommando übernommen. Beherrschend stand er da – erkennbarer Mittelpunkt aller nunmehr folgenden Ereignisse.

Unter den Tätigen einer der besten Spurenspezialisten des Amtes, mit folgendem Befund: »Keine Anhaltspunkte von greifbarer Klarheit. Lediglich eine Schleifspur – diese schwach ausgebildet. Fußabdrücke zwar erkennbar, aber wohl kaum auszuwerten. Schuhgröße dabei dreiundvierzig bis vierundvierzig. Spurenrückstände glatt, da ohne Sohlenprofil. Übergröße – dennoch könnten so an die fünfzigtausend Spurenerzeuger allein im Raum München dafür in Frage kommen.«

»Dennoch – ein Anhaltspunkt mehr«, stellte Michelsdorf fest, durch nichts zu entmutigen. »Sonst noch was?«

»Zwei Blutspuren. Eine auf einer Steinplatte bei der Toreinfahrt. Die andere auf einer Hauswand. Beide dürften vermutlich vom Opfer stammen. Aber über dieses kann wohl nicht verfügt werden – oder?«

»Leider nein«, sagte Michelsdorf, mit deutlichem Bedauern. »Zur Zeit wenigstens nicht.«

»Weiterhin aufgefunden«, berichtete dieser unbeirrbar sachliche Kriminalbeamte, »nur wenige Meter vom möglichen Tatort entfernt – entfallen oder weggeworfen – ein Taschentuch. Dieses benutzt und verklebt. Vielleicht durch Nasenschleim – aber auch Spermaspuren sind möglich.«

»Gesichert?«

»Ist gesichert – wird ausgewertet.«

Sodann ein anderer Kriminalbeamter. Spezialist für interne Vernehmungen: »Die zwei möglichen Augenzeugen sind verhört worden – sie hatten sich vom Oktoberfest entfernt, suchten nach einer möglichst einsamen Gegend... gerieten so in diese P-Straße, stießen dann auf dieses wimmernde Kind, alarmierten die Polizei.«

Michelsdorf, drängend: »Die waren also nur wild auf GV!« GV: die amtsübliche Abkürzung für Geschlechtsverkehr. »Aber dabei wurden sie gestört.«

»Scheint so«, bestätigte der Kollege. »Dennoch konnten sie diverse Details zur Kenntnis nehmen. Etwa eine schnell flüchtende Gestalt – diese eindeutig männlich. Im Licht der Straßenbeleuchtung sichtbar. Angeblich mittelgroß, ohne Mantel, offenbar modisch zugeschnittener Anzug. Vermutet: enge Hosen, darüber anscheinend ein Blazer. Also sehr zeitgemäße Silhouette. In jedem besseren Warenhaus erhältlich.«

»Befragen Sie diese beiden GV-Unternehmer unentwegt weiter – über jede Kleinigkeit«, ordnete Michelsdorf an. »Und wenn das Stunden dauern sollte. Möglichst gleich morgen vormittag.«

»Noch heute nacht«, sagte der zuständige Kriminalbeamte, als ob dies selbstverständlich sei. »Ich habe beide bereits ins Präsidium gebeten.«

Aber dann erschien – inzwischen war es 21 Uhr 59 – aus einem der dreistöckigen Mietshäuser gegenüber dem Tatort tretend – der Plattenleger Günther Dambrowski. Der schrie mit sonorer Stimme durch die Nacht: »Gudrun – du Luder! Kind, wo treibst du dich wieder herum! Komm sofort hierher – zu deinem lieben Vater! Oder ich haue dir den Arsch blau und grün.«

Womit das Opfer dieser Tat fixiert werden konnte. Der Name des Kindes lautete: Gudrun. Gudrun Dambrowski.

Auskünfte über einen Josef F. Ettenkofler, der erst später als eine Schlüsselfigur erkennbar wurde.

Josef Franz Ettenkofler war ein höchst angesehenes Mitglied der maßgeblichen Münchner Gesellschaft; zugleich auch zu den anerkannt honorigen Gestalten des Landes Bayern gehörend.

Ettenkofler war Inhaber der Aktienmehrheit einer Großbrauerei, einer Autoreifenfabrik, zweier Ladenkettenunternehmen, Hauptbesitzer eines Hotels, Teilhaber einer Zeitung, Pächter eines Parkhochhauses, drcier Gastwirtschaften im Zentrum; und so weiter und so fort.

In den letzten Jahren jedoch entwickelte Ettenkofler keinerlei vordergründig-direkte Aktivität, lebte äußerst zurückgezogen; unterhielt ein betont schlichtes Abwicklungsbüro seiner Geschäftsunternehmen in der Theatinerstraße; dazu eine dezent schöne Villa in Harlaching, ein Sommerhaus bei Ostia, nahe Rom, Winterquartier in Celerina, zwischen St. Moritz und Pontresina. Und so weiter und so fort.

Konsul J. F. Ettenkofler – später im Gespräch mit dem Kriminalbeamten außer Dienst Keller:

»Ich bitte Sie – wer vermochte denn eine derartig fürchterliche Entwicklung vorauszusehen? Dieser Holzinger, hier der ›Boß‹ genannt, gab sich wohl stets breitspurig, war jedoch kaum mehr als der Willensvollstrecker seines Chefs, der wirklich gekonnt die Bundeshauptstadt verunsicherte.

Und der ist es vermutlich auch gewesen, der Holzinger auf die Medienpolitik angesetzt hatte. Was dieser wohl als eine Art Bewährungsprobe empfand. Jedenfalls zögerte er nicht, am vorletzten Tag des Oktoberfestes dieses Thema hochzuspielen, anzuheizen. Politisch war das sein gutes Recht.

Wobei es, soweit ich informiert war, etwa um folgendes ging: 1. Errichtung privater Rundfunkanstalten, also kommerzieller Unternehmen. 2. Forderung nach schärferen Kontrollen, dabei politische

Verstärkung der Aufsichtsgremien. 3. Festigung der hierarchischen Struktur in den Rundfunkhäusern, also Verhinderung von Mitbestimmung.

Dagegen opponierte nun Müller mit seiner Gefolgschaft, einmal weil sie in der Opposition und von den finanziellen Möglichkeiten derartiger Unternehmungen so gut wie ausgeschlossen waren. Dann aber wohl auch aus Prinzip – Müller war nicht nur der politische Gegenspieler von Holzinger, er war auch dessen persönlicher Gegner. Höchst Betrübliches ergab sich daraus – auch für mich.

Und wenn auch später – wie zumeist bei solchen Vorhaben – nicht sonderlich viel herauskommen sollte, nur kleinere Gewinne und ein dicker Kompromiß, so entwickelte sich doch diese schnell überhitzte Angelegenheit alsbald in einen Hexenkessel. Bis hin zu einem scheußlichen Mord. Und der spielte, ganz direkt, in die Bereiche von Holzinger und Müller hinein.

Das aber leider nicht ohne Mitwirken der Kriminalpolizei – auch nicht ohne mißbräuchliche Eingriffe. Wovon dann wiederum auch ich betroffen wurde, ganz unmittelbar. Holzinger und auch Müller ließen sich diesmal weit über das normale Maß hinaus hinreißen. Beide drohten zu stolpern – über ein paar Kleinigkeiten – auch über einen für unwichtig gehaltenen Mann, der sich dann als Monstrum entpuppte.

Und das Ganze ging wohl auch schief – weil Sie da mitmischten, Herr Keller.«

Keller: »Eines Mannes wegen, der Krebs heißt.«

Müller, Erwin, hierzulande Vorsitzender seiner Partei, glaubte bereits, alle Weichen dieses Abends gestellt zu haben. Zielpunkt: Medienpolitik, Sein biederes Gesicht wirkte entspannt – nahezu genußbereit. Denn:

An seinem Tisch hielt sich der derzeitige Fernsehdirektor auf. Bei ihm gleichsam Schutz suchend. Der fühlte sich verfolgt, was durchaus zutraf: Der scharf nachdrängende Chefredakteur, Geigenbauer, sorgte beharrlich dafür. Diesem Fernsehdirektor also eine Art Zuflucht zu gewähren, ihm Versprechungen zu suggerieren, war politische Klugheit.

Wofür auch Lauferer, Frankfurt, bereitwillig sorgte. Der erklärte tönend: »Wenn wir unsere Meinungsfreiheit bedroht sehen, werden wir uns wehren müssen.« Diese garantierte Meinungsfreiheit brachte ihm alljährlich eine Million ein – Privatvermögen. Was ihn nicht davon abhielt, sich als überzeugt fortschrittlich zu geben.

Der von Müller als Ratgeber in kulturellen Bereichen bevorzugte Dr. Weinheber gefiel sich in großen, schönen Theorien. Er verkündete sendungsbewußt: »Die Kunst allein muß dominieren! Eine Kommerzialisierung unserer Medien wäre eine Garantie für deren geistigen Untergang – ein totales Absacken in eine geschäftlich kalkulierte Massenbefriedigung. Wovor man nur schaudern kann. Was, bitte, ist denn wichtiger – Bonanza oder Beethoven?«

Erwin Müller lehnte sich nun, erleichtert aufatmend, zurück. Er blinzelte zur Decke des Schottenhamelzeltes hoch – das dicke, klobige Balkengefüge dort wurde von weiß-blauen Bändern, Schleifen und Kranzgeflechten nahezu verdeckt. Ein äußerst dekorativer Anblick, der ihn zu erfreuen schien. Er nahm seine Brille ab – was seine bürgerlich-brave Buchhaltermiene nur noch unterstrich. Das war Absicht. Müller wollte als biederer, verläßlicher Bürger gelten.

»Sie sehen außerordentlich zufrieden aus«, sagte dicht neben ihm eine bemüht freundliche Stimme. Es war die eines gewissen Battenberg – Chefreporter vom örtlichen Fernsehsender. Als solcher befand er sich, wie er glaubte, in einer erstrangigen Position für massive Meinungsgestaltung, die er zielstrebig auszubauen gedachte. »Ich könnte mir durchaus vorstellen, welche Weichenstellung Sie diesmal beabsichtigen.«

»Mein lieber Herr Battenberg«, sagte Erwin Müller mit der ihm von seinen Publicityberatern empfohlenen Höflichkeit. »Die Politik ist leider kein Eisenbahnfahrplan – und nicht selten, wenn wir glauben, einen Zug soeben wirksam in Bewegung gesetzt zu haben, entgleist er alsbald; was jedoch, zu unserem Glück, von der Öffentlichkeit höchst selten bemerkt wird.«

»Verstehe«, sagte Battenberg mit vertraulichem Lächeln. »Unser Fernsehdirektor sitzt also ganz zufällig hier – und Herr Lauferer, der vielleicht wirksamste Konkurrent des Welter-Zeitungsimperiums, auch.«

»Sie verstehen das durchaus richtig«, versicherte Müller, nicht minder vertraulich. »Es ist eben Oktoberfest! Da trifft man sich ganz zufällig, um zu trinken, ein wenig zu plaudern, Kontakte zu pflegen.«

Wobei Müller, wie versonnen genießend, in das lautstarke Menschengewoge um sich blinzelte; sein Gesicht wirkte leicht erheitert. Er hob, bereitwillig grüßend, seinen Maßkrug etlichen ihm Zuprostenden entgegen – schließlich wünschte auch er, sich als ein Mann des Volkes zu präsentieren.

»Sie wissen vermutlich«, sagte Battenberg ermunternd, »daß Holzinger von seinem Chef dazu angeregt worden ist, sich mit der hiesigen Medienpolitik zu beschäftigen – also muß er sich entsprechend bewähren. Wenn er hier weiterhin als maßgeblicher zweiter oder dritter Mann seiner Partei gelten will.«

»Alles halb so wild«, stellte Müller nachsichtig fest. »Aber was, glauben Sie, will er erreichen?«

»Nun – seinen politischen Einfluß verstärken, was denn sonst? Er will die ihm gemäßen Leute in die entscheidenden Schlüsselstellungen manövrieren. Und genau das versuchen Sie ja auch, was Sie natürlich nie zugeben werden. Aber eben damit geraten Sie in das Schußfeld eines Holzinger – und der ist ein Jäger!«

»Kaum mehr als Meinungsverschiedenheiten – letzten Endes«, meinte Müller zuversichtlich, höflich und verbindlich. »Und ich bitte Sie – wo gibt es die nicht! Nichts, was sich nicht bereinigen ließe.«

Darauf glaubte Battenberg in großer Politik machen zu müssen, um sich so zu empfehlen: »Ich kann Sie da nur warnen, verehrter Herr Müller. Denn dieser im Augenblick bei Ihnen zechende Fernsehdirektor gehört immer noch ganz eindeutig zum Umkreis Holzingers. Und eben mit dem legt man sich direkt an, wenn man versuchen wollte, seine Leute zu manipulieren. Wollen Sie aber eine unmittelbare Konfrontation mit ihm? Mit einem Holzinger!«

»Holzinger und ich«, erklärte Müller sehr bedächtig, »sind politische Gegner, damit rechne ich natürlich. Auch weiß ich, daß wir mit verschiedenen Methoden operieren, doch nur, um zu einem ähnlichen Ziel zu gelangen.«

»Wissen Sie denn tatsächlich«, fragte Battenberg beharrlich, »was diesem Holzinger alles zuzutrauen ist? Wer dem in die Quere kommt, den versucht er konsequent fertigzumachen – mit allen erdenklichen Mitteln!«

Worauf Erwin Müller sehr nachdenklich längere Zeit schwieg. Um dann aber lächelnd zu versichern: »Ach, wissen Sie – nicht selten werden heimlich Strohfeuer nur deshalb entfacht, um sie dann vor aller Öffentlichkeit löschen zu können. Glauben Sie mir – im Bereich der Politik gibt es immer mehrere Möglichkeiten; meist sogar mehr, als selbst Politiker sich vorstellen können.«

Woran er glaubte – und was ihn entschuldigte. Er kannte seine Welt – aber eben nur die seine; und auch die nicht vollständig. Was jedoch in den Köpfen von Kriminalbeamten vorging, vermochte er kaum zu ahnen. Und er wußte auch nicht, wer Keller war.

Beim Haupteingang des Gerichtsmedizinischen Institutes – Zweigstelle Pettenkoferstraße, Nähe Sendlinger-Tor-Platz – wartete in dieser beginnenden Nacht ungeduldig der über die Funkstreifenzentrale telefonisch verständigte Professor Doktor Lobner. »Ist es jetzt soweit?« rief er Krebs entgegen.

»Ein Kind – wie angekündigt.« Der Kriminalkommissar trug die in eine Decke gewickelte Gudrun Dambrowski auf den Armen – sie war wie leblos. Krebs schritt aus dem Halbdunkel der Straße der Lichtflut des Eingangs entgegen. »Etwa zehn, höchstens zwölf Jahre alt – offenbar nicht unerheblich verletzt, Wunde am Hinterkopf; möglicherweise mißbraucht. Schwere Schockwirkung ist anzunehmen.«

»Scheint so«, sagte Lobner, das ihm entgegengehaltene Kind betrachtend.

»Haben Sie alles vorbereitet – wie verabredet?«

»Ich hätte mich darauf niemals einlassen sollen!« sagte Lobner, sich tiefer über das Opfer beugend. »Ich bin Leichenspezialist – mit serologischen Untersuchungen habe ich mich nur theoretisch beschäftigt.«

»Aber das doch sehr intensiv – wie kaum jemand sonst, meint Keller.«

»Ach, dieser Keller!« rief Lobner, während er nach der Hand des Kindes griff, den Puls fühlte und die Körpertemperatur zu ertasten versuchte.

Diese Beschäftigung hielt ihn aber nicht davon ab, grollend zu bemerken: »Dieser Keller – und dann sein Freund Zimmermann! Und jetzt auch noch Sie! Ihr Burschen seid geradezu versessen darauf, mich mit den heikelsten und fragwürdigsten Problemen zu konfrontieren. Ihr meint wohl, so was reizt mich, fordert mich heraus! Leider stimmt das auch noch.«

»Sehen Sie sich dieses Kind an«, forderte Krebs ihn auf. »Ich will wissen, was wirklich, in allen Einzelheiten, mit ihm geschehen ist.«

»Also gut«, sagte Lobner fast rauh. Wobei er – vergeblich wie immer – versuchte, seine schlohweiße Mähne zu bändigen. Er trug das eng in die Wolldecke gewickelte Menschenwesen in einen Nebenraum des Instituts, in sein Arbeitszimmer.

Hier schien bereits seine Assistentin auf diesen Antransport gewartet zu haben, ein Fräulein Dr. Gehrmann; etwa dreißig, schlank, herb und sachlich. Sie übernahm Gudrun, legte sie auf eine mit frischen Leinentüchern abgedeckte Ledercouch – begann sie dort aus der Decke zu wickeln.

»Vorsicht, bitte!« rief Krebs besorgt. »Diese Umhüllung ist steril.«

»Wir wissen, worauf es ankommt«, versicherte Lobner ein wenig unwillig. »Ich habe diesen von Ihnen angekündigten Fall bereits vorsorglich mit meiner Assistentin durchgesprochen. Wir werden also bemüht sein, nichts von dem zu gefährden, was ihr Kriminalisten als Spurenelemente bezeichnet. Doch zunächst, nicht wahr, habe ich als Arzt ein menschliches Wesen vor mir.«

Seine erste Maßnahme: eine gering dosierte Spritze. »Zur Beruhigung.« Und Grudrun schien unmittelbar danach, wie von aller Unruhe befreit, tief einzuschlafen; fast war es, als atme sie kaum noch. Ihr puppenhaftes Engelsgesicht wirkte ganz gelöst, sogar ein Lächeln schien erkennbar.

»Was«, fragte Krebs drängend, »vermögen Sie herauszufinden?«

»Nur Geduld«, empfahl Lobner. Er hielt seine weit ausgestreckten Hände der Assistentin entgegen – und die zog mit schnellen, sicheren Griffen Gummihandschuhe darüber.

Dann legte Lobner äußerst vorsichtig die bewegungslose Gudrun Dambrowski frei. Er betastete ihr Gesicht, den Hals, den Hinterkopf. Hier stutzte er, sah dann genauer hin, stellte fest: »Sie ist offenbar gegen einen stabilen Gegenstand geprallt – vermutlich eine Wand.«

»Bei einer total enthemmten Affektbereitschaft des Täters ist jede Verletzung denkbar.«

Lobner nickte, doch nicht unbedingt zustimmend. Er begab sich an das andere Ende der Couch und begann von hier aus die Füße des Kindes zu betrachten, Zentimeter um Zentimeter, dann die Beine. Worauf er den Rock des Kindes zurückschlug – schmale Oberschenkel kamen zum Vorschein, dann das Höschen.

»Offenbar stark beschädigt«, stellte die Assistentin Dr. Gehrmann fest. »Vermutlich gewaltsam. Klebrige Masse erkennbar.«

»Sperma?« fragte Krebs.

Dr. Gehrmann überließ es Lobner, darauf zu antworten. Der beugte sich tiefer, ließ sich ein Vergrößerungsglas reichen; worauf er dann feststellte: »Scheint so. Heftiger Angriff. Aber Spuren verwischt – wie abgewischt.«

»Dennoch in ausreichender Menge feststellbar – für eine Blutgruppenbestimmung?«

»Anzunehmen«, sagte Lobner – was bei ihm eine eindeutig bejahende Auskunft war. »Ist das Ihr ganzes Beweismaterial?«

»So gut wie alle Kleidungsstücke des Opfers«, versicherte Krebs, »können spurenträchtig sein – besonders jene der unteren Bereiche. Also auch Schuhe, Strümpfe, Rock und Schlüpfer. Ich bitte, diese möglichst sorgfältig zu sichern und sie dann auf diese sterile Wolldecke zu legen – ein Spezialist unseres Amtes wird sich später intensiver damit beschäftigen.«

»Unser Metier«, stellte Lobner fest, »scheint von Tag zu Tag komplizierter zu werden – zumindest suggerieren uns das diverse Spezialisten. Etwa Sie!«

»Ich«, gestand Krebs verfolgungsentschlossen, »will mir keinen Fehler zuschulden kommen lassen – nicht in dieser Angelegenheit.«

»Gleichen sich denn diese Sittlichkeitsverbrechen nicht – seit Jahrhunderten, wenn nicht seit Jahrtausenden? In allen erdenklichen Einzelheiten?« Lobner schien diese Frage rein hypothetisch zu stellen – um dann unverzüglich wissen zu wollen: »Sollen wir die lädierte Unterbekleidung des Kindes abstreifen?«

»Besser wohl zerschneiden! Ein Herunterzerren könnte eventuelle Spuren vernichten; diese zumindest gefährden.«

Lobner nickte seiner Assistentin zu. Die griff zu einer scharfschneidenden Operationsschere. Damit begann sie den Rock und dann die Unterwäsche des Opfers aufzutrennen – langsam und sorgfältig.

»Warum das alles?« wollte Lobner leicht unwillig von Krebs wissen, den er neugierig musterte. »So was ist doch sonst in Ihrem Bereich der übliche scheußliche Alltag. Diesmal nicht?«

»Diesmal nicht«, versicherte Krebs, überaus bedächtig. »Doch warum das nicht so ist, kann ich noch nicht exakt begründen – aber ich bin sicher, mich nicht zu irren.«

»Mein Lieber«, sagte Professor Dr. Lobner offensichtlich mißmutig, »daß Sie ein ausgezeichneter Fachmann sind, weiß ich; daß Sie aber auch noch Hellseher sein möchten, überrascht mich ein wenig. Aber um was auch immer es sich dabei handeln sollte, Herr Kommissar – ich werde Ihnen einen Untersuchungsbefund nach allen Regeln meiner Kunst liefern. Als ob Sie mir eine Paradeleiche angeschleppt hätten.«

Holzinger schien wieder einmal seiner Sache sehr sicher. Er lauschte, genießerisch lächelnd, in den Höllenlärm um sich. Er betrachtete die glücklich berauschte Menge mit ihren weit aufgerissenen Mündern, das Gedränge zwischen den massigen Wildschwein- und Hirschköpfen, die auf die langen Seitenwände des Armbrustschützenzeltes montiert waren.

Dann erhob er sich und schlug Neumann schwer auf die Schulter. »Los, komm mit, du zweckentfremdeter Politzwerg – gehn wir mal pinkeln!«

Eine Bemerkung, die am ganzen Tisch Heiterkeit auslöste – denn Holzinger war nun mal ein Mann mit kraftstrotzendem Humor, sozusagen in allen Lebenslagen. Und er fand immer Leute, die ihm vorbehaltlos Beifall zollten.

Bert Neumann folgte seinem Herrn und Meister nur widerwillig. Der drängte sich durch die Massen, schüttelte Hände, die ihm entgegengestreckt wurden; er winkte breit lächelnd, schlug auf Arme und Rücken, wobei er laute Begrüßungsworte ausstieß. Ein sichtlich allseits verehrter Mann des Volkes! Neumann beneidete ihn – in solchen Augenblicken immer. Jedoch nur kurz.

Holzinger schob sich an den Toiletten vorüber – zum Hintereingang hinaus. Wohltuende Kühle empfing sie hier, das Festzeltgebrüll blieb schlagartig hinter ihnen. Hier waren nur wenige Menschen – und die erkannten ihn im Halbdunkel nicht; was ihm in diesem Augenblick nur recht war.

Er zog ein Taschentuch hervor – er trug mehrere bei sich – und wischte sich damit über das Gesicht, dann über den Nacken. Wobei er, stark schwitzend, von Neumann zu wissen verlangte: »Nun – was meinst du scheißkluger feiner Pinkel, worum geht es hier?«

»Um Macht und Einfluß, einfacher: um Gelderwerb, Gewinn. Bei uns dominieren die schnellen Geschäftemacher – wer lebt, will verdienen! Und bei den Massenmedien kann man das!«

»Aber doch nicht bedingungslos!«

»Wer die entsprechenden Bedingungen stellt, ergibt sich aus der Lage der Dinge.«

»Diesmal bin ich dran!«

»Scheint so«, gab Neumann zu. »Ich jedenfalls bezweifle das nicht.«

»Würde ich dir auch nicht raten«, sagte Holzinger.

Worauf Bert Neumann bekannte: »Ich kenne meine Möglichkeiten ziemlich genau. Also vermag ich auch meine Grenzen zu erkennen. Zumindest in politischer Hinsicht.«

»Und das wohl auch, weil du weißt, welches Aktenstück ich deinetwegen habe anlegen lassen.« Holzinger lachte nun herzhaft auf. »Aber das ist ja nur eins unter zahlreichen anderen – nicht wenige davon mit den honorigsten Namen dieses Landes. Auch Huber III gehört natürlich dazu. Man muß sich eben absichern – um sich seine Freunde zu erhalten.«

Holzinger lachte nochmals auf – kraftvoll, kernig. Dann wollte er übergangslos wissen: »Und – was traust du diesem Fernsehdirektor zu? Diesem politisch unentschlossenen Waschlappen.«

»Der hat Angst um seine Existenz – was durchaus verständlich ist, da Geigenbauer heftig nachdrängt. Der klammert sich an alles, was sich ihm anbietet. Der kann aber nicht aus seiner Haut heraus. Denn schließlich ist der Ihr Mann – Sie haben ihn zu dem gemacht, was er jetzt ist.«

Holzinger schien nunmehr entschlossen, eine notwendige Flurbereinigung herbeizuführen. »Versuche, möglichst viel über ihn herauszufinden – alles, was sich irgendwie anbietet. Wenn ich etwas zutiefst hasse, dann ist das Undankbarkeit.«

»Und der Umstand, daß Müller, kaum daß Sie Ihre Medienmaßnahmen eingeleitet haben, unverzüglich Gegenmaßnahmen ergreift...«

»War zu erwarten – hat aber nicht viel zu bedeuten«, wehrte Holzinger selbstbewußt ab. »Wenn wir nur scharf genug drangehen, wird Müller sich davor hüten, die direkte Konfrontation zu suchen. Denn der ist keine Kämpfernatur, der ist der geborene Kompromißpolitiker.«

»Was stimmen mag – was aber keineswegs immer so bleiben muß.« Bert Neumann sagte dann vor sich hin, fast zu sich selbst – wie unter Zwang: »Für jeden kann irgendwann einmal der Augenblick kommen, in dem er sich radikal verwandelt, auszubrechen versucht, ohne Rücksicht auf sich selbst.«

»Komm mir ja nicht mit Psychologie«, sagte Holzinger belustigt. »Wir machen Politik!«

Aus einer »aktuellen Dokumentation« der »Demokratischen Aktion«:

»Die Mobilisierung einsatzwilliger Kräfte ist massiv und vollzieht sich auf breiter Front. Eindeutig rechtsorientierte Zuschauerverbände wie AFF – Aktion Funk und Fernsehen – und FFM – Funk- und Fernseh-Massenmediengestaltung – sowie der ›Bürgerverband Rundfunk und Fernsehen e. V.‹, ferner die Studiengesellschaft für staatspolitische Öffentlichkeitsarbeit«... und so weiter und so fort.

Aus einem »internen Lagebericht« der Müller-Partei:

»... ist mit Sympathieaktionen von Rundfunkangestellten für uns zu rechnen...«

»... kann eine Solidarisierung von großen Teilen der Gewerkschaft angenommen werden...«

»... scheint sich eine vielversprechende Bürgerinitiative anzubahnen, welcher die Unterstützung durch mehrere Tageszeitungen so gut wie sicher ist.«

Kommentar – interner – hierzu von Ettenkofler:

»Beide Seiten hatten offenbar alarmiert, was sich irgendwie alarmieren ließ – solche Leute lassen sich immer finden. Sie vermögen Stimmungen anzuheizen. Doch letzten Endes entscheidend sind die nicht. Die ganz große Politik wird im kleinen Kreis gemacht.

Wobei manchmal sogar über Leichen gegangen wird – wenn sich das nicht vermeiden läßt.«

Bevor nun Bert Neumann wie auf Weisung von Holzinger pinkeln ging, betrachtete er die am Hintereingang des Festzeltes aushängende Preisliste. Diese besagte:

Ein halbes Huhn: DM 6,70. Eine Portion Kalbshaxe: DM 12,20. Ein Bier: DM 3,05. Alles hat seinen Preis.

Einmal Pinkeln zum Beispiel: 30 Pfennig!

Umsonst war schließlich auch nicht der Tod.

Und während er so dastand, den Atem anzuhalten versuchte, damit ihn der hier konzentrierte Uringestank nicht betäubte, und er auf die Pissoirwand starrte, sagte ein Mann neben ihm: »Wie gewonnen, so zerronnen – was denn sonst, Herr Nachbar?«

»Kann sein«, sagte Bert Neumann höflich.

Versonnen starrte er vor sich hin – wobei sich ihm Erinnerungsfetzen aufdrängten. Da war seine Großmutter – die roch penetrant nach Schweiß, besonders wenn sie die Arme ausbreitete, um ihn an sich zu ziehen, wobei ihn heftiger Brechreiz überfiel. Auch seine Mutter, die ihn wohl niemals umarmt hatte, soweit er sich zurückerinnerte, besaß einen herben, starken, nahezu betäubenden Geruch – weshalb er ihr immer ausgewichen war.

Und dann dieses weibliche Wesen, ein Mädchen aus einem Lebensmittelgeschäft, das ihn an sich zog, sich fallen ließ – auf das Bett seiner Mutter – ihn dabei mit sich riß. Sie versuchte, ihn und sich zu entblößen, speichelte ihn an, begann aus allen Poren ekelhaft zu riechen. Er riß sich von ihr los – und sie beschimpfte ihn mit unsagbar gemeinen Worten, wie er glaubte.

»Dieses Leben«, stellte der Nachbar an der Toilettenwand fest, »ist im Grunde nichts als ein großer Gestank! Nur eben, manche stinken feiner!«

Bert Neumann entfernte sich – fluchtartig.

Aus dem mitstenografierten Bericht des Kriminaloberinspektors Michelsdorf – Aktennotiz über Dambrowski, den Vater des Opfers; dieser am Tatort eingetroffen.

Dambrowski: »Wo ist das Kind? Was ist mit meiner Gudrun passiert? Wo treibt sich dieses kleine Luder herum? Was ist los?«

Michelsdorf: »Aufgefunden wurde hier ein Kind. Etwa zehn bis zwölf Jahre alt. Mit einem blauen Faltenrock und einer weißen Bluse bekleidet. Blond, gelockt – feine Gesichtszüge.«

Dambrowski: »Das ist sie! Dieses kleine Luder! Mein liebes Kind. Was hat sie denn diesmal angestellt? Diese unberechenbare Heulsuse. Dabei habe ich schon immer zu meiner Frau gesagt: Wenn du da nicht ganz scharf aufpaßt...«

Michelsdorf: »Sie ist überfallen worden – vermutlich von einem Sittlichkeitsverbrecher.«

Dambrowski: »Was –? Was sagen Sie? Ein Sittenstrolch? Ausgerechnet bei meiner lieben Tochter? Das darf doch nicht wahr sein! Wo ist denn dieser elende Schweinehund? Dem dreh ich den Hals um! So was muß man aufhängen! Kastrieren! Aber ihr steht hier herum!«

Michelsdorf: »Wir untersuchen lediglich die uns gegebenen Tatbestände.«

Dambrowski: »Ist sie denn – tot? Hat man sie umgebracht? Mein kleines, armes, schönes Kind, das ich immer so sehr geliebt habe... solchen Schweinen sollte man die Rübe...«

Michelsdorf: »Ihr Kind ist in Sicherheit – bei einem unserer besten

Ärzte. Auch scheint Ihre Gudrun nicht besonders schwer verletzt zu sein. Keinesfalls lebensgefährlich. Sie hat offenbar nur einen Schock.«

Dambrowski: »Dabei habe ich ihr immer und immer wieder gesagt: Laß dich mit niemandem ein, grinse nicht immer so vertraulich lieb und blöd in die Gegend, träume nicht wie ein Schaf vor dich hin! Gehorche deinem lieben Vater, habe ich zu ihr gesagt – denn der will immer nur das Beste für dich. Dem kannst du vertrauen. Hundertprozentig. Doch was leistet sich dieses haltlose Luder? Sie läßt sich mit irgendwelchen Kerlen ein! Das hat sie nun davon!«

Michelsdorf: »Warum hielt sie sich zu dieser Zeit an diesem Ort auf?«

Dambrowski: »Weiß der Teufel, warum! Die sollte mir lediglich ein Bier holen. Von der Kneipe an der Ecke. Ich saß gerade beim Fernsehen – der ›Illegale‹, Teil drei, im Zweiten Programm, so ein Spion – ganz aus dem Leben gegriffen…«

Michelsdorf: »Und wo war zu diesem Zeitpunkt Ihre Frau?«

Dambrowski: »Die befand sich angeblich in irgendeinem Kino – mit einer Freundin. Aber der werde ich es geben! Von wegen ihr Kind vernachlässigen, so daß schäbige Sittenstrolche… Tut doch mal was dagegen, ihr Polizeiheinis! Warum steht ihr hier glotzend herum? Zahlen wir deshalb unsere hohen Steuern? Damit dann unsere lieben Kinder…«

Michelsdorf blieb beharrlich sachlich: »Bitte, die genauen Personalien Ihrer Tochter.«

»Du mußt heute noch ein Interview machen«, sagte Battenberg auf der Hauptstraße des Oktoberfestes, zwischen Armbrustschützen- und Schottenhamelzelt, in der Nähe der Hühnerbraterei Heinz, zu Brigitte Scheurer.

»Jetzt noch?« fragte diese gähnend. »Ich bin reichlich müde – ich will schlafen.«

»Mit wem auch immer – schiebe das hinaus.«

Brigitte Scheurer lächelte – ihr Lächeln war hier landweit bekannt vom TV-Vorabendprogramm her: entgegenkommend, ein wenig Dame, ein wenig Freundin. Sie war beliebt; und eben das, hatte sie erkannt, ließ sich in Bargeld umsetzen.

»Heute abend, Klaus, habe ich mich für fünfhundert Mark Honorar bereits genug verausgabt.«

»Zweihundert extra«, sagte Battenberg ermunternd.

»Wer?« wollte sie wissen.

»Müller«, sagte Battenberg. »Was dir nicht schwerfallen sollte – dem gefällst du. Wem nicht?«

»Nicht aber dessen Frau – die verabscheut mich geradezu. Für die bin ich vermutlich nicht seriös genug.«

»Die ist nicht da«, stellte Battenberg fest, nun ein wenig reserviert. »Und ich würde dir empfehlen, Brigitte, Müllers Frau möglichst aus dem Spiel zu lassen. Denn die ist, in dieser hemmungslos aktiven politischen Arena, ein Sonderfall.«

»Du entwickelst ja geradezu eine Schwäche für diese ältere Dame.«

»Frau Müller ist knapp über Vierzig – also zwei, drei Jahre jünger als ihr Mann.«

»Und eben damit zu alt für ihn! Kein Wunder, daß ich ihm gefalle.«

Klaus Battenberg betrachtete Brigitte Scheurer nachdenklich. Dann sagte er sachlich: »Ein Interview von fünf bis zehn Minuten – hier, beim Oktoberfest, im Freien. Das gibt einen lebendigen Hintergrund, erlaubt wirkungsvolle Zwischenschnitte. Zwei Kameras, ein Mikro. Der Aufbau ist in einer halben Stunde fertig.«

»Na schön, warum nicht – weil du es bist, Klaus. Aber dreihundert statt zweihundert Mark würden mich wesentlich munterer machen.«

»Komm, komm, Mädchen«, sagte er belustigt, »Geld ist schließlich nicht alles! Und früher einmal, erinnere ich mich, bestand ein Teil deines Honorars aus Vergnügen.«

»Früher einmal warst auch du wesentlich großzügiger.« Brigitte lächelte ihn an, als blicke sie in eine Kamera. »Aus sehr persönlichen Gründen. Doch inzwischen scheinen sich deine Objekte laufend zu verjüngen – bis du bei ganz kleinen Kindern landest, wenn du so weitermachst.«

»Lassen wir das«, wehrte Battenberg schroff ab. »Kleinlich jedenfalls bin ich niemals gewesen, zumindest nicht dir gegenüber – auch heute nicht. Sagen wir also: zweihundert Mark garantiert – dazu noch einhundert, sozusagen als Erfolgshonorar, wenn du genau das von ihm herausbekommst, was ich hören will.«

»Solltest du etwa versuchen wollen, diesen Müller aufs Kreuz zu legen – durch mich? Ausgerechnet den? Der ist doch aalglatt – wenn es um Politik geht.«

»Du brauchst dem nur die richtigen Fragen zu stellen.«

»Welche?«

»Du beginnst ganz harmlos – sagen wir mit den Freuden dieses Festes, des Volkes wahrer Himmel und so ähnlich. Das kannst du zur Erinnerung ruhig ausdehnen – wir schneiden sowieso Teile davon heraus. Dann aber«, Klaus Battenberg zog einen Notizzettel aus seiner Brusttasche, »kommst du auf unsere Medienpolitik zu sprechen. Also auf die Meinungsfreiheit – und deren praktische Folgerungen.«

»Womit ich zu einer Art Versuchskaninchen werde.«

»Für vierhundert Mark?«

»Wird gemacht«, entschied Brigitte Scheurer. Sie nickte Battenberg vielversprechend zu, nahm seinen Notizzettel entgegen und begann sich intensiv damit zu beschäftigen. Sie war ihr Geld wert.

Kriminalkommissar Krebs schien inzwischen beharrlich und entschieden das Gerichtsmedizinische Institut, Zweigstelle Pettenkoferstraße, als eine Art Hauptquartier zu betrachten.

Sein Wagen – mit ständiger Funkverbindung zum Präsidium – stand unmittelbar vor der Eingangstür. Im Vorraum betätigte sich einer seiner Beamten als Portier. Krebs selbst saß, als befände er sich in seinem Amt, hinter dem Schreibtisch von Professor Lobner; überaus erwartungsvoll.

Professor Lobner gab seinen ersten Befund an Hand der zerfetzten Unterbekleidung des Opfers: Spermatozoen unter dem Mikroskop erkennbar. Saure Phosphate stark dominierend. Bei Betrachtung durch Analysenquarzlampe: Samenflecken fluoreszieren weißbläulich. Übertragung von Gewebsfäden auf einen Objektträger – über Flamme erhitzt: Doppelfärbung der Spermatozoen – Köpfe rot, Schwanzteile blau. Schließlich Blutgruppenbestimmung – erster Anlauf dazu.

Assistenzärztin Dr. Gehrmann untersuchte inzwischen das Opfer. Ihr erster Befund: Starke Platzwunde am Hinterkopf. Druckspuren am linken Handgelenk – dort fleckige Röte auf der etwas aufgerauhten Oberhaut. Eine Kratzspur, mit bloßem Auge kaum erkennbar, auf dem rechten Oberschenkel. Rötungen der Bauchhaut, sechs Zentimeter unter dem Nabel; etwa daumengroß. Dann: Beschädigungen der Geschlechtsteile erkennbar. Erhebliche Verletzungen im oberen Teil der Vagina sind nicht auszuschließen.

22 Uhr 05:

Eintreffen weiterer Kriminalbeamter im Institut. Ein Mann namens Wernicke und ein Fräulein Leineweber. Dieser Wernicke: Biologe, Spurenspezialist. Leineweber, Hilde, gehörte zur weiblichen Kriminalpolizei, abgekürzt WKP. Sie meldete: »Die angeforderte Kollegin, Frau Brasch, war nicht verfügbar – sie nimmt an einer Razzia auf ein Masseusenbordell, Ungererstraße, teil. Herr Michelsdorf hat mich an ihrer Stelle abkommandiert.«

»Betreuen Sie dieses Kind«, ordnete Krebs an. Seine heftige Verwunderung darüber, daß ihm sein Stellvertreter ausgerechnet diese kriminalistisch noch nicht vollwertige Beamtin zugeteilt hatte, ließ er nicht erkennen. Und im gleichen Atemzug sagte er zum Kollegen Wernicke: »Beschäftigen Sie sich mit der Unterbekleidung des Kindes: Rock, Schlüpfer und Strümpfe.«

»Mikrofaserspuren also«, stellte Wernicke gelassen fest.

»Was auch immer sich anbieten sollte«, versicherte Krebs. »Versuchen Sie, soviel wie irgend möglich herauszufinden.«

22 Uhr 13. Meldung Michelsdorf, direkt vom Tatort:

»Opfer ist identifiziert. Durch dessen Vater; dieser äußerst erregt. Mögliche Spuren sind gesichert. Dabei auch ein Taschentuch; dieses vermutlich mit starken Spermaflecken.«

Hierauf Anordnung von KK Krebs:

»Tatortbestandsaufnahme einstellen. Alle bisher gefundenen Spurenelemente hierher ins Labor; speziell das Taschentuch. Hierher auch die Mutter des Kindes – doch nicht den Vater. Die Mutter soll Bekleidung für ihre Tochter mitbringen. Wobei ihr mitzuteilen ist: kein Grund zur Besorgnis!«

»Wirklich nicht?« fragte Michelsdorf mit bedächtigem Mißtrauen.

Krebs reagierte darauf nicht im geringsten. Er ordnete lediglich an: »Erste Ressortbesprechung in diesem Fall noch heute – sagen wir: um vierundzwanzig Uhr.«

»Und bis dahin?«

»Gehen Sie alle unsere Karteien durch. Schalten Sie auch die elektronische Datenverarbeitung ein. Ich will jede Möglichkeit ausschöpfen! Haben Sie mich verstanden?«

»Verstanden«, sagte Michelsdorf gedehnt.

Wobei er seine Verwunderung über diese ungewöhnlichen intensiven Ermittlungsmethoden nicht länger zu verbergen vermochte. Denn dies war doch wohl ein ganz gewöhnlicher Fall – einer unter hundert anderen, die hier anfielen. Ein Routinevorgang, und als solcher entsprechend zu behandeln.

»Warum dieser Aufwand?« sagte er vor sich hin, sehr nachdenklich. »Da stimmt doch irgend etwas nicht!«

Aus den Aufzeichnungen des Kriminalbeamten außer Dienst Keller:

»Mit diesem wenig später dann aufsehenerregenden Fall, dessen Bedeutung zunächst wohl nur Krebs erkannte oder zumindest ahnte, wurde auch ich, verhältnismäßig frühzeitig, konfrontiert. Das durch einen Anruf von Professor Dr. Lobner.

Dieser Lobner war ein Leichenspezialist von allerhöchsten Graden. Der vermochte sogar aus wenigen Knochen noch nach Jahrzehnten Größe, Schwere, sogar diverse Krankheiten des zu diesen Überresten gehörenden Toten zu analysieren. Seine Obduktionsbefunde waren weltweit anerkannt.

Und ausgerechnet diesem Lobner hatte Krebs – sich dabei auf mich berufend – ein Kind zugeführt, das verletzt worden war und unter heftiger Schockwirkung stand. Es schien, als wäre hier eine medizinische Kapazität von internationalem Rang dazu aufgefordert worden, sich mit Heuschnupfen zu beschäftigen.

Dementsprechend ratlos klang Lobners Stimme, als er telefonisch von mir wissen wollte: ›Können Sie sich vorstellen – worauf Krebs eigentlich hinauswill?‹

Worauf ich ihm lediglich dies sagen konnte: ›Ich weiß von meiner Arbeit mit Krebs nur so viel: der ist sehr feinfühlig, hat einen sicheren Instinkt, eine geradezu schöpferische Phantasie. Das ist in unserem Metier, derartig ausgeprägt, äußerst selten.‹

›Wenn Sie das sagen‹, meinte Lobner, spürbar besorgt, ›wird es wohl stimmen.‹

›Was beunruhigt Sie also?‹

›Die Art des Vorgehens Ihres Freundes und Kollegen Krebs – wenn ich ganz offen sein soll. Wissen Sie, wie er mir vorkommt? Wie einer, der plötzlich wild entschlossen alles auf eine Karte setzt. Kurzum, wie ein Beamter, der Poker zu spielen versucht. Doch ich hoffe sehr, mich zu irren.‹

›Wovon ich überzeugt bin. Krebs ist gewiß kein Hasardeur. Auch kein Fanatiker. Aber sehr mutig. Wenn der von irgend etwas überzeugt ist, scheut er kein Risiko. Nicht zufällig wird er im Amt ›Erzengel‹ genannt.‹

Wobei ich Lobner etwas Wesentliches verschwiegen hatte – und das vorsätzlich. Unser Krebs ist starker menschlicher Regungen fähig – und das selbst nach fünfundzwanzig Jahren mühsamer Plackerei bei der Kriminalpolizei. Und eben das sollte sich dann in diesem Fall als der springende Punkt erweisen – was innerhalb weniger Stunden geradezu katastrophale Folgen nach sich zog. Für fast alle Beteiligten – auch für mich. Sogar für meinen Hund Anton.«

2

In dieser Nacht des 7. zum 8. Oktober, Samstag zu Sonntag, der vorletzten Nacht des diesjährigen Oktoberfestes, war ein voller Erfolg dieser Veranstaltung bereits errechenbar. Neue Rekorde kündigten sich an – wenn auch nicht im Bierkonsum, so doch zumindest im Hühnerverbrauch. »Soviel gegessen wie diesmal«, meldete eine Zeitung, »wurde bisher noch nie!«

Dementsprechend die Stimmung: zufriedene Wirte, satte Festteilnehmer. Laute Blaskapellen, strahlende Kellnerinnen, fast heitere Ordnungshüter. Und das trotz wiederum erhöhter Preise – von zehn bis zwanzig Prozent gegenüber dem Vorjahr.

Uhrzeit: 22 Uhr 25:

Im Armbrustschützenzelt zweites Gespräch zwischen Holzinger, dem Parteiboss, und Geigenbauer, dem immer entschlossener aufstrebenden Chefredakteur für Funk und Fernsehen. Noch vertraulicher, noch deutlicher.

Holzinger: »Politik, mein Lieber, welche auch immer, ist ein harter Job. Kein geschenkter Gaul also. Dafür muß man einiges zu leisten bereit sein. Sind Sie das?«

Geigenbauer: »Bin ich! Wenn es mir auch schwerfällt, etwa belastendes Material...«

Holzinger: »Belastung des einen ist hierbei gleich Entlastung des anderen! Wer weiterkommen will, muß alle Hindernisse übersteigen. So entschlossen wie nur irgend möglich. Also – liefern Sie! Alles sich anbietende Material. Und nicht nur über eine bestimmte Person – möglichst über den ganzen Apparat. Wir werden das dann auswerten – mein Neumann ist Spezialist dafür. Lassen Sie den nicht allzu lange hier untätig herumstreunen.«

Huber III, dicht bei Bert Neumann, versuchte, diesen »anzubohren« mit Hilfe von alkoholischen Getränken. Während sich das »fröhliche, kuhartige Wesen« in Begleitung eines Landtagsabgeordneten zu langweilen schien – es blinzelte aufmunternd zu Holzinger hinüber.

Zur gleichen Zeit wurde auf der Bavariastraße das Interview Erwin Müller mit Brigitte Scheurer durchgeführt. Fünfzehn wortreiche Minuten. Klaus Battenberg schien zufrieden.

Danach wollte dann Müller von der Scheurer wissen, wie sie auf derartige, derzeit wohl reichlich heikle Fragen gekommen sei. Diese behauptete ohne jede Verlegenheit: die hätten sich so ergeben. Eine Einladung von Müller – »auf ein Bier« – lehnte sie, nach lebhaft zustimmendem Nicken Battenbergs, nicht ab.

Im Schottenhamelzelt weiterhin Lauferer, Frankfurt, im Ge-

spräch mit dem Fernsehdirektor, München. Nach einleitenden, unverbindlichen Achtungserweisen alsbald recht massives Argumentieren von sogenannt erfreulicher Offenheit.

Lauferer: »Sie müssen, Verehrter, viel intensiver werden, wenn Sie Erfolg haben wollen. Schließlich geht es hier um fundamentale Grundsätze unseres öffentlichen Lebens! Offenbar wird doch versucht, die im Grundgesetz garantierte Meinungsfreiheit zu verkaufen – an Meistbietende.«

Der Fernsehdirektor: »Was ich sehr bedauern müßte – habe ich mich doch immer bemüht...«

Dr. Weinheber, sich einmischend: »Wobei es doch wohl in allererster Linie um kulturelle und künstlerische Bedürfnisse geht! Dessen sollten wir uns stets bewußt sein.«

Leeres Geschwätz, das Erwin Müller amüsierte. Er betrachtete dabei die neben ihm sitzende Brigitte Scheurer mit steigender Anerkennung. Die schien ihm anders geartet und einiges zu versprechen.

Zur gleichen Zeit im Gerichtsmedizinischen Institut: Professor Dr. Lobner bei der Untersuchung des am Tatort aufgefundenen Taschentuches. Während Fräulein Dr. Gehrmann weiter an ihrem Befund arbeitete. Während die WKP-Beamtin Hilde Leineweber das Opfer zu betreuen versuchte, das noch immer wie betäubt dalag.

Wernicke, Biologe, Kriminaltechniker, meldete sich: »Mikrospurensicherung anscheinend positiv.«

22 Uhr 29:

Frau Dambrowski, Erna, 34, traf im Lobner-Institut ein – mit einer Tragetasche. Darin, wie angeregt, Bekleidung für ihre Tochter. Sie verlangte Gudrun zu sehen. Ihre Ankunft wurde weisungsgemäß Kriminalkommissar Krebs gemeldet.

Polizeipräsidium, zur gleichen Zeit:

Ein Kriminalinspektor war im Raum der elektronischen Datenverarbeitung um vergleichbare gespeicherte Einzelheiten bemüht. Dabei Einspeisung aller bei diesem Tatkomplex bisher erkennbaren

Einzelheiten: Zeitvergleiche, detaillierte Tatvorgänge, typische Einzelheiten. Woraus sich fünf Übereinstimmungen ergaben! Fünf!

Gleichfalls Polizeipräsidium:

Zweite intensive Vernehmung der möglichen Tatzeugen – dieses Liebespaares. Ohne sonderlich neue Ergebnisse. Nur Bestätigungen.

Weiter im Armbrustschützenzelt. Hier jetzt Holzinger im internen Gespräch mit Direktor Streicher vom Welter-Konzern. Beide einander vertraulich zugeneigt.

Streicher: »Entschluß ist Entschluß. Der Rest ist eine Geldfrage. Und wir können jeden Betrag zahlen – wenn es sich lohnt.«

Holzinger: »Welchen Betrag?«

Streicher: »Machen Sie Vorschläge.«

Holzinger, herzlich lachend: »Sie wollen mich doch nicht etwa festlegen, verehrter Direktor? Ich erwarte Ihre Angebote.«

Uhrzeit 22 Uhr 38:

Abermals Gerichtsmedizinisches Institut.

Professor Dr. Lobner hat Krebs und seine Assistentin Dr. Gehrmann zu sich gebeten.

Lobner: »Bitte, sehen Sie sich das an. Dies ist das Taschentuch, das in der Nähe des Tatortes gefunden wurde. Was fällt Ihnen dabei auf?«

Gehrmann: »Spermaflecke – mit bloßem Auge erkennbar. Dazu etliche Verschmutzungen, vermutlich von Nasenschleim herrührend. Die entsprechende Blutgruppe wird sich bestimmen lassen.«

Lobner: »Die Blutgruppe des Täters dürfte Null sein. Die Blutgruppe des Opfers ist anscheinend A.«

Krebs: »Nach den Beweismitteln könnte sich folgende Vermutung bestätigen: Der Täter hat sein Opfer mißbraucht und auch besudelt – doch es danach zu säubern versucht.«

Lobner: »Eine bei einem solchen Vorgang geradezu erstaunlich menschliche Geste – oder nicht?«

Krebs: »Das deutet auf einen Täter hin, der noch eine Art

Feingefühl besitzen könnte. Das aber im Zusammenhang mit schwerer versuchter Notzucht. Was wiederum auf eine katastrophale Krankheit hinweisen dürfte: ein Vorgang also mit unberechenbaren, eskalierenden Möglichkeiten.«

Lobner, sichtlich beunruhigt von dieser verwegenen Folgerung des Kriminalbeamten: »Das, mein Lieber, werden Sie wohl erst dann wissen, wenn Sie Ihren Täter haben. Zunächst verfügen Sie lediglich über sein Taschentuch. Aber eben dieses sollten Sie sich eingehender ansehen – nicht nur wegen der Spuren darauf, sondern auch das Taschentuch selbst. Fällt Ihnen daran nichts Besonderes auf? Nein? Auch Ihnen nicht, Kollegin – sozusagen als Frau?«

Worauf die Gehrmann erkannte: »Aber ja – Sie haben recht, Herr Professor! Dies ist ein höchst ungewöhnliches Taschentuch – zumindest kein Serienprodukt. Es handelt sich um reine Seide; die sorgfältige Stickerei dürfte ein orientalisches Muster zeigen. Es könnte vom Balkan kommen, oder aus dem Vorderen Orient. Jedenfalls ist dies ein ziemlich selten vorkommendes, verhältnismäßig luxuriöses Objekt.«

Krebs: »Also eine Bestätigung mehr meiner Vermutung! Genau das, was ich befürchtet habe. Dieser Täter ist höchst ungewöhnlich. Den muß ich fassen – ehe er zum Mörder wird.«

Huber III, Holzingers persönlicher Referent, widmete sich – immer noch im Armbrustschützenzelt – Bert Neumann. Wobei er versuchte, gleichzeitig die Gespräche seines Chefs mit dem Chefredakteur und dem Welter-Konzerngewaltigen zu belauschen, was ihm aber nicht gelang. Denn der Lärm war zu groß; vor allem jetzt, in der letzten offiziellen Viertelstunde dieses vorletzten Oktoberfesttages.

Huber III prostete Neumann zu und beugte sich dann zu ihm. »Was – wollte der Boss von dir?«

»Das Übliche«, sagte Neumann vorsichtig. »Er wollte wissen, was ich denke.«

»Und – was denkst du?«

»Immer das, was seine Gedankengänge bestätigt, ergänzt, ausbaut. Was denn sonst?«

»Worum geht es denn diesmal?«

»Warum fragen Sie«, sagte Bert Neumann, unendlich müde – sein schmalovales Gesicht war kreidebleich. »Sie wissen es!«

»Selbstverständlich weiß ich es«, erklärte Huber III robust. »Aber du sollst es mir sagen! Damit ich sehe, ob du mir vertraust.«

Bert Neumann schloß gequält die Augen. Er faltete die Hände und sagte: »Ich tue, was ich kann – doch warum immer wieder diese Pressionen! Warum dieser Zwang, dieser massive Druck von allen Seiten? Das engt mich ein...«

Was auch mit ihm geschah – sein Leben war eine Kette von Demütigungen, Mißverständnissen, quälenden Vorgängen. Nur Verfolger waren um ihn.

Wie auch damals, als er diese feine, zarte, zierliche Frau im Nebenhaus zu trösten versuchte – sie weinte in seinen Armen, über ihr Leben an der Seite ihres Mannes. Worauf dieser Mann erschien und ihn zusammenschlug – ihn, der sich nicht wehrte, der sich opferte – für sie. Doch sie hatte auf ihn gedeutet: »Der hat mich überfallen!«

Worauf ihr Mann ihn in den Bauch trat, in die Geschlechtsteile. Drei Wochen hatte Neumann im Krankenhaus verbringen müssen – ohne ein Wort zu sagen, weder über diese Frau noch über deren Mann. Er schwieg.

»Ich weiß, Bert, du bist ein verdammt feinfühliges Wesen!« Huber III lachte und schob Neumann ein frisch gefülltes Bierglas zu. »Du bist sozusagen äußerst zart besaitet – aber du gehörst nun mal zu unserem Verein! Und das, mein Lieber, mit jeder Konsequenz. Es lohnt sich ja auch finanziell. Aber vergiß niemals: ich habe dir diesen Job besorgt. In der Hoffnung auf allerbeste Zusammenarbeit!«

»Ich bin ja auch dazu bereit! Aber ich weiß nicht, worauf Holzinger wirklich hinauswill.«

»Na schön – du weißt es nicht, aber du ahnst es. Kläre mich also auf – im Sinne unserer guten Zusammenarbeit.«

Bert Neumann nickte ergeben. »Es handelt sich um Medienpolitik – Holzinger scheint nunmehr entschlossen, die zu seinem Zielpunkt Nummer eins zu machen.«

»Und deshalb, meinst du, hat er diese Schießbudenfiguren um sich versammelt?«

»Die gehören mit zu seinem Schachspiel. Geigenbauer will Fernsehdirektor werden, also den derzeitigen, der politisch nicht wirksam mitmacht, ersetzen. Der Landtagsabgeordnete Mausbach scheint sich als stabilisierendes Element anzubieten – einschließlich Begleiterin.«

»Und Direktor Streicher von der Welter-Gruppe will investieren, um später mitreden zu können. Und du?«

»Ich sammle Material, Material, Material – für Politiker, Verbände, Zeitungen und was sich sonst noch informieren läßt. Zufrieden mit diesen Auskünften?«

»Na also – warum nicht gleich so?« Huber III griff nach seinem Bierglas: »Weißt du, wie du mir manchmal vorkommst – wie ein reichlich sentimentales Arschloch! Dabei scheinst du durchaus zu wissen, was die gegebenen Realitäten sind; versuchst dich sogar diesen anzupassen – aber ohne jeden Schwung! Ohne die notwendige Begeisterung für unsere Sache! Menschenskind – warum machst du hier nicht hundertprozentig mit?«

»Schließlich bin ich doch nur ein Ideenlieferant – ein Kuli für alle erdenklichen Gelegenheiten.«

»Komm doch nicht mit so was, Mann! Verstand hast du, aber du leistest dir zuviel Gefühle! Willst du auf Traumtänzer machen? Das hier ist ein Job für Jagdhunde. Aber du spurst nicht richtig! Du bist nicht freudig bei der Sache – gehst nirgendwo richtig ran. Das muß uns doch betrüben!«

»Erlauben Sie, bitte«, sagte Bert Neumann mit der ihm eigenen Vorsicht, »eine Art Eigenleben darf ich mir doch wohl leisten.«

»Wie kommst du denn auf so was, Menschenskind – ausgerechnet im Bereich unseres Holzinger? Der scheißt auf jedes Eigenleben – außer auf sein eigenes. Der ist scharf auf die verschworene Gemeinschaft. Aber du kneifst vor ihm immer wieder sozusagen deinen Schwanz ein. Warum nur? Wo ist der Grund dafür? Etwa – deine Frau?«

»Bitte«, forderte Neumann geradezu energisch, »lassen Sie meine Frau aus dem Spiel! Die ist kein Gesprächsthema für uns.«

»Warum denn nicht?« wollte Huber III prompt wissen. »Deine Frau soll doch ganz attraktiv sein – hat man mir gesagt. Auch der Boss hat davon mit Interesse gehört. Warum führst du sie uns nicht mal vor? Oder ist die etwa zu schade für uns – deiner Ansicht nach?«

»Das hier ist ganz einfach nicht ihre Welt«, versicherte Bert Neumann ausweichend.

»Irritiert sie dich etwa, wenn du für uns denken mußt?« Huber III fühlte sich mächtig amüsiert. »Mann – du machst mich ja ganz neugierig auf deine verehrte Frau Gemahlin!«

Er hob sein Bierglas und stieß mit Neumann an. Die Blaskapelle spielte den Marsch »Per aspera ad astra« – über rauhe Pfade zu den Sternen. Beim Zusammenstoß der Biergläser schwappte deren Inhalt über, benäßte den Tisch, auch Neumanns Hemd und Hose. Er zuckte zurück – und blickte angewidert darauf.

Dann fragte er: »Haben Sie ein Taschentuch?«

»Ich hatte eins«, sagte Huber III lässig. »Aber das ist mir abhanden gekommen – weiß der Teufel, wo oder wie. Aber wozu brauchst du ein Taschentuch? Bierflecke gehören nun mal zum Oktoberfest – als eine Art Orden.«

Weitere Auskünfte des Josef F. Ettenkofler gegenüber Keller:

»Mit diesen Politikern, Verehrtester, geht es doch im Grunde nicht anders als mit Profiboxern. Der Stärkste setzt sich durch. Aber dabei bleibt es nicht. Denn jeder wird irgendwann einmal ausgeboxt und erledigt, und das meist früher als erwartet.

In unserer damaligen Situation lagen einige Vorteile bei Müller: Er war zehn Jahre jünger als Holzinger – ein kommender Mann. Er taktierte ungleich umsichtiger – ja klug. Er glaubte, sich Zeit lassen zu können.

Holzinger jedoch war ein Mann der Tat. Während Müller noch nachdachte, handelte er. Und das mit frappierender Konsequenz. Und mit Methoden, die manchen erschreckten. Er war ein Vollblutpolitiker.

Allerdings ging es dann plötzlich gar nicht mehr um Politik – sondern um Sittlichkeitsverbrechen, dann sogar um Mord. Und das doch nur, weil ihr Kollege Krebs alle seine Kompetenzen überschritt – und vernichtend, beinahe sich selbst vernichtend, eingriff.«

Keller bemerkte hierzu: »Wir alle waren zunächst bestürzt – weil niemand zu erkennen vermochte, auch ich nicht, auf welches Abenteuer sich Krebs da eingelassen hatte. Und zwar bewußt. Damals hatte ich Mitleid mit ihm.«

Ettenkofler: »Auch ich geriet dabei mit unter die Räder dieser recht bedenklichen Tataufklärung.«

Keller: »Ein Risiko, auf das jeder Mitbürger gefaßt sein muß – wer lebt, kann jederzeit mit dem gewaltsamen Tod konfrontiert werden. Das ist für uns Kriminalisten Alltag.«

»Ich«, sagte die Frau mit der Tragetasche, »will zu meinem Kind Gudrun!«

Der Kriminalbeamte, der in der Eingangshalle des Gerichtsmedizinischen Instituts Wache hielt, verständigte Kommissar Krebs, und der erschien unverzüglich. Krebs bewegte sich langsam auf die Besucherin zu, als ob er zunächst einen ersten Eindruck gewinnen wolle.

Er stellte in Sekundenschnelle fest: Frau Dambrowski war noch sehr jung, etwa dreißig, dabei von bayerisch-rustikaler Attraktivität, dunkel, ein wenig zur Fülle neigend; doch mit ovalem Madonnengesicht und glattglänzender Haut. Krebs stellte außerdem fest: Sie war ein anderer Typ als ihr Kind Gudrun.

»Sie brauchen sich keine Sorgen mehr zu machen«, versicherte der Kriminalkommissar. »Ihrer Tochter geht es, den Umständen entsprechend, nicht schlecht. Sie ist nicht in Lebensgefahr gewesen und befindet sich hier in völliger Geborgenheit.«

»Was – ist mit ihr geschehen?«

»Das, was leider immer wieder geschieht – doch nicht immer läuft alles vergleichsweise so glimpflich ab wie in diesem Fall.« Krebs griff sanft nach dem Arm der Frau Dambrowski und geleitete sie zu einer Sitzbank in der Eingangshalle – hier ließ er sich neben ihr nieder. »Ihre Tochter ist einem Mann begegnet, der wohl als krank bezeichnet werden muß.«

»Hat er sie angefallen – und dann...«

»Weder – noch«, bemühte sich Krebs zu erklären. »Es ist wohl eine äußerst gefährliche, doch keine sonderlich gewalttätige Begegnung gewesen.«

»Darf ich zu meinem Kind? Kann ich es mit nach Hause nehmen?«

»Ja – das könnten Sie, falls Sie unbedingt darauf bestehen, Frau Dambrowski. Wozu ich Ihnen aber nicht rate. Denn hier wird Ihre Tochter ärztlich vorbildlich betreut und umsorgt. Und selbstverständlich können Sie bei ihr bleiben – wenn Sie es wünschen.«

»Das geht nicht«, sagte Frau Dambrowski hastig. »Das wird mein Mann nicht erlauben...«

Krebs betrachtete die neben ihm sitzende Frau mit steigender Aufmerksamkeit. Dann sagte er gedehnt: »Ihre Tochter sieht Ihnen nicht sehr ähnlich, scheint mir – sie hat also wohl mehr äußere Ähnlichkeit mit Ihrem Mann?«

»Mit ihrem Vater! Gudrun wurde noch vor meiner Heirat geboren. Sie ist also nicht das Kind meines Mannes.«

»Jedenfalls ist Ihre Gudrun ein äußerst zartes Kind – von offenbar großer Sensibilität.«

»Herr Kommissar«, fragte nun Frau Dambrowski, wie nach plötzlichem Entschluß, »halten Sie es für möglich, daß mein Kind... daß also Gudrun irgendwie selbst mit schuld an diesem Vorgang...«

»Wie kommen Sie denn darauf?«

»Mein Mann meint... möglicherweise könnte Gudrun – leichtfertig vertrauensselig...«

»Nein«, sagte Krebs ganz entschieden. »Nicht dieses Kind! Nicht nach dem vermutlichen Tathergang, nicht nach den bisherigen Ermittlungen – auch nicht nach dem ärztlichen Befund. Gudrun hat wenig äußere Verletzungen, aber einen seelischen Schock erlitten. Lassen Sie das Kind hier!«

»Mein Mann sagt: nein!«

»Nun – er ist nicht Gudruns Vater, wie Sie mir anvertraut haben. Aber Sie sind die Mutter! Und falls Ihnen dennoch, Frau Dambrowski, eine diesbezügliche Entscheidung schwerfallen sollte – ich allein übernehme jede Verantwortung dafür. Sie können von mir aus erklären, ich hätte darauf bestanden, daß Ihr Kind hier bleibt. Oder irritiert, beunruhigt Sie sonst noch was?«

»Könnte das womöglich – in irgendeine Zeitung geraten?«

»Warum fragen Sie ausgerechnet danach?«

»Weil das sehr unangenehm werden könnte – für mich, für uns alle, fürchte ich. Nämlich dann, wenn der eigentliche Vater von Gudrun davon erfahren würde. Er ist nämlich, müssen Sie wissen, ein sehr angesehener Bürger unserer Stadt, äußerst einflußreich, mit großem Namen, den gewiß auch Sie kennen.«

»Ach was – wer auch immer! Wen geht das was an? Nur Sie – sonst niemanden; also auch uns nicht. Zumal wir grundsätzlich keinerlei Publikationsorgane mit Details oder Namen bei Sittlichkeitsdelikten versorgen; schon gar nicht mit Namen von Opfern. Wir wollen den Täter! Werden Sie uns dabei helfen?«

Im Schottenhamelzelt wurde von internen Beobachtern der Szene am Tisch von Erwin Müller eine sehr »gelöste, äußerst harmonische Stimmung« registriert. Die ziemlich theoretisch verlaufenen Mediengespräche schienen erfolgreich beendet zu sein. Der Fernsehdirektor prostete anscheinend sehr erleichtert Dr. Weinheber zu; dann erhoben beide ihr Glas in Richtung auf Herrn Lauferer aus Frankfurt.

»Es geht doch nichts«, rief der Frankfurter Zeitungsgewaltige munter durch den Festlärm, »über eine auf Gegenseitigkeit basierende Verständigungsbereitschaft.«

»Immer im Interesse unseres Landes und seiner Menschen!« behauptete der Fernsehdirektor, ohne dabei auch nur mit einem Auge zu zwinkern.

Erwin Müller hob verbindlich sein Bierglas – setzte es an die Lippen, trank aber kaum davon; dennoch schien es, als habe er einen gewaltigen Zug getan. Danach wirkte er zufrieden – sein Lachen klang fast gelöst. Er saß nun zwischen Dr. Weinheber und der fernsehbekannten Scheurer.

Und diese fragte: »Fühlen Sie sich hier wohl? Schließlich gehören Sie ja nicht unbedingt zu den lauten Zeitgenossen.«

»Wenn es sein muß«, versicherte Müller, sich erheitert gebend, »kann auch ich recht laut sein!«

»So laut wie Holzinger?«

»Verehrtes Fräulein Scheurer«, erklärte der aufmerksam zuhörende Weinheber dozierend – wobei sein Heldendarstellergesicht ebenso dekorativ wie seriös wirkte, »Sie üben einen schönen Beruf aus. Sie haben zu gefallen, und Sie gefallen; Sie werden bewundert und auch geliebt. Politiker wünschen sich so etwas auch zuweilen – jedoch weit darüber hinaus müssen sie auch respektiert und vielleicht sogar gefürchtet werden, wenn sie überzeugende Erfolge erringen wollen.«

»Nicht ganz einfach«, meinte die Scheurer leicht amüsiert.

»Aber wenn das funktioniert, bleiben Erfolge nicht aus. Doch das funktioniert nur, wenn man sich ständig einsetzt.«

»Was für die dazugehörenden Frauen auch nicht ganz einfach sein muß«, meinte nun Brigitte, sanft provozierend.

Worauf Weinheber konterte: »Frauen von Politikern gewöhnen sich daran! Das glücklicherweise sehr ausgeprägte weibliche Anpassungsvermögen ermöglicht es ihnen. Zumindest wenn sie klug genug sind, überflüssige Schwierigkeiten zu vermeiden.«

»Wobei wir uns unsererseits«, ergänzte Müller bereitwillig, »stets bemühen, unsere Frauen nicht zu überfordern. So erspare ich, zum Beispiel meiner Frau, vermeidbare Belastungen – wie etwa, mich an einem solchen Abend wie heute zu begleiten. Schließlich hat sie einen Haushalt und die Kinder.«

»Es sollen reizende Kinder sein«, sagte Brigitte Scheurer spontan. »Und Ihre Frau wirkt sehr sympathisch – in ihrer Mütterlichkeit. Sie haben sehr jung geheiratet, nicht wahr?«

Für Müller antwortete Weinheber eilig. »Ich zum Beispiel bin kein sehr christlich veranlagter Mensch – aber auch ich glaube an die Funktion der Familie als ordnendes Grundelement.«

»Ausgerechnet Sie!« sagte Brigitte ein wenig vorschnell. »Wo Sie doch eine Freundin haben sollen, sogar mit Billigung Ihrer Frau.«

»Nun – und selbst wenn!« meinte Erwin Müller lachend, um lockere Atmosphäre bemüht. »Unser Weinheber ist ein künstlerisch veranlagter Mensch, da ergibt sich so was leicht.«

»Und Sie?« wollte Brigitte wissen.

Eine Frage, die ohne Antwort blieb. Denn der Fernsehdirektor hatte sich erhoben; er schwankte und sagte ein wenig mühsam zu Müller: »Ein ungemein anregender Abend mit gewichtigen Gedankengängen und Gesprächen...«

»Wir haben da, glaube ich, eine gute geistige Basis gefunden.« Müller ergriff mit beiden Händen die ihm entgegengehaltene Rechte des Fernsehdirektors. »Sie sind offenbar wie ich ein Freund gründlich durchdachter Vorbereitungen – erst daraus können sich praktische Maßnahmen, verbindliche Verabredungen ergeben.«

»Wann etwa?«

»Vielleicht schon morgen – falls sich die Dinge schneller entwikkeln sollten, als ich denke. Ich würde mich freuen, Sie morgen vormittag bei der Einweihung des Brunnens der Tiere begrüßen zu können – ich halte dort eine Rede. Danach könnten wir miteinander speisen.«

»Danke für die Einladung, Herr Müller – ich werde gerne kommen. Und auch ein Kamerateam beauftragen...«

Der Fernsehdirektor machte eine etwas vage Verbeugung und schwankte davon.

Worauf Lauferer Müller erstaunt fragte: »Haben Sie dem tatsächlich noch keinerlei verbindliche Zusage gemacht – auch nichts versprochen?«

Die Antwort hierauf vernahm Brigitte Scheurer nicht, so sehr sie auch hinhorchte. Denn Weinheber redete auf sie ein.

Er sagte eindringlich: »Verehrtes Fräulein Scheurer – falls Sie sich etwa für das Privatleben von Politikern interessieren sollten, dann sind Sie bei uns an der denkbar falschen Adresse. Dann rate ich Ihnen, sich an Holzinger zu wenden. Von dem ist in dieser Hinsicht ungleich mehr zu erwarten.«

Kriminalrat Martin Zimmermann, im Amt verantwortlich für Mordkommissionen und Sondereinsätze, zur Zeit auch Stellvertreter des durch Repräsentationspflichten in Anspruch genommenen Kriminaldirektors, pflegte gewöhnlich am späten Abend im Präsidium »die Runde zu machen«. Er durchstreifte dann die Dienstzimmer der leitenden Beamten – einem schnuppernden Wachhund nicht unähnlich.

Gegen 23 Uhr – nach der Heimsuchung des Dauerdienstes, der Dezernate Diebstahl und Raub, Betrug und Fälschung, Fahndung und Brand, kreuzte er dann auch bei der »Sitte« auf in der Hoffnung, hier seinen Freund Krebs anzutreffen, den angenehmen Kollegen, um mit ihm ein fachgerechtes, offenherziges Kriminalistengespräch zu führen. Doch hinter dessen Schreibtisch hockte heute Michelsdorf.

Zimmermann zeigte dennoch nicht die geringste Enttäuschung. Munter fragte er: »Nun – was gibt es bei euch Neues? Falls es überhaupt jemals irgend etwas Neues geben kann in eurer schlüpfrigen Abteilung. Seit etlichen Jahrtausenden scheinen die Gesetzesverstöße der Unsittlichen unverändert – nur Preise und Zahlungsmittel ändern sich laufend.«

»Dennoch«, sagte Michelsdorf diensteifrig, »ergeben sich auch bei uns immer wieder überraschende Versionen. In dieser Nacht zunächst zwei, die zu Verhaftungen geführt haben. Einmal ein Maurer, sechsundzwanzig Jahre alt; der hat systematisch weibliche Unterwäsche – Hemden, Schlüpfer, Büstenhalter – von Wäscheleinen entfernt, sie darauf zerrissen und besudelt; er wurde auf frischer Tat ertappt. Dann ein Sparkassenleiter, sechsundfünfzig Jahre alt; er betätigte sich als Reifenstecher, aus rein sexuellen Motiven; er wurde festgenommen und hat ein Geständnis abgelegt.«

»Und womit beschäftigt sich Kommissar Krebs?«

»Mit einem Notzuchtversuch an einem Kind.«

»Handelt es sich dabei um irgendeine Besonderheit?« wollte Zimmermann leicht verwundert wissen.

»Meiner Ansicht nach nicht«, erklärte Michelsdorf vorsichtig. »Aber nach Ansicht von Herrn Kommissar Krebs offensichtlich doch.«

»Inwiefern, Michelsdorf?«

»Ich weiß das nicht genau, Herr Kriminalrat. Für mich steht bisher nur soviel fest: Hierbei scheint es sich um einen neuerdings aufgetauchten Serientäter zu handeln – allerdings um einen mit Samthandschuhen; also einen, der auf die sanfte Tour vorgeht;

vielleicht ein Anfangsstadium. Und – so was, meine ich, sollte routinemäßig behandelt werden.«

»Sollte – wird aber nicht«, stellte Zimmermann hellhörig fest. »Und was berechtigt Sie zu dieser Annahme?«

»Herr Kommissar Krebs hat das heutige Opfer, das wohl vierte einer möglichen Serie, ein zehn- oder elfjähriges Mädchen, direkt vom Tatort in das Institut von Herrn Professor Lobner gebracht; persönlich. Sodann hat er die besten Spuren- und Mikrospurenspezialisten des Amtes angefordert. Darüber hinaus wurden alle Funkstreifen im Bereich der Theresienwiese alarmiert. Ganz so, als handle es sich dabei um einen Kriminalfall allererster Ordnung.«

»Soll das heißen, Herr Kollege«, fragte hierauf der Kriminalrat, »daß Sie die Methoden Ihres Chefs beanstanden?«

»Das keinesfalls!« versicherte der Oberinspektor unverzüglich. »Wenn mir dennoch dieses unübliche Vorgehen, das enorme Aufgebot an Experten, bei einem anzunehmenden Routinefall, recht bemerkenswert erscheint, dann nicht zuletzt wegen der Einschaltung einer Weltkapazität wie Lobner...«

»Sie vermuten also, daß hier mit Kanonen auf Spatzen geschossen wird?«

»Eine derartige Formulierung, Herr Kriminalrat, würde ich mir nicht erlauben! Selbstverständlich führe ich alle Weisungen oder Befehle meines direkten Vorgesetzten aus – wenn ich diesmal auch die Überlegungen von Herrn Krebs nicht ganz zu teilen vermag, wonach dieser Täter möglicherweise in den höheren Gesellschaftskreisen zu suchen wäre. Etliche Details scheinen zwar tatsächlich darauf hinzudeuten, aber ich weiß sehr wohl, daß eine derartige Vermutung den normalen Erfahrungen in dieser Branche ziemlich kraß widerspricht.«

»Menschenskind, Michelsdorf», stellte Zimmermann rauh fest, »was ist denn bei uns schon halbwegs normal! Nun ja – gewisse Übereinstimmungen lassen sich bei fast allen Verbrechen statistisch nachweisen. Worauf wir jedoch immer wieder achten müssen, das sind die Ausnahmen, die ja jede Regel bestätigen sollen. Halten Sie eine solche in diesem Fall für ausgeschlossen?«

»Natürlich nicht, Herr Kriminalrat.«

»Und halten Sie es nicht immerhin für möglich, daß Herr Krebs eine derartige Ausnahme erkennen könnte?«

»Das«, versicherte Michelsdorf mühsam, da er um die amtsbekannte Freundschaft zwischen Zimmermann und Krebs wußte, »halte ich durchaus für gegeben.«

»Erstellen Sie also«, ordnete der Kriminalrat nun leicht beunruhigt und fast schroff an, »eine Liste aller Vorgänge dieses Abends im Bereich des Dezernats Sitte – diese ist dann unverzüglich an mich weiterzuleiten. Und sobald Herr Krebs wieder im Amt eintrifft, soll er mich aufsuchen. Ich halte mich die ganze Nacht über im Präsidium auf.«

Das Münchner Oktoberfest auf der Theresienwiese endete alltäglich offiziell gegen 23 Uhr. Die Achterbahnen, Riesenräder und Karussellbetriebe wurden in nur wenigen Minuten stillgelegt; die Hühnerlokale hatten schon eine halbe Stunde vorher den Strom ihrer Bratöfen abgeschaltet; die Bierzelte entließen ihre Besucher ins Freie, mit gemütlichkräftiger Nachhilfe von Ordnern.

Die Polizei – und für dieses weltweit bekannte Volksfest war eine wirksame Spezialeinheit gebildet worden – hatte noch einmal, wie an jedem dieser Tage, »alle Hände voll zu tun«: Abtransport von Betrunkenen; Anlieferung von Verletzten im Sanitätszelt; Suche nach verlorengegangenen Kindern; Feststellung von betrunkenen Kraftfahrern; Registrierung von Taschendiebstählen – dutzendweise.

Die Brathuhn- und Bierkonsumenten schoben sich ausgelassen zu Tausenden in der letzten Stunde vor Mitternacht heimwärts, trotteten dahin, taumelten – und nicht wenige davon begehrten weiterzufeiern. Diese Möglichkeit wurde ihnen reichlich geboten.

Denn an die dreißig Lokale waren rings um die Oktoberfestwiese noch offen, etliche mit Stimmungsmusik und Tanz. Und weitere zwei Dutzend Nachtlokale im nahen Zentrum der Stadt; auch dort wurde bereits auf die regelmäßig eintreffenden Nachtschwärmer vom Oktoberfest gewartet. Der zuständige Polizeichef ließ auch diese Nachfolgeveranstaltungen intensiv überwachen; er hatte einige hundert Kriminalbeamte in Zivil zugeteilt bekommen und die

Zahl seiner Funkstreifen erheblich verstärkt. Denn für die Aasgeier der Vergnügungsindustrie war nun Hochkonjunktur.

Langjährig erfahrene Festteilnehmer verließen jedoch zu dieser Zeit die Theresienwiese noch lange nicht. Sie pilgerten vielmehr zum »Hippodrom«. Dieses altrenommierte Unternehmen, eine Art Reitbahn mit Vergnügungsbetrieb, war offiziell geöffnet bis 0 Uhr 30.

Dieses Hippodrom: ein längliches Zelt – zerteilt von Lichtgirlanden, fahlgelben und hellroten Leinwandstreifen. Nahe beim Eingang: die Arena – sechs Pferde, sechs Stallburschen, zwei Antreiber. Einmal Reiten kostete DM 3. Eine Rose, langstielig, DM 3,50. Sechs Mann produzierten von einer Galerie herunter in diesen allnächtlichen Vergnügungszirkus stimmungsgeeignete Musik.

Hier pflegte sich die sogenannte Prominenz einzufinden. An diesem Abend: eine amerikanische Schlagersängerin; ein bayerischer Volksschauspieler; zwei bundesdeutsche Fußballstars; ein populärwissenschaftlicher Fernsehmoderator; drei Mannequins mit internationalem Gefolge.

Aber auch – reservierter Tisch hinten rechts: Holzinger mit Begleitung: Huber III, Neumann, der Landtagsabgeordnete Mausbach und Begleiterin, Direktor Streicher vom Welter-Konzern. Sodann, an einem gleichfalls reservierten Tisch, jedoch hinten links: Müller mit Weinheber, dazu Lauferer – und zwischen ihnen Brigitte Scheurer, das populäre Prachtexemplar der örtlichen Television. An beiden Tischen schien man sich zu amüsieren.

»Die fletschen ja die Zähne«, glaubte Huber III, dicht bei Holzinger, feststellen zu können. »Aber die kommen hinten kaum noch hoch.«

»Dieser Eindruck täuscht, fürchte ich, so wie vieles«, sagte Neumann vorsorglich.

Holzinger schien nicht darauf zu hören und meinte zu seinem dritten Huber: »Fühle denen doch mal auf den Puls.«

»Wovon ich abraten möchte«, sagte Neumann mühsam, denn er hatte viel zuviel trinken müssen. »Dieser Müller weiß schließlich auch, wie man sein Gesicht wahrt.«

»Und wir«, sagte Holzinger munter, »wissen, was dahintersteckt.«

Der dritte Huber erhob sich unverzüglich. Er verließ den mit blauen Tischdecken geschmückten oberen Bereich dieses Unternehmens, wo Schilder aufgestellt waren: Sekt-Service. Er schlenderte betont lässig zu der den Hintergrund beherrschenden Großbar hin: Spiegel darüber, Sitzhocker rundherum, zahlungswillige Kavaliere, animierbereite Damen.

Hier angekommen, redete Huber III auf einen Kellner ein, steckte ihm einen Geldschein zu. Der begab sich an Müllers Tisch, beugte sich dort betont vertraulich zu Dr. Weinheber hinunter. Der erhob sich, nach zustimmendem Nicken von Müller, und schritt entschlossen auf Huber III zu.

»Sie wünschten mich zu sprechen?« fragte Weinheber reserviert. »Was wollen Sie?«

»Nur mal guten Tag – oder eben: guten Abend sagen.«

Huber III hatte von seinem Boss gelernt, wie man solche Situationen meistert – also gab er sich herzhaft jovial, schlug Weinheber, der leicht zurückwich, auf die Schulter, lachte kräftig. »Ich hoffe, mein Lieber, Sie amüsieren sich gut – mit dieser Brigitte Scheurer soll man das ja können!«

»Herr Huber«, empfahl Weinheber ablehnend, »bitte keine derartigen Unterstellungen.«

»Ich weiß, ich weiß – Sie sind ein scheißfeiner Schöngeist! Fast so einer wie unser Neumann.« Huber III schob ein gutgefülltes Glas kanadischen Whisky Weinheber entgegen. »Aber bei mir können Sie getrost von Ihrem steilhohen Kulturroß steigen – ich bin ein Politiker wie mein Boss. Trinken wir darauf!«

Weinheber trank – wenn auch vermutlich nicht darauf. Skeptisch betrachtete er seinen Gesprächspartner. »Nehmen Sie getrost an, daß auch wir politisch nicht unpraktisch veranlagt sind.«

»Das«, versicherte Huber III, »hoffen wir sogar. Zu beiderseitigem Nutzen.«

»Soll das eine Art Anregung sein?« fragte Weinheber. »Oder ist das bereits eine Warnung?«

»Es handelt sich um ein ganz konkretes Angebot«, versicherte Huber, dabei eine herandrängende Animierdame energisch wegschiebend. »Ein Angebot zu interner Zusammenarbeit.«

»In welcher Hinsicht bitte? Mit welcher Zielsetzung?«

»Nun«, sagte Huber III gemütlich, »schließlich sagt man Ihrem Chef Liberalität nach, auch Toleranz. Ihnen ebenfalls – sogar in größerem Maß.« Worauf er nochmals zwei doppelte Whiskys bestellte. »Warum sollten ausgerechnet Sie darauf bestehen, sich unnötige Schwierigkeiten einzuhandeln?«

»Es könnte hier, Herr Huber, um ein Prinzip gehen!«

»Daß ich nicht lache!« sagte der, ohne jedes Anzeichen von Heiterkeit. »Hier geht es um Geschäfte – wobei der Nutzen auf beiden Seiten liegen könnte. Das sollten Sie erkennen – und sich entsprechend einstellen.«

»Und – wenn nicht?«

»Dann wird es rauchen!«

»Also doch – eine Drohung! Mit welchen möglichen Folgen – Ihrer Ansicht nach?«

»Mein Lieber«, sagte Huber, sein Glas erhebend, geradezu fröhlich, »bisher haben wir in diesem Land immer gewisse Spielregeln eingehalten – stets zu unserem gemeinsamen Vorteil. Kurzformel dafür: alles auf Gegenseitigkeit! Das sollte so bleiben.«

»Und – wenn das kein Dauerzustand sein kann? Was dann?«

»Dann, mein Bester, müßten Sie damit rechnen, daß wir unvermeidliche Konsequenzen ziehen werden, die auch Sie persönlich treffen könnten. Flüstern Sie das Ihrem Chef. Der soll auf Sie hören, sagt man – und das wäre ihm auch zu wünschen.«

Drei Telefongespräche in dieser Nacht, zwischen 23 Uhr 35 und 23 Uhr 50; geführt von Kriminalrat Martin Zimmermann.

Erstes Telefongespräch:

Zwischen Zimmermann und Professor Doktor Lobner.

Zimmermann: »Wie ich höre, hat Sie unser Kollege Krebs mit einem Vorgang aus seinem Bereich konfrontiert, der ziemlich ungewöhnlich zu sein scheint.«

Lobner: »Mein lieber Herr Zimmermann – seitdem ich mit Ihnen und Ihren Kollegen zu tun habe, besonders mit diesem Keller, wundere ich mich über gar nichts mehr.«

Zimmermann: »Was sicherlich vieles erleichtert. Doch in diesem

Fall könnte es sich, wie mir angedeutet wurde, vielleicht nur um eine Routineangelegenheit handeln.«

Lobner schnaufte leicht, was verriet, daß er beunruhigt war: »Das könnte sein. Doch ich kenne nur eine Seite des Falles, das Opfer – die andere Seite, den Täter, kenne ich nicht. Durchaus denkbar, daß der dem Vorgang erhebliches Gewicht verleihen könnte. Doch in welchem Ausmaß, das ahne ich nicht – dafür ist Herr Krebs zuständig. Er steht neben mir – sprechen Sie mit ihm.«

Zweites Telefongespräch:
Zimmermann mit Kriminalkommissar Krebs.

Zimmermann: »Was ist denn das für ein Fall, den du so äußerst intensiv bearbeitest?«

Krebs: »Das weiß ich noch nicht, Martin – nicht genau. Doch ich befürchte erhebliche Komplikationen.«

Zimmermann, besorgt: »Was soll denn das heißen? Du weißt so gut wie nichts – befürchtest aber Erhebliches? Das möchte ich möglichst genau wissen. Welche Art Komplikationen?«

Krebs: »Zumindest zwei – nach ersten, gewiß noch unvollständigen Recherchen. Einmal: Dieser Täter paßt in kein Schema. Zweitens: Dieser Täter scheint sich in einem Zustand schneller Eskalation zu befinden – er begann mit drängenden Annäherungsversuchen und ist jetzt, innerhalb weniger Wochen, bereits bei einem massiven Notzuchtversuch gelandet; er könnte also schon morgen zum vollendeten Sexualverbrecher werden.«

Zimmermann: »Was meinst du möglichst genau damit, wenn du sagst: Dieser Täter scheint ungewöhnlich zu sein?«

Krebs: »Ungewöhnlich in zweierlei Hinsicht. Erstens gehört er vermutlich nicht zu der in diesem Bereich dominierenden Gruppe aus den unteren Schichten. Zweitens scheint es sich dabei um ein seltenes Phänomen zu handeln – um einen sogenannten ästhetischen Täter. Falls das aber tatsächlich zutreffen sollte – ist es fürchterlich! Und deshalb will ich diesen Vorgang persönlich bearbeiten und so schnell wie möglich zum Abschluß zu bringen.«

Drittes Telefongespräch:
Zimmermann mit dem Kriminalbeamten außer Dienst Keller:

Zimmermann: »Entschuldige bitte, wenn ich dich in deiner Nachtarbeit störe – dich und Anton. Wie geht es diesem herrlichen Untier? Gut? Fein! Kommst du mit deinem Buch über Morduntersuchung zügig voran?«

Keller: »Du hast irgendein Problem? Welches?«

Zimmermann: »Krebs.«

Keller: »Ist der dir zu gut, zu unbequem, zu gründlich? Sei doch froh, daß du einen wie ihn in deinem Bereich hast! Er ist derart vertrauenswürdig, daß ich ihm sogar meinen Hund Anton vorübergehend überlassen würde. Wie sollte ausgerechnet er für dich problematisch werden?«

Zimmermann: »Du weißt, auch ich schätze ihn ungemein. Doch diesmal spürt er vielleicht einem Bagatellfall mit unangemessenen Mitteln nach; und das gleich derartig intensiv, als handle es sich um eine Haupt- und Staatsaktion. Er hat sogar Professor Lobner eingespannt.«

Keller, vorsichtig, abwägend: »Vermutlich – mit einiger Berechtigung... Denn Krebs gehört wie ich zu den wenigen Kriminalisten, die auch medizinische Fachzeitschriften lesen. Und dabei wird unser Freund darauf gestoßen sein, daß der große Leichenspezialist Lobner auch intensive serologische Studien betreibt. So hat er an einer exhumierten Toten Spermaspuren gefunden, die nachweisbar von einem Leichenschänder stammten.«

Zimmermann: »Und was dieser Scheußlichkeiten mehr sein mögen! Im vorliegenden Fall jedoch hat Krebs eine in unserem Metier höchst ungewöhnliche Formulierung gebraucht. Er sprach von einem ästhetischen Täter. – Hörst du mir zu? Bist du verstummt?«

Keller: »Sagtest du ›ein sogenannter ästhetischer Täter‹? Ich kann nur hoffen, mich verhört zu haben! Nein? Nun, das – ist schlimm. Sehr schlimm sogar. Wenn er recht behält.«

Zimmermann, nun selbst alarmiert: »Könntest du dich damit beschäftigen – möglichst sofort? Ich bitte dich darum! Sozusagen amtlich.«

Keller: »Soll das etwa heißen, daß du auch besorgt bist unseres

Krebs wegen – du willst ihn absichern, oder eben dich, deine Dienststelle? Durch mich?«

Zimmermann, nun ganz offen: »Meine Besorgnis ist tatsächlich groß – das ganz im Vertrauen, Keller. Ich habe unseren Freund Krebs in den letzten Wochen beobachtet – seine immer ungewöhnlicher werdenden Methoden zwangen mich dazu. Weißt du, was ich glaube, dabei herausgefunden zu haben? Der scheint entschlossen, sich immer bedenkenloser über alle für uns verbindlichen Regeln hinwegzusetzen.«

Keller: »Er wagt also den Sprung über die beherrschenden Schatten unseres Metiers! Sollen wir ihn darum bemitleiden – oder beglückwünschen?«

Zimmermann: »Zunächst sehe ich nur Komplikationen! Und diese müssen bereinigt werden, ohne daß Krebs dabei unter die Räder kommt. Bitte, hilf mir dabei.«

Abermals Hippodrom – Theresienwiese – dort reservierter blaugedeckter Tisch hinten rechts: Sekt-Service-Zone.

Huber III, nach seinem Gespräch mit Müllers Weinheber, nun wieder im Bereich Holzingers gelandet, gedachte dort Selbstzufriedenheit zu verbreiten. »So«, sagte er, sich niederlassend, »den habe ich geschafft!«

»Wie denn?« wollte Holzinger wissen.

»Ich habe Weinheber einiges Grundsätzliche über Medienpolitik geflüstert«, berichtete Huber, aus Neumanns Glas trinkend, was dieser bereitwillig duldete. »Davon, habe ich Weinheber gesagt, verstehen vorgeblich liberale Demokraten so gut wie nichts. Wenn sie dennoch ihre Flossen dort hineinzustecken versuchen, könnten sie damit nur unser schönes Konzept versauen. Und so was sehen wir gar nicht gerne. Habe ich ihm gesagt.«

»Zu deutlich«, stellte Neumann besorgt fest, mit der schweren Stimme eines Volltrunkenen. »Also weder mit Gespür noch diplomatisch – wenn Sie mich fragen.«

Huber III jedoch erklärte, der Zustimmung seines Bosses sicher: »Nur ein Warnschuß vor den Bug! Wobei dann aber dieser Kulturkacker die Andeutung machte: Müller werde sich diesmal auf keine

Kompromisse einlassen – schon gar nicht mit dem Welter-Konzern.«

»Mit wem etwa dann?« wollte Holzinger prompt wissen.

»Alleräußerstenfalls – rückte er dann raus – mit einer neutralen Geschäftsgruppe.«

»Womit der«, gab Neumann besorgt zu bedenken, »vermutlich Ettenkofler meint – und so neutral der sich auch gibt, der tendiert eindeutig in Richtung Müller.«

»Was kein Dauerzustand sein muß«, meinte Holzinger versonnen.

»Es ist nicht ratsam, diesen Müller zu unterschätzen«, versicherte Neumann. »Der ist eine Art Idealist!«

»Mit solchen Typen«, meinte der dritte Huber, »werden wir schon fertig. Die neigen zur Nabelschau – dabei verlieren sie den Überblick.«

Holzinger lachte – er nickte seinen beiden Trabanten zu und begann sich dann plötzlich ganz intensiv mit der Begleiterin des Landtagsabgeordneten zu beschäftigen. »Na – was fangen wir beiden Hübschen miteinander an? So mal ganz auf menschlicher Basis.«

Neumann starrte zur Reitbahn hin – auf die Pferde, die sich dort abquälten, gequält wurden. Deren Angstaugen, deren heftiges Keuchen ließen ihn schaudern. Dabei wurden sie unentwegt angefeuert: durch musikalische Rhythmen, durch die Peitschen der Antreiber, die Schenkelschläge der Reiter. Für DM 3 pro Tour.

»Mein Gott«, sagte Bert Neumann vor sich hin, »was mutet man lebenden Wesen nicht alles zu.«

Doch niemand hörte ihn.

Aus den Aufzeichnungen des Kriminalbeamten außer Dienst Keller:

»Dieser Fall, auf den mich Lobner ebenso wie Zimmermann nachdrücklich hingewiesen hatten, gehörte wohl zu jenen Vorgängen, über die man in der Öffentlichkeit kaum spricht – was allerdings verständlich ist. Blut und lebensgefährlich verletzte Geschlechtsteile sind als Frühstückslektüre in der Morgenzeitung ungeeignet. Dann schon eher ein schöner Mord an einer dekorativen Edelnutte – so was wirkt auch als Balsam in so manchem ›trauten Heim‹. Nach dem Motto: Wir sind nicht so!

So was lieben die Zeitungen. Kriminalisten aber werden gemeinhin mit ganz anderen Vorgängen konfrontiert – mit unvorstellbaren Scheußlichkeiten.

Etwa: Unzucht mit Tieren – vor allem mit Rindern; sie rangieren hier an erster Stelle, dann Hühner, viel seltener Schweine und Ziegen; noch seltener Hunde. Danach erst, mit weitem Abstand, Gänse, Pferde, Schafe...

Extreme aller erdenklicher, oft unvorstellbarer Art oder Abart. Etwa Brandstiftung als Anlaß zum Orgasmus; heftige Abneigungen gegen bestimmte Körperteile wie Brust oder Hintern – dabei ein Arzt, der darüber zum Mörder wurde. Aber auch Rauschzustände beim Anblick bestimmter Farben, wie Chromgelb, Lilagrau oder Blau – ein Oberlehrer, der Amok lief, wenn er schwarzhaarige Frauen in blauer Unterbekleidung erblickte. Schließlich ein Hafenarbeiter, vierunddreißig Jahre alt, der eine sorgfältig auf Hochglanz polierte Schiffsschraube zu sich ins Bett nahm, um zum Orgasmus zu gelangen.

Aber selbst das alles ist – zumindest für die in dieser Menschheitskloake tätigen Kriminalbeamten – noch irgendwie ›normal‹. Doch auch für diese gibt es Phänomene, die sie zutiefst beunruhigen können. Dazu gehört der ›ästhetische Täter‹. Denn das ist eine der ganz großen, äußerst gefährlichen Ausnahmen in diesem Metier.

Dieser als ›ästhetisch‹ bezeichnete Tätertyp ist auch im Bereich der internen Kriminalwissenschaft noch so gut wie unerforscht. Lediglich einige wenige Einzelheiten über ihn sind bekannt oder gelten als wahrscheinlich. Etwa: Dieser Täter, heißt es, reagiert nahezu ausschließlich auf ganz bestimmte, durchaus fixierbare Opfertypen, welche sich fast immer durch dominierende Besonderheiten auszeichnen.

Weiter: Der ›ästhetische Täter‹ ist nicht plump-sexualtriebhaft veranlagt, er erliegt vielmehr bestimmten erotischen Zwangsvorstellungen. Er ist also, trotz eventueller Gewalttätigkeit, eine Art Genießer. Dennoch muß auch er, bei relativer Weichheit, letzten

Endes dennoch zwangsläufig zu einem ganz harten Gewalttäter werden.

Mir selbst hat es stets widerstrebt, irgendeine Form des Verbrechens als ›ästhetisch‹ zu bezeichnen. Ich neige mehr der Ansicht des Kriminalexperten de Riper zu, der diesen seltenen, aber besonders gefährlichen, weil kaum jemals kontrollierbaren Tätertyp als ›gepflegten Sadisten‹ registrierte.

Jedenfalls stand für mich fest: Krebs hatte sich da auf ein höchst gewagtes Abenteuer eingelassen. Aber wenn jemand diese kriminalistische Hypothese tatsächlich bewältigen konnte – dann wohl nur er. Er erregte meine Bewunderung, meine heftige Neugier – zugleich aber auch dunkle Befürchtungen. Zumindest aber wollte ich mir einen so seltenen Vorgang in unserem Metier nicht entgehen lassen.«

»Nun, worum handelt es sich?« verlangte der behutsame Oppositionspolitiker Müller von seinem Vertrauten Weinheber zu wissen. »Was hat denn dieser Huber Nummer drei von dir gewollt?«

»Der redete lediglich so herum – grobschlächtig; der Mann hat keinerlei Kultur.«

»Die kann er sich vielleicht nicht leisten, bei seinem Boss«, scherzte Müller gut gelaunt. »Hat der etwa versucht, uns zu drohen?«

»Er hat uns eine Art Angebot gemacht – falls ich ihn richtig verstanden habe.«

»Ein Angebot zur Zusammenarbeit? Das war zu vermuten. Was aber praktisch wohl heißt: Wir sollen mit ihnen zusammenarbeiten! Nur dann lassen sie mit sich reden.«

»So – ungefähr«, bestätigte Weinheber.

»Irgendwie greifbare Anhaltspunkte dabei? Ich meine: Wurden Zahlen genannt, bestimmte Objekte, Namen? Wurden Kompromisse angedeutet? Eine Abgrenzung von Interessen?«

»Nur unverbindliches, aufdringliches Geschwätz!« versicherte Weinheber indigniert. »Das sind Hyänen – niemand ist vor ihnen sicher. Die fordern immer nur! Etwa von uns, daß wir uns nicht einmischen sollen – ohne genau zu sagen, worum es sich handelt.«

»Hast du ihn darauf aufmerksam gemacht, daß bereits gewisse Teile der Öffentlichkeit alarmiert worden sind – nicht nur von denen, auch von uns?«

»Habe ich! Doch der meinte: Diese Leute regen sich auf, dann aber auch wieder ab. Es komme darauf an, wer dabei die größere Ausdauer entwickle – selbst eine Todesanzeige von heute sei schon wenige Tage später nur noch eine Erinnerung an ferne Zeiten. Und so denken diese Leute tatsächlich – ein Holzinger bestimmt.«

»Hast du denn, sehr vorsichtig, hoffe ich, den Namen Ettenkofler ins Spiel gebracht?«

»Habe ich. Was sichtliches Interesse hervorrief – dennoch zu keiner konstruktiven Äußerung führte. Die scheinen pokern zu wollen – weil sie sich im Besitz allerbester Spielkarten zu befinden glauben, was allerdings auch stimmen kann.«

Müller bedankte sich bei Weinheber höflich – er schien dessen Auskünfte für befriedigend zu halten. Nahezu heiter trank er Brigitte Scheurer zu, die ihn höchst angeregt betrachtete. Dann hob er sein Glas Lauferer entgegen.

Doch der Frankfurter Zeitungsgewaltige machte ein höchst bedenkliches Gesicht. Das geschah immer noch im Hippodrom, Theresienwiese, am reservierten Tisch, hinten links. Er sagte bedächtig: »Läßt sich aus dem Bericht des Herrn Weinheber nicht heraushören, ob Holzinger zu einem Kompromiß bereit zu sein scheint?«

»Das ist der immer – und das bin ich ja auch«, versicherte Müller überlegen lächelnd. »Aber dabei ist der Zeitpunkt entscheidend. Noch fordert Holzinger entschieden zuviel.«

»Und was tun Sie?«

»Ich warte ab, sondiere. Ich treffe keine voreiligen Entscheidungen.«

»Zögern Sie immer alles hinaus?« wollte Brigitte Scheurer in ihrer sanft provozierenden Art wissen. »Auch in Ihrem Privatleben?«

»Ich lasse alles reifen«, meinte Müller. »Nur so kann es gute Ernte geben.«

Womit dieses Thema erledigt zu sein schien. Sie plauderten heiter und unverbindlich, prosteten sich zu. Lauferer hatte an der Bar ein weibliches Wesen der oberen Mittelklasse aufgegriffen: gut ausstaffiert, relativ jung, anpassungsfähig. Er war also wirksam abgelenkt.

Und während sich Brigitte Scheurer entfernte – um sich die Hände zu waschen –, neigte sich Müller zu seinem Weinheber. »Versuche, Verbindung mit Ettenkofler aufzunehmen – mit dem möchte ich mich gerne unterhalten. Möglichst noch heute nacht, spätestens morgen vormittag.«

»Ist er wirklich so wichtig?«

»Man muß sich absichern«, erklärte Müller. »Wenn es zwischen zwei Gruppen zur Kraftprobe kommt, könnte sich eine dritte Kraft als günstiger Ausweg anbieten. Hier also ein Ettenkofler.«

Die Musikgruppe im Hippodrom intonierte in diesem Augenblick den Marsch »Alte Kameraden«.

Vertrauliche Auskünfte des Josef F. Ettenkofler gegenüber Keller:

»Hier – wie in allen Städten – dominieren einige Firmengruppen, zumeist alteingesessene Familienunternehmen.

Dabei waren wir stets bestrebt, primitive Parteilichkeit zu vermeiden. Unsere Einstellung allen Volksvertretern oder Interessengemeinschaften gegenüber war denkbar offen. Wir bevorzugten niemanden, versuchten aber auch, keinen zu vernachlässigen.

Es ist einfach nicht wahr, daß wir immer wieder versucht haben sollen, bestimmte Großraumprojekte möglichst weit an den Stadtrand hinzumanövrieren, so daß dann Straßen, Kanalisation, Lichtleitungen und so weiter möglichst weit hinausgeführt werden müßten; dies natürlich auf Kosten der Steuerzahler.

Daß wir dann rechtzeitig die dazwischenliegenden Landstriche aufgekauft haben, war Vorsorge. Das geschah primär nicht, weil alsbald diese im Erschließungsbereich liegenden Grundstücke plötzlich vielfache Gewinne versprachen. Uns ging es dabei allein um das Wohlergehen und die Entwicklung unserer geliebten Stadt.

Wer hier ›anschaffen‹ wollte, konnte das selbstverständlich nicht ohne uns. Jenes Gelände aber, das sich für die Errichtung eines kommerziellen Fernsehsenders als ideal anbot, war nun zufällig in meinem Besitz.«

Keller: »Worauf sich dann, wenn ich Sie richtig verstehe, alsbald beide Seiten spekulativ um Sie bemühten?«

Ettenkofler: »Wenn es nur das gewesen wäre – ich hätte das leicht verkraftet! Mit Geschäftsleuten, auch politischen, habe ich gelernt, mich zu arrangieren. Aber wie macht man so was mit der Kriminalpolizei?«

Fast genau um Mitternacht dieses vorletzten Oktoberfesttages trat ein Mann in Aktion, der ungezählte Jahre nur mühsame, unbedankte Kleinarbeit verrichtet hatte. Etwa Trennung von Raufbolden; Visitierung von Ausweisen; Absonderung von alkoholverdächtigen Autofahrern; auch Feststellungen von Freudenmädchen und deren »Betreuern«; dazu Bergung von Volltrunkenen, Überfallenen, Verirrten.

Sein Name: Thomas Gartner – man darf ihn gleich wieder vergessen. Sein Dienstgrad: Polizeihauptwachtmeister. Seine dienstliche Tätigkeit in dieser Nacht: Verantwortlich für den Funkstreifenwagen Isar 29 – wie schon in vielen hunderten Tagen und Nächten zuvor!

Thomas Gartner war nicht nur ein sehr verläßlicher Polizeibeamter, sondern auch ein treusorgender, liebevoller Familienvater. Vier Kinder hatte er – zwei Jungen, acht und zehn Jahre alt, zwei Mädchen, neun und elf Jahre alt. Wobei die männlichen Mitglieder seiner Familie äußerst kraftvoll und tatenlustig waren; die weiblichen jedoch fast rührend zart und anschmiegsam – sie alle aber ihm, wie er glaubte, innig zugetan.

Was Thomas Gartner gelegentlich zu schönen, wundersam verträumten Gefühlen zu verführen vermochte. Besonders dann, wenn ihm sein Dienst dafür Zeit ließ. Etwa wenn der von ihm befehligte Streifenwagen irgendwo stand und er die übliche Polizeifunkroutinemeldungen gelassen über sich ergehen ließ:

»...Schlägerei beim Haupteingang Theresienwiese, Schwerpunkt Abortanlage... Überfall auf eine Frau, mit Handtaschenraub, Bayerstraße... Brandalarm Gärtnerplatz, drei Verletzte... schwerer Verkehrsunfall Leopoldstraße, ein Toter... Einbruch Königinstraße, starke Sachbeschädigung...«

Aber dann auch dies: »...versuchte Notzucht... an einem Kind... nähere Umgebung Oktoberfest, südlicher Teil... Täter vermutlich unter Mittelgröße... gut gekleidet... Wiederholungsversuch nicht ausgeschlossen... eventuelle Wahrnehmungen unverzüglich an Präsidium, Dezernat Sitte; direkt an die dortigen Sachbearbeiter: Krebs und Michelsdorf...«

»Dieser elende Saukerl«, sagte Polizeihauptwachtmeister Gartner in seinem Fahrzeug, während er den Funkmeldungen lauschte. »So was muß man sich mal vorstellen! Da überfällt so ein widerliches Schwein ein ahnungsloses, wehrloses Geschöpf – ein Kind; das auch mein Kind sein könnte!«

Bei diesen Gedankengängen störte ihn niemand – denn der Mann neben ihm am Steuer schien eingeschlafen zu sein. Dies war ein indolenter Mensch – dürr, lang und immer müde. Jetzt gähnte er – völlig ungeniert und mit weit aufgerissenem Mund. Ausdauernd...

Da erblickte Gartner in der Müllerstraße, wo er seinen Streifenwagen stationiert hatte – neben einem Baum, mit abgeschaltetem Licht, also ausgezeichnet getarnt –, einen Mann. Daneben ein Kind. Und diese beiden einander zugeneigt dahinschlendernd. Plötzlich ging dann dieses Kind, vermutlich dazu angeregt, in Richtung auf eine Toreinfahrt zu; dort wurde es schnell von völliger Dunkelheit geschluckt. Selbst die Straßenbeleuchtung, auch der vom Oktoberfestwiderschein magisch erhellte Himmel, reichten nicht mehr an es heran.

Der dieses Kind begleitende Mann, dieser Kerl, folgte dem Mädchen. Und dieser Mensch entsprach exakt der Polizeifunkmeldung: etwa mittelgroß, gut gekleidet. Gartner glaubte seine große Stunde zu wittern – und es war tatsächlich eine; wenn auch eine wesentlich andere, als er vermutete.

Er flüsterte hastig seinem gähnenden Begleiter zu: »Du gibst mir Rückendeckung!« Darauf entsicherte er seine Dienstpistole, nahm einen stark strahlenden Handscheinwerfer, stieg vorsichtig aus und bewegte sich auf den dunklen Toreingang zu. Hier angekommen, schaltete er den Scheinwerfer ein; er sah: ein Mädchen, hockend, mit heruntergelassenem Höschen – und in dessen unmittelbarer Nähe: dieses Schwein!

»Keine Bewegung!« rief Gartner energisch. »Oder ich mache von meiner Schußwaffe Gebrauch!«

»Wer sind Sie?« fragte der so gestellte Mann, offenbar völlig unbeeindruckt. »Was wollen Sie hier?«

»Sie«, stieß der Polizeihauptwachtmeister hervor, »sind verhaftet!«

»Warum denn das?« sagte der Mann, der neben dem Kind stand. Das hatte sich hastig aufgerichtet. »Was soll dieser Unsinn?«

»Treten Sie zur Seite!« ordnete Gartner energisch an. Und zu seinem immer noch gähnenden Kollegen, der ihm gefolgt war, sagte er: »Bringe dieses Kind in Sicherheit!«

»Sie werden mir sagen müssen«, forderte der Verdächtige äußerst unwillig, »was das zu bedeuten hat!«

»Das wird Ihnen schon noch klar werden!« Thomas Gartner, Polizeihauptwachtmeister, Streifenwagen Isar 29, war seiner Sache ganz sicher. »Können Sie sich ausweisen?«

»Mein Name«, sagte der Verdächtige nicht ohne Würde, »ist Ettenkofler, Josef Franz Ettenkofler! Sagt Ihnen das was?«

»Was auch immer!« Gartner winkte energisch und entschlossen. »Zunächst einmal kommen Sie mit!«

»Heißt das – Sie verhaften mich?« fragte Ettenkofler ungläubig.

»Genau das! Ich bringe Sie ins Präsidium – und das von Ihnen mißbrauchte Kind dazu. Das wird Folgen haben!«

Was leider exakt stimmte. Fast das halbe Präsidium sollte daran glauben müssen. Vor allem aber ein Beamter – Krebs.

3

Der diensttuende Führungsbeamte der Funkstreifenzentrale in dieser Nacht war zum Glück für das Präsidium ein gebürtiger Münchner, Polizeiobermeister Bauer. Ein zweiter, ebenso glücklicher Zufall kam noch hinzu: Der Dienstbetrieb war zu diesem Zeitpunkt vergleichsweise gering – dieser Polizeibeamte konnte sich also weitaus intensiver als gewöhnlich um jeden Einzelfall kümmern.

Diesen Vorgang Müllerstraße – 0 Uhr 08 – verfolgte Bauer mit besonderer Aufmerksamkeit, weil dort sein Kollege Gartner, der gemeinsam mit ihm bei der Polizei angefangen hatte, in Aktion getreten war – diesmal mit viel Schwung, wie es schien. Gartner forderte einen zweiten Funkwagen an, um Täter und Opfer, polizeitaktisch durchaus richtig, voneinander getrennt einliefern zu können. Diese Anforderung wurde bewilligt.

Das war kein ganz gewöhnlicher Vorgang, stellte der Polizeiobermeister Bauer fest, denn die Festnahme eines Sittlichkeitsverbrechers sozusagen auf frischer Tat gelingt nur höchst selten. Also gedachte er dem Kollegen Gartner zu seinem Fang zu gratulieren; das allerdings nur so lange, bis dieser den Namen des vermutlichen Täters durchgegeben hatte – wie üblich per Funk voraus, damit erste Karteivergleiche anlaufen konnten.

Aber dieser Name lautete: Ettenkofler, Josef Franz.

Bauer verstummte. Dann ließ er sich den Meldezettel für diesen Vorgang herüberreichen und betrachtete ihn sehr nachdenklich. Hierauf griff er zum Telefon und verlangte eine Verbindung mit dem Dezernat Sitte: »Kriminalkommissar Krebs, persönlich.«

Doch an Stelle von Krebs meldete sich Michelsdorf. »Der Chef ist unterwegs, ich vertrete ihn. Was gibt es?«

»Eine Anlieferung ist angekündigt«, berichtete Bauer. »Vermutlich Sittlichkeitsverbrechen. Ein Mann – ein Kind.«

»Nur her damit«, sagte Michelsdorf, wie stets aktionsbereit. »Die nehme ich mir vor!«

»Ich erlaube mir allerdings, auf den Namen des angeblichen Täters hinzuweisen«, meinte Bauer bedächtig. »Der lautet Ettenkofler.«

»Von mir aus«, sagte Michelsdorf munter, »kann der Kerl heißen, wie er will.«

»Er heißt aber Ettenkofler – mit Vornamen Josef Franz.«

»Ich werde in der Kartei nachsehen lassen«, meinte Michelsdorf völlig unbeeindruckt. »Wer in unseren Bereich hineingerät – dem werden wir die Unterhose schon ausziehen!«

Worauf Bauer eindringlich erklärte: »Ettenkofler ist hier in München kein Allerweltsname – er gehört vielmehr zu einer unserer ältesten, angesehensten Familien. Und deren derzeitiges Oberhaupt, etwas über fünfzig Jahre alt, trägt die Vornamen Josef und Franz.«

»Na – und wennschon!« sagte Michelsdorf, nach wie vor unbeeindruckt. »Allein in unserem Dezernat gibt es Leute, die Strauß oder Brandt heißen; auch Wagner wie der Komponist, einer heißt sogar Luther, Martin noch dazu; ist aber katholisch. Ich bitte Sie – was besagt das schon?«

»Nun ja«, meinte Bauer behutsam, »zumindest habe ich Sie informiert.«

»Was durchaus anerkannt wird!« Kriminaloberinspektor Michelsdorf wirkte souverän. »Aber selbst wenn der Papst in ein Sittlichkeitsverbrechen verwickelt wäre – ist denn nicht jeder vor dem Gesetz gleich?«

Worauf Bauer dieses Telefongespräch schroff beendete.

In den nächsten Minuten aber kam er nicht mehr dazu, weiter darüber nachzudenken. Denn ganz plötzlich brodelte es in seinem Funkstreifenbereich – eine Meldung jagte die andere:

»... Personenkraftwagen, Porsche, überfährt bei Kreuzung Baldeplatz rotes Licht, rammt dabei einen anderen Wagen; dort stationierte Funkstreife nimmt Verfolgung auf... Lindwurmstraße, eine Frau schreit aus einem Fenster im dritten Stock: ihr Mann hat ihre zwei Kinder getötet, mit einem Beil, bedroht nun auch sie... Starnberger Bahnhof, Nähe Unterführung Paul-Heyse-Straße: Kämpfe zwischen Rockergruppen; drei zufällige Passanten krankenhausreif geschlagen...«

Bauer registrierte alles sachlich, gab Einsatzbefehle, übermittelte Meldungen an die zuständigen Dezernate. Ohne jeden Kommentar.

Und bei dieser plötzlichen Sturzflut krimineller Ereignisse, die eine pausenlose Konzentration auf schnell wechselnde Daten erforderte, auf Namen und Orte, drohte der sonst so aufmerksame Bauer den Vorgang Ettenkofler zu vergessen.

Dabei hatte er bisher als einziger instinktiv gespürt, daß sich hier für das Präsidium eine Menge komplizierter Schwierigkeiten anbahnen könnte. Das Ausmaß vermochte noch niemand zu übersehen.

Müller, Münchner Statthalter seiner Partei, ließ sich »nach Hause« fahren. Das nicht, weil er bereits müde war oder erschöpft – er nahm lediglich auf seinen morgigen Tagesplan Rücksicht. Und wenn auch viele lächerliche Belanglosigkeiten auf ihn warteten, er mußte doch eingehalten werden.

...9 Uhr Schäferhundprüfungen; 10 Uhr Fahnenweihe von schlesischen Heimatvertriebenen; 11 Uhr 30 Einweihung eines Springbrunnens beim Rindermarkt; 13 Uhr 30 Eröffnung einer japanischen Puppenausstellung, Stadtmuseum; 15 Uhr Tombola für den Residenzbau auf dem Marienplatz... und so weiter und so fort bis zum späten Abend – dann endlich: Abschluß des Oktoberfestes!

Dem gähnte Müller schon jetzt entgegen, in seiner Mietwohnung angekommen, einem Reihenhaus am Rande von Harlaching. Ein kleines Vermögen kostete allein die Miete dafür; aber auch Frau und Kinder wollten standesgemäß leben. Dafür mußte man verdammt intensiv arbeiten, also immer zur Stelle sein, stets einen guten Eindruck machen.

Auf ein nach außen hin vorbildliches Familienleben wurde in diesem immer noch bewußt katholischen Bayern entschieden Wert gelegt. Und Müller verstand es, auch in dieser Hinsicht ein ansprechendes Bild zu präsentieren: seine Frau Elisabeth, seine drei wohlerzogenen Kinder – begabte selbstverständlich; zwei Jungen im Alter von neunzehn und sechzehn Jahren, waren parteipolitisch erfreulich desinteressiert, machten dem Vater also keinerlei Schwierigkeiten. Vorbildliche Söhne also.

So schien denn, rein äußerlich, sein Familienleben in allerbester Ordnung zu sein. Dem entsprach die Wohnung, die er jetzt betrat: sauber, wohlriechend, stets repräsentabel. Eine fast lähmende Müdigkeit überfiel ihn plötzlich, ein Verlangen, sich fallen zu lassen – in sein Bett. Er nahm im Flur seine Brille ab und steckte sie in ein Lederetui – er massierte seine Stirn, zu den Augen hin; wobei er zu den Türen hinblinzelte.

Er erkannte, daß im Hauptraum, im sogenannten Salon – wo der Fernsehapparat stand, die Hausbar, ein Regal mit Büchern –, noch Licht brannte. Er folgerte daraus: Entweder hatte seine Frau die Lampen nicht ausgeschaltet, was aber bei ihrem Ordnungssinn kaum anzunehmen war – oder sie wartete noch auf ihn. Wie in letzter Zeit oft. Zu oft!

Elisabeth saß in dem Sessel, in dem er meist zu sitzen pflegte. Und von dort aus sah sie ihn an – mit ihren dunklen, gütig blickenden Augen. »Wie – geht es dir?«

»Hast du etwa«, wollte er, an der Tür stehenbleibend, wissen, »auf mich gewartet?«

»Aber nein«, sagte sie sanft. »Ich habe ferngesehen und bin darüber eingeschlafen. Hast du einen guten, erfolgreichen Tag gehabt?«

»Scheint so«, sagte er, vorsichtig nähertretend. »Zumindest ist das ein anstrengender Tag gewesen.«

»Das Übliche also – und das nicht nur in der letzten Zeit.«

Seine Tage waren randvoll mit Verpflichtungen. Oft stand er auf, wenn seine Kinder noch schliefen; und fast immer kam er nach Hause, wenn sie bereits schlafen gegangen waren. Dennoch sahen sie ihn gelegentlich – auf Fotos, in Zeitungen oder im Fernsehen. Und ihre Mutter hatte sie gelehrt, den Vater zu achten – der war ein bedeutender Mann!

»Es ist alles sehr mühsam«, bekannte Müller, sich seiner Frau gegenüber niederlassend. »Ermüdend!«

»Du«, sagte sie, »solltest dich mehr schonen.« Wobei sie bemüht war, keinen Vorwurf aufklingen zu lassen. »Wenn du so weitermachst, reibst du dich auf.«

»Du meinst also – ich müßte mich mehr meiner Familie widmen, den Kindern und – dir.«

»In den nun fast zwanzig Jahren unserer Ehe habe ich mich daran zu gewöhnen versucht«, bekannte sie, »mit einem Mann verheiratet zu sein, der seinerseits mit der Politik verheiratet ist.«

»Ist das von dir?« fragte er, etwas mühsam scherzend. »Oder von Maugham? Der hat einmal eine seiner weiblichen Gestalten sagen lassen, allerdings in einer Komödie: Ich habe ihn geliebt – und er hat sich geliebt! Welch eine glückliche Ehe! Ist es das?«

»Kann ich noch irgend etwas für dich tun?«

»Ja – sehr viel. Laß mich, bitte, schlafen.«

Kriminaloberinspektor Michelsdorf, am Schreibtisch des Dezernatchefs »Sitte«, hatte alle erdenklichen Vorbereitungen getroffen:

Überprüfung der Karteien auf den Namen Ettenkofler hin – negativ. Bereitstellung einer Beamtin zur Betreuung und Vernehmung des eintreffenden Opfers. Wofür – seiner Ansicht nach leider – nur die Kriminalinspektorin Brasch, auch »Mutter Brasch« genannt, im Augenblick zur Verfügung stand.

Um 0 Uhr 42 wurde ihm deren Einsatzbereitschaft gemeldet. Danach beschäftigte sich diese Brasch mit dem Kind abgesondert im Aktenraum. Michelsdorf registrierte das, spähte dann in den Korridor vor dem Dienstzimmer des abwesenden Kommissars Krebs. Dort erblickte er einen älteren, gutgekleideten Herrn, der offensichtlich auf seine Würde bedacht war. Neben diesem ein höchst ernsthaft wirkender Polizeibeamter; das war Gartner.

Michelsdorf ging auf Ettenkofler zu und forderte ihn auf: »Bitte, folgen Sie mir!« Worauf er sich schroff umwandte und sich in das Chefzimmer begab. Der so Angesprochene folgte ihm, sichtlich empört über diese ihm respektlos erscheinende Behandlungsweise.

»Verehrter Herr«, sagte er mit kaum noch unterdrückter Erregung, »darf ich Sie darauf aufmerksam machen...«

»Worauf immer Sie wollen, Herr Ettenkofler«, meinte der Kriminaloberinspektor überlegen, aber mit einiger Vorsicht. »Doch alles, bitte, zu seiner Zeit!«

»Wissen Sie denn«, fragte Ettenkofler, bereits erheblich lauter, »wen Sie hier vor sich haben?«

»Das«, meinte Michelsdorf, nun sehr sachlich, »wird sich gewiß noch im Laufe dieser Nacht herausstellen.«

»Mein Name ist Ettenkofler!«

»Das stimmt mit der eingegangenen Meldung überein.«

»Sagt Ihnen dieser Name denn gar nichts?«

»Was denn?«

Josef Franz Ettenkofler, einer von Münchens Nobelbürgern der allerersten Garnitur, hatte Mühe, sich zu beherrschen. »Ich ersuche darum, daß unverzüglich der Polizeipräsident verständigt wird, mit dem ich persönlich...«

»Der«, erklärte Michelsdorf unbeeindruckt, doch immer mehr

auf vorsichtige Verbindlichkeit bedacht, »befindet sich zur Zeit auf Dienstreise.«

»Dann der Herr Kriminaldirektor – mit dem ich ebenfalls persönlich...«

»Der muß, soweit ich unterrichtet bin, an Stelle des Herrn Präsidenten repräsentieren – Empfang bei irgendeinem Generalkonsul.«

»Dann dessen Stellvertreter...«

»Herr Ettenkofler«, sagte nun Michelsdorf, mit energischen Untertönen, »ich darf Sie wohl bitten, ein wenig Geduld zu haben! Denn hier ist ein Vorgang zu bearbeiten, bei dem zuerst der diesen Fall gemeldet habende Polizeibeamte seine Aussage zu machen hat. Erst danach...«

»Sie! Ich warne Sie!« stieß Ettenkofler heftig hervor. »Sie machen jetzt einen schweren Fehler!«

»Nicht als Kriminalbeamter«, erklärte Michelsdorf. »Denn als solcher halte ich mich nur an meine Vorschriften, genau an die Richtlinien meines Chefs – wofür ich um Verständnis bitte. Darf ich Sie also nochmals bitten, sich ein wenig zu gedulden.«

»Unter Protest!« rief Ettenkofler energisch.

»Ich nehme das zur Kenntnis, Herr Ettenkofler. Ich werde das, wenn Sie es später noch wünschen sollten, in einer Aktennotiz festlegen.«

Worauf Ettenkofler zunächst verstummte. Er hörte diesem Kriminaloberinspektor mit steigender Unruhe zu, der nun die Sprechanlage einschaltete und seinem Vorzimmer folgende Anordnungen gab: »Die Kollegin Brasch soll melden, sobald sie zu konkreten Ergebnissen gelangt ist. Herr Ettenkofler wird sich im Vorzimmer abrufbereit halten; er ist sorgfältig zu betreuen. Doch zunächst den Kollegen Gartner.«

Ettenkofler wurde prompt von einem Beamten abgeholt und in ein Nebenzimmer geleitet. Dort durfte er sich setzen – er tat das stumm, irritiert; seine Erregung klang nicht ab. Er schnaufte heftig. Er wurde höflich nach speziellen Wünschen gefragt – er äußerte keine. Er starrte auf die Jacke des Polizeibeamten in Zivil, der ihn betreuen sollte – die erschien ihm, oben links, stark ausgebeult; dort vermutete er eine Pistole. Was nicht stimmte – denn im Bereich des Dezernats Sitte gibt es keine Schußwaffen.

Michelsdorf empfing den Funkstreifenwagenführer Isar 29 im Büro Krebs und bot ihm einen Stuhl vor dem Schreibtisch des Kommissars an. Unverzüglich fragte er: »Sie sind sich darüber im klaren, lieber Kollege, an was, oder genauer, an wen Sie da geraten sind?«

»An wen denn, bitte – Ihrer Ansicht nach?« Gartner wirkte bieder und verwundert. »Ich habe doch nur meine Pflicht getan!«

»Wovon ich überzeugt bin«, versicherte Michelsdorf. »Ich kann Ihnen bestätigen, daß Sie sich völlig korrekt verhalten haben, und ich hoffe, daß Sie sich durch die Person des von Ihnen Verhafteten nicht haben irritieren lassen.«

»Warum sollte ich! Ein Schwein ist schließlich ein Schwein – ob nun im Mist oder in Samt und Seide.«

»Genau«, stimmte Michelsdorf ermunternd zu.

»Und – was ich gesehen habe, das habe ich gesehen!«

»Was denn? Bitte möglichst alle Einzelheiten. Ich mache mir zunächst Notizen; ein eingehendes Vernehmungsprotokoll hat Zeit – das erledigen wir später. Also alles völlig offen, Herr Kollege – schließlich sind wir ganz unter uns.«

Hierauf Gartner – übereinstimmend mit dem später erstellten Vernehmungsprotokoll; auszugsweise:

»... saß ich im Wagen... hörte die Durchsagen des Präsidiums ab... erblickte dann einen älteren, mittelgroßen, gutgekleideten Mann, der Personenbeschreibung der an uns gelangten Suchmeldung durchaus entsprechend... sah diesen mit einem Kind, Mädchen, zehn bis zwölf, beide dicht nebeneinander, in Nähe einer Toreinfahrt, in der Dunkelheit verschwinden; örtliche und zeitliche Details in meiner Meldung... hielt ich es für dringend angebracht, diesen Vorgang zu überprüfen, wobei ich erkennen mußte: Dieses Kind hatte sein Höschen bis zum Knie herabgelassen; es war ihm vermutlich heruntergezogen worden. Und der Verhaftete, also dieser Ettenkofler, stand daneben, leicht vorgebeugt.«

»Und das«, wollte Michelsdorf sichtlich beeindruckt wissen, aber auch mit kaum verhohlener Fahnderfreude, »können Sie bezeugen?«

»Beschwören – wenn es sein muß!«

»Ohne umzufallen?«

»Was ich gesehen habe«, versicherte Gartner fast feierlich, »das habe ich gesehen!«

»Was«, meinte Michelsdorf, nun zuversichtlich, »genügen dürfte – hoffe ich.«

Holzinger wußte sein Leben auf seine Weise zu genießen. Hemmungen waren ihm fremd.

Die Zeche dieses Abends durfte der sich anbiedernde Landtagsabgeordnete Mausbach zahlen, der mit der schönen, kuhäugigen Begleiterin. Das konnte der sich leisten – er war, millionenschwer, ein mittlerer Großverdiener. Und dazu ehrgeizig – denn er wollte große Politik machen; das aber hatte im Bereich eines Holzinger seine Preise.

Holzinger – der jede Menge Bier in sich hineinschütten konnte, ohne eine Reaktion zu zeigen, und Champagner wie Mineralwasser trank – hatte wieder einmal »Tapetenwechsel« angeordnet: erst vom Armbrustschützenzelt zum Hippodrom, dann von dort zu einem Nachtlokal in der Innenstadt, beim Karlsplatz, »Grand Moulin«. Hier saßen sie nun im vertrauten Kreise: Nische rechts Mitte, dicht beim Mittelparkett.

Auf dessen Leuchtfläche Polly Winters – Münchens derzeit attraktivste Stripteuse. Angeblich Tochter von russischer Mutter und französischem Vater, in England aufgewachsen, in Amerika ausgebildet, zeitweise nach Hongkong verschlagen. In verführerischen Windungen und tänzerischen Bewegungen war sie bemüht, sich möglichst zeitraubend zu entkleiden.

Holzinger, breit dasitzend, ließ sich von ihr nicht weiter ablenken, zumal sich Direktor Streicher sichtlich für sie interessierte; womit dieser wohl versorgt war. Außerdem huldigte Holzinger der Erfahrung: Eine griffbereite Taube auf dem Nebenstuhl ist immer besser als ein noch so verführerischer Schwan auf irgendeinem Parkett. Er war eben Praktiker.

Und die Begleiterin des erfreulich dienstbereiten Landtagsabgeordneten verströmte lockende Wärme; Holzinger begab sich erwartungsvoll in ihren Dunstkreis, jedoch nicht, ohne seine engsten Mitarbeiter zu beschäftigen – Huber III und Bert Neumann.

Zu Huber III hatte er gesagt: »Kümmere dich um unseren geschäftstüchtigen Amateurpolitiker Mausbach, fühle dem den Puls. Versuche herauszufinden, was der wirklich will und was er dafür zu leisten gedenkt.«

Und zu Bert Neumann hatte er gesagt: »Reiß dich zusammen, Mensch! Du mußt endlich lernen, dich unserem Lebensstil anzupassen – das gehört zu deinem Job!«

Hierauf Neumann: »Ich bemühe mich ja! Aber dennoch würde ich mich jetzt gerne entfernen dürfen. Ich muß noch an Ihrer Rede arbeiten – für die Brunneneinweihung.«

Holzinger: »Bis dahin, mein lieber Schwan, ist noch lange Zeit – mindestens zehn Stunden. Willst du die etwa verpennen, mit deiner Frau? Das könnte dir so passen! Solange du hier bist, schläfst du jedenfalls nicht, kannst also nachdenken – etwa über die sogenannte Medienpolitik, über die ich von dir so schnell wie möglich eine erstklassige, also für meine Ziele brauchbare Materialsammlung erwarte. Zwischendurch kannst du mal einen Blick auf dieses Ausziehweib werfen – die ist Klasse.«

»Die widert mich an!«

»Neumann, Menschenskind, reagiere doch endlich mal menschlich! Reiß dich am Riemen – versuche zumindest nicht, mich in meinem Privatvergnügen zu stören.«

Worauf sich Holzinger unverzüglich seiner Begleiterin widmete, er beugte sich vor, legte eine Hand auf ihre Schenkel und lachte sie an. »Du gefällst mir, Mädchen!«

»Auch ich habe dich schon immer bewundert – als Politiker. Aber nun auch als Menschen. Als Mann!«

Huber III beschäftigte sich befehlsgemäß mit Mausbach und gab dem zunächst den vertraulichen Rat: »Sie werden sich doch nicht etwa dadurch stören lassen, daß unser Holzinger und Ihre Begleiterin...«

»Wo denken Sie da hin!« versicherte Mausbach entgegenkommend. »Ich bin äußerst großzügig veranlagt. Nach der Devise unseres Landes: leben und leben lassen!«

Hierzu äußerte später Neumann, der dieses Gespräch zwischen Huber und dem Landtagsabgeordneten mitgehört hatte:

»Mausbach muß offenbar ›den Geschmack‹ unseres Holzinger recht gut gekannt haben. Dementsprechend hatte er seine Begleiterin ausgesucht – und diese dann unserem ›Boss‹ bereitwillig überlassen. Sie hieß mit Vornamen Maria-Petra und gehörte zu einem seiner Betriebe, ›Siedlungsbauten Region Süd‹ oder ›Reihenhäuser Ramersdorf‹. So was Ähnliches.

Ein recht kompaktes, offenbar sinnliches Geschöpf. Ganz undifferenziert, etwas robust. Volle, feuchte Lippen, kräftige, aber wohlgeformte Beine.

Sie erinnerte an die Sekretärin Helga in unserer Parteizentrale, die einem bei jeder Gelegenheit zu nahe rückte mit ihren großen Brüsten. Höchst mühsam, sich ihr zu entziehen. Was wohl auch die meisten Angehörigen dieser Institution nicht erst versucht haben.

Ich jedoch sagte zu ihr: ›Nicht mit mir!‹

Und sie antwortete: ›Bist du etwa impotent – oder nur allzu sehr verheiratet? Was muß das nur für eine Frau sein, die dir jede Lust auf andere weibliche Wesen nimmt?‹«

Huber weiterhin im Gespräch mit Mausbach:

»Sie sind großzügig veranlagt – und mein Boss ist das auch. Der will aber keine Rätsel raten, der ist Realist und will möglichst genau wissen, was von ihm erwartet wird.«

»Nun«, sagte Mausbach äußerst vertraulich, doch auch um die ihm hierbei geboten erscheinende Deutlichkeit bemüht, »es handelt sich um weitschauende Perspektiven – mit entsprechenden praktischen Maßnahmen auf dem Gebiet des wichtigsten Massenmediums: des Fernsehens!«

»Ein Massenverdummungsorgan allererster Ordnung – meinen einige«, gab Huber zu bedenken. »Während andere, wie mein Boss, erkannt haben: Darauf kann man keinesfalls verzichten, das ist also zu vereinnahmen.«

»Ganz zielstrebig, auch im Hinblick auf die geschäftlichen Möglichkeiten. Also kein Monopol für politisch, religiös oder gesellschaftlich orientierte Interessengruppen – vielmehr auch hier: unbedingt freie Marktwirtschaft. Wer zahlen kann, darf anschaffen. Wie in Amerika. Da finanziert die Werbung auch die Kunst.«

»Kunst – wen interessiert schon Kunst?« meinte Huber, ein Gähnen unterdrückend. »Unter Tausenden nicht einen – volkswirtschaftlich geradezu unverantwortlicher Luxus! Die große Masse jedenfalls will Fußballspiele, Schlagersänger, gefällige Filmchen.«

»Das«, versprach Mausbach spontan, »werden wir unseren Fernsehern bieten. Aber das können wir nur, wenn wir wirklich freie Hand bekommen. Also wenn uns eigene Sender zur Verfügung stehen, verläßliche Produktionsgemeinschaften für uns arbeiten, uns angeschlossene visuelle Vervielfältigungsfabriken ungestört arbeiten können.«

»Machen Sie einen entsprechenden schriftlichen Entwurf, der dann von unserem Büro ausgewertet wird – möglichst bereits bis morgen. Sonst noch was?«

»Das zunächst vielleicht Wichtigste: die Bildung eines Ausschusses im Landtag, um die entsprechenden Gesetze vorzubereiten und möglichst schnell einzubringen. Dessen Vorsitz würde ich gerne übernehmen.«

»Und das nur«, fragte Huber III gedehnt, »weil Sie mal mit Holzinger Duzfreundschaft getrunken haben?«

»Natürlich nicht«, versicherte Mausbach vertraulich. »Ich würde mich selbstverständlich für jedes diesbezügliche Arrangement großzügig revanchieren. Etwa: indirekte Beteiligungen; Bevorzugung zu bevorzugender Firmen; Anteile zu Sonderpreisen. Auch Spesen entsprechender Größenordnung. Persönliche Gefälligkeiten. Wobei die Dame dieses Treffens einen ganz bescheidenen Vorgeschmack gibt.«

»Halt! Genug!« forderte Huber sehr energisch. »Mein Boss ist schließlich nicht zu bestechen – was aber nicht heißt, daß Dankbarkeit nicht gewürdigt würde. Doch dafür gibt es vertrauenswürdige Rechtsanwälte, befreundete Firmen oder eben Vertraute wie mich.«

»Verstehe«, bestätigte Mausbach anerkennend. »Rechnen Sie also jederzeit auf mein Entgegenkommen in jeder angemessenen Größenordnung.«

Sie blickten gemeinsam auf Holzinger, der sich weiter mit der Dame an seiner Seite beschäftigte. Noch immer lag eine seiner Hände mühelos auf ihrem Schenkel – nun allerdings sehr viel höher. Sie atmete mit leicht geöffnetem Mund – ihre Zähne waren prachtvoll. Und sie roch recht gut...

»Wie heißt du eigentlich? Etwa Maria?«

»So heiße ich tatsächlich«, sagte sie, sich an ihn schmiegend. »Aber gerufen werde ich Petra – das ist mein zweiter Vorname. Magst du den nicht?«

»Namen«, sagte er robust, »stören mich nie! Hauptsache: Du bist hundertprozentig in Ordnung!«

Wobei Holzinger seine engsten Mitarbeiter noch immer nicht völlig aus den Augen ließ. »Huber«, sagte er äußerst vertraulich zu seinem persönlichen Referenten, ohne dabei seinen Griff bei Maria-Petra zu lockern, »kümmere dich auch um unseren Neumann. Ich fürchte, unsere kleine Kanalratte reagiert nicht normal genug!«

»Herr Ettenkofler, darf ich Sie nunmehr bitten?« forderte Kriminaloberinspektor Michelsdorf den Wartenden auf, einladend, wenn auch reserviert. »Ich würde jetzt gerne Ihre Version dieses Vorgangs hören – und zu Protokoll nehmen.«

»Ich habe inzwischen darüber nachgedacht«, sagte Ettenkofler, sich auf dem Stuhl niederlassend, der ihm im Chefbüro Krebs' angeboten wurde. »Ich hätte einen meiner Anwälte um Rechtshilfe bitten können. Aber ich habe darauf verzichtet.«

»Und warum, Herr Ettenkofler?«

»Ich habe keinesfalls die Absicht, diesen Vorgang unnötig aufzubauschen. Zumal ich sicher bin, daß sich alles sehr leicht wird klären lassen.« Ettenkofler, rosig, glatt, zugleich würdig, gab sich nun entgegenkommend. »Ich darf wohl annehmen, daß unsere Polizei, deren Präsidenten ich zu meinen persönlichen Freunden zählen darf, stets bemüht ist, diskret und taktvoll vorzugehen – Sie verstehen wohl, was ich meine.«

»Nehmen Sie das an!« versicherte Michelsdorf aufmerksam. »Aber kommen Sie nun, bitte, zur Sache.«

Ettenkofler, Josef Franz, 54, zur Sache:

»Gegen dreiundzwanzig Uhr, kurz davor oder kurz danach, verabschiedete ich mich von diversen Freunden, mit denen ich diesen Abend gemeinsam verbracht hatte – unter ihnen Duhr, von Duhr Hoch-Tief; auch Hurdach, Fleischfabrikant; dann eine Prinzessin von Preußen, Innenausstattung; dazu Hoflehner, Großbauten – unter anderem Marbellahaus; weiteres Frau Freisehner, Kettenläden; und Damlicher, Privatbank.

Meine Freunde wollten noch weiter bummeln gehen – während ich mich nicht ganz wohl fühlte; zumal ich mein Erscheinen für morgen vormittag zur Einweihung eines neuen Springbrunnens zugesagt hatte, wozu mich der Oberbürgermeister eingeladen hat. Übrigens nicht nur er! Jedenfalls machte ich mich auf den Weg zu meinem Fahrzeug. Das hatte ich abseits, beim Mittleren Ring, parken müssen – ein BMW dreitausend, weiß. Der stand – steht also auch jetzt noch dort – etwa zwölfhundert Meter von der Oktoberfestwiese entfernt.

Doch auf dem Weg dorthin, in Nähe der Müllerstraße, erblickte ich ein Kind. Dieses hockte, wie es schien, recht verzweifelt an einem Baum. Ich fragte dieses Kind, ein Mädchen, warum es sich um diese Zeit hier aufhalte. Worauf es beteuerte: Es wage sich nicht nach Hause. ›Es ist so spät‹, sagte es, oder auch: ›zu spät‹.

Ich bemühte mich, das Mädchen zu beruhigen, denn seine Verzweiflung oder Angst schien mir echt zu sein. Ich sagte ihr etwa: ›Das ist alles bestimmt halb so wild! Komm nur mit, ich bringe dich nach Hause.‹

Das hielt ich für meine menschliche Pflicht. Denn das Kind tat mir leid. Wenn jemand meiner Hilfe bedarf, wie offenbar hier, kann er auf mich zählen. Ich fragte das Mädchen nach seinem Namen – sie heiße Therese Giesinger oder Gieringer, sagte sie. Sie nannte mir auch die Adresse ihrer Eltern: Sternthalerstraße. Das lag auf meinem Weg, jedenfalls nur wenig abseits davon, also nur ein kleiner Umweg. Mir machte das nichts aus; ich ging gerne noch ein paar Schritte durch die klare Luft. So geleitete ich denn Therese heimwärts, unterhielt mich mit ihr, väterlich-freundlich.

Wobei sie dann plötzlich ein menschliches Bedürfnis verspürte. Sie sagte etwa: ›Ich muß mal – dringend, klein. Darf ich?‹ Was ich ihr natürlich nicht untersagen konnte. Also begab sie sich seitwärts – in Richtung einer Toreinfahrt, hockte sich dort nieder. Ich war lediglich bemüht, diese Szene abzuschirmen. Da stürzte jedoch aus einem parkenden Fahrzeug ein Polizeibeamter auf mich zu...«

»Eine durchaus glaubwürdige Version«, versicherte Michelsdorf bereitwillig.

»Freut mich, daß Sie das bestätigen«, sagte Ettenkofler. »Und da meine Person bekannt ist, meine Adresse Ihnen vorliegt, Sie mich also jederzeit erreichen können – darf ich mich jetzt wohl entfernen.«

»Besitzen Sie ein Taschentuch?«

»Was für eine Frage!« Ettenkofler wirkte nun ein wenig verblüfft. »Natürlich verfüge ich über ein Taschentuch – und nicht nur über eins, sondern meist über zwei oder drei.«

»Warum gleich drei?«

»Eine Angewohnheit meines Vaters, die ich übernommen habe – für alle Eventualitäten. Etwa für Damen, falls Getränke vergossen werden, nach dem Händewaschen, bei unzureichenden hygienischen Verhältnissen...«

»Bemerkenswert«, versicherte Michelsdorf respektvoll. »Kann ich, bitte, diese Ihre Taschentücher sehen?«

»Na schön – wenn Sie unbedingt darauf bestehen!« Ettenkofler zog nach nur kurzem Zögern ein fast neuwertiges Taschentuch aus seiner Hose; ein zweites entnahm er seiner Rocktasche, auch dieses noch nicht benutzt. Nach dem dritten jedoch suchte er vergeblich: »Das muß mir abhanden gekommen sein.«

Michelsdorf betrachtete die ihm vorgelegten Taschentücher genau, ohne sie zu berühren. Dann sagte er: »Danke.«

»Also kann ich jetzt wohl endlich gehen.«

»Leider sind zuvor noch einige unumgängliche Regeln zu beachten – so müssen wir den Abschluß der Untersuchung dieses Vorgangs abwarten. Wozu auch die Befragung des Kindes gehört. Bis das geklärt ist, werden Sie sich also noch gedulden müssen!«

»Das, Herr Michelsdorf – ist eine Schikane!«

»Nicht doch, Herr Ettenkofler«, wehrte dieser höflich ab. »Ich erfülle hier lediglich meine Pflicht, entspreche nur den Richtlinien meines Chefs. Mich trifft keinerlei Verantwortung dafür, daß Sie hier sind. Ich, verehrter Herr Ettenkofler, führe lediglich Befehle aus.«

Dr. Weinheber, Artur mit Vornamen, bevorzugter Vertrauter von Müller, pflegte seit etlichen Monaten schon jede Nacht von Samstag auf Sonntag bei seiner Freundin zu verbringen. Diese hieß Karin, war etwa zwanzig Jahre jünger als er und von einem sehr zeitgemäßen Lebensgefühl erfüllt: Erfolg ging ihr über alles!

Und der war ihr zuteil geworden – dank ihrem einflußreichen Artur. Der hatte ihr eine gutbezahlte, wenig anstrengende Stellung bei einem Kunstverein beschafft, zu dessen Vorstand er gehörte. Überdies hatte er für sie – und damit für sich – diese Zweizimmer-Eigentumswohnung, Nymphenburger Straße, gekauft.

Zweimal wöchentlich trafen sie sich. Einmal an irgendeinem wechselnden Alltag, nach kurzfristiger telefonischer Vereinbarung für etwa eine Stunde. Dann aber regelmäßig samstags; diesmal für die ganze Nacht. Die Atmosphäre war durch bürgerlichen Komfort geprägt: Ausstattungsfirma »Die Einrichtung«, Bad plus WC von »Obermeier«, Reinigungsinstitut »Die Heinzelmännchen«.

»Du«, sagte Karin, sich an ihn pressend, »scheinst heute erschöpft zu sein. Du wirkst abgespannt.«

»Ich«, bekannte er, »habe im Augenblick so meine Probleme.«

»Meinetwegen?« fragte sie.

»Bei dir versuche ich sie zu vergessen«, versicherte Weinheber. Wobei er die Wände um sich betrachtete, die er mit ausstaffiert hatte: Franz Marcs Blaue Pferde – ein jugoslawischer Teppich mit vorherrschenden Rottönen – Turner, Schiff auf hoher See, ein zerberstender Himmel darüber. Alles das zwar Reproduktionen – aber erste Qualität. Das Bett, in dem er mit Karin lag, war von modischer Farbigkeit: Blaue Blumen beherrschten die Steppdecke.

»Ich bin besorgt«, gestand er.

»Brauchst du bei mir nicht zu sein – ich nehme die Pille.«

»Bei dir«, sagte er dankbar, »ist ja auch alles bestens. Besorgt bin ich nur wegen Müller!«

»Den du so sehr verehrst –«

»Aber nicht bedingungslos, keineswegs kritiklos. Ich bin nicht nur Müllers Berater, sondern auch sein aufrichtiger Freund. Doch er weiß das vielleicht nicht gebührend zu schätzen, oder vielleicht weiß er nicht genau, was ich will.«

»Und was willst du? Intendant werden, Vorsitzender des Rundfunkrates, Kultusminister?«

»Müller denkt, wie ich befürchte, nicht praktisch genug; er scheint keiner konstruktiven Kompromisse fähig zu sein – zumindest nicht in diesem Fall. Er macht Fehler. Er versucht nicht aufzubauen – er schiebt alles vor sich hin. Ohne an seine Freunde zu denken.«

»Also – auch nicht an dich.«

»Macht er so weiter – mit Holzinger als Gegenspieler –, dann ist er erledigt.«

»Und du – mit ihm! Ist es das, was dich beunruhigt?«

»Es ist kaum etwas so beunruhigend wie ein Idealist im Machtkampf, irgendwann scheitert er immer. Und seine Anhänger sind dann die Dummen!«

Drei Gespräche in dieser Nacht zwischen Polizeibeamten.

Erstes Gespräch:

Gartner, Funkstreifenwagen 29, mit Bauer, Zentrale. Ort: der Korridor vor dem Funkstreifeneinsatzzentrum.

Gartner: »Wollte nur mal schnell guten Abend sagen und dir was erzählen. Denn ich bin da wohl an einen ganz dicken Hund herangeraten.«

Bauer: »Ettenkofler – nicht wahr? Ich habe deine Funkmeldung von vorhin an das Dezernat Sitte weitergeleitet. Sollte es sich tatsächlich dabei um einen ganz bestimmten Ettenkofler handeln – um diese Leuchte des Münchner Großbürgertums?«

Gartner: »Ein kapitaler Fang, das meint auch Michelsdorf. Der hat sich mächtig ins Zeug gelegt.«

Bauer: »Das macht der immer. Entscheidend aber ist, was Krebs dazu sagt – wie beurteilt der diesen Fall?«

Gartner: »Gar nicht! Denn der kennt ihn noch nicht, ist irgendwo unterwegs. Michelsdorf vertritt ihn.«

Bauer: »Und Kriminalrat Zimmermann?«

Gartner: »Was hat denn der mit solchen Sittenstrolchen zu tun?«

Bauer: »Mein lieber Freund – das hört sich aber gar nicht gut an für dich. Denn schließlich hast du da nicht irgendeinen kleinen Strolch aufgegriffen, sondern dich sozusagen mit einer Münchner Großmacht eingelassen. Falls das aber schiefgeht – was durchaus sein kann –, könnte man dir allein die ganze Verantwortung dafür aufhalsen. Und was dann?«

Gartner: »Was soll ich denn tun, deiner Ansicht nach?«

Bauer: »Du hast bereits mehr als genug getan, fürchte ich. Jetzt überlasse es mir, diese Sache in halbwegs geregelte Bahnen zu lenken – wenn es dafür nicht schon zu spät ist.«

Zweites Gespräch:

Zwischen Bauer und Zimmermann innerhalb des Präsidiums.

Bauer: »Erlauben Sie mir, Herr Kriminalrat, Sie auf einen Vorgang aufmerksam zu machen, der vielleicht von einiger Wichtigkeit sein könnte. Da ist im Verlaufe dieser Nacht von einem unserer als absolut verläßlich geltenden Funkstreifenführer ein möglicher Sittlichkeitsverbrecher gestellt und ins Präsidium transportiert worden.«

Zimmermann: »Na ausgezeichnet! Von dieser Sorte können wir nie genug aufgreifen. Aber warum informieren Sie mich in diesem Fall direkt? Oder genauer: Was irritiert Sie daran?«

Bauer: »Nur eins, Herr Kriminalrat: der Name des Betroffenen. Denn es handelt sich dabei um einen gewissen Ettenkofler – um einen Josef Franz Ettenkofler.«

Zimmermann: »Eine zufällige Namensgleichheit?«

Bauer: »Leider nein – wenn ich richtig informiert bin.«

Zimmermann: »Danke für Ihren Hinweis, Herr Kollege. Wobei ich nur hoffen kann, daß Ihre Information nicht zutrifft. Zumal ich weiß, daß Sie zu den wenigen gehören, die einen Irrtum im Bereich der Polizei für unmenschlich halten. Was ja auch stimmt.«

Drittes Gespräch:

Zwischen Zimmermann, Präsidium, und Krebs, Gerichtsmedizinisches Institut.

Zimmermann: »Ich kann nicht beurteilen, wie wichtig der Fall ist, an dem du gerade arbeitest, Krebs. Im Amt jedenfalls vertritt dich Michelsdorf – was ja in Ordnung geht. Aber sollte der nicht Anweisung haben, dich bei jedem ungewöhnlichen Vorkommnis unverzüglich zu verständigen?«

Krebs: »Ich stehe laufend mit meinem Büro in Verbindung. Michelsdorf beschäftigt sich dort, wie mir mitgeteilt wurde, mit einem als Sittlichkeitsverbrecher verdächtigen Mann.«

Zimmermann: »Nur haben auch solche Leute manchmal Rang und Namen. In diesem Fall handelt es sich um einen gewissen Josef Franz Ettenkofler. Sagt dir das was?«

Krebs: »Nur die Tat zählt, würde ich gewöhnlich sagen. Die Person eines derartigen Täters hat uns vorerst nicht zu interessieren.«

Zimmermann: »Mann Gottes – im Grunde ist ja auch mir so was scheißegal. Nur daß es sich hier um einen Mann handelt, der Gott und sogar diese Münchner Welt mobilisieren kann – gegen uns! Falls wir irgendeinen Fehler machen.«

Krebs: »Ich komme sofort ins Präsidium! Sobald ich klarsehe, erstatte ich dir Bericht.«

Maximilian Holzinger, souverän, trinkfreudig und sitzfest, gedachte offenbar noch lange nicht, diese Nacht durch einen erholsamen Schlaf zu beenden. Seine Vitalität schien grenzenlos – seine Stimme hatte noch an Lautstärke zugenommen, seine Fröhlichkeit riß alle mit.

Im Nachtlokal »Grand Moulin« war die Runde um Holzinger unverändert: Landtagsabgeordneter Mausbach, der nach Champagner rief; seine Begleiterin, die alles bereitwillig über sich ergehen ließ; ein sich mächtig amüsiert gebender Huber; der geduckte, in sich zusammengesunkene Neumann. Dazu nunmehr die Firstclass-Stripperin Polly Winters – von Direktor Streicher an diesen Tisch gebeten; wobei diese, instinktsicher, höchstes Honorar veranschlagte.

Die Musikgruppe »The Taifuns« machte ihrem Namen wenig Ehre; sie säuselten sanft auf Saxophon und elektrischen Gitarren, und der Mann am Schlagzeug schien nur vor sich hin zu dösen. Der Barbesitzer ließ weitere Lichtquellen ausschalten. Alles war auf Intimität berechnet.

Der Landtagsabgeordnete versuchte noch einmal politisch zu werden, direkt an Holzinger gewendet, sagte er: »Es wird wohl entscheidend darauf ankommen, daß es uns gelingt, den entsprechenden Gesetzentwurf im Landtag durchzubringen – wo wir ja die Mehrheit haben. Und wenn ich, als Ausschußvorsitzender...«

Holzinger winkte ab. »Das machen wir schon.« Worauf er sich wieder mit Maria-Petra beschäftigte.

Huber grinste genußvoll vor sich hin, Neumann saß wie leblos da, der Direktor des Welter-Konzerns tastete an der dicht neben ihm sitzenden Polly Winters herum, als ob er sie kaufen wollte. Sie girrte ihn an.

»Ich«, sagte Neumann schwer, »kriege hier keine Luft mehr! Welch ein penetranter Gestank!«

»Mein Parfum«, versicherte Polly Winters schnell erregt, »kommt aus Paris. Sonderanfertigung von Jeanette.«

»Hier stinkt es«, sagte Neumann dumpf.

»Das«, empörte sich die Polly, »ist eine Beleidigung!«

»Sie brauchen sich hier nicht beleidigen zu lassen«, erklärte Neumann gequält, aber deutlich; er war nun völlig betrunken. »Sie brauchen sich nur zu entfernen. Auf die Rechnung können Sie sich trotzdem setzen – das bezahlen die hier mit der linken Hand.«

Polly Winters erhob sich, stand breitbeinig da, betrachtete Bert Neumann mit ungehemmter Verachtung und rief: »Du mieses kleines Schwein!«

»Ein höchst amüsanter Abend«, meinte Holzinger, sichtlich belustigt.

»Entschuldigen Sie sich!« forderte Direktor Streicher von Neumann.

»Ich entschuldige mich für ihn«, erklärte Huber, schnell einspringend. »Denn der ist ja total besoffen!«

Direktor Streicher akzeptierte diese Erklärung – zumal Holzinger ihm höchst vertraulich zunickte. Er entfernte sich – gemeinsam mit Polly Winters.

Huber beschäftigte sich, nach zustimmendem Nicken Holzingers, nun noch intensiver mit Neumann. »Mann Gottes – du bist vielleicht eine völlig entgleiste Type! Was hast du denn gegen dieses prächtige Ausziehweib? Bei der ist doch alles super! Prima Titten, griffiger Hintern und dazu eine Visage wie aus Hollywood. Menschenskind, Neumann – was willst du denn mehr?«

»Echte Schönheit«, lallte Neumann, erneut trinkend, dann völlig abwesend: »Zartheit, Zärtlichkeit, weibliches Wesen wie aus Porzellan.«

»Wo gibt es denn so was!« Huber III lachte lauthals.

»So was gibt es«, gestand Bert Neumann, kaum vernehmbar.

»Aber wo denn – etwa bei deiner Frau?«

Bert Neumann schien, was höchst selten vorkam, die Kontrolle über sich verloren zu haben. »Ich verbiete Ihnen, von meiner Frau zu sprechen!«

»Was du nicht sagst!« Huber III fühlte sich außerordentlich angeregt – seine ansonsten nicht üppige Phantasie begann aufzublühen. Er betrachtete Bert Neumann mit steigendem Interesse. »Du legst wohl erheblichen Wert auf ein abgeschirmtes, um nicht zu sagen exklusives Privatleben?«

»Allerdings! Und das bitte ich auch Sie, endlich zur Kenntnis zu nehmen.«

»Mache ich.« Huber III grinste breit. »Auf meine Weise.«

Neumann starrte auf sein volles Glas, ergriff es, trank es leer. Huber füllte es unverzüglich wieder, während Neumann zur Tanzfläche starrte.

Dort bewegten sich zwei Paare – das eine ineinander verschlungen, das andere betont munter dahintrottend. Seitlich, an einem Tisch, blickten sich zwei Jünglinge mit Hingebung an; an einem anderen hofierte ein vergnügt lallender Junggreis eine muntere Naive; an der Bar stand ein von drei, vier Amüsiermädchen bedrängter Weltstadtbesucher aus der Provinz.

Und immer wieder »The Taifuns« – fünf vor sich hin dösende, automatisch ihre Instrumente bearbeitende, unkonzentrierte Kerle.

Neumann stöhnte: »Nein, ist das alles fürchterlich! Die Musik ist keine Musik, die Schönheit nicht schön, unästhetischer Talmi!«

Worauf sich Holzinger, von seiner bereits fertig präparierten Gespielin kurzfristig verlassen, wieder um seine engsten Mitarbeiter kümmerte. Er stellte sich hinter sie, legte ihnen, mit vollem Gewicht, seine Arme um die Schultern, sie gleichsam innig umarmend.

Und zu ihnen sagte er, als Feststellung, also ohne jeden Vorwurf: »Du, Neumann, hast dir einen schweren Fehler geleistet – nicht dieser Winters wegen, da hast du ganz richtig reagiert. Du hast aber dabei übersehen, daß diese Winters bereits vereinnahmt war – von Direktor Streicher, unserem Geschäftsfreund. Und das war gar nicht gut. Aber das wirst du ausbügeln – mußt du sogar, wenn ich dich nicht abbuchen soll.«

»Tut mir leid«, bekannte Neumann kleinmütig.

»Du bist nun mal ein sentimentales Arschloch«, meinte Huber.

»Was sich nicht zum Dauerzustand auswachsen darf«, entschied Holzinger. »Denn jetzt kommt es darauf an, alle unsere Kräfte zu konzentrieren – auf unser Projekt Nummer eins – und damit auf Müller.«

Huber III zeigte sich äußerst ungläubig. »Der ist doch nur eine politische Null. Und hat seine Schwächen – massenhaft. Wie jeder.«

»Welche, die ich noch nicht kenne? Findet die heraus!« forderte Holzinger. Worauf er sich von ihnen abwendete, der wieder erscheinenden Maria-Petra zu. Die schloß er besitzergreifend in seine – wie nicht wenige weibliche Wesen seiner zahlreichen Anhängerschaft hoffnungsvoll vermuteten – starken Arme.

»Hast du das gehört, du volltrunkener Traumtänzer?« fragte Huber, zu Neumann hinübergebeugt. »Nun strenge mal deinen Verstand an, für den wir dich schließlich bezahlen. Wo ist denn der schwache Punkt Müllers?«

»Sein Weinheber – vermutlich«, sagte Bert Neumann.

»Inwiefern?«

Doch Bert Neumann vermochte nun nichts mehr zu sagen – so sehr er sich auch bemühte. Er war kreidebleich geworden, verlor sein Gleichgewicht und fiel mit dem Oberkörper über die Tischplatte. Mehrere Gläser zersplitterten.

Huber stellte sachverständig fest: »Unser Tintenkuli ist total besoffen – den haben wir endlich einmal geschafft.«

»Vielleicht wird auch der langsam menschlicher«, meinte Holzinger amüsiert. Worauf er, völlig sachlich, anordnete: »Bring unser kleines, wertvolles Stinktier nach Hause – liefere ihn bei seiner Frau ab.«

»Das mit Wonne!« versicherte der dritte Huber. »Denn auf dessen Frau bin ich geradezu scharf vor Neugier – nach allem, was uns unser Neumann so beharrlich über sie verschwiegen hat.«

»Jedem sein Vergnügen«, sagte Holzinger, durchaus ermunternd. »Bei uns immer!«

Aus den Aufzeichnungen des Kriminalbeamten außer Dienst Keller:

»Ich kenne kaum einen Kriminalisten, der sich gerne mit Sittlichkeitsverbrechen beschäftigt. Wenn einer das dennoch hingebungsvoll tut, halte ich das für nicht unverdächtig. Wie etwa bei Michelsdorf.

Die meisten Beamten ahnen nicht, auf was sie sich dabei einlassen. Selbst Wissenschaftler von Weltrang haben auf diesem Gebiet lediglich herumgerätselt. Ein Hirschfeld fand, unter zahlreichen anderen Ausdeutungsmöglichkeiten, folgende: ›Störungen des Hormonhaushaltes... Zwitterbildung... Übergangsformen des chromosomalen Geschlechts.‹ Boss bastelte an einer wesentlich anderen Theorie herum: Es handle sich hierbei, meinte er, um einen ›exemplarischen Widerspruch, zwischen dem Liebend-in-der-Welt-sein-Wollen und dem auf Irdisches-begrenzt-Sein gestimmten Existieren-Müssen.‹

Keine Vorgänge in kriminellen Bereichen können also komplizierter sein. So erinnere ich mich aus meiner Praxis an eine Ehefrau: Diese hatte ihrer neunjährigen Tochter die unglaublichsten Perversionen systematisch eingetrichtert, nur um dann den von ihr maßlos gehaßten Ehemann zu belasten. Ein anderer Fall: Eine ›Mutter‹ tötete durch Verletzung der Geschlechtsteile ihr Kind – um dadurch einen angeblich von dessen Vater durchgeführten Lustmord vorzutäuschen.

Solche Scheußlichkeiten gehören in diesem Metier zum Alltag. Die Täter sind meist krankhaft, unterliegen oft Wahnvorstellungen, sind aber auch eine ernste Gefahr für die Gesellschaft. Im letzten

Jahrzehnt konnten auch zahlreiche ›Triebtäter‹ mit höherer Bildung und in angesehener gesellschaftlicher Stellung registriert werden.

So etwa: ein Mittelschuldirektor, 32; ein Ordensgeistlicher, 50; ein Polizeihauptwachtmeister, 41; ein Regierungsbeamter, 49; ein Chefarzt, 52 – dieser überführt der vollendeten Notzucht in zwei Fällen, der versuchten in einem Fall.

Aber so was will erst mal bewiesen sein! Dazu bedarf es möglichst zahlreicher, greifbarer Beweise, unerschütterlicher Zeugenaussagen, exaktester Nachforschungen. Restlose Klarheit ist dabei jedoch nur recht selten zu erhalten.

Aber einem so umfassenden, konsequenten Kenner dieser Materie, Krebs, konnte es sogar gelingen, selbst solche Vorgänge deutlich zu machen. Jede Begegnung mit ihm war für mich ein Gewinn – und für meinen Anton artete sie manchmal in reine Freude aus. Denn zu diesem Krebs gehörte auch seine von ihm, mir und meinem Hund Anton geliebte Tochter Sabine.«

Kriminalkommissar Krebs verabschiedete sich gegen 1 Uhr 30 im Gerichtsmedizinischen Institut von Professor Lobner mit der Bitte, die Ergebnisse der noch ausstehenden Untersuchungen möchten ihm unverzüglich übermittelt werden; das Wichtigste davon sei gutachtlich festzuhalten.

»Schade, daß Sie schon gehen müssen«, versicherte Lobner, ehrlich betrübt. »Denn ich hatte mich bereits auf eine lange Nacht gefreut, auf eine mit schön-scheußlichen Fachgesprächen.«

»Das«, versprach Krebs, »holen wir bestimmt bald nach! Spätestens, wenn dieser Fall abgeschlossen ist. Und der ist wohl der bemerkenswerteste, mit dem ich bisher konfrontiert worden bin. Herzlichen Dank jedenfalls für Ihre Mitarbeit – und auch dafür, daß die kleine Gudrun bei Ihnen im Institut bleiben darf.«

»Dieses Kind wird wunschgemäß abgeschirmt und sorgfältig betreut – wie die Kronjuwelen von England. Und warum auch immer! Wir wimmeln hier also jeden ab, der Einfluß zu nehmen versucht. Jedoch – wie lange?«

»Bis morgen – vormittag! Wenn Gudrun voll ausgeruht ist und

gut gefrühstückt hat, werden wir uns an eine intensive Vernehmung wagen.«

Auf dem Weg zum Präsidium, von der Pettenkofer- zur Ettstraße, Dauer fünf bis sieben Minuten, ließ sich Krebs mit dem Leiter der Funkstreifenzentrale verbinden. Und den fragte er: »Ist der Führer des Streifenwagens erreichbar, der heute nacht in der Müllerstraße eine Verhaftung vorgenommen hat – die eines vermuteten Sittlichkeitsverbrechers?«

Die Antwort von Bauer kam prompt: »Der Kollege Gartner, Isar neunundzwanzig, hält sich bei mir in der Zentrale auf.«

»Gut! Dann bitten Sie ihn, sich beim Eingang, Dauerdienst, einzufinden. Ich treffe dort in etwa fünf Minuten ein.«

Weiteres Gespräch über Funk:

Krebs mit seiner Dienststelle, also mit Kriminaloberinspektor Michelsdorf.

»Folgende Fragen: Wer hat die Vernehmung Ettenkofler durchgeführt? Wer ist auf das Kind angesetzt worden? Wo befindet sich Ettenkofler?«

Die Antworten darauf: »Vernehmung Ettenkofler erfolgte durch mich – sie wird gerade schriftlich festgelegt. Das Kind übernommen von der Kollegin Brasch – dieser Vorgang noch nicht abgeschlossen. Ettenkofler hält sich, unter Bewachung, in unserem Vorzimmer auf.«

Hierauf Anweisung Krebs: »Keine weiteren Maßnahmen mehr! Nicht bevor ich dort eintreffe.«

Kriminalkommissar Krebs traf kurz nach 1 Uhr 40 im Präsidium ein. Hier wartete bereits, wie von ihm angeordnet, Gartner beim Eingang auf ihn. Ihr Gespräch dauerte etwa zehn Minuten – Gartner gab erst eine kurze Situationsschilderung, dann folgte eine Serie schneller, präziser Fragen von Krebs; diese wurden knapp und ebenso präzise beantwortet. Krebs schien zufrieden.

Danach begab sich der Kommissar in den »Vernehmungsraum« seines Amtes – was keinesfalls ein großzügig ausgestattetes Zimmer war, denn so was ließ der Etat nicht zu; vielmehr handelte es sich um das zu Nachtzeiten für Vernehmungen verwendete Archiv, das auch die Kartei enthielt. Hier traf Krebs auf die Inspektorin Brasch, die mit dem ihr übergebenen Kind spielte.

Sechs Minuten genügten; dann war Krebs über diese Seite des Vorgangs informiert. Denn diese Brasch besaß den Urinstinkt seines Berufs – nahezu vollkommen. Sie vermochte noch so vage Vermutungen in brauchbares Beweismaterial umzusetzen – sofern das irgendwie möglich war.

»Machen Sie Schluß für heute, verehrte Kollegin«, sagte er zu ihr. »Lassen Sie sich mit einem Dienstwagen nach Hause fahren – unterwegs setzen Sie dann Ihren Schützling bei seinen Eltern ab. Dort sollte eine wohltuend-neutrale Erklärung erfolgen – aber wem sage ich das? Morgen benötige ich Sie dann für eine Sondervernehmung – Vorbesprechung dafür: gegen neun Uhr dreißig. Hier im Amt.«

»Vielleicht sollten wir noch heute nacht darüber sprechen«, schlug die Brasch vor. »Damit ich mich darauf einstellen kann – da dieser Vorgang für Sie sehr wichtig zu sein scheint. Ich werde jetzt also das Kind nach Hause fahren und dann wieder zurückkommen. Richtig so?«

»Richtig«, sagte Krebs, ihr dankbar zunickend.

Die große Selbstverständlichkeit, mit der diese Beamtin, »Mutter Brasch« genannt, stets zu reagieren pflegte, tat dem Kommissar ungemein wohl. Denn sie stellte niemals Fragen – wohl weil sie die Antworten darauf bereits kannte. Fast lächelnd begab sich Krebs zu seinem Dienstzimmer.

Und hier, im Vorraum, erblickte er Ettenkofler – den erkannte er sofort, von ungezählten Fotos in Zeitungen und Illustrierten: »...eröffnete den Ball der ›Goldenen Münchner Herzen‹... überreichte dem Oberbürgermeister einen fünfstelligen Scheck für die Stiftung ›Alte Heimat‹... begleitete den Ministerpräsidenten durch die Ausstellung ›Münchner Leben‹...« und so fort.

Ettenkofler blätterte im Telefonbuch und beachtete dabei den aufgetauchten kleinen, fast zierlichen, dezent grau gekleideten Mann kaum. Er warf lediglich einen kurzen Blick auf Krebs und schien dann registriert zu haben: irgend so ein Subalterner! Was eine geradezu fahrlässige Unterschätzung war, die jedoch dieser Kommissar – wie nicht wenige Kriminalbeamte – gelassen hinnahm. Um so überraschender konnte er dann in Aktion treten.

Im Chefzimmer wartete bereits Michelsdorf, der eilig auf den Schreibtisch wies. Denn dort lag nunmehr die schriftlich fixierte, aber noch nicht unterschriebene Aussage von Ettenkofler; daneben die Meldung des Funkstreifenpolizeibeamten Gartner, durch intensive Befragungen ergänzt. Krebs las stehend die ihm vorgelegten Unterlagen durch. Michelsdorf wartete schweigend.

»Schlecht«, sagte Krebs dann bedauernd. »Sehr schlecht!«

»Meinen Sie etwa damit meine Arbeit?« fragte Michelsdorf ungläubig.

»Die Untersuchungen des für diesen Vorgang Verantwortlichen sind damit gemeint. Darauf haben Sie sich bedenkenlos eingelassen. Obgleich Sie jede Verantwortung dafür mir hätten zuschieben können; denn genau das hat sich nach Lage der Dinge angeboten.«

»Doch nicht etwa, weil dabei ein gewisser Ettenkofler...«

»Stopp!« sagte Krebs energisch, während er sich hinter seinen Schreibtisch setzte. Das mißtrauische Funkeln seiner Augen wurde nun selbst durch seine Brille nicht mehr ganz verborgen. »Die gesellschaftliche Position eines möglichen Täters hat für uns natürlich hinter der vermuteten kriminellen Tat zu rangieren. Also hat es uns gleichgültig zu sein, ob der uns übergebene Tatverdächtige Ettenkofler oder Müller oder Huber heißt. Doch wer auch immer in Verdacht gerät – sie alle müssen sich garantiert auf unsere Sorgfaltspflicht verlassen können. Denn jeder ist unschuldig, solange nicht schwerwiegende Beweise gegen ihn sprechen.«

»Herr Kommissar«, sagte jetzt Michelsdorf betont förmlich in nahezu militärisch straffer Haltung, »ich bin von der mich überzeugenden, korrekten dienstlichen Meldung eines unserer Polizisten ausgegangen. Eines absolut verläßlichen Beamten!«

»Mit dem habe ich mich soeben eingehend unterhalten«, stellte Krebs fest. »Gartner glaubt, eine sogenannte heikle Situation gesehen zu haben – jedoch ohne jede erkennbare Aktivität. Wo ist da ein Beweis – wenn man nur ein wenig genauer nachforscht?«

»Soll das etwa heißen, daß Sie diesen Ettenkofler in Schutz nehmen wollen?« fragte Michelsdorf, nunmehr herausfordernd.

»Dessen Aussage ist doch, genau besehen, nur die schäbige Masche vom guten Onkel! Was wäre verdächtiger? Sie wollen doch nicht etwa diesen Kerl einfach laufen lassen?«

»Ich lasse niemanden laufen«, korrigierte Krebs seinen Mitarbeiter, durchaus noch höflich. »Doch ich muß diesen Ettenkofler als weitgehend entlastet ansehen.«

»Nicht zuletzt, weil er Ettenkofler heißt?«

»Das«, meinte Krebs betrübt, »hätten Sie nicht sagen dürfen, Michelsdorf. Denn das paßt ganz einfach nicht zu der Denkweise eines verantwortungsbewußten Kriminalisten. Ich habe mich allein an den Tatsachen orientiert. Und dabei herausgefunden: Zwischen dem Vernehmungsergebnis dieses Ettenkofler und der Meldung des diesen stellenden Polizeibeamten sowie den Angaben des angeblichen Opfers – existieren keinesfalls alarmierende Widersprüche. Vielmehr sind sehr weitgehende Übereinstimmungen erkennbar.«

»Da bin ich aber wesentlich anderer Ansicht – wenn Sie erlauben!«

»Ich pflege meinen Mitarbeitern nichts zu erlauben oder zu verbieten. Aber ich erwarte stete Bemühungen um Objektivität. Aber ich nehme an, Sie kennen jene Ergebnisse noch nicht, die inzwischen unsere Kollegin Brasch erarbeitet hat?«

»Die kenne ich noch nicht«, gab Michelsdorf widerstrebend zu. »Aber immerhin kenne ich die Brasch!«

»Was ich nur hoffen kann! Denn was unsere Kollegin Brasch durch intensive Befragung des Kindes ermittelt hat, das deckt sich praktisch mit der von Ihnen erstellten Vernehmung des Herrn Ettenkofler. Praktisch heißt das: Seine Version dieses Vorgangs scheint zu stimmen. Das Gegenteil können wir ihm jedenfalls nicht beweisen!«

»Woraus sich wohl ergibt, daß wir, wieder einmal mehr, einen möglichen Sittenstrolch einfach laufen lassen müssen!«

»Ich kann Sie da nur warnen, Michelsdorf! Hier handelt es sich doch gar nicht um die Erledigung eines Vorgangs aus Mangel an Beweisen, sondern nahezu mit Sicherheit um einen heiklen polizeilichen Zugriff – um nicht zu sagen: Übergriff – Mißbrauch! Wobei dann vermutlich die Frage aufgeworfen wird: Wer kann dafür verantwortlich gemacht werden?«

»Ich jedenfalls nicht! Ich habe mich exakt an Ihre Richtlinien gehalten. Wollen Sie das etwa bestreiten?«

Das Haus, in dem Bert Neumann wohnte, befand sich in der Hohenzollernstraße – ein Neubau – glatt, Beton mit Glas, funktionsgerecht – solange der Strom nicht ausfiel. Dort drei Zimmer, plus Küche, WC und Bad: 3. Stock, links.

Hier angekommen, raffte sich Neumann, von Huber transportiert, noch einmal auf, mit letzter Energie. Er erklärte: »Das – genügt! Danke, danke! Es war sehr freundlich von Ihnen, mich bis hierher…«

»Bis hierher und nicht weiter?« fragte Huber erwartungsvoll – während er Neumann an sich drückte wie ein Paket. »Du verkennst meine ausgeprägt treusorgende Kameradschaft, Bert.«

»Nein!« rief Neumann äußerst mühsam. »Das genügt.«

»Nicht für mich«, versicherte Huber freudig. »Denn unser verehrter Boss hat dich mir anvertraut – der ist besorgt um dich! Du bist uns lieb und wert!« Er schleppte Neumann mit sich und musterte dabei die Türschilder. Dann drückte er ausdauernd auf einen Klingelknopf.

Ein glockenartiges Geläute ertönte hinter einer massiven Eingangstür endlos. Huber, seinen ihm anvertrauten Neumann eng umarmend, schien sich an diesen schönen Klängen zu erfreuen. »Erinnert an Mozart – was?«

Dann wurde diese Tür geöffnet – und zum Vorschein kam: ein weibliches Geschöpf »wie aus einer anderen Welt«, so jedenfalls Hubers spätere Formulierung. Eine junge Frau, in ein herabwallendes, ungemein dekorativ wirkendes Gewand gehüllt, in lichten Regenbogenfarben; hauchdünne Seide und zierliche Spitzen, bis hinab zum Boden. Und darüber ein Gesicht wie aus feinstem Porzellan, Nymphenburger Manufaktur, Bustelli, klassisch: sanft gerötete Wangen; veilchenblaue, verträumte Augen; kirschrote Lippen von betörend zärtlich-verlockendem Schwung; perlschimmernde Zähne; durch ein leichtes, nachsichtiges Lächeln entblößt.

»Wenn Sie«, sagte Huber III, dieses Puppengesicht begeistert anstarrend, »Frau Neumann sind – dann ist das Ihr Mann.«

»Er ist es«, bestätigte sie. Und sie sagte das mit heller Stimme – völlig unberührt.

»Jedenfalls freue ich mich, gnädige Frau, endlich Ihre Bekanntschaft machen zu dürfen. Ich bin Huber. Ihr Mann und ich arbeiten zusammen – sehr eng! Er wird Sie sicherlich darüber unterrichtet haben. Sie heißen Undine mit Vornamen – nicht wahr?«

»Legen Sie ihn ab«, sagte Undine Neumann leise, doch äußerst eindringlich. »In den Korridor hinein.«

»Gerne, gnädige Frau!« Huber betrachtete das Geschöpf vor sich, mit heftig steigendem Interesse. »Ich wäre aber auch gerne bereit, weiterhin behilflich zu sein – Sie brauchen nur Ihre diesbezüglichen Wünsche zu äußern.«

»Danke – nicht daran interessiert«, entschied Undine Neumann – mechanisch über beide hinwegsehend.

»Entschuldige bitte«, lallte Bert, bevor er in den Korridor fiel. »Aber so ist es nun mal – dieses Leben.«

»So«, sagte Undine, die ihren Mann äußerst angewidert betrachtete, »habe ich ihn noch nie gesehen – mir auch nicht vorstellen können...« Worauf sie mit einer marionettenhaften, doch wundersam eindringlich wirkenden Bewegung Huber unmißverständlich zu verstehen gab, er solle sich nunmehr entfernen. Sie nickte ihm hoheitsvoll abweisend zu und schloß hinter ihm die Tür.

»Was ist denn das!« rief der freudig-alarmiert aus. »So was darf es doch einfach nicht geben!«

Telefongespräch zwischen Krebs und Zimmermann:

Krebs: »Ich bedaure sehr, deine Befürchtungen teilen zu müssen. Aber die Behauptung, daß der bei uns eingelieferte Ettenkofler ein Sittlichkeitsverbrechen begangen haben könnte, ist nicht aufrechtzuerhalten.«

Zimmermann: »Kriminaltechnisch einwandfrei?«

Krebs: »Absolut.«

Zimmermann: »Und wer hat das zu verantworten?«

Krebs: »Ich – meine Dienststelle.«

Zimmermann: »Mithin der die Untersuchung führende Beamte – also Michelsdorf.«

Krebs: »Für dessen Maßnahmen bin ich allein verantwortlich. Wie für alles, was in meinem Dezernat geschieht.«

Zimmermann: »Du kannst von Glück sagen, daß Kriminaldirektor Hädrich in dieser Nacht nicht im Amt ist – der wäre bei einem derartigen Vorgang glatt explodiert. Und außerdem, mein Lieber, erspare mir bitte deine schönen Mitarbeiterkomplexe! Denn dein Michelsdorf will doch im Grunde nur deinen Posten. Aber den kann er nur bekommen, wenn du kräftig auf die Schnauze fliegst; wobei er gerne mithelfen wird.«

Krebs: »Ich bitte dich, Martin – wir arbeiten seit Jahren zusammen, Michelsdorf und ich...«

Zimmermann: »Zu lange bereits, vermutlich... Aber überlasse den mir. Der scheint einiges Deutliche dringend notwendig zu haben. Und so was kann ich – wie du weißt.«

Gespräch zwischen Zimmermann und Michelsdorf im Dienstzimmer Chef Sitte.

Zimmermann: »Sie haben sich da aufgeführt wie ein Elefant im Porzellanladen!«

Michelsdorf: »Was ich bezweifle, Herr Kriminalrat – von meinem Standpunkt aus.«

Zimmermann: »Dann stimmt eben Ihr Standpunkt nicht, Michelsdorf – an Hand der vorhandenen Unterlagen.«

Michelsdorf: »Entschuldigen Sie bitte, Herr Kriminalrat! Aber ich habe angenommen, daß gerade in diesem Fall eine ganz besondere Sorgfaltspflicht geboten wäre. Damit unsere Dienststelle und damit das Präsidium nicht etwa in den Verdacht geraten könnten, gewisse Personen zu bevorzugen...«

Zimmermann: »Wir bevorzugen niemanden, und wir benachteiligen auch keinen, Michelsdorf. Also geraten wir auch nicht in einen derartigen Verdacht. Außerdem sollten Sie mich langsam kennen: Wenn Sie einen Sittenstrolch einwandfrei überführen können, wer auch immer das sein mag, von mir aus sogar der Ministerpräsident oder der Kardinal – dann bin ich der erste, der Ihnen den Rücken stärken wird. Aber so eine Sache muß Kopf und Fuß oder Sinn und Verstand haben! Von letzterem jedoch ist hier nichts zu sehen.«

Michelsdorf: »Ich werde also noch einmal alle vorhandenen Unterlagen gründlich nachprüfen... wobei ich aber absolut nicht sicher bin, dann Ihre Ansichten bestätigt zu finden...«

Zimmermann: »Sie werden nur noch untertauchen, Mann! Damit hier diese Angelegenheit schnellstens bereinigt werden kann. Sie haben genug Staub aufgewirbelt. Gehen Sie jetzt schlafen. Und kreuzen Sie hier erst auf, wenn Sie wieder klar denken können.«

Zimmermann, Krebs und Ettenkofler im Dienstzimmer des Dezernats Sitte.

Zimmermann: »Ich bedaure aufrichtig, daß es uns nicht gelungen ist, Ihnen einige Unannehmlichkeiten zu ersparen.«

Ettenkofler: »Heißt das – Sie entschuldigen sich?«

Zimmermann: »Ich erhoffe lediglich Ihr Verständnis – für unvermeidlich gewordene Maßnahmen. Welche sich jedoch nunmehr, glücklicherweise, im wesentlichen als unbegründet herausgestellt haben.«

Ettenkofler: »Sie entschuldigen sich also nicht?«

Zimmermann: »Nein, Herr Ettenkofler – da Sie mich so direkt fragen. Denn wir – also unsere Beamten – hatten einen Vorgang zu verfolgen, bei dem selbst noch so heikle kriminaltechnische Zugriffe ganz unvermeidlich waren.«

Ettenkofler: »Dann ist es doch wohl besser, wenn ich nun ebenso unvermeidlich einen meiner Rechtsanwälte...«

Zimmermann: »Falls Sie unbedingt darauf bestehen sollten – selbstverständlich! Aber ich erlaube mir, Ihnen davon abzuraten. Ich empfehle Ihnen, diesen Vorgang so zu sehen, wie er ist: Unsere Beamten hatten Recherchen durchzuführen – wobei Sie dann, Herr Ettenkofler, um klärende Mitarbeit gebeten worden sind, also ersucht wurden, im Präsidium zu erscheinen.«

Ettenkofler: »Ich stehe also nicht unter irgendeinem Verdacht?«

Zimmermann: »Nein. Unser Kriminalkommissar Krebs, Chef des zuständigen Dezernats, kann das bestätigen.«

Krebs: »Wird bestätigt.«

Ettenkofler: »Na also – warum denn nicht gleich so! Das ändert natürlich alles. Ich bin mir selbstverständlich meiner Pflichten als

Staatsbürger durchaus bewußt, auch gegenüber der Polizei. Aber einen möglichen Skandal – auch nur die Andeutung eines solchen – kann ich mir keinesfalls leisten.«

Zimmermann: »Glauben Sie mir, Herr Ettenkofler – die Akten und Unterlagen, die in unserem Amt anfallen, ruhen in einem unzugänglichen Massengrab.«

Michelsdorf begab sich in das Untergeschoß des Präsidialgebäudes – zur Kantine. Hier traf er auf den Journalisten Herzog – einen mausgrauen, humpelnden, fuchsschlauen Polizeireporter einer der fünf Münchner Tageszeitungen. Sie kannten sich seit Hunderten von Wochen; entsprechend begrüßten sie sich; recht vertraut.

»Nicht viel los – heute«, meinte Herzog mit ehrlichem Bedauern. »Kein Raubüberfall, der es in sich hat; kein Mord, mit dem sich was anfangen läßt; und wohl auch kein Sexualverbrechen, das dicke Schlagzeilen ermöglicht. Oder?«

»Kommt darauf an!«

»Worauf denn?« wollte sofort der Fuchs Herzog wissen.

»Nun – eben darauf, was sich vielleicht bei einiger Kombinationsgabe als recht interessant herausstellen könnte.«

»Wo denn, Mann – Freund Michelsdorf?«

»Ich gedenke natürlich nicht, verehrter Herr Herzog, Ihnen diesbezügliche Hinweise zu geben. Nur soviel: Ich komme soeben aus dem Büro meines Chefs – Sie kennen Krebs! Aber ich werde Ihnen selbstverständlich nicht sagen, wer sich dort aufhält. Ich beabsichtige lediglich in der Kantine einen starken Kaffee zu trinken – den habe ich nötig.«

»Kapiert!« versicherte Herzog erfreut. Worauf er sich eilig entfernte – aufwärts!

Im Dienstzimmer des Dezernatchefs Sitte – dort weiter Ettenkofler, Zimmermann, Krebs – schien sich nun alles in bester Harmonie aufzulösen. Sie saßen beieinander und bestätigten sich gegenseitig, wie sehr sie sich schätzten, wieviel Verständnis sie füreinander aufzubringen bemüht seien, daß also kein peinliches Mißverständnis zwischen ihnen aufkommen könne.

Zimmermann: »Sie sind außer Obligo, Herr Ettenkofler.«

Krebs: »Wird bestätigt. Gerne.«

Ettenkofler: »Und nunmehr sind keine weiteren Belästigungen oder Belastungen mehr zu erwarten?«

Zimmermann: »Höchstwahrscheinlich nicht!«

Krebs: »Nach menschlichem Ermessen nicht – wie man bei uns sagt. Wobei ich aber hinzufügen muß: Hundertprozentig ist natürlich nichts.«

Eine Feststellung, die jedoch überhört wurde – von Ettenkofler gerne, von Zimmermann bemüht. Sie nickten sich lächelnd zu, empfanden das wundersam erleichterte Gefühl, eine äußerst gefährliche Klippe gemeinsam umschifft zu haben. Alles schien wieder einmal in dieser so ausgleichsbereiten Welt in so gut wie allerbester Ordnung.

Da wurde allerdings die Tür zu ihrem Raum ohne Anklopfen geöffnet. Polizeireporter Herzog schob sich herein, blieb freudig überrascht stehen und rief aus: »Herr Ettenkofler – Sie hier? Ausgerechnet Sie – in diesem Dezernat? Nachts? Warum?«

»Herr Ettenkofler«, sagte Zimmermann, schnell reagierend, doch fast schon verräterisch laut, »ist hier lediglich um einige Auskünfte gebeten worden.«

»Um welche?« wollte Herzog unverzüglich wissen.

»Das«, entschied Zimmermann, »hat Sie nicht zu interessieren! Hier handelt es sich um eine interne Amtsangelegenheit, einen Vorgang im innersten Bereich, der Außenstehende nichts angeht. Ich muß Sie also bitten, sich zu entfernen!«

»Ich entferne mich, da Sie darauf bestehen – aber ich warte«, versicherte Herzog, sich vorsichtig zurückziehend. »Ich warte also auf eine nähere Erklärung von Ihnen, Herr Kriminalrat – oder auf eine von Ihnen, Herr Ettenkofler. Auf eine möglichst überzeugende!« Worauf er die Tür hinter sich zuschlug.

»Das«, sagte Zimmermann besorgt und höchst bedächtig, »hat uns gerade noch gefehlt!«

»Wie«, fragte Krebs, sekundenlang ratlos, »kommt denn der hierher? Ausgerechnet jetzt!«

Und Ettenkofler sagte, bedeutsam und entschlossen: »Jetzt bleibt mir wohl nichts anderes übrig, als mich einem meiner Rechtsanwälte – dem besten – anzuvertrauen. Also wohl Herrn Messer. Tut mir leid, falls es dadurch zu einigen höchst unerfreulichen Komplikationen kommen sollte. Denn die habe ich, weiß Gott, nicht gewollt; aber Sie, meine Herren, konnten diese leider nicht verhindern. Was sich nun auch immer daraus ergeben mag – meine Schuld ist das nicht!«

4

Bert Neumann hockte in seiner Wohnung – auf einer kleinen altbayerischen Bauerntruhe in Türnähe, beim Garderobenständer, einen Spiegel im Rücken. In dem schien sich seine Frau Undine zu betrachten – starr, mit traurigen Augen im unbewegten Gesicht.

»Auch das noch!« Ihre Stimme klang gläsern.

»Verzeihe mir«, sagte Bert Neumann, vergeblich bemüht, zu ihr aufzuschauen. Sein Kopf hing haltlos über seinen Knien – er war wie betäubt von Trunkenheit.

»Was soll ich dir denn noch alles verzeihen? Wieder – und immer wieder!«

Er schien seinen Kopf mit beiden Händen hochstützen zu wollen. »Ich habe mich so sehr bemüht, verzweifelt bemüht. Deinetwegen – allein deinetwegen!«

»Und mit welchem Resultat?« fragte sie mit ihrer zarten, hilflos klingenden Kinderstimme. »Meinetwegen? Dies – und alles andere? Was mutest du mir zu?«

»Ich«, murmelte er dumpf, »liebe dich!«

Undine schüttelte den Kopf; auch das geschah marionettenhaft, gleichmäßig, nur andeutungsweise – wobei sie sich rückwärts bewegte, nur wenige Zentimeter; denn der Raum war klein. »Mein Gott – was manche nicht alles unter Liebe verstehen.«

»Ich – bete dich an!«

Undine schloß nun die Augen. Dann hob sie, sehr langsam, ihre Hände, wie um sie zu betrachten; sie waren zart und kindhaft klein. Sie ließ sie wieder sinken. »Du«, sagte sie, und es klang frei von jeder

Anklage, nur wie eine resignierte Klage, »du hast mich enttäuscht – wieder und immer wieder!«

»Warum – stößt du mich zurück?« Er vermochte sie auch jetzt noch nicht anzusehen. »Warum versuchst du nicht, mich zu verstehen – zu begreifen, was du mir bedeutest...«

Wobei die Türglocke, anhaltend gedrückt, wieder diese perlende Melodienfolge in steter Wiederholung ertönen ließ. Bert Neumann hielt sich gequält die Ohren zu. Undine öffnete – vor ihr stand Huber.

»Verehrte gnädige Frau«, sagte er schwungvoll, »hier bin ich wieder – sozusagen aus Pflichtgefühl, Kameradschaft, Mitmenschenliebe. Was immer Sie wollen!«

»Ich will gar nichts«, sagte Undine leise ablehnend. »Nicht von Ihnen – von niemand.«

»Sehen Sie das so«, erklärte ihr Huber, in der offenen Tür stehend, wobei er Bert Neumann betrachtete. »Da habe ich also meinen lieben Freund, unseren besten, hochgeschätzten Mitarbeiter, bei Ihnen abgeliefert und mich entfernt. Bin dann aber wieder umgekehrt, weil ich mir sagte: Du kannst doch dieser schönen zarten Frau nicht zumuten, ihren Mann ins Bett zu schleppen! Biete also meine diesbezüglichen Dienste an.«

Bert Neumann richtete sich mit letzter Kraft hoch, stützte sich ab, dabei auf das Spiegelglas hinter sich greifend – stand dann schwankend da. »Hinaus!« gurgelte er.

»Überanstrenge dich nicht!« rief Huber ihm munter zu. »Wenn ich eine so schöne Frau hätte, würde ich alle meine Kräfte für sie aufsparen. Komm, komm – ich bringe dich ins Bett.«

Worauf Bert Neumann vorwärts taumelte, Huber entgegen, sich auf ihn stürzte, ihn anfiel, ihm die Hände um den Hals zu krallen versuchte – doch dann an ihm niederglitt, vor ihm zu Boden fiel, liegen blieb. Mit keuchendem Atem. Alsbald wie leblos.

»Na – sieh mal einer an!« rief Huber nach Sekunden ungläubigen Staunens. »So was hätte ich dem gar nicht zugetraut. Fällt der mich doch glatt an!«

»Vergessen Sie es«, sagte Undine, regunglos dastehend. »Und gehen Sie – bitte.«

»Was immer Sie wünschen«, sagte Huber, sich vor ihr verbeugend, ohne sie dabei aus den Augen zu lassen. »Dann gehe ich also – aber nur, um wiederzukommen. Um mich nach Ihrem werten Wohlbefinden zu erkundigen – und nach dem unseres guten Bert. Sie erlauben?«

»Je mehr Einblick ich gewinne«, bekannte Kriminalkommissar Krebs, »um so weniger lasse ich mich auf voreilige Kombinationen ein. Denn Verbrechen, besonders in unserem Bereich, sind so gut wie völlig unberechenbar – sie scheinen nicht selten seelisch bedingt – eine Art Krankheit. Das hat uns aber nicht zu beeinflussen – wir haben lediglich Tatvorgänge aufzuklären, also die dazugehörenden Täter zu finden.«

Das sagte Krebs im Chefbüro seines Dezernats Sitte zur Kollegin Brasch, der »Mutter Brasch«. Sie saß vor seinem Schreibtisch, einen Notizblock in den Händen. Sie war von unerschütterlicher, verständnisvoller Gelassenheit.

Sie sagte: »Ich habe das Kind vom Vorgang Ettenkofler bei seinen Eltern abgeliefert. Ohne irgendwelche Komplikationen. Sogar eine gewisse Dankbarkeit für die Funktion der Polizei war erkennbar.«

»Ausgezeichnet«, sagte Krebs erfreut.

»Außerdem habe ich auf dem Schreibtisch in Ihrem Vorzimmer ein Verzeichnis der angefallenen Telefongespräche vorgefunden – darunter mehrere für Sie persönlich. Ihre Frau hat angerufen.«

»Irgend etwas Besonderes?« fragte Krebs.

»Nein. Ihre Frau wollte lediglich wissen, wie es Ihnen geht – und wann Sie nach Hause kommen.«

»Dabei ist ihr wohl das Übliche gesagt worden – nehme ich an.« Um vertraulich hinzuzufügen: »Meine Frau hat sich offenbar immer noch nicht ganz daran gewöhnt, mit einem Polizeibeamten verheiratet zu sein.«

»Sie sollten sich nicht allzu sehr daran gewöhnen.« Die Brasch war wie immer sehr direkt. »Wenn Sie hier mit mir fertig sind, sollten Sie heimgehen.«

»Würde ich auch gerne – aber ich erwarte noch Herrn Keller, plus Hund Anton.«

»Dann wird das vermutlich eine lange Nacht für Sie werden – lang genug, daß Sie zwischendurch mit Ihrer Frau telefonieren können. Was jedoch mich anbelangt – so dürfen Sie sich kurz fassen.«

»Ich werde Sie«, kündigte Krebs ihr an, »in den Vormittagsstunden mit einem Kind zusammenführen, das offenbar äußerst sensibel ist. Dieses Kind, eine Gudrun Dambrowski, scheint an einen Sittlichkeitsverbrecher von recht ungewöhnlicher, alarmierender Abwegigkeit geraten zu sein.«

»Verstehe«, sagte die Kriminalinspektorin Brasch. »Sie halten eine möglichst gründliche Vorbereitung auf die Befragung für notwendig. Und warum, bitte?«

»In diesem Fall«, sagte Krebs eindringlich, »drängt sich mir folgende Erkenntnis auf: Der Täter könnte möglicherweise ein krasser Außenseiter sein – also einer, der wider alle Regeln in unserem Bereich in Aktion getreten ist!«

»Das«, sagte die schnell reagierende Brasch, »bedeutet wohl zunächst: Sammlung möglichst zahlreicher Details über einen unbekannten Täter. Und das bei einem Kind!«

»Exakt, Frau Kollegin«, bestätigte Krebs anerkennend. »Wobei in diesem Fall wohl auf folgende Punkte besonders zu achten wäre: allgemeiner äußerer Eindruck des Täters – seine typenmäßige Einordnung – auffallende Bekleidung – Gerüche, eventuell Parfum – registrierbare Bewegungen! Vor allen Dingen aber: seine Sprache, erkennbare Besonderheiten wie Lispeln oder Stottern, Kurzatmigkeit oder Geschraubtheit, Anwendung von Fremdwörtern und Verlegenheitslauten. Und dann achten Sie vor allen Dingen darauf, ob ungewöhnliche Formulierungen gebraucht wurden.«

»Sie scheinen«, sagte die Brasch, während sie sich unbeeindruckt gab, »ziemlich genau zu wissen, wonach Sie suchen.«

»Nicht mit absoluter Sicherheit«, bekannte Krebs. Wobei er zu einer Art Wandtafel blickte, die in der äußersten Ecke seines Raumes stand. Das war sein »Schwarzes Brett« – es gehörte jeweils jenem Fall, den er für den derzeit wichtigsten hielt. Es wies einige Fotos von Kindern auf, Sammlungen von Tatbestandsnotizen und dazu, wie üblich, einen Stadtplan von München.

»Ich verfüge bisher lediglich über einige wenige Anhaltspunkte –

aber eben die weisen auf einen Täter hin, der für uns Neuland ist. Und das will ich entdecken!«

»Sie setzen also große Hoffnungen auf die Vernehmung, die Befragung dieses Kindes?«

»Eben weil mir diese Gudrun Dambrowski sehr feinfühlig erscheint«, erklärte Krebs. »Der Vorgang, dem sie ausgesetzt war, müßte sich ihr tief eingeprägt haben. Und zwar so stark, daß sich daraus greifbare Anhaltspunkte ergeben könnten.«

»Nun gut – ich werde mich darauf einstellen.«

»Um neun Uhr dreißig treffen wir uns hier wieder zur Abstimmung der letzten Einzelheiten. Dann begeben wir uns gemeinsam zum Institut, zu Lobner. Dort werden Sie sich, etwa gegen elf Uhr, intensiv mit diesem Kind beschäftigen können.«

»Wird gemacht«, sagte die Brasch, sich erhebend. »Also dann – in etwa sieben Stunden. Aber vergessen Sie nicht, inzwischen Ihre Frau anzurufen. Die wartet gewiß darauf. Auch ein gemeinsames Frühstück wäre empfehlenswert – ich weiß das aus eigener Erfahrung.«

Holzinger lag in seinem Hotelzimmer – Nähe Lenbachplatz, in einem der Luxushotels der Landeshauptstadt: Swimmingpool unter dem Dach, Nightclub und Luxusrestaurant im Keller; Bad mit WC zu jedem Raum gehörig. Ein anerkannt internationales Unternehmen – drei Sterne; entsprechende Preise. Französische Betten in Einzelzimmern.

Holzinger dehnte sich, wohlig schnaufend – er drohte dabei das weibliche Wesen, das mit ihm im Bett lag, hinauszudrängen. Die wehrte sich dagegen, rollte sich über ihn, versuchte ihm die Decke zu entziehen.

»Was«, fragte Holzinger schlaftrunken, »soll denn das?« Er richtete sich auf – die Lampe am Bett brannte, beleuchtete die nackte Gestalt neben ihm: ein geöffneter, vollippiger, feuchter Mund; halbgeschlossene Schlafzimmeraugen, darunter ein aufmerksamer Blick; vorgereckte Brüste. Es war stets das gleiche, immer dasselbe – wie gehabt!

»Was willst du denn noch hier?« fragte er ungeniert gähnend.

»Ich bin Maria«, sagte sie. »Und du hast mich genommen.«

»Na und?« fragte Holzinger, sich wieder fallen lassend. »Dazu bist du schließlich mitgekommen.«

»Ich«, sagte sie, »habe mich dir aus Liebe gegeben. Das mußt du mir glauben, Max!«

»Komm, Mädchen, komm«, sagte er leicht unwillig. »Laß doch diesen sentimentalen Quatsch. Und übrigens heiße ich nicht Max, sondern Maximilian. Und Maximilian will jetzt schlafen. Ich muß in wenigen Stunden wieder munter sein – wegen irgendeiner scheißwichtigen Brunneneinweihung.« Er drehte sich auf die Seite – und ihr seinen massiven Rücken zu.

Sie schien ihn versonnen zu betrachten. Dabei sagte sie mit sorgfältiger Betonung jedes Wortes: »Wenn das publik werden würde...«

Holzinger wurde schlagartig hellwach. Er wuchtete sich hoch, massierte sein Gesicht, musterte sie dabei. »Was willst du damit sagen?«

»Nichts Bestimmtes«, versicherte sie eilig. »Aber schließlich komme ich aus gutem Hause – und du bist verheiratet und noch dazu...«

»Stopp!« sagte er energisch. »So nicht weiter! So was höre ich gar nicht gerne.«

»Aber ich meinte doch nur, daß es sehr peinlich werden könnte, wenn...«

»Nicht für mich, Mädchen – falls du auf irgendwelche Komplikationen hinauswillst. Du bist schließlich über sechzehn Jahre alt, wenn nicht volljährig – und ganz freiwillig hier. Es hat dir Spaß gemacht. Und das ist auch schon alles.«

»Aber deine Position – deine Stellung...«

»Alles zu seiner Zeit! Und dabei wollen wir doch die Kirche im Dorf lassen. Kapiert? Du warst recht gut, und ich war wohl auch nicht schlecht – wir können das bei Gelegenheit auf gleicher oder ähnlicher Basis gerne wiederholen. Aber irgendwelche weitergehende Spekulationen, Mädchen, sind bei mir nicht drin! Verstanden?«

»Ist dir denn meine Liebe gar nichts wert?«

»Ich bin nicht kleinlich – das hat sich wohl herumgesprochen.« Maximilian Holzinger reagierte unbeirrbar geschäftlich. »Du mußt mir nur sagen, worauf du hinauswillst. Eine Art Anerkennungshonorar – aber gerne. Oder eine Empfehlung für irgendeine lukrative Stellung – warum nicht; Wirtschaft, Publizistik, Politik. Melde deine speziellen Wünsche an; etwa in der nächsten Woche, laß dir Zeit. Und falls du darauf aus sein solltest, für deinen derzeitigen Chef, unseren Landtagsabgeordneten, Vorteile zu erschlafen – auch da läßt sich einiges machen. Im angemessenen Rahmen – versteht sich.«

»Du verkennst mich«, versicherte Maria-Petra sehr heftig. »Ich habe mich noch niemals auf derartige Abenteuer eingelassen – aber jetzt liebe ich. Und da frage ich mich: Was wäre – wenn deine Frau uns so sehen würde?«

»Dann würde sie weggehen!« Holzinger lachte, seiner Sache absolut sicher. »Schließlich führen wir, meine Frau und ich, eine ganz unerschütterliche Ehe. Meine Frau, mußt du wissen, ist ein Prachtexemplar – verläßlich, großzügig und verständnisvoll. Die weiß sogar, was alles mit zur Politik gehört, kennt auch die Nebenerscheinungen. Die spielt garantiert nicht mit, falls man versuchen sollte, mich zu erpressen – und ich selbst reagiere auf so was geradezu allergisch. Darauf solltest du dich einstellen.«

»Aber ich«, versicherte sie, spürbar beeindruckt, »liebe dich wirklich...«

»Dann laß mich schlafen«, sagte er und ließ sich erleichtert zurückfallen. »Morgen ist schließlich auch noch ein Tag – und was für einer!«

Es war kurz vor 4 Uhr, als der Kriminalbeamte außer Dienst Keller bei Krebs erschien – gemeinsam mit seinem unvermeidlichen Hund Anton. Für den stand ein Sessel bereit, mit einer dicken Wolldecke auf dem Sitz. Anton sprang zielstrebig darauf, machte sich dort breit und schien in Sekundenschnelle eingeschlafen zu sein.

Während sich Keller in einem bereitgestellten Stuhl niederließ – jedoch nicht, ohne diesen vorher sorgfältig zurechtgerückt zu haben. Er saß nun so, daß er die Lichtquelle, eine helle Pendellampe, im Rücken hatte – und vor sich im Lichtschein: Krebs. Und die Wandtafel dieses Kommissars.

»Danke – für dein Kommen«, sagte Krebs herzlich.

»Wie geht es deiner Familie?« wollte Keller wissen.

»Danke – gut«, Krebs wirkte nun fast ein wenig verlegen. »Ich hoffe – gut. Aber ich bin seit zwei Tagen nicht mehr zu Hause gewesen. Du verstehst das?«

»Nein«, sagte Keller einfach und deutlich. »Ich könnte meinen Hund nicht zwei Stunden allein lassen – ohne den tief zu beunruhigen. Warum meinen Menschen so oft, jene, die unmittelbar zu ihnen gehören, dürften unentwegt vernachlässigt werden?«

Eine Antwort wartete Keller nicht ab. Er erhob sich und ging, gleichsam magisch angezogen, auf die Wandtafel zu, die in der hintersten Ecke dieses Raumes stand. Er kannte die speziellen Methoden seines Kollegen Krebs – dessen Notizzettel, Sonderkarteien und auch diese Wandtafeldemonstration.

»Wie du siehst«, sagte Krebs, der neben Keller getreten war, »befindet sich alles erst im Anfangsstadium. Es fehlt noch an greifbaren Ergebnissen.«

Und Keller betrachtete auf der schwarzen Fläche vor sich die Skizze eines Menschen, eines Mannes, der dort mit weißer Kreide, groß im Umriß, aber deutlich gezeichnet war. Links davon Orts- und Zeitangaben – rechts vermutete Angaben zur Person, wie: zierlich – gut gekleidet – zirka 170 cm. Sodann Listen mit Ortsangaben, Uhrzeiten; diese übertragen in den daneben hängenden Stadtplan von München. Und rechts darüber: drei Fotos.

»Dies«, erklärte Krebs, »sind Fotos von Kindern; sie alle zwischen neun und zwölf Jahre alt. Sie zeigen die Opfer eines vermutlichen Serientäters – der mehr und mehr zu eskalieren scheint. Ein viertes Foto wird noch hinzukommen – das der heute nacht geschlechtlich mißbrauchten Gudrun Dambrowski.«

Keller – dieser kleine zierliche Mann von betonter Höflichkeit – betrachtete lange und ausgiebig diese auf einer Wandtafel gesammelten Ermittlungsergebnisse. Dann jedoch blickte er Krebs groß an und meinte: »Zimmermann hat mir, bei einem Telefongespräch, eine deiner Formulierungen übermittelt – ziemlich genau, wie ich befürchte.«

»Ich kann mir denken, welche«, sagte Krebs, beinahe ergeben. »Die vom ästhetischen Täter.«

»Genau diese, Konrad«, bestätigte Keller gedehnt, wobei er sich zu seinem Stuhl zurückbegab, sich auf ihn fallen ließ, die Beine von sich streckte, als müsse er sich nun unbedingt entspannen. »Und weil ich dich ziemlich gut zu kennen glaube, hat mich diese Formulierung geradezu bestürzt.«

»Du kennst dich eben aus und weißt also, was das in der Praxis bedeuten könnte – eine Konfrontation mit extremsten Möglichkeiten! Dabei ist der Täter auch noch in der sogenannten besseren Gesellschaft zu vermuten. Zu einem derartigen ästhetischen Täter gehört nun einmal ein gewisser Bildungsgrad, eine Art schöngeistige Übersensibilisierung oder auch das unhemmbare Verlangen nach erlösender Entspannung – etwa nach sehr angestrengten Gehirnleistungen. Das aber scheint mir höchst alarmierend.«

»Konrad«, sagte nun Keller äußerst bedächtig, liebevoll zu seinem Hund Anton hinüberblickend, »bist du sicher, nicht irgendwie voreingenommen zu sein?«

»Warum, bitte, sollte ich das?«

»Ich habe mir die Fotos dieser mißbrauchten Kinder genau angesehen.«

»Ich auch – wieder und immer wieder! Und ich kann mir schon denken, was dir, wie auch mir, dabei bemerkenswert erscheint: Diese angefallenen Opfer sind vom Täter nicht etwa wahllos herausgegriffen worden – sie entsprechen vielmehr, erstaunlich übereinstimmend, einem ganz bestimmten kindhaft-weiblichen Typ. Das würde jedoch meine Theorie vom ästhetischen Täter bestätigen.«

»Scheint tatsächlich so, Krebs. Aber nicht nur das ist mir dabei aufgefallen!« Und das stellte Keller mit großer Entschlossenheit fest: »Weißt du – oder ahnst du zumindest –, was diese Fotos wirklich verraten? Hierbei handelt es sich um nichts weniger und nichts mehr als um eine geradezu suggestive Übereinstimmung mit dem Erscheinungsbild eines ganz bestimmten Kindes, das wir alle recht genau kennen – nämlich dem deiner Tochter Sabine.«

»Glaube ich nicht«, versicherte Krebs höchst verwundert, aber auch beunruhigt. »Das kann ich mir nicht vorstellen! Nun ja, gewiß – eine entfernte Ähnlichkeit fällt jetzt auch mir auf – nachdem du mich so intensiv darauf aufmerksam gemacht hast.« Krebs betrachtete die Fotos auf der Wandtafel sehr nachdenklich. Um dann sehr leise einzugestehen: »Du kannst recht haben, wieder einmal mehr. Aber du mußt mir glauben, daß ich vorher nicht...«

»Glaube ich dir«, versicherte Keller bereitwillig. »Vermutlich hast du rein instinktiv reagiert – aber damit absolut richtig. Denn ohne die indirekte Einwirkung deiner beständigen Gedanken an Sabine hättest du die hier zu vermutende Serie wohl noch lange nicht aufgespürt.«

»Du steckst, wie immer, voller Überraschungen«, sagte Krebs mit unverhohlener Bewunderung.

»Ein Irrtum mehr«, meinte Keller sanft abwehrend. »Ich verfüge lediglich über die Erfahrung eines langen Lebens. Es gibt kaum noch etwas, das mir neu wäre. So erinnere ich mich jetzt an einen Mordfall aus meiner Praxis, der alle Anzeichen eines Unfalls aufwies – auch für mich. Was mich jedoch zweifeln ließ, war die Mutter der Toten – und zwar nicht ihre klagenden Reaktionen, sondern ihr Aussehen. Denn die sah aus wie meine Mutter! Allein dies veranlaßte mich – ich war damals noch sehr jung –, diesen völlig aussichtslos erscheinenden Fall erneut in Angriff zu nehmen. Und ich fand – den Mörder.«

»Ich jedenfalls bin jetzt«, gestand Krebs, »ein wenig unsicher geworden.«

»Was ich keinesfalls beabsichtigt habe«, versicherte Keller. »Doch falls du tatsächlich eine ganz sachliche, eindeutige Stellungnahme von mir haben willst – dann laß mich in deine Unterlagen Einsicht nehmen; einschließlich aller Vorgänge während dieser Nacht. Irgendwo scheint hier ein Fehler zu liegen.«

»Irgendwo muß hier tatsächlich irgendeine Sperre, ein Hindernis, existieren; wo und bei wem auch immer. Das spüre auch ich. Willst du versuchen, das herauszufinden?«

»Das werde ich versuchen. In der Zwischenzeit könntest du dich deiner Familie widmen.«

»Jetzt? Während der Nacht?« Krebs wirkte leicht erheitert. »Meine Familie besteht nicht aus einem Anton, der immer halb wach ist – meine Frau und die Kinder schlafen.«

Keller lachte herzlich auf. »Manchmal vergesse ich tatsächlich, daß nicht alle Menschen das Glück haben, sich mit der Gesellschaft eines Hundes zu begnügen – die meisten leben weitaus komplizierter.«

»Ich werde dir also assistieren.« Komissar Krebs begann schnell, seine Unterlagen auszubreiten. »Und falls es uns gelingen sollte, hier bis etwa sieben Uhr fertig zu werden, dann werde ich nach Hause gehen – um mit meiner Frau das Frühstück vorzubereiten. Zu dem du dann, nach deinem Morgenspaziergang mit Anton, herzlichst eingeladen bist; etwa gegen acht Uhr.«

»Beeilen wir uns also«, stimmte Keller bereitwillig zu. »Anton ist zwar ein Abendessenhund – doch als gebürtiger Bayer lehnt er ein solennes Sonntagmorgenfrühstück niemals ab. Wobei Weißwürste erwartet werden.«

»Meine Frau wird sich freuen«, versicherte Krebs dankbar. »Und Sabine erst recht. Ach, alter Freund – was gibt es denn Schöneres, als Kinder glücklich zu machen?«

»Was bist du eigentlich, Krebs – Familienvater oder Kriminalist?«

Ansichten, Mutmaßungen und Meinungen über die Ehe des Kriminalkommissars Konrad Krebs mit Helene Vogler.

1. Kriminaldirektor Hädrich:

»Was denn – da muß ich doch sehr bitten – sollte daran irgendwie fragwürdig gewesen sein? Außerdem ist eine Heirat reine Privatangelegenheit – selbstverständlich auch für Kriminalbeamte. Deren Frauen werden keinesfalls an Hand von Akten oder Karteien überprüft – zumal dann nicht, wenn ein so angesehener und vertrauenswürdiger Mitarbeiter unseres Amtes wie Kommissar Krebs seine Ehe ankündigt.

Der Präsident selbst hatte sich dabei bereitwillig als Trauzeuge zur Verfügung gestellt. Und zwar auf Bitte von Zimmermann hin und nach intensiven Erkundigungen bei Keller. Alles schien bestens in Ordnung.«

2. Kriminaloberinspektor Michelsdorf:

»Ganz vertraulich: Diese Heirat von Krebs ist ein Vorgang gewesen, der bei uns – intern im Amt – erheblichen Staub aufgewirbelt hat. Denn unser sonst für absolut integer gehaltener Chef leistete es sich, eine reichlich fragwürdige Person zu heiraten. Und zwar eine, die bei uns, in einer unserer Karteien, zeitweise unter dem Kennwort ›Gelegenheitsprostituierte‹ geführt worden war. Was allerdings, zugegeben, keine irgendwie rechtskräftige oder beweisfähige Einstufung war – aber immerhin!

Jedenfalls, persönlich war ich empört – aber auch, wie ich eingestehen muß, nicht wenig deprimiert zugleich. Denn ich bitte Sie! Ausgerechnet der Chef dieses Dezernats – verbindet sich mit einem reichlich fragwürdig erscheinenden weiblichen Wesen!

So was mag vielleicht menschlich irgendwie verständlich sein. Amtlich jedoch bedeutete das wohl nichts Geringeres als die Gefährdung unserer Institution! Denn darunter muß doch wohl der unerläßliche moralische Hintergrund bei der Verbrechensbekämpfung zwangsläufig leiden. Dagegen lehnte ich mich auf – konsequent.«

3. Keller, Kriminalbeamter außer Dienst:

»In diesem speziellen Fall, wie in einigen anderen auch, das sei zugegeben, bin ich voreingenommen gewesen!

Denn leider war die Ehe Krebs' mit Helene Vogler nicht ganz so unkompliziert, wie das Kriminaldirektor Hädrich etwa und einige andere gerne glauben wollten; aber auch keineswegs so verwegen, wie das von anderen, wie beispielsweise Michelsdorf, allzu bereitwillig behauptet wurde. Als Krebs seine Heirat ankündigte, zunächst im vertraulichen Gespräch mit Kriminaldirektor Zimmermann, verständigte er mich.

Worauf wir dann, in gemeinsamer wochenlanger Kleinarbeit – natürlich außerhalb der Dienststunden – diese Konstellation überprüften, aufzuhellen versuchten. Dabei stellte sich heraus: Helene Vogler erstrebte nur ein anderes, besseres Leben – vor allem aber Geborgenheit für sich und für ihr Kind Sabine; über dessen Vater schwieg sie.

Jedenfalls konnten wir registrieren: Helene Vogler war eine

ausgeglichene, zufrieden wirkende Frau mit einem entsprechend glücklichen Kind. Dazu ›geregelte Arbeit‹, nach unserem Polizeijargon, bei einem angesehenen Steuerberater; was auch Heimtätigkeit ermöglichte. So heirateten sie denn ungestört, Krebs und Helene Vogler – mit unserer vorbehaltlosen Zustimmung und freundschaftlichen Teilnahme. Vor einem Jahr. Und alles ging gut – bisher.

Nun haben sie sogar einen Sohn. Der wurde nach mir benannt, heißt also Konstantin – Anton wäre mir vertrauenswürdiger erschienen.«

»Berthold«, sagte Undine Neumann, und sie sagte immer Berthold zu ihm, niemals Bert. »Wie konnte es so weit kommen?«

Der hockte immer noch im Vorraum seiner Wohnung auf der altbayerischen Truhe. Diese war ein Geschenk ihres lieben Vaters – ein sorgfältig gewachstes stabiles Möbelstück mit einer bäuerlichen Madonna im Mittelfeld, mit strohgelben, blutroten, schneeweißen Blumen rechts und links davon.

»Setz dich bitte woanders hin, Berthold.« Undine sagte das sanft klagend und mit suggestiver Beharrlichkeit, was ihn zu enervieren schien. »Verlasse gefälligst Vaters Truhe.«

Bert Neumann ließ sich seitwärts hinabgleiten, setzte sich auf den Fußboden und damit auf einen neueren Orientläufer – dieser nachtblumenblau, mit reichen Ornamenten, dicht geknüpft. Er starrte ihn an. Auch der war ein Geschenk ihres Vaters – für seine geliebte Tochter. »Sonst noch was?« hörte er sich sagen.

»Sprich nicht so mit mir!« sagte sie, beharrlich klagend.

Er versuchte mühsam hochzublicken. Undines sehr schönes Bild wirkte auf ihn verschwommen, milchig, schmal, ohne feste Konturen. Doch der Schrank hinter ihr, spätes Barock, schien ein bedrohlicher, breiter, schwerer Schatten, als ob er ihren Vater verkörpere, diesen Vater, der seine einzige Tochter Undine vor dieser Ehe mit allen Mitteln zu bewahren versucht hatte.

Monolog von Undines Vater vor deren Hochzeit:

»Was sagen Sie da, junger Mann – Sie lieben meine Tochter? Das tun viele, verständlicherweise – sie ist liebenswert! Ungemein. Sie wollen sie heiraten? Sie bitten also um den Vorzug, sie heiraten zu dürfen. Das ist ein sehr kühner Wunsch, für den ich aber Verständnis empfinde – dem ich aber nicht gleich zustimmen möchte, vor allem nicht bei Ihnen, Herr Neumann!

Sie werden verstehen, daß ich mich zunächst davon zu überzeugen wünsche, inwieweit Sie in der Lage sind, Ihrer zukünftigen Frau ein angemessenes Leben zu bieten, falls Sie meine Tochter Undine ernsthaft zu heiraten wünschen. Also ein Leben, das ihr Glück sicherstellt, auch in meinen Augen.

Ich werde Ihnen also in den nächsten Tagen eine Reihe von Fragen vorlegen, die Ihre Begabungen, erworbenen Fähigkeiten und Berufsaussichten betreffen. Erst dann...«

»Ich«, bekannte Bert Neumann, zusammengesunken auf dem Fußboden hockend, »bin völlig erschöpft.«

»Du bist«, sagte Undine mit spürbarem Abscheu, »total betrunken.«

»Leider nicht betrunken genug«, meinte Bert, nur mühsam aufbegehrend, »um deine beharrliche Abneigung zu überhören. Dennoch – ich liebe dich! Aber du stößt mich zurück. Wieder und immer wieder. Mich macht das krank.«

»Du bist krank, Berthold«, sagte sie, immer noch sehr sanft. »Du bist zutiefst krank!«

»Ich bin das – neben dir – geworden! Durch dich.«

»Ziehe, bitte, deine Schuhe aus. Und dein Jackett dazu; das riecht schlecht. Und dann gehe ins Bad – dusche dort; nimm Kopfschmerztabletten, putze dir die Zähne.«

»Und – was dann?«

»Dann kannst du im Salon schlafen – dort auf dem Sofa; oder auf dem Fußboden. Wo immer du willst. Nur nicht – bei mir.«

»Wie sehr du doch die Tochter deines Vaters bist.«

Weiterer Monolog von Undines Vater vor ihrer Ehe:

»Bei allem Wohlwollen, junger Mann, bei allem Verständnis für die heutige Jugend, das ich habe! Und selbst angesichts der mir schwerfallenden Erkenntnis, daß meine liebe Tochter einer Ehe mit Ihnen nicht abgeneigt zu sein scheint, muß ich – leider, leider – feststellen, daß Ihre Antworten auf meine Fragen mich keinesfalls erfreuen oder auch nur in etwa befriedigen.

Ich will jedoch gerne zugeben, daß Ihre Zeugnisse, Beurteilungen, Leistungsnachweise durchaus vielversprechend sind – von der Volksschule bis hin zum Abitur. Ihre körperliche Konstitution scheint jedoch nicht die beste zu sein; auf eine ärztliche Generaluntersuchung würde ich Wert legen. Aber immerhin ist Ihr Intelligenzgrad nach Ihren Unterlagen ungewöhnlich hoch – was aber im praktischen Leben durchaus nicht nur von Vorteil sein muß.

Abschließend frage ich mich nunmehr ganz konkret und völlig objektiv: Was können Sie meiner Tochter wirklich bieten?«

»Denkst du noch manchmal daran?« fragte Neumann seine Frau, während er sich taumelnd aufrichtete, »wie wir damals... als alles begann...«

»Ich kann nur noch das sehen, was jetzt ist.«

»Aber damals...«

Damals standen sie in der Nähe von Ulm, am »Blautopf«, einem unheimlich tief wirkenden Gewässer, mit dunklen, geheimnisvoll leuchtenden Farben. Dort hinein starrten sie. Es war ihr erster gemeinsamer Ausflug – ohne Vater und Familie.

»Ich sehe«, hatte Bert gesagt, »deine Beine sich im Wasser spiegeln. Aber auch das, was darüber ist.«

»Bitte – das nicht! Nicht hier! Nicht am hellen Tag«, hatte sie gesagt – dennoch plötzlich auflachend. Um dann wie erschreckt hinzuzufügen: »Wenn das mein Vater hört.«

»Entschuldige, bitte, meine – Verwegenheit. Ich wollte dich nicht – schockieren.«

»Vielleicht«, hatte sie gesagt, während sie die Augen schloß, »bin ich gar nicht schockiert. Und Vater ist weit weg. Was nun?«

»Ich werde dich immer respektieren«, hatte er geradezu beschwörend ausgerufen. »Denn ich verehre dich – du bist für mich die Reinheit, die Schönheit, alle Zärtlichkeit dieser Welt!«

»Bin ich das?«

»Ja, das bist du!«
»Und was, wenn ich das gar nicht sein will?«

Abermaliger Monolog von Undines Vater:
»Ich habe mir erlaubt, Herr Neumann, diverse Erkundigungen über Sie einzuholen – das allein im Interesse meiner lieben Tochter, die ein ungemein zartes, sensibles, zärtlichkeitsbedürftiges Kind ist. Sie in den denkbar besten, also auch sehr sensiblen Händen zu wissen, ist mein Wunsch.

Um jedoch auf meine internen Erkundigungen zurückzukommen: Ihr derzeitiger Arbeitgeber, Rechtsanwalt Schlosser, dem ich bei Veranstaltungen unseres Rotary-Clubs häufiger begegnete, scheint einige Ihrer besonderen Fähigkeiten durchaus anerkennend zu würdigen. Etwa Ihre guten Analysen juristischer Vorgänge, speziell bei Privatprozessen; auch wirksame Entwürfe für Gutachten und Plädoyers. Sie scheinen als vielfach verwendungsfähig zu gelten.

Sogar der ungemein schätzenswerte Herr Holzinger soll auf Sie aufmerksam gemacht worden sein. Und der hat, wie ich erfahren konnte, das Verlangen geäußert, Sie in seinen engsten Mitarbeiterkreis aufzunehmen. Wenn das tatsächlich zutreffen sollte, dann allerdings könnte ich wohl nicht länger mehr zögern ...«

»Mein Gott, Undine«, stöhnte Neumann auf, wobei er seine Frau flehend anblickte, »was habe ich denn nicht alles auf mich genommen – über mich ergehen lassen – allein deinetwegen! Siehst du das denn nicht – immer noch nicht?«

Sie entfernte sich von ihm – ließ ihn allein. Ließ ihn liegen, wo er lag. Ohne noch einen Blick an ihn zu verschwenden.

»Da bin ich«, sagte Rechtsanwalt Messer mit der ihm eigenen optimistischen Fröhlichkeit. »Und Sie haben mich nicht im Schlaf gestört – falls Sie das interessieren sollte. Ich wollte mich gerade erst hinlegen, als mich Ihr Telefonanruf erreichte. Davor habe ich eine außerordentlich interessante Nacht hinter mich gebracht. Was haben denn Sie für Sorgen?«

Ettenkofler begrüßte den Rechtsanwalt gemessen freundlich –

wohl war der ein anerkannt tüchtiger und auch geschickter Mann, doch recht unbekümmert in seinen Methoden und Umgangsformen. Messer gab sich bewußt dynamisch; es war deshalb nicht ganz leicht, ihn in eine gewünschte Richtung zu dirigieren. Zunächst jedoch wurde der Anwalt gebeten, Platz zu nehmen.

Dann sagte Ettenkofler: »Ich habe mich heute nacht einige Stunden lang im Polizeipräsidium aufgehalten – mich dort aufhalten müssen.«

»Tatsächlich?« fragte Messer fast amüsiert. Er war Anfang Vierzig, wirkte sehr jugendlich, galt als hervorragender Strafprozeßverteidiger; daneben aber war er stadtbekannt als Bereiniger heikler Situationen. Er vermutete: »Schwerer Verkehrsunfall – vielleicht mit Todesfolge? Etwa auch noch Fahrerflucht?«

»Schlimmer«, sagte Ettenkofler, wobei er Messer prüfend ansah. »Ich wurde unter dem Verdacht verhaftet oder eben nach polizeilicher Vorführung um Auskunft ersucht – weil ich ein Sittlichkeitsvergehen begangen haben könnte.«

»Sagen Sie das noch einmal!« verlangte der Rechtsanwalt noch amüsierter.

Die beiden befanden sich in der Ettenkofler-Villa in Harlaching, Harthauser Straße – allerbeste Münchner Adresse. Dort im sogenannten Arbeitspavillon – einem kleinen Gebäude im Garten, mit vollgefüllten Aktenregalen und zwei leeren Schreibtischen, dem von Ettenkofler und dem seiner Privatsekretärin. Seine Familie schlief – Frau, drei Kinder, Schwiegermutter; außerdem zwei Bernhardiner. Sein Dienstpersonal schlief auch – Köchin, Kindermädchen; dazu sein Chauffeur, der Ehemann der Köchin, der zugleich Gärtner war.

Ettenkofler hatte sich nach seiner Heimkehr vom Präsidium in seinen Arbeitspavillon begeben und von hier aus unverzüglich Messer angerufen – und dann diesem selbst das Tor zu seinem Besitz geöffnet. Ein Vorgang von allerhöchster Vertraulichkeit, während diese Nacht langsam zu versinken begann.

»Warum«, wollte Ettenkofler wissen, »fragen Sie mich nicht zunächst danach, ob diese – Anschuldigungen nicht doch vielleicht mit einiger Berechtigung erfolgt sein könnten?«

»Weil ich nicht zum erstenmal für Sie arbeite«, erklärte Messer entschieden, »weil ich Sie also, einigermaßen, kenne. Und da Sie mich, für diesen Fall, erneut ausgesucht haben – was mich freut –, zögere ich nicht, mich Ihnen zur Verfügung zu stellen. In der sicheren Überzeugung, versteht sich, daß Sie unschuldig sind. Oder – glauben Sie etwa, das nicht zu sein?«

»Ich bin, selbstverständlich, völlig unschuldig.«

»Dann handelt es sich hierbei also«, mutmaßte Messer schwungvoll, »um einen leichtfertigen Übergriff voreiliger Polizeibeamter! Und gegen so was anzugehen, müssen Sie wissen, ist eine meiner Spezialitäten – das erledige ich wirksam und mit Wonne!«

»Bitte, Herr Messer«, erklärte Ettenkofler eindringlich, »hier handelt es sich keineswegs um einen spektakulären Fall – sondern vielmehr darum, einen solchen zu vermeiden. Auch das ist eine Ihrer Spezialitäten – ich weiß, ich weiß.«

»Sie kennen mich!« versicherte Messer bereitwillig – jedoch noch ein wenig ratlos. »Bitte, klären Sie mich genauer auf.«

Worauf Ettenkofler systematisch berichtete: erfolgte Festnahme durch einen subalternen Polizeibeamten, vermutlich im Verlauf einer generellen Alarmierung – umständliche Vernehmung durch einen sich betont sachlich gebenden Kriminalbeamten mit Namen Michelsdorf, offenbar mittlere Position – dann aber, bald danach, vorsichtige und zurückhaltende, aber doch eindeutige Entschuldigungen; diese erfolgten durch den derzeitigen Stellvertreter des Kriminaldirektors, einen Kriminalrat Zimmermann, sowie den zuständigen Ressortchef, Kommissar Krebs.

»Aber dann«, sagte Messer leicht verwundert, »ist ja alles in bester Ordnung! Oder doch nicht?«

»Leider nicht«, erklärte Ettenkofler höchst nachdenklich. »Denn als wir uns gerade voneinander verabschiedeten – einigermaßen zufrieden, also durchaus miteinander versöhnt, weil die Angelegenheit endgültig geregelt schien –, da tauchte ein Reporter auf. Der betrat den Raum, in dem wir uns aufhielten. Ohne anzuklopfen!«

»Zufällig wohl kaum – was? Also – dirigiert! Aber von wem dirigiert?« Messer reagierte sehr schnell und präzise, plötzlich alarmiert. »Kannte der Sie? Wußte der, warum Sie sich im Präsidium aufhielten? Wer war es?«

»Der«, berichtete Ettenkofler, und es war ihm sichtlich unangenehm, darüber sprechen zu müssen, »kannte selbstverständlich meinen Namen. Er wollte ganz direkt von mir wissen, warum ich mich im Präsidium befinde. Angeblich wußte er den Grund dafür nicht; nicht genau, ließ er durchblicken.«

»Der muß dirigiert worden sein!« behauptete Messer. »Das sieht nicht nach einem Zufall aus – vielmehr nach bestellter Arbeit. Aber – von wem?«

»Jedenfalls hat Kriminalrat Zimmermann sehr energisch versucht, diesen Menschen abzuwimmeln. Doch vergeblich – wie ich befürchten muß«, sagte Ettenkofler. »Es war übrigens ein gewisser Herzog – kennen Sie den?«

»Und ob ich den kenne!« rief Messer aus – nunmehr hellwach. »Das ist ein ganz scharfer Schnüffler – ein sanfter Ansauer noch dazu. Ist angeblich um Recht und Gerechtigkeit zutiefst besorgt – jedenfalls lesen sich seine Artikel so. Zur Zeit schreibt er für die ansonsten durchaus honorige *MAZ*, die *Münchner Allgemeine Zeitung.«*

»Ein gefährlicher Mann?«

»Halb so wild«, versicherte Messer sachverständig. »Der gehört zu jenen, glücklicherweise seltenen, Journalisten, die sich auch gerne für das bezahlen lassen, was sie nicht schreiben. Den werde ich übernehmen.«

»Glauben Sie – mit Erfolg?«

»Mit ziemlich sicherem Erfolg, Herr Ettenkofler – zumal ich damit rechnen darf, daß Sie nicht kleinlich sind. Kann ich, falls notwendig, bis zu fünftausend Mark investieren?«

»Von mir aus sogar zehntausend, Herr Messer. Nur keinen Skandal – schon gar nicht einen von dieser Art! Und ich meine: Wir sollten zur möglichst wirksamen Absicherung alles mobilisieren, was sich hier irgendwie anbietet.«

Messer horchte auf. »Was oder wer, bitte, bietet sich denn an?«

Ettenkofler hob einen Zettel auf, der vor ihm gelegen hatte. »Herr Müller wünscht mich zu sprechen – vertraulich, läßt er mir mitteilen. Ob sich wohl damit in diesem Fall irgend etwas anfangen läßt? Nur damit wirklich nichts schiefgeht?«

»Müller ist gut«, stellte Messer nun außerordentlich angeregt fest. »Der könnte uns hierbei vielleicht weiterhelfen – denn die *MAZ* tendiert ganz eindeutig in seine Richtung, wenn sie sich auch überparteilich gibt. Der könnte dort Einfluß nehmen – wenn er will; wenn man ihn also dazu bringen kann.«

»Ich werde nichts unversucht lassen.«

»Gut, dann versuchen Sie also, diesen Müller für sich in Aktion treten zu lassen – wobei Sie mich unterrichten sollten: mit welchem Ergebnis, bei welchen Zugeständnissen. Ich jedenfalls werde mich zunächst einmal mit diesem Herzog beschäftigen.«

»Wir sind uns also einig: Wir werden mobilisieren, was sich irgendwie mobilisieren läßt – nur kein Skandal!«

Uhrzeit nunmehr: 5 Uhr 45.

Fast genau zur gleichen Zeit traf Kriminaloberinspektor Michelsdorf in der Zweigstelle des Gerichtsmedizinischen Instituts, Professor Dr. Lobner, Pettenkoferstraße, ein. Hier schien nun alles zu schlafen.

Am Eingang döste ein Kriminalbeamter vor sich hin, gemeinsam mit dem Portier. Er ließ Michelsdorf, den ihm bekannten Sachbearbeiter, selbstverständlich ungehindert passieren. Das jedoch nicht, ohne dessen Ankunft routinegemäß auf seinem Meldeblock zu registrieren; mit genauer Uhrzeit, also 5 Uhr 51. Während sich Michelsdorf, in sicherer Kenntnis der Örtlichkeit, zum Zimmer 3 begab.

Und hier fand er, in Nähe des von dichten Vorhängen abgeschirmten Fensters, das zusammengerollte Kind Gudrun, schwer atmend, mit hochrotem Gesicht. Und an deren Bett: die Kriminalbeamtin Leineweber, Hilde, die Michelsdorf erwartungsvoll entgegenblickte.

»Was man uns nicht alles zumutet«, stellte er fest, während er ihre Hand ergriff, die sie ihm entgegengestreckt hatte; er drückte sie fest, als ob er sie an sich ziehen wollte. »Aber nicht jede Zumutung darf sich endlos fortsetzen – dafür ist uns unser Beruf zu schade.«

»Sicherlich«, bestätigte Hilde Leineweber bereitwillig. »Wenn du das sagst, wird es so sein – du hast immer recht.«

Er legte seine rechte Hand auf ihren Nacken, tätschelte ihn leicht – sie beugte ihren Kopf dieser Hand dankbar entgegen. Die beiden waren so gut wie verlobt – wenn auch zunächst nur heimlich. Zwar hatten sie bereits im vergangenen Jahr zweimal miteinander geschlafen – einmal nach einem Betriebsausflug, zum zweitenmal nach einer Razzia auf sogenannte Masseusinnen. Doch im Amt wußte das niemand – wie sie glaubten. Sie hielten das für ihr Geheimnis. Doch zumindest die hellhörige Brasch wußte davon.

»Hast du dir alles genau notiert?« fragte er sie vertraulich.

Sie nickte ihm zu. »Jede Einzelheit – wie du es angeregt hast. Und ich hoffe, ich habe nichts übersehen.«

Er streckte seine Hand aus, und sie reichte ihm einen Zettel hin, der dicht mit Notizen beschrieben war. Michelsdorf wollte sich auf dem nächsterreichbaren Stuhl niederlassen – zog diesen dann jedoch nach kurzem Überlegen dicht an den von Hilde Leineweber heran, wie um mit ihr gemeinsam diese Unterlagen durchzusehen. Ein Entgegenkommen, das ihr Freude bereitete – sie lehnte ihren Kopf mit dem glatten, kurzen blonden Haar leicht an die linke Schulter von Michelsdorf.

»Ach – Ernst«, sagte sie.

Ernst Michelsdorf betrachtete die ihm übergebenen Notizen mit steigender Zufriedenheit. Mehrmals nickte er vor sich hin, um dann festzustellen: »Es ist immer dasselbe – in letzter Zeit. Leider. Kriminalisten, die früher ernst zu nehmen waren, sind durch irgendwelche lauttönenden Menschheitsapostel aufgeweicht worden und betätigen sich neuerdings in der Funktion von Krankenpflegern! Es wird nicht mehr verfolgt und aufgeklärt, sondern untersucht und erklärt. Selbst unser Dezernat wird geradezu systematisch zweckentfremdet! Wohin soll das noch führen?«

»Also sind meine Unterlagen brauchbar?« fragte sie erfreut.

»Sie sind es«, versicherte er ihr, wobei er dankbar ihren Oberarm ergriff. »Dieses beständige Abweichen von allen verbindlichen Vorschriften und maßgeblichen Verordnungen! Diese fragwürdige Bereitschaft zu Zugeständnissen gegenüber Kriminellen, was dann noch als pure Humanität ausgegeben wird – so was kann auf die Dauer nicht gutgehen!«

Er sprach von Krebs – ohne dessen Namen zu nennen. Das brauchte er auch nicht, nicht in Gegenwart der Kriminalassistentin Leineweber. Denn die wußte ziemlich genau, worauf ihr Ernst hinauswollte. »Aber er gilt immerhin als angesehener Fachmann.«

»Das mag sogar sein«, meinte Michelsdorf, wobei er den ihm übergebenen Notizzettel sorgfältig faltete, um ihn dann einzustekken. »Nur ist er hier eben nicht der einzige Fachmann – und zu ersetzen ist schließlich jeder.«

»Das könnte unumgänglich werden.«

»Durchaus! Seine Sondertouren sind höchst bedenklich. Wie auch das hier an Hand deiner Unterlagen mehrmals registriert worden ist: die Behandlung eines Opfers – absolut anormal; die Spurenuntersuchung – geradezu grotesk übersteigert; die aufklärenden und vorbeugenden Maßnahmen – provokant einseitig!«

»Soll ich etwa – gegen ihn – ganz direkt eingesetzt werden?« fragte sie, plötzlich heftig beunruhigt und deshalb relativ laut. Wodurch Gudrun Dambrowski wach zu werden drohte.

Michelsdorf beruhigte seine Hilde – er zog sie zärtlich vom zu überwachenden Krankenbett fort, in eine Ecke des Raumes hinein. Sie folgte ihm bereitwillig, fühlte sich gerne von ihm bedrängt, zierte sich aber leicht: »Doch nicht hier!«

»Nun gut – dann bei besserer Gelegenheit, Hilde; hoffentlich bald.« Mit beiden Händen hielt er ihre Schultern gepackt und erklärte ihr: »Deine Notizen sind nicht unwichtig; ich muß mich auf sie hundertprozentig verlassen können – also auf dich. Kann ich das, Hilde?«

»Das kannst du – schließlich wollen wir ja heiraten.«

»Das werden wir bald«, versicherte Ernst Michelsdorf unbedenklich. »Sobald ich erst einmal die mir gemäße Position erreicht habe! Das nicht zuletzt mit deiner Hilfe, hoffe ich.«

»Es würde mir sehr schwerfallen, einen Krebs zu belasten – irgenwie verehre ich ihn.«

»Mich aber liebst du – meine ich?«

»Aber sicher«, bekannte sie, sich ihm entgegenneigend.

»Weil du Vertrauen zu mir hast! Nicht nur zu mir als Mann. Du hast ja auch erkannt, wie heilig ernst es mir ist – um meinen Beruf; da kann man getrost von Berufung sprechen. Ich will kriminelle Elemente aufspüren und ausschalten – nicht aber diese womöglich sogar betreuen. Ich will Gerechtigkeit – aber ich hasse diese Versuche, sogar noch in den Tätern mögliche Opfer zu sehen. So was weicht unser Metier auf – macht es zu einem Sumpf. Verstehen wir uns?«

Sie verstanden sich.

Auch Klaus Battenberg, Chefreporter der örtlichen Rundfunk- und Fernsehstation, fühlte sich verstanden. Wie fast immer, seitdem er sich in dieser Position befand. Schließlich war er einer der maßgeblichsten Funktionäre des meinungsbeherrschenden Massenmediums.

Ganz in diesem Sinne sagte er zu Brigitte Scheurer: »Diese Politleute reißen sich geradezu um mein Wohlwollen; die fressen mir sozusagen aus der Hand – jeder auf seine Weise, versteht sich. Holzinger etwa macht auf Saufkumpan, während Müller die etwas feinere Tour zu reiten versucht – er bemüht sich, in Welt- und Menschheitspolitik zu machen. Worüber ich nur lächeln kann!«

»Weißt du, Klaus, wie du mir in der letzten Zeit vorkommst?« fragte ihn Brigitte Scheurer, nur noch mäßig amüsiert und ganz besonders müde. »Du kommst mir wie betrunken vor – wie berauscht von deiner Machtfülle! Aber dabei bist du noch nichts als ein sich aufblähender Showman!«

Klaus Battenberg lächelte dennoch – keineswegs gekränkt, mehr, als ob er sich bestätigt fühlte. Er hatte die ganze Nacht mit Brigitte Scheurer verbracht, ohne mit ihr geschlafen zu haben. Das hielt er, schon seit geraumer Zeit, für sinnlose Kraftvergeudung. Er redete, redete und redete – von sich. Kein Thema war ihm so wichtig.

»Dein Interview mit diesem Müller, Kindchen«, versicherte er ihr zum dritten- oder viertenmal in dieser Nacht, »war ganz große Klasse! Gefällt der dir etwa? Denn da hat es zwischen euch ein paar ganz persönliche Zwischentöne gegeben – ich habe dafür ein feines Gehör.«

Brigitte amüsierte sich, dabei ungeniert gähnend: »Wenn man unsere angeblich mächtigen Männer wirklich kennenlernen will, muß man sich nur deren Frauen ansehen. Frau Müller etwa ist eine gelungene Mischung aus Hausmütterchen, Volksschullehrerin und Sozialfürsorgebeamtin! Wie kann man mit so was an die zwanzig Jahre lang leben? Vermutlich muß man dazu genial veranlagt sein – wie eben der.«

»So – ist er das: eine Art Genie? Deiner Ansicht nach?« Battenberg betrachtete Brigitte Scheurer erfreut, wobei er sich auf der Bank der Spötter wähnte. »Aber verglichen mit einem Holzinger...«

»Der weiß doch nicht einmal, was Moral ist!«

»Da muß ich aber lachen, Brigitte!« Battenberg starrte sie dabei fast besorgt an. »Solltest du denn immer noch nicht erkannt haben, daß es nicht das gleiche ist, wenn zwei dasselbe tun? Wenn etwa ein Holzinger kreuz und quer durch die Gegend rammelt, dann hat das was mit Potenz, Selbstbestätigung und Lebensgefühl zu tun. Zumal seine Frau zu ihm steht – und zwar eisern! Mit der kann Holzinger jederzeit, vor jeder denkbaren Öffentlichkeit, ein absolut überzeugend treusorgendes Familienidyll mimen. Dieser Müller aber kann das nicht – der besitzt bedenkliche Anwandlungen von Ehrlichkeit. Und eben daran könnte er scheitern.«

»Wieviel kompakte Menschenverachtung sich doch bei dir inzwischen angesammelt hat!«

»Wer wird denn nicht verkannt?« fragte Battenberg.

»Bist du inzwischen homosexuell geworden, stehst du auf kleine Mädchen, oder bist du nur impotent? Fühlst du dich als Philosoph, als Satiriker? Was ist aus dir geworden?«

»Ich«, erklärte Battenberg ungekränkt, aber sehr selbstbewußt, »bin der Macht auf der Spur. Also den sogenannten Mächtigen! Und je mehr ich ihnen nachspüre, um so deutlicher erkenne ich, mit welchem Pomp sie ihre traumtänzerischen Trottelspiele aufziehen. Sie lassen Puppen tanzen – indem sie selbst wie Puppen tanzen.«

»Gehört mein Interview mit Müller auch dazu?«

»Was, meinst du, läßt sich damit alles anfangen!« erklärte ihr Battenberg selbstgefällig. »Dabei war wohl eine Menge Seich – der sich aber leicht wegschneiden läßt. Was dann übrigbleibt, könnte so aussehen: ein Müller, der eine Medienpolitik betreibt, die für Holzinger eine einzige Herausforderung ist. Und der muß dann ganz eindeutig dazu Stellung nehmen. So was nennt man eine Kettenreaktion, Mädchen!«

»Und wozu, meinst du, soll die gut sein?«

»Ich«, sagte Battenberg überzeugt, »spiele sie alle gegeneinander aus! Ich fange schon heute damit an. Etwa bei der aktuellen Sonntagsjugendsendung im Rundfunk. Falls das noch nicht ausreicht, fasse ich gleich morgen in der Abendschau nach, zugleich mit Bild und Ton. Das muß einfach hinhauen!«

»Meinst du?« Brigitte Scheurer blickte zweifelnd und sehr müde. »Aber Müller hat eine sehr glatte und Holzinger eine sehr dicke Haut. Was die nicht hören wollen, das hören die auch nicht.«

»Die bringe ich schon dazu, ihre Ohren und Augen weit aufzusperren! Denn auf die Einführung, die Aufbereitung, den Kommentar kommt es dabei an! Holzinger muß sich von Müller herausgefordert fühlen – er wird dann prompt in die Arena steigen. Womit die Zirkusvorstellung erst ihren Anfang nimmt!«

Brigitte gähnte nun hemmungslos. Sie sah zum Fenster hin – dort dämmerte der neue Tag. Das klare Herbstlicht drang in alle Ecken. Sonnenaufgang war 6 Uhr 22 gewesen. Und Brigitte wollte nur noch schlafen. Möglichst allein.

Uhrzeit: 7 Uhr 05.

»Das«, sagte – fast genau zur gleichen Zeit – der Kriminalbeamte außer Dienst Keller, »ist ein sehr deprimierender Vorgang.« Er schob das letzte ihm vorgelegte Aktenstück von sich. »Ebenso deprimierend wie selbstverständlich.«

»Also – letzten Endes nichtssagend«, glaubte Krebs feststellen zu können. »Du hast somit deine Zeit damit vergeudet, unergiebiges Material zu sichten.«

»Ja – und nein«, sagte Keller bedächtig, während er zu seinem Hund Anton hinüberblickte. Doch der schien tief zu schlafen – als ob er wüßte, daß diese Nacht noch lange nicht zu Ende sei. Nicht für seinen Freund; und damit auch nicht für ihn.

Keller sagte, während er Krebs betrachtete: »Ich gewinne bei der Durchsicht des angesammelten Materials selten neue Erkenntnisse. Diesmal jedoch hat mich das Studium deiner Akten mit steigender Besorgnis erfüllt.«

»Meiner Arbeit wegen? Die war doch exakt! Oder zweifelst du etwa an der Zweckmäßigkeit meiner Methoden – du auch?«

»Du bist«, versicherte Keller, durchaus anerkennend, »in deinem Bereich unvergleichlich. Und so verwegen selbst einem Fachmann deine Vermutungen auch vorkommen mögen – sie scheinen tatsächlich zu stimmen. Denn hier ist ganz offensichtlich ein sogenannter ästhetischer Täter am Werk – ein Typ, den ich jedoch lieber als geistig entgleist, von einer schleichenden Krankheit befallen bezeichnen würde.«

»Ich habe mich dabei«, bestätigte Krebs, »lediglich dem kriminalistischen Sprachgebrauch angepaßt. Denn im Grunde hat diese Abart des Verbrechens nicht das geringste mit Ästhetik gemein – es sei denn für Theoretiker.«

»Du stehst mitten in deinem Bereich«, meinte Keller nachdenklich, »wie im hellen Scheinwerferlicht – du kannst also jedes wichtige Detail vor dir exakt erkennen. Aber – was neben oder hinter dir geschieht, das siehst du nicht.«

»Was willst du damit sagen?«

»Etwas ganz Einfaches – du achtest nicht auf deine nächsten und allernächsten Mitarbeiter.«

»Warum sollte ich das?« Krebs zeigte sich ehrlich verwundert. »Meine Mannschaft besteht aus verläßlichen, ausgezeichneten Fachleuten; sie kommen zumeist aus allerbester Schule – von dir oder von Zimmermann.«

»Für Michelsdorf trifft das nicht zu. Den hast du dir selbst großgezogen.«

»Der ist ein überaus energievoller und ausdauernder Mann«, versicherte Krebs überzeugt. »In seiner entschlossenen Einsatzbereitschaft, Sittlichkeitsverbrechern gegenüber, läßt der sich von niemandem übertreffen.«

»Ist das alles? Oder besser: Ist das nicht schon des Guten zuviel? Als dein Michelsdorf bei dir mit Prostitution beschäftigt war, wurde er nicht zufällig ›der Nuttengreifer‹ genannt. Doch du hast nicht gezögert, ihn selbst auf die heikelsten, subtilsten Fälle loszulassen; du hast ihn sogar zu deinem Stellvertreter gemacht. Wobei ihm jedoch seine kalte Entschlossenheit, mögliche Kriminelle mit allen Mitteln zu jagen, geblieben zu sein scheint.«

»Erlaube mir bitte«, sagte Krebs nun sehr ernsthaft, »die Feststellung, daß Michelsdorf mit mir arbeitet, aber praktisch unter mir. Dabei ist er für mich, was ich nicht bin und auch nicht sein will: eine Art Jagdhund; falls du diese Formulierung akzeptierst, trotz Anton. Aber ich allein bestimme den Einsatz von Michelsdorf! Wobei ich stets darauf achte, seine enorme Energie bei jedem Fall in die von mir bestimmte Richtung zu lenken – dann ist er mit großem Gewinn zu verwenden.«

»Solltest du etwa verlernt haben, Akten richtig zu lesen?« sagte Keller, nun beinahe betrübt. »Du konzentrierst dich allein auf den Tatvorgang und die Ermittlungsergebnisse – aber nicht auch darauf, wie die dazugehörenden Akten angelegt worden sind, worauf sie hinweisen, was dort deutlich zwischen den Zeilen erkennbar wird! Etwa Formulierungen, die, kaum verschleiert, Vorbehalte andeuten, deine Methoden vorsichtig anzweifeln. Ich habe zumindest drei derartige Anschauungsversuche gefunden – sie könnten, wenn es hart auf hart kommen sollte, als Belastungsmaterial verwendet werden. Gegen dich!«

»Das, was du da sagst, ist einfach unglaublich!«

»Du wirst daran glauben müssen«, sagte Keller warnend. »Eben weil ich weiß, daß du nicht nur ein guter, sondern auch ein feiner Mann bist. Ein verläßlicher Kollege unter Kollegen, ein guter Freund, tolerant – dabei jedoch in dem fatalen Irrtum befangen: So was müßte denn auch von jedermann entsprechend gewürdigt werden.«

»Deine Vorwürfe gegen Michelsdorf treffen mich tief«, gestand Krebs. »Denn ich weiß, daß du niemals eine solche Behauptung machen würdest, ohne von deren Richtigkeit überzeugt zu sein. Wir sollten uns darüber unverzüglich mit Zimmermann beraten.«

»Unnötig«, sagte Keller. »Zimmermann selbst hat mich vorsorglich auf diese Vorgänge aufmerksam gemacht. Er hat zu mir gesagt:

›Dieser Michelsdorf versucht Krebs anzusauen; so was ist zwar bei uns nicht die Regel, kommt aber gelegentlich vor.‹«

»Aber – warum?« fragte der Kriminalkommissar ziemlich ratlos. »Habe ich mich denn nicht immer bemüht, ein denkbar loyales Arbeitsklima in meinem Dezernat zu schaffen?«

»Die Bemerkung von Zimmermann hierzu lautete etwa folgendermaßen: ›Michelsdorf scheint die Chance zu wittern, das Dezernat Sitte zu übernehmen. Aber das kann er nur, wenn dessen derzeitiger Chef in die Pfanne gehauen wird. Und dieser heikle Fall scheint sich tatsächlich dafür anzubieten – über den könntest sogar du stolpern.‹«

»Na und wennschon! Die Hauptsache für mich: Ich finde den Täter!«

»Weil dich dessen Opfer so überaus zwingend an deine Tochter Sabine erinnert?« Keller lächelte Krebs verständnisvoll zu. »Das allerdings wäre ein Grund – kein rein kriminalistischer, aber ein sehr menschlicher. Nur eben – wer in unserem Bereich wird derartige Regungen billigen? Oder gar unterstützen?«

»Du!«

»Was möglich wäre, aber praktisch wertlos ist – ich gehöre nicht mehr direkt zum Amt.«

»Und Zimmermann?«

»Der denkt manchmal ähnlich verwegen wie wir – zu seinem Glück weiß er das aber nicht. Auch Kriminaldirektor Hädrich sorgt beharrlich dafür, daß Zimmermann vor allzu kühnen Ideen bewahrt bleibt. Immerhin: Zimmermann wird dich und deine Gedankengänge zumindest respektieren. Hädrich aber ist ein Mann der Vorschriften und Verordnungen – wenn der erkennen sollte, worauf du hinauswillst, wird er dich zurückpfeifen – und zwar scharf!«

»Ich werde dennoch tun, was ich für richtig halte.«

»Lassen wir uns dadurch nicht von unserer Verabredung abhalten – Frühstück für Anton und mich bei dir, sozusagen im trauten Familienkreis. So gegen halb neun Uhr. Bis dahin werde ich mich hier weiter mit deinen Akten vergnügen. Wer weiß, was möglicherweise dabei noch alles herauskommt?«

Aus den Aufzeichnungen des Kriminalbeamten außer Dienst Keller:

»Ich habe für einen Experten wie Krebs stets besondere Bewunderung, aber auch Mitleid empfunden. Denn Beamte wie er müssen sich tagtäglich mit den scheußlichsten Taten beschäftigen – für die es keinerlei Regeln oder auch nur halbwegs verbindliche Maßstäbe geben kann.

Täter etwa können Kinder und Greise sein. Opfer gleichfalls. Ein Täter, einer unter Tausenden, sagte aus: ›Hätte das Mädchen meinem Verlangen nach geschlechtlicher Befriedigung nachgegeben, wäre es wahrscheinlich noch am Leben.‹ Ein anderer sagte, nicht minder glaubhaft: ›Ich mußte sie töten, weil sie sich wehrte – diese Hure!‹

Diese Täter sind keinesfalls immer von der Gesellschaft ausgestoßene Einzelgänger, etwa ›asoziale Elemente‹ oder die oft zitierten, aber praktisch seltenen ›penetranten Lustgreise‹. Vielmehr beweist die Statistik: Enorm hoch ist der Anteil von Verheirateten an Sittlichkeitsverbrechen – denn die Hauptmasse der Täter ist 30 bis 40 Jahre alt, also im angeblich ›besten Lebensalter‹; zumeist finden sie bei ihren Frauen nicht ausreichende oder gar keine geschlechtliche Befriedigung.

Was jedoch auch immer dabei an Hand von Statistiken theoretisch festgestellt werden mag – jedem kann es widerfahren, jeder kann dahin geraten! Knechte, Kraftfahrer, Lehrer, Arbeitgeber, nächste Verwandte, Väter, auch Geistliche. Eine Grundregel dafür, wie oder durch wen Menschenleben zerstört werden oder verenden müssen, existiert nicht.

Von solchen deprimierenden Erkenntnissen ließ sich so mancher im Amt abschrecken – nicht jedoch ein Krebs.«

5

Auch dieser Sonntag, der 8. Oktober, brachte für nicht wenige einen voll ausgefüllten Terminplan. Politiker haben sich längst daran gewöhnt; für Kriminalbeamte ist das selbstverständlich; und für die Geistlichen dieser Stadt etwa ist so ein Tag voll feierlicher Tätigkeiten. Sie alle versichern, jedem Mitmenschen, Bürger oder Gläubigen zur Verfügung zu stehen – als ob sie nur darauf warteten.

Der Parteivorsitzende Müller erhob sich alltäglich stets zur gleichen Zeit: um 7 Uhr. Eine dezent läutende Tischuhr hatte ihn geweckt; sie war von großer Präzision; ein Geschenk seiner Parteifreunde zu seinem 45. Geburtstag vor einem Jahr. Müller pflegte in seinem Reihenhaus seit einiger Zeit in einem Kinderzimmer zu schlafen, um so seiner Frau wenigstens einige Unannehmlichkeiten seines komplizierten, anstrengenden Daseins zu ersparen. Sie dankte ihm das durch eine verstärkte sorgfältige Betreuung. Die nahm er erfreut zur Kenntnis.

Während er sich im Bad rasierte, hantierte sie in der Küche. Noch hatten sie sich an diesem Morgen nicht gesehen. Er blickte, sich automatisch eincremend, auf den Tageszettel, den er an den Rahmen des Spiegels geklebt hatte. Dort waren, Stunde um Stunde, pausenlos Veranstaltungen aneinandergereiht – fast alle nur repräsentativ, so daß lediglich seine Anwesenheit gefordert war.

Diesmal jedoch gab es eine Ausnahme: die Einweihung des Brunnens der Tiere; wobei er eine der Festreden zu halten hatte. So was fiel ihm zwar nie schwer, doch hatte er diesmal Wert darauf gelegt, sich gründlich vorzubereiten. Tiere waren in diesem München ein wichtiges und populäres Kapitel – Liebe zu ihnen, zumindest Verständnis für sie, das brachte sichere Wählerstimmen.

Tiere also, memorierte er vor sich hin – in dieser einstmals gerne als ländlich bezeichneten Stadt. Vor kaum einem halben Jahrhundert existierten hier noch: Rindermarkt, Pferdemarkt, Geflügelmarkt – und heute noch der vielgeliebte Viktualienmarkt. Sein München war noch immer die Stadt der Hunde aller Rassen und Mischrassen, der Katzen und Tauben. Und geradezu ein Symbol Münchens, das selbst seinen peinlichen Mißbrauch bei der Olympiade völlig ungefährdet zu überleben vermochte, war der Dackel! Dieser konnte glatt oder langhaarig sein, dunkel- oder hellbraun; wenn er nur kurz- und krummbeinig war, biergartenfreundlich dazu. Müller zog in Erwägung, auch seiner Frau Elisabeth so ein schönes Tier zu schenken.

»Telefon!« rief seine Frau gedämpft durch den Korridor.

Er zog sich den Bademantel über und begab sich in das Wohnzimmer, wo sein Schreibtisch stand – seine Frau erblickte er immer noch nicht. Die hatte den Hörer des Telefons seitwärts abgelegt und sich wieder in die Küche begeben. Müller meldete sich.

Wie erwartet, war es Weinheber, der ihn zu sprechen wünschte. Und der meinte: »Ich habe eine ziemlich schlaflose Nacht verbracht.«

»Wie wohl meist zwischen Samstag und Sonntag«, sagte Müller leicht belustigt.

»Das ist es nicht, was mich kaum schlafen ließ – ich habe nachgedacht. Auch über den plötzlich so scharf vorprellenden Holzinger – dessen radikales Vorgehen in Sachen Medienpolitik beunruhigt mich.«

»Unnötigerweise! Dein Posten als Rundfunkrat ist nicht gefährdet.«

»Wofür ich dir danke«, versicherte Dr. Weinheber erfreut. »Darf ich fragen, welche Gegenmaßnahmen – im einzelnen...«

Müller reagierte mit gewohnter Exaktheit – er war nahezu ausgeruht; er hatte etwas mehr als sechs Stunden schlafen können. »Kurz vor der Brunneneinweihung wird eine Viertelstunde Zeit für diese Angelegenheit bleiben. Unmittelbar danach würde ich mich gerne mit Ettenkofler unterhalten – bitte, leite das in die Wege, wie schon gestern angeregt.«

»Das«, sagte Weinheber entgegenkommend, »geht in Ordnung. Denn auch er will dich sprechen, das hat er mir übermitteln lassen.«

»Na bestens«, stellte Müller fest. Überraschungen schien es für ihn nicht zu geben.

Er begab sich in die Küche – wo sich seine Frau nicht mehr aufhielt. Doch sein Frühstück stand dort bereit: schwerer schwarzer Kaffee; zwei Eier, vier Minuten gekocht; dazu Bauernbrot, Butter und Käse; bayerischer Käse selbstverständlich.

Sein Leben, empfand er, mechanisch frühstückend, war zwar wohl nicht gerade das denkbar beste aller Leben – doch immerhin halbwegs solide, brauchbar organisiert, gute Fassade. Das mußte genügen! Zuversichtlich rechnete er mit dem vorbehaltlosen Verständnis seiner Frau – auch sie mußte, endlich, erkennen, mit wem sie verheiratet war! Also sich entsprechend arrangieren.

Und so zog er denn den neben seinem Frühstück bereitliegenden Notizblock heran und schrieb darauf mit großen mahnenden Buchstaben:

»Elf Uhr dreißig Brunneneinweihung. Sehr wichtig! Erbitte Deine Anwesenheit. Mein Chauffeur wird Dich rechtzeitig abholen. Ich halte die Rede.«

Rechtsanwalt Messer, von unstillbarer Neugier und stetem Tatendrang getrieben, suchte ein Haus in der Dachauer Straße auf, Nähe Hauptbahnhof. Dort lag im vierten Stock die Wohnung Hanselmann – einer der zwei Untermieter war Herzog. Gerichts- und Lokalreporter.

Messer drängte sich in dessen äußerst verschwenderisch ausgestattetes Zimmer hinein. Dort schienen ganze Wohnmöbelladungen abgestellt zu sein: Stühle, Kommoden, Schränke, Tische, Teppiche in großer Zahl. Aber auch ein Bett stand darin – französisch breit, hochgepolstert, mit Seidendaunendecken. Und daraus kroch gähnend hervor, verwundert, dennoch scheinbar äußerst gleichmütig: Herzog.

»Ausgerechnet Sie!« stellte Herzog beim Anblick von Messer lässig abwehrend fest. »Irgendeinen Ihrer Preislage habe ich kommen sehen – wenn auch nicht gleich Sie!«

»Seien Sie froh, daß ich es bin«, ermunterte ihn Messer, wobei er eine prall gefüllte Tragetüte hochhob, Herzog entgegen. »Denn wer anders als ich hätte Ihnen ein derartiges Schlemmerfrühstück mitgebracht: Champagner, Langustenscheren, Gänseleberpastete.«

»Mann«, gestand Herzog, seine vollen Lippen leckend, »das hört sich verdammt gut an!« Er schnüffelte den ihm entgegengehaltenen

Delikatessen entgegen. Um dann aber massiv hinzuzufügen: »Wobei Sie aber, mein Bester, wissen sollten, daß ich nicht zu bestechen bin!«

»Weiß ich«, bestätigte ihn Messer amüsiert. »Denn Sie sind im Grunde ein unbeirrbar revolutionäres Element – aber doch auch Mitarbeiter einer liberalen Zeitung.«

»Schließlich muß man leben – wovon auch immer.«

»Es ist immer wieder das gleiche«, stellte Messer munter fest. »Wer unten ist, will seine Revolution haben – um dann endlich oben sein zu können! Man verachtet den Kaviar – solange man ihn nicht selber essen kann. Und die Bilderstürmer von gestern entpuppen sich schnell als die Gemäldesammler von morgen. Selbst wenn sie auf dem Weg nach oben noch so viele Werte zertrümmern müssen! Irgend etwas wird für sie schon übrigbleiben.«

»Welch eine Suada großer Worte«, meinte Herzog gähnend, wobei er sich die Brust rieb, bei weit geöffnetem Schlafanzug. Er schwankte zwischen Schlaftrunkenheit und dem Versuch, möglichst wach zu reagieren. »Und dieses massive Angebot weit hergeholter Scheinargumente womöglich nur wegen Ettenkofler? Also wegen irgendeines kleinkarierten Sittenstrolches; oder eben diesmal: wegen eines großkarierten? Aber Sittenstrolch bleibt Sittenstrolch! Oder?«

»Geben Sie sich keine Mühe«, versicherte Messer. »In meiner Gegenwart können Sie jede Menge Mist gegen jedermann verschleudern – mir kommt es nur darauf an, was Sie dann schreiben. Aber was Sie in diesem Fall schreiben, werden Sie sich noch überlegen – wie ich Sie kenne.«

»Aber – ich bitte Sie – wer kennt denn schon wen wirklich?« Herzog blinzelte den Rechtsanwalt hoffnungsvoll an. »Eine Formulierung, die übrigens nicht auf meinem Mist gewachsen ist – ein gewisser Keller gebraucht sie mit Vorliebe. Sie wissen, wer dieser Keller ist?«

»Leider nur zu gut«, gestand Messer aufrichtig. »Wer, in unserem Metier, kennt den nicht?«

»Seit zwanzig Jahren betreibe ich meinen Job, Schwerpunkt Polizeiberichte – da kommt man an diesem Keller nicht vorbei.

Nachdem er pensioniert worden ist, erst recht nicht. Denn jetzt steckt er seine Nase in alles, was stinkt.« Herzog stellte zwei Wassergläser für den Champagner bereit. »Warum grinsen Sie – wie ein Rechtsanwalt, der sich seiner Sache sehr sicher glaubt? Kommen Sie etwa tatsächlich von diesem Keller?«

»Nein. Aber zu dem könnte ich gehen – falls das nötig sein sollte, was ich jedoch nicht hoffe. Denn für mich ist Keller die allerletzte Station – wenn der in Aktion tritt, ziehe ich mich schleunigst aus der Schußlinie zurück.« Messer hatte eine Flasche Pommery geschickt geöffnet – nun goß er die Wassergläser voll. »Ich vertrete hier lediglich die Interessen des Herrn Ettenkofler.«

»Mir gegenüber?«

»Gemeinsam mit Ihnen – wenn Sie so wollen.« Messer prostete Herzog ermunternd zu. »Ich will nur mögliche Komplikationen vermeiden – auch für Sie. Das hat natürlich seinen Preis. Habe ich mich deutlich genug ausgedrückt?«

»Durchaus«, bestätigte Herzog – den ihm eingeschenkten Champagner schlürfend. Er genoß die Situation und gedachte offensichtlich, sie lange hinauszuziehen. »Was läßt Sie denn hoffen, daß ich bereit bin, hierbei mitzuspielen?«

»Ihr Verstand«, sagte Messer. »Ihr Gespür für praktizierbare Möglichkeiten. Denn Sie wissen doch genau, daß Sie gegen einen Ettenkofler nicht viel ausrichten können. Nun ja – Sie könnten ihn verdächtigen, ihn in ein schiefes Licht bringen. Aber das ist riskant; und nicht nur, weil ich sein Anwalt bin.«

»Eine Drohung?«

»Eine Art Aufklärung, mein Lieber. Denn falls Sie mich zwingen sollten, mich mit Ihren möglichen Behauptungen zu beschäftigen – werde ich die Quelle herausfinden müssen, aus der dieses Material stammt. Irgendein Kriminalbeamter muß Sie auf die Spur gesetzt haben – und der wird sich ermitteln lassen. Der aber wird Sie, da Kriminalisten zum Schweigen über amtliche Vorgänge verpflichtet sind, auf dem trocknen sitzen lassen. Legen Sie Wert darauf?«

»Langsam«, versicherte Herzog gelassen, »erkenne ich ziemlich deutlich, daß ich Ihrem Herrn Ettenkofler einiges wert bin! Was denn – bitte? Möglichst in Zahlen ausgedrückt!«

»Überschätzen Sie sich nicht«, empfahl ihm der Anwalt. »Versuchen Sie nicht zu bluffen. Bei uns in München arrangiert man sich – bei beiderseitigem weitgehendem Entgegenkommen. Sollten Sie das, mein Lieber, immer noch nicht erkannt haben?«

»Und ob ich das erkannt habe, mein Bester!« Herzog dehnte sich behaglich. »Nur ist eben diesmal alles äußerst vielversprechend – und zwar für mich. Denn mir ist da endlich ein ganz dicker Fisch an die Angel geraten – soll ich den etwa leichtfertig auskommen lassen? Ich doch nicht! Diesmal gehe ich aufs Ganze. Diese Beute bringe ich ein!«

Holzinger speiste in seinem Hotelzimmer. Uhrzeit 8 Uhr 30. Dieses Frühstück war seiner Vitalität angemessen: vier Eier auf Speck gebraten; dazu Salami und Schinken; weiter französischer Käse; italienischer Kaffee – Espresso, doppelte Portion.

Er war in seinen weißblauen Morgenmantel gehüllt, der flauschig, wohnlich, Falten schlug. Große, genießende Gelassenheit! Sein Bauch wirkte bayerisch-barock! Er lächelte satt – und speiste und speiste.

Hinter ihm hielt sich Maria-Petra auf – im Doppelbett; dort lag sie in kaum verhüllter rosiger Nacktheit, sie verhielt sich, entsprechend aufgeklärt, gänzlich unbeteiligt. Was Holzinger zu schätzen wußte.

Neben ihm saß, völlig ungeniert, sein Huber III. Und der referierte, als befinde er sich im Parteibüro: »Dieser Fernsehdirektor scheint sich tatsächlich in ein recht heikles Abenteuer eingelassen zu haben. Der soll, sagt man, die halbe Nacht mit Müllers Gesinnungsfreunden gezecht haben. Und dazu der Mann aus Frankfurt, dieser Lauferer – bevor der dann mit einem Kreislaufkollaps in sein Hotel transportiert wurde.«

»Dieser Fernsehdirektor soll sich bei mir melden – gleich nach der Brunneneinweihung. Ist meine Rede dafür fertig? Die muß eindeutig besser sein als die von Müller!«

»Unser Neumann schafft das schon. Der arbeitet daran«, versicherte Huber. »Falls es unserem Waschlappen gelungen sein sollte, seine totale Besoffenheit zu überwinden – und wenn ihm seine Frau Zeit dafür läßt.«

»Hast du sie kennengelernt?«

»Und wie!« Huber III wirkte geradezu begeistert. »In dieser Nacht gleich zweimal. Die ist einfach umwerfend! Eine Puppe – aber irgendwie aufregend. Eine echte Schönheit! Und so was enthält uns dieser Neumann vor!«

»Also – Klasse?«

»Allererste! Wenn auch wohl nicht gerade Vollblut; und vermutlich äußerst kompliziert.«

»Er soll sie mitbringen«, entschied Holzinger souverän. »Zur Brunneneinweihung – auch zum anschließenden Mittagessen. Meine Frau wird mit den Kindern ebenfalls dabei sein. Denn dieser Auftritt soll möglichst familiär über die Bühne gehen. Also Stoff fürs Gemüt liefern. Darauf lege ich Wert.«

»Wird arrangiert!« versprach Huber, stets zustimmungsbereit. »Zumal vermutlich auch Müller seine Frau mitbringen wird, wenn auch nicht gleich die ganze Familie. Denn bei diesem großzügig-progressiven Vater können sich die Söhne erlauben, was auch immer. Sogar kommunistische Anwandlungen. Für den Vater fällt das alles unter den Begriff Freiheit.«

»Für Freiheit«, versicherte Holzinger lachend, »bin ich auch! Doch was ich darunter verstehe, ist meine Sache. Sonst noch was?«

»Im Korridor wartet Battenberg – dieser Televisionsheini. Der will Ihnen ein Tonband vorspielen.«

»Das lasse ich mir nicht entgehen«, entschied Holzinger. Worauf er anordnete: »Maria – das Bad steht zu deiner Verfügung, während der nächsten Viertelstunde. Von dort aus kannst du ruhig mithören, aber ohne in Erscheinung zu treten; auch nicht akustisch. Also dann her mit diesem Mediummännlein – von dieser Sorte ist mir zur Zeit jeder recht.«

Battenberg erschien schwungvoll – mit einem Koffer, einem Abspielgerät. Er gab sich vertraulich, froh der herzlich klingenden Begrüßung durch Holzinger mit freundschaftlich-männlichem Händedruck. Registrierte: Er war willkommen!

Battenberg spielte das mitgebrachte Tonband vor – das Interview mit Müller, zunächst Allgemeines, dann spezielle Stellungnahme zur Medienpolitik. »Wohl ein heißes Eisen – das aber angepackt werden muß!«

Huber III glaubte seinen Ohren nicht zu trauen – geradezu besorgt blickte er zu seinem Chef hinüber. Doch der lächelte. Geradezu befriedigt.

»Na – was sagen Sie nun?« fragte schließlich Battenberg.

»Zunächst nur soviel: Müller kann von sich geben, wozu er auch immer sich versucht fühlt – das ist seine Sache.« Holzingers Lächeln verstärkte sich noch – was, wie Huber wußte, ein Alarmzeichen allererster Ordnung war. »Wenn jedoch derartig fragwürdige Ansichten in aller Öffentlichkeit verbreitet werden, kann mich das selbstverständlich nicht gleichgültig lassen.«

»Sie könnten dazu«, versicherte Battenberg eifrig, »eine Art Gegendarstellung geben – von gleicher Zeitdauer! Ihnen das zu ermöglichen, bin ich hier!«

Huber III atmete auf – denn damit war seinem Boss in dieser Angelegenheit »das letzte Wort« garantiert; das war gut.

Doch Holzinger sagte laut und freundlich: »Das könnte Ihnen so passen, mein Lieber – Müller und mich zugleich für sich arbeiten zu lassen! Aber so was ist mit mir nicht zu machen. Denn ich denke nicht daran, mich länger als Aushängeschild für einen Rundfunk oder ein Fernsehen herzugeben, das neuerdings liberale, ja sozialistische, sogar marxistische Gedankengänge propagiert. Wollen Sie ausgerechnet mich in diese Manipulationen hineinziehen?«

»Aber, Herr Holzinger, ich bitte Sie... ich wollte doch nur...«

»Dieser Vorgang«, stellte Holzinger fest, abermals laut, doch nun ohne jeden freundlichen Unterton, »ist der Tropfen, der bei mir das volle Faß zum Überlaufen bringt. Ich werde also den Intendanten um eine Stellungnahme ersuchen, auch den Rundfunkrat einschalten – und die demokratische Presse. Auch der Ministerpräsident wird verständigt.«

»Aber ich bitte Sie, Herr Holzinger!« flehte nun Battenberg bestürzt. »Das doch nicht etwa meinetwegen! Wo ich doch stets besonders Ihnen gegenüber... verstehen Sie?«

»Nun ja«, meinte der Parteigewaltige gedehnt, »ich habe ja nichts gegen Sie. Sie scheinen ganz in Ordnung zu sein.«

»Ich bemühe mich um Ausgewogenheit – das müssen Sie mir glauben!«

»Aber die ganze Richtung ist ja falsch!« erklärte Holzinger entschieden. »Und dagegen muß endlich etwas Wirksames geschehen. Und hier bietet sich der richtige Aufhänger an.«

»Aber das doch nicht im Zusammenhang mit mir!« bat Battenberg eindringlich. »Wo ich mich doch stets als äußerst kooperativ erwiesen habe.«

»Sollten Sie das tatsächlich sein, Battenberg?«

»In jeder Hinsicht, Herr Holzinger!«

»Falls das tatsächlich zutrifft, würde es mich freuen.«

Holzinger und sein Huber blinzelten sich kurz an. »Aber so eine Aktion, Battenberg, müßte doch irgendeinen praktischen Sinn haben. Lassen Sie uns mal überlegen – welchen. Ich bin sicher, mir fällt da was ein. Aber Ihnen hoffentlich auch.«

Aus den Aufzeichnungen des Kriminalbeamten außer Dienst Keller:

»Magnus Hirschfeld versuchte immer wieder, die ›typischen‹ Reaktionen der Opfer von Sittlichkeitsdelikten zu registrieren. Wobei er, an Hand von zahlreichen Aufzeichnungen und Beobachtungen, feststellte: ›Ich – das Opfer – fühlte mich wie gelähmt!‹ – ›Ich – stand unter Druck – Bann – Zwang.‹ – ›Ich hatte nicht mehr die Kraft, mich aufzuraffen...‹

›So auch Gudrun Dambrowski‹ – notierte Krebs auf Zetteln, die er in das Hirschfeld-Buch einlegte. Dort fand ich sie dann später vor.

Doch gibt es auch Gegendarstellungen, die grundsätzlich jede ›hemmende Lähmung‹ leugnen – im Opfer nur das Geschlechtsobjekt sehen, das schon bald alles verdrängt, was auf es zukommt. Sie machen also mit! Die sogenannten Opfer.

Nach Grassberger, einem weiteren Theoretiker der Geschlechtskriminalität, weisen zumindest ein Drittel aller Sittlichkeitsverbrecher Intelligenzdefekte auf; ein weiteres Drittel erliegt seiner Haltlosigkeit; während beim letzten Drittel die Tat ›unter Alkoholeinfluß‹ stattfand.

Krebs jedoch erkannte, daß er in diesem Fall einen Täter vor sich hatte, der all diesen Regeln kraß widersprach. Um welche Abartigkeit es sich dabei exakt handelte, hoffte Krebs bei der Vernehmung des Kindes Gudrun herauszufinden – darauf hatte er sich mit der ihm eigenen Gründlichkeit vorbereitet.«

»Nun – hast du eine angenehme Nacht gehabt?« fragte Frau Weinheber ihren Mann, der heimgekommen war, um sich für die Brunneneinweihung umzuziehen. Sie lächelte ihn nachsichtig an. »Du siehst sehr mitgenommen aus.«

»Die Politik«, versicherte er hastig, wobei er sich die Hosen hochzog. »Wir nähern uns da einem entscheidenden Stadium – Müller und ich. Dabei geht es um Rundfunk und Fernsehen. Die entscheidenden Massenmedien dürfen wir nicht in falsche Hände geraten lassen!«

»Ich bin informiert«, sagte sie sanft, »wenn auch nicht durch dich. Das besorgen andere – und zwar gerne. Wobei ich den Eindruck gewonnen habe, eure Position ist nicht gerade rosig – die von Müller, und damit auch die deine.«

»Was auch immer – mein Posten als Rundfunkrat ist mir sicher.« Wobei er sich die Hose zuknöpfte.

»Dein Hemd«, stellte sie fest, »schlägt hinten zu starke Falten. Du solltest etwas sorgfältiger um dein Aussehen bemüht sein. Dein Bohemientum mag vieles entschuldigen – aber du solltest dich ein wenig mehr meinem sicheren Geschmack anvertrauen.«

»Du bist fabelhaft«, versicherte er ihr, unendlich dankbar. »Du hast Verständnis, bist einfühlsam – und du machst dir neuerdings auch politische Gedanken. Meinetwegen. Was ich sehr zu schätzen weiß – da ich dir in vielerlei Hinsicht verpflichtet bin. Aber, bitte, mische dich nicht in meine internen Angelegenheiten.«

Ihre Blicke wurden, kaum merklich, prüfend-scharf. Sie sagte: »Du glaubst zu wissen, was dir sicher ist – ein Posten als Rundfunkrat. Aber du erkennst nicht, was du dagegen einhandeln könntest – weit mehr!«

»Woher willst du das wissen?«

»Ich weiß es«, sagte sie überzeugt. »Weil ich gestern abend in der Oper gewesen bin, danach an einem Souper teilgenommen habe, woran sich ein längeres Gespräch schloß – während du bereits in der Nymphenburger Straße herumgeschlafen hast; was ich dir gönne.

Ich jedenfalls bin mit dem Intendanten von Rundfunk und Fernsehen zusammengewesen, mit zwei Bundestagsabgeordneten – und mit Frau Holzinger.«

Weinheber staunte ehrlich. »Und das meinetwegen?«

»Unseretwegen!« korrigierte sie ihn bestimmt.

»Aber schließlich«, gab er zu bedenken, »bin ich Müller verpflichtet.«

»Ähnlich wie mir! Hinzu kommt, daß der Intendant schon im nächsten Jahr in Pension geht; er hält nach einem würdigen Nachfolger Ausschau – aber das kannst du im Schlepptau deines Müller und seiner Partei nicht schaffen. Nur bei Holzinger.«

Kriminalkommissar Krebs war inzwischen bei seiner Familie angelangt. Uhrzeit 8 Uhr 05. Er war zwar völlig übermüdet, gab sich aber fröhlich und munter.

Seine Familie wohnte in einem Appartementhaus an der Ungererstraße, beim Ungererbad – drei Zimmer, Küche und Abstellraum; insgesamt 82 Quadratmeter. Die Miete dafür verbrauchte nahezu vierzig Prozent seines Einkommens.

Seine Familie bestand aus seiner Frau Helene, geborener Vogler, siebenunddreißig Jahre alt, Helenes unehelicher Tochter Sabine, nunmehr zwölf Jahre alt, und dem ehelichen Sohn Konstantin, elf Monate alt – nach Keller auf den Namen Konstantin getauft.

Und es war, als habe seine Frau auf ihn gewartet. Sie begrüßte ihn mit fast scheuer Zärtlichkeit. Ihre Dankbarkeit rührte und beunruhigte ihn. Er wollte nur gelassene, selbstverständliche Harmonie.

»Bitte, Konrad«, forderte sie ihn herzlich auf, »sage mir, was dir jetzt am liebsten wäre! Willst du schlafen – einen starken Kaffee – soll ich Sabine wecken, sie schläft noch – willst du Konstantin sehen?«

Krebs setzte sich – auf die Bank am Fenster in der Küche. Er lockerte den Schlips, öffnete den Kragen, zog die Schuhe aus – bequeme Hausschuhe standen genau dort für ihn bereit, wo er sich niedergelassen hatte. Er lächelte sie an. »Kein ganz leichtes Leben mit mir – nicht wahr?«

Sie schüttelte den Kopf – eifrig. »Ich werde schon damit fertig – wenn du mit mir Geduld hast. Und die hast du – das weiß ich.«

Er griff nach ihrer Hand, die sie ihm entgegenstreckte – und es war, als habe sie auf diese Geste gewartet. Sie setzte sich dicht neben ihn, während er sagte: »Ich habe nun einmal keine geregelten Dienstzeiten, das geht dann Tag und Nacht durch; und mein Gehalt reicht nicht einmal an das Einkommen eines Fliesenlegers heran.«

Sie lachte auf; sie hatte ihn verstanden. »Dennoch«, sagte sie sehr offen, »möchte ich ein wenig mehr an deiner Arbeit teilnehmen dürfen.«

»Bist du beunruhigt?«

»Nur bemüht, dich und deine Welt zu verstehen.«

»Und ich bemühe mich, dich davor zu bewahren«, versicherte er, während er sie sanft an sich zog, als wollte er sie beschützen. »Ich bin nun mal kein Zuckerbäcker, der seiner Frau köstliche Kostproben seiner Könnerschaft mitbringen kann – kein Poet, der mit seinen Büchern zu erfreuen vermag – kein Modeschöpfer, kein Koch, kein Juwelier; leider nicht. Mein Alltag ist denkbar schmutzig.«

»Aber – es ist dein Alltag! Und damit auch irgendwie der meine – glaube ich.«

»Nein«, sagte Krebs ebenso sanft wie entschieden. »Meine Arbeit von meiner Familie weit entfernt zu halten ist für mich selbstverständlich.«

»Das ist es wohl, unser spezielles Problem.«

»Scheint so«, bestätigte er behutsam. »Jede Ehe beruht ansonsten auf Gemeinsamkeiten – nicht aber auf der Gemeinsamkeit bei der heiklen Arbeit eines Kriminalbeamten. Frage Keller danach.«

»Das habe ich bereits getan, mehrmals – und ich werde es wieder tun.«

»Der wird hier in etwa einer halben Stunde erscheinen, gemeinsam mit Anton. Ich habe beide zum Frühstück eingeladen – deine Zustimmung vorausgesetzt.«

Helene löste sich fast eilig von ihm, nicht ohne seine Stirn mit ihren Lippen berührt zu haben – darauf, ganz spontan, seinen Mund. »Keller und Anton sollen gut bewirtet werden! Was wirst du inzwischen tun?«

»Mich um unsere Kinder kümmern«, sagte Krebs.

Womit er seinen Sohn Konstantin meinte wie auch Sabine – die zu seinem Wunschkind geworden war. Helene und er waren glücklich. Ihr Verständnis füreinander, ihre Zärtlichkeit, Geborgenheit, hier in drei engen Zimmern, schienen grenzenlos. Beide hofften auf die Dauer ihres Glücks. Doch sie lebten im Bereich der Kriminalpolizei – wo nichts undenkbar war.

Tag für Tag, selbstverständlich auch an Sonntagen, auf die Minute genau, betrat Kriminaldirektor Hädrich sein Büro. Seine Beamten konnten die Uhren danach stellen. Es war präzise 8 Uhr 15.

Hädrich, im Amt »Sekundenzeiger« genannt, wirkte an diesem Morgen freundlich, gelöst, bereit, einen Scherz zu machen. Hatte er doch eine ihn höchst befriedigende Nacht verbracht: Empfang bei einem Generalkonsul; dort hatte er den Polizeipräsidenten vertreten: Diplomaten, Adel, Politik, Großunternehmer, Lebeleute. Das hatte er genossen.

Doch seine Hochstimmung erlosch schnell, als er die auf seinen Schreibtisch gelegten Tagesberichte der einzelnen Dezernate durchblätterte und sich, mit instinktiver Sicherheit, zunächst mit den Unterlagen von der »Sitte« beschäftigte. Wobei er ungläubig ausrief: »Das darf doch einfach nicht wahr sein!« Er wünschte unverzüglich Kriminalrat Zimmermann zu sprechen.

Der erschien nach nur wenigen Minuten und fragte neugierig: »Ist was?«

»Diese Verhaftung des Herrn Ettenkofler! Sind Sie darüber informiert?«

»Bin ich«, sagte Zimmermann. »Beunruhigt Sie dabei irgend etwas? Es hat sich um gar keine Verhaftung gehandelt, sondern lediglich um eine Vorführung zwecks Klärung von Einzelheiten im Rahmen einer Ermittlung. Ergebnis: Fehlanzeige.«

»Dennoch ist Herr Ettenkofler – einer der honorigsten Bürger dieser Stadt – hier stundenlang aufgehalten worden. Noch dazu vergeblich, also sinnlos! Wer ist dafür verantwortlich?«

»Ich – falls Sie unbedingt einen Verantwortlichen brauchen.«

»Drängen Sie sich nicht auf«, entschied Hädrich abweisend. »Ich habe nicht vor, mich mit Ihnen anzulegen – dafür kennen wir uns zu gut. Allein zur Rechenschaft zu ziehen wäre wohl der zuständige Dezernatsleiter – also Kommissar Krebs. Und der – das ganz im Vertrauen – kommt mir schon seit geraumer Zeit reichlich eigensinnig vor. Finden Sie nicht auch?«

»Finde ich nicht«, sagte Zimmermann. »Für den lege ich meine Hand ins Feuer!«

Der Kriminaldirektor schien erstarrt. Dann sagte er, höchst bedächtig: »Ich respektiere Ihre Ansichten, Herr Kollege Zimmermann. Doch dieser Krebs, Ihr erklärter Schützling, beunruhigt mich mehr und mehr. Er blickt zwar auf einzigartige Erfolge zurück, hat aber auch deutliche Fehler. Das gilt besonders für seine Methoden, die ich mir nicht länger bieten lassen werde. Im Interesse unseres Amtes.«

Kurz vor 8 Uhr 30 fand sich Huber III bei Neumann ein. Er klingelte – mit erheblicher Ausdauer. Undine erschien.

Huber starrte sie entzückt an. »Welch erfreulicher Anblick!« rief er aus – bemüht, seinen Boss zu kopieren, was ihm aber nur sehr schwach gelang. »Eine ganze Nacht lang habe ich darauf warten müssen – Sie endlich wiederzusehen.«

»Ich erinnere mich nicht«, sagte Undine zurückhaltend, »mit Ihnen verabredet zu sein.«

»Ist auch nicht notwendig – ich bin da!« Huber lachte und betrachtete sie vertraulich: gelocktes hellblondes Haar; glatte rosige Haut und ein zierlicher, wenn auch wohlgerundeter Körper, in seidiges Hellblau gekleidet. Und dann ihre Augen! Die waren erst jetzt, bei Tageslicht, deutlich zu erkennen: katzenhaft geschwungen und von leuchtenden, flirrenden Grüntönen übersprüht. »Daß Ihr Mann uns so was wie Sie vorenthalten hat...«

»Ähnliches sagten Sie bereits heute nacht. Doch ich nehme nicht an, daß Sie gekommen sind, um sich zu wiederholen.«

Der dritte Huber war entzückt. Diese zierliche Person hatte es offenbar ganz faustdick hinter ihren mauskleinen Ohren! Die war doch endlich mal was ganz anderes als jene meist fülligen Damen oder die dienstbereiten Betthasen, die gewöhnlich zu seinem engeren Umgang gehörten. Hier war vielversprechendes Neuland!

»Sie wollten mir sagen, warum Sie hergekommen sind«, sagte Undine.

»Dienstlich sozusagen!«

Sie nickte, sehr kurz; dann ließ sie ihn in der offenen Tür stehen; sie entfernte sich. Nach wenigen Sekunden stürzte ihm Bert Neumann entgegen: bleich, müde – unrasiert, flüchtig gekämmt, in einem halboffenen, faltenreichen Bademantel. Seine Stimme krächzte, war heiser, Empörung durchbebte sie.

»Was soll denn das! Ich muß doch sehr bitten! Unglaublich, was man mir zumutet!«

»Ach, Mensch – verausgabe dich nicht unnötig! Ich jedenfalls würde mir das bei so einer Frau nicht leisten.«

»Herr Huber, ich muß Sie ersuchen ...«

»Schon gut, schon gut, mein Bester – beruhige dich! Versuche endlich etwas mehr Sinn für unseren Humor zu entwickeln. Das würde der Boss bestimmt begrüßen.«

»Was mein Privatleben anbelangt... was also auch meine Frau betrifft...«, stellte Bert Neumann fest, unentwegt erregt, »noch dazu im Zusammenhang mit Ihnen, Herr Huber...«

»Ich bin doch nur wegen der Rede hier – für die Brunneneinweihung.«

»Die steht vereinbarungsgemäß eine Viertelstunde vor der Veranstaltung zur Verfügung – sie dauert etwa zwölf Minuten; Inhalt laut Absprache. Aber nun bitte ich Sie, mich nicht länger zu belästigen. Jetzt benötige ich jede Minute für die Ausarbeitung dieser Rede.«

»Menschenskind, Neumann – was kann ich denn dafür, daß du dich in der vergangenen Nacht arbeitsunfähig gesoffen hast!«

»Bitte«, sagte Bert, wobei er schroff zur Tür griff, »ich muß Sie ersuchen, mich in der Ausübung meiner Aufgaben nicht zu behindern!«

»Da ist noch etwas«, erklärte Huber renitent. »Der Boss wünscht, daß du deine Frau zur Brunneneinweihung mitbringst.«

»Das«, erklärte Neumann hastig, »kommt nicht in Frage.«

»Hast du nicht gehört – der Boss wünscht es!«

»Das ist völlig ausgeschlossen – ich bitte das zur Kenntnis zu nehmen.«

Huber schob die bereits sich schließende Tür wieder auf und Neumann mit; was einem Huber leichtfiel. Er erblickte Undine im Hintergrund der Diele. Sie stand dort, leicht vorgebeugt, mit großen Augen.

»Unser Boss«, erklärte Huber laut und betont, »weiß, was er will – auch du solltest dich endlich daran gewöhnen. In diesem Fall soll alles auf Volksfest gestimmt sein – muntere Reden, harmonische Familien, du weißt schon. Holzinger wird seine Frau mitbringen und die Kinder. Und deine Frau soll dabeisein. So was kannst du doch nicht boykottieren?«

»Bedaure sehr«, sagte Bert Neumann entschieden, »aber da ist leider nichts zu machen. Denn meiner Frau kann ich so was nicht zumuten.«

»Frage sie doch mal selbst!«

Und Undine sagte, wie immer sehr leise, doch ganz deutlich vernehmbar: »Nun – vielleicht – sollte man in diesem Fall eine Ausnahme…«

Bert Neumann stand erstarrt da; wendete sich dann ihr zu, sah sie traurig und flehend an. Um dann hervorzustoßen: »Hatten wir denn nicht – Undine, ich bitte dich! – verbindlich vereinbart…«

»Keine Regel ohne Ausnahme!« tönte Huber kräftig dazwischen. »Deine liebe Frau scheint genau zu wissen, was dir wirklich gut tut!« Huber lachte jetzt genau wie Holzinger. »Also dann – nichts wie gemeinsam rein ins repräsentative Vergnügen! Holzinger jedenfalls wird sich freuen. Und ich freue mich auch!«

»Nein – nein«, warnte Neumann erregt. »Das nicht.«

»Aber warum denn nicht«, meinte Undine, sanft vor sich hin lächelnd.

An diesem Morgen traf der unentwegte Michelsdorf – diesmal einem Hinweis von Krebs verspätet folgend – mit dem Kriminalinspektor Beck vom Einbruchsdezernat zusammen: Dieser war ein kugelrunder, stets äußerst gelangweilt wirkender Beamter. Nur bei frischem Bier vom Faß, sagte man, pflegte dieser überdimensionale Mensch lebhaft zu werden – aber selbst dann nur vorübergehend.

Beck, im Amt »das Nilpferd« genannt, war ein weit über das

Münchner Präsidium hinaus anerkannter Experte für Textilien aller Arten. Er hatte als Stoffverkäufer in einem Spezialgeschäft angefangen, dann bei Bernheimer gearbeitet, einer international berühmten Antiquitätenhandlung; danach war er Einkäufer bei einem Warenhauskonzern geworden – überall bald unendlich gelangweilt.

Beck beschloß dann, knapp fünfundzwanzig Jahre alt, aus welch unerklärlichen Gründen auch immer, seinen Beruf zu wechseln – er ging zur Kriminalpolizei. Doch auch hier langweilte er sich maßlos, zumindest während seiner umständlichen Ausbildungszeit.

Doch dann geriet er, ungewöhnlich schnell – anläßlich einer Todesermittlung, Strangulierung mit Hilfe einer Seidenschnur – in den inneren Bereich des Münchner Präsidiums. Denn Keller hatte ihn empfohlen, und Zimmermann hatte diese Empfehlung mit Nachdruck unterstützt.

Beck, »das Nilpferd«, entpuppte sich, erwartungsgemäß, als ein Experte allerersten Ranges. Wohl war er offiziell dem Einbruchsdezernat zugeteilt, doch gehörte er zu jenen Spezialisten im Amt, die allen Ressorts zur Verfügung standen – auf Anforderung, nach Genehmigung. Oder aber Beck wollte sich die Zeit vertreiben und konnte dabei zugleich einem von ihm geschätzten Beamten einen Gefallen tun. Auch einem Michelsdorf – denn der war in seinen Augen gleichbedeutend mit Krebs.

»Wollt ihr Geschlechtsbeschauer wieder mal eine Art Unterwäschemodenschau bei mir veranstalten?« scherzte Beck vor sich hin schnaufend. »Ich kann nur hoffen, daß es sich diesmal um eine Dame handelt, die ihre Höschen täglich wechselt.«

»Es handelt sich lediglich um ein Taschentuch«, sagte Michelsdorf, der wenig Sinn für Becks Scherze entwickelte. »Kommissar Krebs würde gern wissen, was Sie davon halten.«

»Für unseren verehrten Herrn Krebs«, erklärte Beck, mit deutlicher Betonung von »Herrn«, »sehe ich mir sogar Rotzlappen an.«

Er unterbrach dabei seine Materialüberprüfung. Derzeit interessierten ihn Produkte aus Lamahaaren: verblüffend leicht, stark wasserabstoßend, außerordentlich wärmeisolierend. Er schob das

Mikroskop, mit dem er arbeitete, behutsam zur Seite. Dann zog er das Taschentuch aus der Plastikhülle, die ihm Michelsdorf auf den Tisch gelegt hatte – das betrachtete er reserviert.

»Allerbeste Qualität«, sagte er schließlich. »Vorzügliche Handarbeit – aber scheußlich versaut. In so was rotzt man doch nicht gleich hinein.«

»Aufgefunden wurde dieses Taschentuch«, erklärte ihm Michelsdorf, »an einem Tatort in der vergangenen Nacht. Dort wurde ein Kind geschlechtlich mißbraucht. Können Sie herausfinden, läßt Sie Herr Krebs fragen, woher dieses Tatobjekt stammen könnte?«

Beck war ein Mann kriminalistischer Präzisionsarbeit – dazu inzwischen äußerst bereitwillig geworden. Er entnahm seiner Schreibtischschublade eine Plastikunterlage – etwa 30 mal 50 cm –, dazu eine Pinzette. Mit dieser erfaßte er das ihm vorgelegte Taschentuch; um es dann, mit einem Vergrößerungsglas, zu betrachten – ausdauernd.

Danach sagte er, schwer schnaufend: »Ein höchst bemerkenswertes Exemplar – vorzügliches Handwerk. Die Herkunft dieser Wertarbeit müßte vermutlich ziemlich eindeutig zu bestimmen sein. Muster, Verarbeitungsweise und Material muten halb orientalisch, halb europäisch an. Jugoslawien, schätze ich. Und dort möglicherweise die Gegend um Mostar – zwischen Sarajevo und Dubrovnik.«

»Und wer«, wollte Michelsdorf wissen, »verkauft so was – in unserem München?«

»Nur ein, zwei Geschäfte – soweit mir bekannt ist.«

»Können Sie dort recherchieren?«

»Selbstverständlich kann ich das – für Herrn Krebs jederzeit.«

»Sie könnten also sofort tätig werden?«

»Ich glaube die Zahl der dafür in Frage kommenden Geschäfte zu kennen – aber was wohl noch wichtiger sein könnte: Deren Inhaber kennen mich.«

»Wieviel Zeit werden Sie nötig haben?«

»Sagen wir: eine Stunde.«

Keller war mit Anton in der Wohnung der Familie Krebs angelangt, genau zur vereinbarten Zeit. Beide wurden herzlich empfangen – Keller von Frau Helene, Anton von Sabine. Der Tisch war bereits gedeckt, das Frühstück selbst noch nicht ganz fertig.

»Kann ich noch ein wenig mit Anton spazierengehen?« fragte Sabine begierig.

»Wenn deine Mutter nichts dagegen hat – warum nicht«, meinte Keller bereitwillig. Dieses sanfte, ernsthafte Kind gehörte zu den ganz wenigen Menschen, denen er sogar seinen Hund anvertraute. »Anton liebt Spaziergänge – zu jeder Zeit.«

»Fünfzehn Minuten etwa«, sagte Helene.

»Zwanzig Minuten also«, stellte Krebs munter fest. »Die zusätzlichen fünf Minuten für Ab- und Anmarsch, Sabine. Klar?«

Worauf er seine Armbanduhr löste und diese seiner Tochter übergab. Und Keller zog aus seiner Hosentasche die stets für Anton mitgeführte Leine aus Nylon; vier Meter lang. Bei ihrem Anblick jaulte der Hund freudig auf. Wenige Sekunden später waren er und Sabine hinausgeeilt.

»Konstantin«, sagte Frau Krebs, »schläft noch.«

»Ich bin noch hier, wenn er aufwacht«, sagte Keller, während er sich gemütlich in der Wohnzimmerecke niederließ. »Selbst wenn Freund Krebs früher fort muß, helfe ich Ihnen noch beim Geschirrspülen – Sie wissen, darauf verstehe ich mich.«

Helene und Keller waren einander herzlich zugetan – solange sie sich kannten, war es, als gehöre Keller mit zur Familie. Keller nickte Helene herzlich zu, die sich entfernte, um das Frühstück fertig zu machen. Wobei er sicher war, daß sie eines seiner Lieblingsgerichte zubereiten würde: Omelette italienisch – aus vier Eiern, mit Sahne und Steinpilzen, mit Parmesan leicht überbacken.

Er blinzelte seinem Freund Krebs zu, der sich in seiner Nähe niedergelassen hatte und ermüdet in sich zusammensank. Keller sagte sehr behutsam zu ihm: »Deine Frau besitzt ein erfreulich feines Gespür für deine spezielle Welt – findest du nicht auch?«

»Ja, sie bemüht sich – sehr«, sagte Krebs zustimmend.

»Mehr als das! Helene entwickelt neuerdings sogar einen sicheren Instinkt für deine Sonderwünsche. Sie hat sofort erkannt, daß du dich mit mir ungestört unterhalten willst. Also beschäftigte sie Sabine mit Anton und zögerte das Frühstück hinaus; sie überläßt uns also unseren Problemen. Welchen?«

»Die Vernehmung des Kindes Gudrun Dambrowski«, gestand Krebs offen, »beschäftigt mich ungemein. Dabei könnte ich einer entscheidenden Erkenntnis sehr nahekommen – wenn mir kein Fehler unterläuft.«

»Welche Vorbereitungen hast du getroffen – welchen Ablauf vorgesehen?«

Bericht Krebs' über getroffene Vorbereitungen:

»Das verletzte Kind Gudrun ist derzeit weitgehend isoliert; dabei intensiv betreut – ärztlich wie kriminaltechnisch. Nachtdienst: die Leineweber. Danach Einsatz der Brasch. Und mit Frau Brasch wurde bereits ein erster Vernehmungsplan durchgesprochen.

Vorgesehen: vorsichtiger Anlauf ohne protokollarische Notizen, doch mit laufenden Tonband überwacht von Lobner und Krebs, hinter einer undurchsichtigen Spiegelscheibe. Ziel der Befragung: Ergründung der Person des Täters – in möglichst vielen Details.

Dafür vorsorglich in Krebsscher Perfektion erarbeitet: eine Liste mit Fragen zur raffinierten Abgrenzung und Differenzierung. Mehr als einhundert Vernehmungshinweise – mit den Schwerpunkten: Größe, Gestalt, Aussehen, Sprache, Handlungsdetails, Wörter und Redensarten, Gebärden. Sowie sonstige Besonderheiten. Das alles lediglich als Ausgangsbasis.«

»Was ist denn diese Gudrun für ein Kind?« fragte Keller aufmerksam.

»Sie ist zart, schön, recht ernsthaft, vermutlich sehr sensibel – was aber eine entscheidende Voraussetzung für wichtige Wahrnehmungen sein könnte. Überdies scheint diese Gudrun Dambrowski zärtlichkeitsbedürftig zu sein, anschmiegsam, einer heftigen Hingabe durchaus fähig.«

Diese Beschreibung, die Keller zwar bereits kannte, frappierte ihn dennoch abermals – ohne daß er sich das merken ließ. Er registrierte lediglich: Erneut hatte Krebs damit, fast exakt, seine

Tochter Sabine beschrieben. Die – und auch dies war durchaus ein Kriterium – den Hund Anton liebte; wie dieser sie.

»Du willst also versuchen«, sagte Keller anerkennend, »zunächst einmal eine Atmosphäre größtmöglichen Vertrauens zu schaffen – wozu unsere Mutter Brasch ja bestens geeignet ist. Der Methode stimme ich zu – ich vermisse jedoch noch eine Voraussetzung.«

»Welche?«

»Wenn du ein so sensibles Kind zu wichtigen Äußerungen bringen willst, solltest du alles Erdenkliche tun, um es zuvor zu entspannen, zu entkrampfen, ihm also Hemmungen zu nehmen.«

»Aber wie?«

»Kinder«, sagte Keller, sich weit zurücklehnend, »pflegen nicht selten spontan auf Tiere zu reagieren – auf Hunde zum Beispiel, wie Anton. Anton ist ein kluges Tier. Den würde ich dir für diese Gudrun zur Verfügung stellen. Für den allerersten Anfang.«

»Und was dann – weiter?«

»Ein Kind braucht ein Kind – um sich bestätigt zu fühlen, sich zu erkennen. Zumal selbst sehr mütterliche Wesen wie unsere Brasch immer eine Art Autorität ausstrahlen. Ein Kind jedoch...«

»Verstehe ich dich richtig?« fragte Krebs, plötzlich hellwach. »Spielst du auf Sabine an? Schlägst du vor, sie als ein auslösendes Element bei dieser Vernehmung einzusetzen?«

»Ganz abgesehen davon«, erklärte Keller geduldig, »daß ich, nach meinen Erfahrungen, Kinder niemals als normale Zeugen betrachten würde – auch Erwachsene nicht gerade häufig. Psychologisch ließe sich das Gespräch so vorbereiten: Deine Sabine besucht, gemeinsam mit meinem Anton, Frau Brasch, die beide gut kennt. Und dieser Besuch findet in Gegenwart von Gudrun statt. Und da diese Gudrun ähnlich wie deine Sabine geartet zu sein scheint, könnten beide mit einiger Wahrscheinlichkeit Gefallen aneinander finden; zumal mit Hilfe von Anton. Das würde dann die Arbeit der Kollegin Brasch wesentlich erleichtern.«

»Warum sagst du denn nicht gleich offen, worauf du hinauswillst«, meinte Krebs, nun ein wenig amüsiert. »Du willst dabeisein!«

»Was dagegen?«

»Nein!« bestätigte der Kriminalkommissar spontan. »Zumal ich dich selbst um deine Anwesenheit bitten wollte!«

»Es handelt sich hier vermutlich um eine seltene Schlüsselsituation. Und so was, mein Freund, möchte ich mir nicht entgehen lassen.«

»Bitte – zum Frühstück!« rief nun Helene Krebs.

Keller fand das von ihm erhoffte italienische Omelett vor; Krebs erblickte gekochten Schinken, Ochsenzunge und Lachs, dazu Toastbrot. Während der inzwischen eingetroffene Hund Anton wonnig seinen Weißwürsten entgegenschnupperte – er erwartete fünf davon, fand jedoch sieben vor.

Während sie aßen, fiel kein Wort über kriminalistische oder gar interne dienstliche Vorgänge. Keller wußte die Freuden der Tafel zu rühmen und erwies sich auch hier als Spezialist. Wieder einmal mehr.

Spätere Ansichten des Josef Franz Ettenkofler:

»Nichts von dem, was sich noch alles daraus ergeben sollte, war bereits erkennbar – schon gar nicht für mich. Ich war lediglich ein Spekulationsobjekt für beide Seiten. Was mich jedoch weiter nicht beeindruckt, mit so was muß man immer rechnen und dabei seine eigene Rechnung aufstellen.

Für mich also trifft die danach oft geäußerte Ansicht nicht zu: Wenn Elefanten miteinander kämpfen, wird viel Gras zertrampelt. Was, in die Alltagspraxis übersetzt, hier heißt: Dabei sind Personalveränderungen so gut wie unvermeidlich – die einen verlieren ihre Positionen, andere nehmen sie ein. Nichts Ungewöhnliches bei unseren gesellschaftlichen Gegebenheiten.

Daraus aber – wie leider neuerdings versucht wurde – eine Art Schlachtfest zu konstruieren, ist einfach absurd. Hier wurden keine Existenzen vernichtet oder sogar Menschenleben zerstört – hier fanden lediglich gewisse Umschichtungen statt. Ein Wechsel von Arbeitsplätzen. Alle sonstigen Spekulationen entbehren jeder realen Grundlage.«

Zur gleichen Zeit, um 9 Uhr 20, trat Oberinspektor Michelsdorf erneut in Aktion. Er suchte abermals den Kollegen Beck auf; höchst erwartungsvoll ließ er sich vor dem nieder – in einem der schäbigen, knarrenden Beamtenstühle.

»Nun?«

»Was heißt – nun?« schnaufte Beck abweisend, nahezu verächtlich. »So was ist doch nichts als reine Routine.«

»Und – mit welchem Ergebnis?«

»Das immer wieder Übliche – in unserer Wirtschaftswunderwelt! Dieser scheißfeinen Zeit des Exklusiven, des Extraordinären! Ob es sich nun dabei um Intimspray handelt, Toilettenpapier, Zahnpasta – nur das Ausgefallenste gilt... wozu auch, wie eben hier, Taschentücher gehören, in die nicht gleich jeder Prolet hineinschneuzen kann. Diese Taschentücher jedenfalls werden hier in unserer Stadt lediglich von einer einzigen Firma ausgeliefert – vom Ausstattungshaus ›International‹. Dessen Chefin ist irgendeine Prinzessin Preußen oder Bayern oder sonst was. Ist auch egal!«

»Ausgeliefert – an wen? Ließ sich das feststellen?«

»An zehn bis zwölf Personen. Und diese lassen sich namentlich fixieren – fast alle. Denn diese Prinzessin kann organisieren, rechnen und arrangieren. Nicht zuletzt deshalb verstehen wir uns recht gut.«

Michelsdorf hatte Mühe, diesen nilpferdhaften Kollegen geduldig anzuhören. »Sie glauben also zu wissen, an wen diese seltenen Taschentücher verkauft worden sind?«

»Ich weiß es! Verkauf derselben, wie gesagt, an zehn bis zwölf Personen. Darüber existiert nunmehr eine Liste. Hier ist sie.« Worauf Beck ein Blatt Papier mit diversen Namen wie angewidert von sich schob.

Darauf standen Namen von einiger Publizität: nahöstliche Exkaiserin-Mutter; Herrenschneidersgattin mit Rolls-Royce-Chauffeur; Bankier Schreyvogels Schwiegertochter; amerikanische Schlagersängerin mit bajuwarischem Einschlag; Ex-Bardot-Gatte mit Hang zu moderner Kunst.

Dann aber auch Namen, die Michelsdorf direkt bekannt waren – und zwar aus den Akten im Amt; auch auf Grund eigener Recherchen. Und hierbei zunächst einmal: Ettenkofler – dieser münchnerische Weltmann! Dann Frau Holzinger. Und schließlich noch drei Namen, mit denen aber Michelsdorf zunächst noch nichts anzufangen wußte: Weinheber – Huber – Neumann.

»Was sind denn das für Leute?«

»Woher soll ich das wissen!« grollte Beck. »Sie haben eine Verkaufsliste angefordert, aber keine Personalakten. Kümmern Sie sich darum!«

»Das werde ich auch«, versicherte Michelsdorf, bevor er sich eilig entfernte. »Das hier ist wie Dynamit!«

Huber III meldete sich bei Holzinger im Hotel zurück – sichtlich bestens gelaunt. Er stellte, kumpanenhaft, den rechten Daumen hoch. »Ganz groß!« versicherte er.

Der »Boss« musterte seinen Sekretär, Zutreiber, Abschirmer und Vertrauten mit schnell steigendem Interesse. »Wer oder was ist ganz groß? Neumanns Rede für mich?«

»Seine Frau!« schwärmte Huber. »Diese Undine scheint es faustdick hinter ihren niedlichen Ohren zu haben! Die ist jede Sünde wert – meine ich. Dabei sieht die aber aus wie eine Fee aus dem Märchenbuch – wie Milch und Honig und so was. Das aber sollen die schärfsten sein!«

»Probiere das nicht aus«, meinte Holzinger. Wobei er in den Spiegel sah: Er trug einen neuen modischen Anzug im Trachtenlook, den er erstmals für die Einweihung des Brunnens angelegt hatte. »Ich lege Wert auf gute, enge Zusammenarbeit unter meinen nächsten Mitarbeitern.«

»Vielleicht«, scherzte Huber rustikal, »will diese Dame auch mal – mitarbeiten?«

»Wird sie kommen?« fragte Holzinger – wobei er seine jägergrüne Krawatte zurechtrückte.

»Unser Bert war entschieden dagegen – sie aber nicht«, berichtete Huber eifrig. »Wie denn überhaupt unser Tintenkuli derzeit gar nicht ganz auf der Höhe ist – er macht vielmehr einen total überarbeiteten Eindruck. Den sollten wir in Urlaub schicken!«

»Damit du dann bequemer an seine Frau herankannst?«

»Das auch!« Huber III war da ganz offen – Holzinger hatte noch Sinn für bajuwarische Lebensart! »Aber außerdem besäuft sich unser Neumann in letzter Zeit zu oft und zu schnell; dann hockt er kreidebleich herum – zerfahren. Was aber nicht weiter verwunderlich ist, wenn man erst einmal seine Frau kennengelernt hat; die würde auch andere als den schaffen! Und zwar so gut wie hundertprozentig.«

»Du machst mich geradezu neugierig«, meinte Holzinger gedehnt.

»Sollten Sie etwa... persönlich... dann allerdings...«

»Unser Neumann ist immerhin recht brauchbar.«

»Seine Frau möglicherweise auch.«

»Wird er mit meiner Rede für die Brunneneinweihung rechtzeitig fertig?«

»Aber sicher! Vielleicht schreibt er sogar etwas bei Ludwig Thoma ab! Und so was wirkt hier immer – besonders wenn Sie das vortragen, Chef.«

Holzinger musterte sich im Spiegel seines Hotelzimmers – und was er dort erblickte, war ein gelungenes bodenständiges Bild. Seine Zufriedenheit wuchs.

»Weißt du, Huber, was einen Müller so unerträglich macht? Ihm fehlt das Menschliche.«

»Der lebt seinen Prinzipien; praktisch heißt das: Er lebt überhaupt nicht richtig! Er weiß gar nicht, was das heißt: leben und leben lassen! Doch eben das könnte ihn gefährlich machen.«

»Was Weiber anbelangt?«

»Das wohl kaum«, meinte Huber sehr bedächtig. »Der kann wohl nicht aus seiner Haut heraus. Da müßte man nachhelfen. Aber wie er dieser Scheurer auf den Leib rückte, oder diese ihm – das sah doch schon recht vielversprechend aus.«

»Tatsächlich?« fragte Holzinger aufhorchend.

»Aber der schleppt viel Ballast mit sich herum. Denn der macht beharrlich in Moral: ob Fernsehen oder Familie – das Image soll stets solide und harmonisch sein. Dabei ist seine Frau überfordert. Während er sich noch manchmal wie ein Jüngling fühlt – etwa beim Anblick dieser Scheurer.«

»Das«, meinte Holzinger munter, »hört sich recht vielversprechend an. Damit ließe sich vielleicht etwas anfangen. Konzentrieren wir uns darauf.«

6

Der an diesem Sonntag, gegen Mittag, einzuweihende »Brunnen der Tiere«, befand sich in der Nähe des Rindermarkts, beim Jakobsplatz. Es war ein schöner Tag, herrlich und strahlend: Der Himmel war weißblau, unendlich hoch und weit. »Wie bestellt!« meinte Huber III.

Die Temperatur: nahezu 18 Grad. »Wieder einmal mehr leuchtete unser München!« schrieb ein Reporter. Darin waren sich alle einig.

Holzinger hatte seine Frau begrüßt, demonstrativ-zärtlich; dann seine Kinder umarmt, herzlich-heiter, während er in diverse Kameras blickte – wohl wissend, was er zu bieten hatte: eine vorbildliche, ansehnliche, ganz und gar intakte Familie!

»Alles läuft bestens«, flüsterte Huber III seinem Boss zu. »Allein vom Ersten Programm sind zwei Kamerateams aufgekreuzt. Eins davon hat der Fernsehdirektor herdirigiert – vermutlich für Müller. Das andere Battenberg, als Chefreporter, speziell für Sie. Dann noch das Zweite Programm und dazu irgendeine Wochenschau!«

»Erfreulich«, bestätigte Holzinger. »Und wo bleibt unser Neumann?«

»Dieser Lahmarsch läßt auf sich warten – ist aber unterwegs; seine Rede sei prima geworden, hat der mir am Telefon versichert.«

»Bringt er seine Frau mit?«

»Aber klar – Sie werden staunen!«

Etwa zwei- bis dreihundert Menschen hatten sich bei diesem Brunnen eingefunden. Dabei eine Bläsergruppe, ein gemischter Chor, auch zwei Vereinsabordnungen. Dazu die Fernsehleute.

Holzinger hielt indessen nach Müller Ausschau. Der war noch nicht erschienen. Jedoch hatte sich der Oberbürgermeister eingefunden; selbstverständlich mit seiner Frau; dazu mittelgroßes Gefolge: Stadtkämmerer, Stadträte, Kulturbeauftragter. Doch auch der Oberbürgermeister schien intensiv nach Müller auszuspähen – war dem doch die Einweihungsrede überlassen worden.

Holzingers betriebsame Vitalität machte ihn zum Mittelpunkt. Seine gute Laune schien noch zuzunehmen, als er den Fernsehdirektor erblickte.

»Da bist du ja – altes Schlitzohr!« rief ihm Holzinger scherzend zu. »Kaum zu glauben, daß du dich auch mal bei deinen Parteifreunden sehen läßt!«

Der Fernsehdirektor wurde durch diesen direkten Zuruf überrascht, versuchte aber sich gelassen zu geben. »Du brauchst nur zu sagen, wann du mich sehen willst.«

»Nun gut – dann also anschließend beim Weißwurstessen«, worauf Holzinger diesen Fernsehdirektor einfach stehen ließ.

Um dann, ebenso neugierig wie auch ungläubig, in Richtung Rindermarkt zu schauen. Denn von dort eilte nun sein Bert Neumann heran, eine Mappe in der rechten Hand. Und an seiner Seite ein ungemein zierliches Wesen. »Es war, als schwebe sie«, schrieb später Argus, der vielgelesene Gesellschaftsreporter.

»Na – ist das was?« meinte Huber, seinen sichtlich beeindruckten Boss erfreut betrachtend. »Habe ich zuviel versprochen?«

Im Gerichtsmedizinischen Institut, Zweigstelle Pettenkoferstraße, waren – zur gleichen Zeit – alle Vorarbeiten für die Vernehmung der Gudrun Dambrowski so gut wie abgeschlossen.

Gudrun selbst wirkte gelöst, nahezu heiter. Ihre Verletzungen – am Hinterkopf und an den Geschlechtsteilen – schien sie vergessen zu haben. Denn sie hatte höchst ablenkenden Besuch bekommen – ein Mädchen namens Sabine; und mit ihr ein wundersamer Hund, der Anton hieß.

Und dieser Hund führte alsbald, von Sabine angeregt, drei Sonderdarbietungen vor: Einmal »Männchen machen!« – wobei er dahockte wie ein Zwerg im Märchen. Dann »Schlafen!« – wobei er sich hinlegte, aber auf den Rücken. Hierauf »Spazierengehen!« – was auf den Hinterbeinen geschah, mit tänzelnden Bewegungen. Anton hatte seinen Spaß daran.

»Mutter Brasch« saß geduldig dabei. Für Sabine war sie bereits eine wohlvertraute Gestalt; aber auch Gudrun hatte schnell zu dieser ungemein gelassenen, beruhigend verständnisvollen Frau Vertrauen gefaßt.

»Sie sehen tatsächlich aus wie Geschwister – diese beiden Kinder«, sagte der beobachtende Keller nachdenklich.

Er hielt sich, gemeinsam mit Lobner und Krebs, in einem leicht abgedunkelten Nebenraum auf – dort dicht bei einer großen, durchsichtigen Glasscheibe. Diese wirkte, auf der anderen Seite, im Nebenraum, wie ein Spiegel. Dort befanden sich auch mehrere, fast unsichtbar angebrachte Mikrofone. Vor Krebs stand ein Tonbandgerät, das bereits eingeschaltet war; dazu Schreibblocks, dazwischen Teetassen. Lobner bevorzugte indischen Tee, den trank er kannenweise – auch seine Besucher verschonte er nicht damit.

»Diese Gudrun scheint Sie zwingend an Ihre Tochter Sabine erinnert zu haben«, folgerte Lobner mit großer Sicherheit. »Und das war dann wohl das für Sie auslösende Element!«

»Vor Ihnen, Professor«, meinte Keller, leicht belustigt, »möchte ich nicht als Leiche liegen! Denn das könnten Sie womöglich registrieren: Das zu untersuchende Objekt wies Leberschaden auf, durch alkoholische Getränke – sein Magen war abnorm ausgeweitet durch übermäßige Speisen – seine Haut war unrein, offenbar infolge seines beständigen Umgangs mit einem Hund!«

»Mein lieber Freund«, sagte Lobner mächtig erheitert, »erinnern Sie mich bitte nicht immer wieder daran, in welch einen Sumpf wir uns beruflich hineinbegeben haben...«

»Bitte um Aufmerksamkeit!« forderte Krebs, plötzlich alarmiert. »Ich glaube, die Kollegin Brasch will nun mit ihrer Vernehmung beginnen!«

Worauf im Nebenraum die Kriminalassistentin zu Sabine sagte: »Weißt du, wie mir unser Anton vorkommt? Als ob er dringend mal müsse! Du solltest also mit ihm Gassi gehen. Inzwischen werde ich mich hier mit Gudrun ein wenig unterhalten.« Was dann auch geschah.

Professor Dr. Lobner stellte anerkennend fest: »Diese Brasch scheint ihr Handwerk zu verstehen! Die geht ganz anders vor als etwa diese Leineweber, die sich hier in der vergangenen Nacht herumgequält hat!«

»Wo ist schon etwas hundertprozentig?« meinte Krebs, leicht unwillig – wobei er von Keller aufmerksam betrachtet wurde.

Während im Nebenraum »Mutter Brasch« das Kind Gudrun mit herzlicher Geste an sich zog, sich mit ihm zum Mitteltisch begab, sich dort neben es setzte und sagte: »Ich habe gehört, daß du gerne Schokoladenmilch trinkst.«

»O ja!« bestätigte Gudrun. »Doch so was bekomme ich nur sehr selten. Denn Mutter mag das nicht; Vater erst recht nicht.«

»Ich jedenfalls«, sagte die Brasch, »mochte die schon immer – nicht nur als Kind. Ich habe eine ganze Thermoskanne voll mitgebracht – und die wollen wir zusammen austrinken, wenn du willst, vielleicht schaffen wir es. Dabei können wir uns unterhalten – über alles, was uns gerade so einfällt.«

Bert Neumann eilte auf Holzinger zu und übergab ihm seinen Entwurf für die Einweihungsrede. »Ich hoffe, Ihren Stil einigermaßen getroffen zu haben.«

»Hoffe ich auch«, sagte der – wobei er auf Undine blickte. Er schlug das ihm überreichte Manuskript auf und meinte, ohne sich länger dabei aufzuhalten: »Beachtlich, durchaus.«

Huber führte Undine zu ihm und sagte: »Erlauben Sie, daß ich Sie mit unserem Herrn Holzinger bekannt mache?«

Sie nickte. Holzinger blickte in ihre blaßblauen Augen. Sie streckte ihre rechte Hand vorsichtig aus; er ergriff sie, drückte sie herzhaft. »Da sind Sie ja endlich! Bin erfreut.«

»Auch ich freue mich«, entgegnete Undine verhalten lächelnd, »Sie kennenzulernen. Endlich.«

Auf diese Szene reagierte Frau Holzinger ungewohnt lebhaft. Mit einer fast scharf klingenden Stimme. »Wer ist denn das, bitte?«

Diese Fragte war an Huber III gerichtet, der vorsorglich zu ihr hingeeilt war. Seine schnelle Auskunft lautete: »Die Frau eines unserer Mitarbeiter, eines gewissen Neumann.«

»Eine recht ungewöhnliche Person«, stellte Frau Holzinger ablehnend fest. »Nicht gerade mein Geschmack!«

»Seiner gewiß auch nicht«, stimmte Huber unverzüglich und ungeniert zu, womit er Holzinger meinte. »Aber dieser Neumann ist für uns recht brauchbar.«

»Und – was ist seine Frau?«

»Das muß sich wohl erst noch herausstellen«, meinte Huber besänftigend – wobei er, luchsartig, in die Runde blickte.

Um festzustellen: Dieser Müller war immer noch nicht erschienen. Aber immerhin tauchte Ettenkofler auf. Holzinger versäumte nicht, ihm kräftig die Hand zu schütteln.

Danach aber stand Ettenkofler, fast wie isoliert, ein wenig seitwärts da. Bis sich ihm ein Mann zugesellte, den Huber nicht kannte. Noch nicht kannte. Wie er später erfuhr, handelte es sich dabei um einen gewissen Zimmermann – Kriminalrat im Polizeipräsidium.

Jetzt jedenfalls war Holzinger durch nichts mehr abzulenken – er beschäftigte sich, äußerst konzentriert, mit der für ihn entworfenen Rede. Sie schien ihm zu gefallen. Er nickte Neumann zu – und über diesen hinweg lächelte er dessen Frau an. Ob diese sein Lächeln erwiderte, war nicht zu erkennen.

Huber sah auf seine Uhr – der festgesetzte Zeitpunkt für die Einweihungsfeierlichkeiten war bereits um sieben Minuten überschritten; was jedoch niemand der Anwesenden zur Kenntnis zu nehmen schien. Eine gewisse Unruhe ergab sich lediglich im Hintergrund – dort schien sich, vergeblich, ein Mann vordrängen zu wollen; er wurde von zivilen Ordnungskräften mit sicherem Griff abgesondert. Dabei handelte es sich lediglich um den Erbauer dieses Brunnens – den offiziell einzuladen man vergessen hatte.

Jetzt sah Holzinger auf seine Uhr. Fast hastig begrüßte er Battenberg, der sich in angeregtem Gespräch mit Brigitte Scheurer eingefunden hatte. »Schön, daß Sie gekommen sind – wir sehen uns später!« Holzinger spähte nach Müller aus – der war noch immer nicht erschienen. Was Holzinger freute.

Und mit der ihm eigenen schnell reagierenden lauten Robustheit rief er aus: »Warum fangen wir nicht an?« Dann seine Lautstärke noch steigernd: »Worauf warten wir eigentlich noch?«

»Unser Herr Müller«, versicherte ihm eilig der Oberbürgermeister, »muß jeden Augenblick eintreffen.«

»Vielleicht will er gar nicht«, meinte Holzinger provozierend laut. »Aber das, meine ich, hätte er uns zumindest mitteilen müssen.«

»Da kommt er!« rief der Oberbürgermeister erleichtert aus.

Und Müller eilte vom Rathausplatz herbei – beinahe im Laufschritt. Er wirkte ein wenig strapaziert, auch leicht verlegen. Er war nicht Herr der Situation – nicht einmal in der Lage, dies vorzutäuschen. Er schien irgendwie aus dem Gleichgewicht gebracht. Holzinger erkannte das prompt.

Und schnell preschte er vor. Holzinger stellte seinen politischen Gegner, streckte ihm herzlich beide Hände entgegen und rief für alle Anwesenden vernehmbar: »Wir haben auf Sie gewartet, mein Lieber!«

»Bedaure – aber ich bin aufgehalten worden – durch den Verkehr.« Müller bemühte sich, gelassen zu wirken; was ihm sichtlich schwerfiel.

Holzingers tönende Herzlichkeit nahm schnell zu. »Und wo ist denn Ihre liebe verehrte Frau Gemahlin? Ich hätte sie gerne begrüßt. Aber leider haben Sie sie nicht mitgebracht. Ich hoffe, sie ist nicht erkrankt?«

Müller, derartig massiv vor aller Öffentlichkeit attackiert, bemühte sich um Selbstbeherrschung. »Meine Frau«, sagte er, »fühlt sich nicht wohl.«

»Das tut mir aber leid!« tönte Holzinger. »Hoffentlich nichts Ernstes.« Sein sicher reagierender Instinkt witterte Komplikationen. Und die paßten genau in sein Konzept.

Diese Komplikationen bestanden in der Tat. Müllers Chauffeur mußte sie später bestätigen. Seine Aussage:

»... begab ich mich, wie von Herrn Müller angeordnet, zu seiner Frau. Ich wartete vor deren Haus wie üblich. Diesmal jedoch vergeblich. Sie kam nicht. Darauf klingelte ich. Sie erschien und erklärte mir: ›Ich will nicht! Nun nicht mehr. Sagen Sie das meinem Mann!‹

Das richtete ich Herrn Müller aus. Der wollte das einfach nicht glauben. Er telefonierte mit ihr. Das änderte nichts. Darauf sagte er:

›Halten wir uns nicht länger auf. Wir müssen schnellstens zu dieser Brunneneinweihung.‹«

»Dein Vater hat also zu dir gesagt: Hol mir Bier«, stellte die Kriminalbeamtin Brasch nach nahezu einstündiger Befragung fest, während das Gespräch durchaus vertraulich wirkte. »Kommt so was oft vor?«

»Ja – sehr oft«, berichtete Gudrun, mit großem Zutrauen gegenüber der Brasch. »Meistens samstags. Wegen dem Fernsehen.«

Keller, im Nebenraum, lachte gedämpft. »Wir werden also in Zukunft, bei entsprechenden Fällen, auch das jeweilige Fernsehprogramm beachten müssen.«

Am Televisionssamstag dominierte gefälliges Mittelmaß: rustikales Bauerntheater aus Süddeutschland; sentimentales Kleinbürgertheater aus Norddeutschland im Wechsel. Auch Variationen zu diesen Themen. An diesem Abend: Zeitvertreib im Ersten Programm – eine Spionagestory im Zweiten Programm. Das Dritte Programm hatte immer noch Sommerpause.

Fernseherfavorit war jedenfalls der Spion auf dem Bildschirm: »Der Illegale«. Das Zweite Programm brachte den dritten Teil. Sendezeit: 20 Uhr 15 bis 21 Uhr 45. So an die dreißig Millionen ließen sich davon angenehm erschauern. Unter ihnen auch der Plattenleger Dambrowski – bei ihm Gudrun.

Lobner versuchte einen Scherz anzubringen: »Sind die gesendeten Kriminalfilme gut, müssen die Kinder Bier holen gehen – sind die Kriminalfilme schlecht, gehen die Väter selber.«

Kriminalkommissar Krebs schüttelte mißbilligend seinen Kopf – er wollte keine Störung. Er dachte an die alte Erfahrungstatsache: Nicht das Endprodukt einer solchen Vernehmung, die zu Papier gebrachte Aussage, war allein entscheidend, vielmehr der Vorgang an sich: Gesten, Betonungen, Zögern, Pausen.

Keller sagte gedämpft: »Das soll wohl eine neue Art Medizinerwitz sein, Professor?«

»Der Witz ist unsere unentbehrliche Waffe gegen das Ungeheuerliche …«

»Da habt ihr es besser als wir«, sagte Keller lapidar, »denn kriminalistische Witze gibt es nicht. Wir dürfen und können das Ungeheuerliche in unserem Metier nicht verdrängen. Wir müssen uns leider damit auseinandersetzen. Da hört der Witz auf.«

Im Nebenraum hatte die Brasch inzwischen einen weiteren Punkt ihrer intensiven Befragung erreicht: die Begegnung Gudruns mit jenem Mann in der P-Straße. Nach Verlassen der Gastwirtschaft an der Ecke. Auf dem Heimweg stand dieser Mann auf der rechten Straßenseite, zunächst noch nicht erkennbar. »Im Schatten eines Baumes?« Ja, kann sein. »Oder in der Nähe eines Hauseingangs?« Ja – das auch. »Begegnetest du ihm in der Nähe eines Hauseinganges, der im Schatten eines Baumes lag?«

»Sie ist zu gründlich«, stellte Keller im Nebenraum fest. »So was müßte an Ort und Stelle zur Tatzeit unter gleichen Bedingungen überprüft werden, wie sie beim Tatvorgang gegeben waren.«

»Was frühestens zwölf Stunden später möglich wäre!« sagte Krebs, in Abwehrstellung. »Aber dann könnte es auch zu spät sein! Ich habe die Brasch instruiert, sie soll versuchen, alles herauszufinden, was sich herausfinden läßt.«

»Eine solche Intensität kann das Kind ermüden«, gab Lobner sachverständig zu bedenken. »Ermüdete Kinder aber reagieren ungenau, hastig, sie wehren sich – nicht selten durch Lügen.«

Der in der Portierloge postierte Polizeibeamte erschien, näherte sich Krebs vorsichtig und sagte ihm leise: »Herr Dambrowski ist eingetroffen – er wünscht Sie zu sprechen.«

»Später«, entschied Krebs ungeduldig und abweisend.

Worauf sich der Beamte entfernte – wenn auch besorgt.

Die Brasch war inzwischen beim nächsten Punkt angelangt: bei der äußerst wichtigen Personenbeschreibung des Täters! Das aber war, nach Kellers Erfahrung, stets ein fragwürdiges Unternehmen. Wer weiß schon mit allen Details – was er tatsächlich gesehen hat?

»Die Konzentration des Kindes scheint nachzulassen«, stellte Lobner besorgt fest.

»Nicht seine Konzentration«, erklärte Keller sachverständig, »sondern sein Interesse. Gudrun fühlt sich einfach überfordert; daher jetzt diese widerspenstige Reaktion. Aber wie ich unsere Mutter Brasch kenne, wird sie das merken.«

Und die Kriminalbeamtin Brasch erkannte diesen reaktionsschwachen Tiefpunkt ihrer Befragung prompt. »Lassen wir das, Gudrun – das ist nicht so wichtig.« Sie legte einen Arm um das neben ihr sitzende Kind; zog dieses sanft und mütterlich an sich. Sie tranken von der Schokoladenmilch. »Unterhalten wir uns darüber, was dieser Mann gesagt oder auch getan hat.«

»Na also!« rief Krebs im Nebenraum aus. Er beugte sich, äußerst konzentriert, vor, dem leise gestellten Lautsprecher zu, der durchsichtigen Spiegelscheibe entgegen. »Jetzt kommt der entscheidende Augenblick.«

Die offizielle Einweihung des »Brunnens der Tiere«, »unter erheblicher Anteilnahme von Prominenz und Bevölkerung«, war in vollem Gange. Die Bläsergruppe hatte erstmals gespielt, etwas Volkstümliches; der gemischte Chor hatte gesungen, etwas Bayerisches. Und nunmehr hielt Müller seine Rede.

Dessen Tenor war: Das Tier ist des Menschen Begleiter – seit es Menschen gibt, die diesen Namen verdienen. Bereits bei den Göttern der Antike...

»Gefällt Ihnen das?« fragte Huber III, dicht bei Battenberg und der Scheurer stehend.

»Dieser Mann«, erklärte Battenberg mit einiger Vorsicht, »hat gewiß Kultur!« Um dann aber schnell hinzuzufügen: »Zumindest scheint er suggerieren zu wollen, daß er Kultur hat.«

Während die Scheurer versonnen sagte: »Irgendwie habe ich Mitleid mit ihm! Wie der die Perlen unter die Säue wirft.«

»Er erweckt also«, stellte Huber fest, »Ihr frauliches Mitgefühl – oder gar Ihre Zuneigung?«

»Was dagegen?« fragte Brigitte Scheurer sanft.

»Ganz im Gegenteil – so was würde ich begrüßen. Schon um herauszufinden, ob der überhaupt Gefühle hat.«

Während Müller in seiner Rede fortfuhr: Das Tier – in künstlerisch vollendeter Darstellung. Auf ältesten ägyptischen Abbildungen: die Katze, das Tier der Könige! Dann Pferde – in Altdorfers »Alexanderschlacht« zu Tausenden. Und nicht zuletzt die Hunde – bei Rembrandt wie bei Renoir, bei Tizian, bei Goya wie bei dem herrlich naiven Rousseau. »Wer bewußt des Lebens ganze Fülle erfahren will, muß mit Tieren leben.«

Ettenkofler dachte, leicht gerührt, an die erlesenen Tiere seines Hauses: Wie wunderbar wohlerzogen die doch waren; wertvoll natürlich auch, mit alten Stammbäumen. Doch in dieser Stunde sah er vor allem sein sicher gewahrtes Image in Gefahr. Er sagte zu dem neben ihm stehenden Zimmermann: »Diese Vorgänge gestern nacht waren wirklich sehr peinlich.«

»Höchst bedauernswert!« erklärte der Kriminalrat prompt. »Nicht zuletzt um Ihnen das nochmals klarzumachen, bin ich hier. Und um Ihnen zu versichern: Falls wir irgend etwas tun können, um mögliche Mißverständnisse zu beseitigen, wird das bereitwillig geschehen.«

»Danke«, sagte Ettenkofler, nicht wenig erleichtert – denn genau das hatte er erhofft; schließlich war er mit dem Polizeipräsidenten befreundet. »Wenn also bei Ihnen eine Rückfrage...«

»Wird diese unverzüglich und eindeutig erledigt!«

Wobei Zimmermann aber außerordentlich abgelenkt wirkte. Er blickte intensiv zu Holzinger hinüber – doch nicht auf diesen, sondern auf eine der zwei Personen, die in dessen unmittelbarer Umgebung standen: einen nervös und unruhig wirkenden Mann; dann aber daneben eine Frau mit dem schönen, stets lächelnden Gesicht einer Porzellanfigur. »Wer, bitte, ist denn das?«

Ettenkofler, der stets Wohlinformierte, gab bereitwillig Auskunft: »Ein gewisser Neumann aus dem engeren Stab Holzingers, dessen Eierkopf, wie man heutzutage sagt. Daneben dessen Frau Undine – ein sehr dekoratives Geschöpf; aber eher das Gegenteil einer vollblütigen süddeutschen Schönheit... Interessiert Sie diese Person? Warum?«

»Sie kommt mir so bekannt vor«, meinte Zimmermann sehr nachdenklich, »wenn ich auch nicht sagen kann, woher. Aber ich bin fast sicher, sie bereits gesehen zu haben.«

»Das würde mich überraschen«, meinte Ettenkofler. »Denn diese Frau ist äußerst zurückhaltend. Ich kenne sie nur von einigen Kirchgängen her, aber auch von Konzertbesuchen, wofür Sie wohl kaum Zeit haben.«

»Kann sein«, sagte Zimmermann, tief beunruhigt, »daß ich dieses weibliche Wesen noch nie gesehen habe – aber ich kenne es! Doch – woher?«

Müller beendete unterdessen seine Rede. »Auch große Deutsche umgeben sich gerne mit Tieren. Ein Schopenhauer pflegte mit seinem Pudel Gespräche zu führen. Bismarck ging niemals ohne seine Dogge spazieren. Und zur Familie des Bundesvorsitzenden meiner Partei gehört ein Dackel, also dieses geliebteste unter allen münchnerisch-bayerischen Tieren. Für sie alle und zur Freude unserer Bürger möge dieser Brunnen fließen!«

Im Büro des Chefs Dezernat Sitte saß Oberinspektor Michelsdorf wieder hinter dem zentralen Schreibtisch – fest entschlossen, diesen Platz zu behaupten. Vor ihm Unterlagen in Plastikumschlägen. Neben ihm, sehr dicht, die Kriminalassistentin Hilde Leineweber.

Sie schob ihm eine ihrer Hände entgegen – in vertraulicher Geste. Diese Hand geriet in die Nähe seiner Akten – er ergriff sie, nicht ohne Zärtlichkeit, um sie dann wegzuschieben. Michelsdorf schien möglichst unabgelenkt nachdenken zu wollen.

»Hier«, sagte er dann schwer, »wird ganz offensichtlich der Versuch unternommen, mich kaltzustellen. Vermutlich werde ich zu unbequem.«

»Du bist zu gut«, versicherte die Leineweber leise.

»Mag sein«, gab er zu. »Ich habe meine Prinzipien – die beruhen auf Erkenntnissen. Und ich habe bisher immer – du weißt es, du kannst es bestätigen, Hilde – an Krebs geglaubt, seine Methoden unterstützt, mich stets hundertprozentig für ihn eingesetzt.«

»Er hat es dir aber nicht gedankt«, stellte sie fest, indem sie seinen Gedankengang weiterführte.

»Ach, weißt du, meine Liebe – wer erwartet denn schon Dank in diesem Beruf!« Er schüttelte, ehrlich betrübt, seinen biederen Beamtenschädel. »Was ich aber erwartet hatte, war die unerschütterliche Befolgung unseres Grundprinzips: der Gleichheit aller vor dem Gesetz! Wozu selbstverständlich auch ein Ettenkofler gehört!«

»Krebs«, gab sie vorsichtig zu bedenken, »verfolgt offenbar eine ganz andere Spur.«

»Eine falsche Spur – wie leider anzunehmen ist.« Michelsdorf wurde nun lauter. Er zog aus dem Aktenstapel vor sich, mit sicherem Griff, eine Anzahl Blätter hervor. »Hier die Aufstellung der möglichen Besitzer des am Tatort aufgefundenen Taschentuches. Und unter diesen: der Name Ettenkofler!«

»Wie hat Krebs darauf reagiert?«

»Gar nicht! Denn ich bin noch nicht dazu gekommen, ihm diese Unterlagen zugänglich zu machen – die interessieren ihn offenbar nicht! Aber natürlich werde ich, muß ich damit arbeiten. Auch ohne ihn, wenn es nicht anders geht – ja sogar gegen ihn, wenn es sein muß.«

»In diesem Fall scheint er sich verrannt zu haben«, bestätigte die Leineweber entgegenkommend. »Er interessiert sich nur noch für das, was mit dieser Gudrun passiert sein könnte. Alles andere hält er für unwichtig – selbst die notwendigsten Routinerecherchen.«

»Welche – zum Beispiel!«

»Nun – da gibt es doch einen nicht unwichtigen Punkt: Diese Gudrun Dambrowski ist gar nicht das Kind des derzeitigen Mannes ihrer Mutter. Sie ist vielmehr unehelich geboren – falls ich ein Gespräch ihrer Mutter mit Krebs richtig verstanden habe. Die Mutter hat dabei angedeutet: Es könnte Schwierigkeiten geben, falls der natürliche Vater von Gudrun – eine hochgestellte Persönlichkeit, sagte die Frau – ins Gespräch gebracht würde. Das ist doch nicht unwichtig! Für Krebs schien das allerdings völlig belanglos zu sein.«

»Ob irgend etwas wichtig ist, liebe Hilde, oder nicht, das weiß man immer erst, wenn man es kennt – in allen Einzelheiten.« Er griff nach ihrer Hand, die sie ihm gern überließ – worauf er sie versonnen anblickte. »Wir dürfen nichts, aber auch gar nichts auslassen. Prüfen wir das nach – unverzüglich.«

Müller hatte seine Rede beendet. Der Beifall war mäßig, klang aber herzlich. »Sehr gelungen!« versicherte der inzwischen mit seiner Frau eingetroffene Weinheber – beide boten ein Bild vollendeter Harmonie. Auch der Oberbürgermeister zeigte sich höchst zufrieden. »Ganz vorzüglich!« versicherte er.

»Bei dem stimmt was nicht«, mutmaßte Holzinger hoffnungsvoll. »Der quasselt vor sich hin, war ganz und gar nicht bei der Sache.«

Doch dann konzentrierte er sich auf seine Rede – er blätterte in Neumanns Manuskript, nicht ohne aufmunternd in die Runde zu blicken; speziell zu Undine hin, dann in diverse Kameras.

Währenddessen war der Bläserchor wieder in Aktion getreten, mit einem heiteren Zwischenspiel von Haydn. Müller begab sich seitwärts, von Weinheber begleitet – und der zeigte sich entsetzt. Denn er war sicher, Passagen aus der Symphonie »Die Jagd« zu hören. Und das ausgerechnet bei einem Tierschutzunternehmen!

Das sollte wohl ein makabrer Spaß sein. Das später nachzuprüfen, behielt sich Weinheber vor. Doch zunächst hatte er andere Sorgen – er mußte Müller mit Ettenkofler zu möglichst baldiger Kontaktaufnahme zusammenbringen.

Die beiden begrüßten sich herzlich – wenn auch, der Festversammlung wegen, gedämpft. Doch zu flüstern brauchten sie nicht – denn die Musik war reichlich furios, Reden wurden durch Lautsprecher übertragen, und manche Zuhörer plauderten ungeniert miteinander.

»Eine hervorragende Rede! Mit Substanz!« versicherte Ettenkofler schwunghaft. »So was hört man selten.«

»Ausgewertete Schulkenntnisse«, scherzte Müller, ein wenig mühsam, während er den Mann betrachtete, der neben Ettenkofler stand. Sein exzellentes Personengedächtnis funktionierte. »Herr Zimmermann, Kriminalhauptkommissar im Polizeipräsidium, nicht wahr?«

»Nunmehr Kriminalrat«, ergänzte Ettenkofler. »Ich freue mich, daß sich die beiden Herren kennen.«

Worauf er beide, die sich die Hände reichten, noch ein wenig mehr zur Seite zog. »Mit der mir eigenen Offenheit, Herr Müller: Ich würde Sie gerne um einen Gefallen bitten...«

Die Erledigung eines Journalisten. 1. Teil.

Phase eins: Gespräch Ettenkofler–Müller

Ettenkofler: »Ich bin da in eine höchst unangenehme Situation hineingeraten – natürlich völlig unschuldig. Aber ich habe mich in der vergangenen Nacht im Polizeipräsidium aufgehalten – mich dort aufhalten müssen. Dabei ist mir ein Reporter über die Füße gelaufen.«

Müller verstand sofort. Ohne sich bei Einzelheiten aufzuhalten, erklärte er: »Wir beide sind uns gewiß dahingehend einig, daß wir die Pressefreiheit vorbehaltlos respektieren.«

Ettenkofler: »Absolut! Aber nicht jene Freiheiten, die sich gewisse unverantwortliche Presseleute herausnehmen. In diesem Fall handelt es sich um einen Herzog – der als Skandaljournalist wohl nicht ganz unbekannt ist.«

Müller erkannte, worauf Ettenkofler hinauswollte: »Ich bin mit dessen Verlagsleiter, einem überaus honorigen Mann, befreundet. Und mit dem werde ich mich gerne, Ihnen zuliebe, in Verbindung setzen – ohne natürlich irgendwelchen Einfluß ausüben zu wollen. Doch einige fundierte Hinweise dürften genügen.«

Ettenkofler: »Mir würde es völlig genügen, wenn Sie dem zuständigen Verlagsleiter derartige Hinweise ankündigten – ein von mir beauftragter Rechtsanwalt wird sie dann vortragen. Wobei Sie sich aber auch, verehrter Herr Müller, auf Herrn Zimmermann vom Präsidium berufen können.«

Phase zwei: Erklärung des Kriminalrats Zimmermann Müller gegenüber – in Gegenwart von Ettenkofler.

Zimmermann: »Wo kämen wir hin, wenn wir uns pausenlos auf Auseinandersetzungen mit der Presse einlassen wollten? Nur noch in unvermeidlichen Ausnahmefällen versuchen wir das.

Was nun diesen Vorgang von gestern nacht anbelangt – so kann ich dazu nur versichern: Herr Ettenkofler wurde, im Verlauf von routinemäßigen Recherchen, in das Präsidium gebeten, wo er sich einer der üblichen Befragungen auszusetzen hatte. Das mit eindeutig negativem Befund. Sicher genügt Ihnen das.«

Müller genügte das.

Phase drei: Gespräch von einer Telefonzelle aus, Nähe Rindermarkt, zwischen Müller und Burghausen, dem Verlagsleiter der »Münchner Allgemeinen Zeitung«, MAZ.

Nach einleitenden, verbindlichen Bemerkungen Müllers, wie: er hoffe, es gehe Herrn Burghausen gut; er, Müller, denke jedenfalls gerne an ihre letzte schöne Begegnung zurück: Essen im Weinhaus Schwarzwälder, sehr aufschlußreiche Gespräche bei herrlichem Frankenwein; aber auch: dankbare Anerkennung für einen neulich in der geschätzten *MAZ* erschienenen Artikel über ihn selbst, wertend und würdigend. Schließlich:

»Wie ich, mehr zufällig, verehrter Herr Burghausen, vernommen habe – und das, bitte, ganz vertraulich –, soll einer Ihrer Mitarbeiter, ein gewisser Herzog, wenn ich nicht irre, den Versuch planen, gegen einen der angesehensten Mitbürger unserer Stadt in offenbar recht bedenklicher Weise vorzugehen. Dabei handelt es sich um Herrn Ettenkofler. Ich bin sicher, daß Sie mich richtig verstehen. Zumal Sie wissen, daß Ettenkofler meinen politischen Ansichten nicht gerade sehr nahesteht. Aber Recht muß Recht bleiben. Und was wir diesbezüglich tun können, sollte geschehen.«

Burghausen, plötzlich ganz massiv: »Nun mal ganz unter uns, ganz offen, mein lieber Herr Müller – was soll sich denn Ettenkofler tatsächlich geleistet haben!«

Müller: »Nichts. Jedenfalls nichts nach Angaben des Kriminalrats Zimmermann vom Präsidium. Der ist zu jeder gewünschten Auskunft bereit. Außerdem wird Sie Rechtsanwalt Messer aufsuchen, um Sie eingehend zu informieren. Sie sollten ihn empfangen.«

Burghausen: Ich werde das gerne tun! Jedenfalls danke ich Ihnen – verbindlichst.«

Phase vier: Gespräch zwischen Verlagsleiter Burghausen und Rechtsanwalt Messer.

Messer: »Ich nehme an, daß Herr Müller mich angekündigt – Sie über meine Mission aufgeklärt hat. Ich darf ferner wohl annehmen, daß Sie sich inzwischen auch bei Herrn Zimmermann nach den Einzelheiten erkundigt haben.«

Burghausen: »Habe ich!«

Messer: »Und welche Folgerungen ziehen Sie daraus?«

Burghausen: »Ich habe diesem Herzog gekündigt. Und zwar fristlos.«

Messer: »War das aber nicht etwas – zu einfach? Vielleicht hätten Sie ihn vorerst kaltstellen sollen – das wäre vermutlich wirksamer gewesen. So gewinnt dieser Herzog plötzlich Bewegungsfreiheit – er könnte zu einer anderen Zeitung gehen! Und damit finge das alles wieder von vorne an.«

Burghausen: »Ich habe getan, was ich konnte. Lassen Sie das, bitte, Herrn Ettenkofler wissen – Herrn Müller auch. Der Rest liegt bei Ihnen, Herr Messer. Ich wünsche Ihnen viel Erfolg!«

»Dieser Mann sagte also zu dir: Wo willst du hin?« rekapitulierte die Kriminalbeamtin Brasch neben Gudrun sitzend, den Arm um ihre Schultern gelegt. »Oder sagte er: Was tust du hier?«

»Ja – so etwas Ähnliches«, sagte Gudrun, sehr darum bemüht, ihre neue mütterliche Freundin nicht zu enttäuschen. »Er war freundlich – sehr freundlich zu mir – wie kaum jemand sonst.«

Die Stimme der Brasch klang nun schwer. »Du hattest also keine Angst vor ihm – wie der da so vor dir stand?«

»Angst – aber nein! Brauchte ich auch nicht, das hat dieser Mann gleich zu mir gesagt. Und dann hat er mich gefragt, wie ich heiße... wo meine Eltern sind, was sie tun... und so was.«

»Stand er dicht – ganz dicht – vor dir? Während du zu ihm hochgesehen hast?«

»Ja – sehr dicht. Aber ich habe nur anfangs zu ihm hochgesehen. Doch dann war der plötzlich so groß wie ich. Ich konnte direkt in seine Augen sehen – große Augen. Schöne Augen – dachte ich; wie sie Mutter manchmal hat.«

»Er kniete sich also vor dich hin«, stellte die Brasch fest. »Und sonst tat er nichts?«

»Sonst nichts – er redete nur.«

»Laut?«

»Nein – nicht so laut wie Vater.«

»Die Kollegin Brasch«, sagte im Nebenraum Lobner ungeduldig, »sollte schneller zum Wesentlichen kommen!«

»Sie darf nichts überstürzen!« warnte Krebs.

Und Keller erklärte: »Worauf es hierbei entscheidend ankommt – ist nicht die Endphase, denn die kennen wir, die läßt sich rekonstruieren. Wichtig ist allein die Phase des Übergangs – in die Tat. Erst wenn wir diesen Vorgang kennen, läßt sich der bisher unbekannte Täter charakterisieren und näher bestimmen.«

Der in der Portiersloge stationierte Polizeibeamte trat abermals ein. Er näherte sich Krebs und flüsterte ihm zu: »Dieser Dambrowski läßt sich nicht abweisen!«

Worauf der Kriminalkommissar unwillig befahl: »Wimmeln Sie den ab!«

»Der ist aber verdammt hartnäckig«, berichtete der Polizeibeamte. »Der will unbedingt zu seiner Tochter Gudrun – um sie mitzunehmen. Nach Hause.«

»Soll ich mich mit ihm beschäftigen?« fragte Keller.

»Der«, entschied Krebs entschlossen, »soll sich nicht aufspielen! Der ist alles andere als ein treusorgender Vater...«

»Man sollte ihn nicht unterschätzen«, meinte Keller, nicht wenig verwundert über die Reaktion seines Kollegen Krebs. »Es könnte ratsam sein, ihn zu beruhigen.«

»Ach was – um den werde ich mich später kümmern. Im Augenblick gibt es nichts Wichtigeres als diese Vernehmung!«

»Was redete er denn so, Gudrun?« wollte nunmehr die Brasch wissen.

»Na – so allerhand Zeug. Etwa, daß ich schön bin – das sagte er immer wieder, das habe ich mir gemerkt.«

»Wie hat er das gesagt? Sagte er etwa: Du bist ganz schön groß – für dein Alter? Oder: Du bist schön klug, oder schön brav – so was?«

»Nein, nein«, erklärte Gudrun, nun mit Eifer. »Der hat zu mir gesagt: Du bist schön! Oder sogar: Mein Gott – bist du schön! Jedenfalls hat er auch ›mein Gott‹ gesagt.«

Und im Nebenraum stellte Krebs, mit plötzlich ausbrechender Heftigkeit, doch keinesfalls triumphierend, eher tief betroffen fest: »Also – doch! Wie ich es vermutet habe. Alle Anzeichen sprechen dafür: Hier ist ein sogenannter ästhetischer Täter am Werk!«

Der zwischen Rindermarkt und Jakobsplatz einzuweihende »Brunnen der Tiere« war immer noch von einer grauweißlichen Leinwand überdeckt. Doch was sich darunter befand, kannte bereits die ganze Stadt. Denn fast alle örtlichen Zeitungen hatten schon Tage zuvor Fotos oder Zeichnungen des Brunnens veröffentlicht: eine Schale aus Zement, gemustert wie Marmor; diese auf einem mächtigen runden Sockel ruhend. Deren Höhe etwa 1,20 m, Durchmesser 3,30 m. In die Mitte der Schale ergoß sich ein sanft aufwärtssprudelnder Quell – darunter stand ein überlanger, gähnender Dackel; in Bronze gegossen. Dieser Brunnen sollte denn auch alsbald die volkstümliche Bezeichnung erhalten: der pinkelnde Waldi!

Doch zunächst mußte man noch die abschließende Rede dieser Festveranstaltung über sich ergehen lassen – nämlich die des vielgeliebten und vielgeschmähten Holzingers. Der wußte seine Wirkung genau abzumessen; volkstümlicher war keiner! Massiv stand er da, souverän, und seine Bierbaritonstimme schien mühelos alle Lautsprecher zu übertönen.

Wobei er den Entwurf seines Bert Neumann frei variierte – also keineswegs wörtlich übernahm. Und so rief denn Holzinger auf fröhlich unbekümmerte Naturburschenart: »Die Tiere sind unsere Weggefährten – das steht fest. Wobei man jedoch mir nachgesagt hat, ich hätte zunächst die lieben Tiere falsch eingeschätzt – und zwar als Waidmann!«

Das waren Formulierungen, die Bert Neumann sichtlich zusammenzucken ließen. Wie hilfesuchend griff er nach dem Arm seiner Frau – doch Undine entzog sich ihm; was er hinnahm. Fast flehend blickte er um sich, aber nicht einer beachtete ihn – denn schließlich kannte niemand, außer Holzinger, die ausgewogene Harmonie der von ihm erarbeiteten Rede, die folgendermaßen begann:

»Von unserem verehrten Ludwig Thoma wurde ebenso voreilig wie fälschlich behauptet, er habe, wenn auch ein stets waidgerechter Jäger, sein Verhältnis zu den Tieren noch sehr spät revidieren müssen, bevor er sie als unübertreffliche Weggefährten des Menschen erkannte...«

Neumann mußte feststellen: Holzinger mißbrauchte – wieder einmal – seine so sorgsame Konzeption ganz willkürlich. Und das bereitete ihm geradezu körperliche Schmerzen. »Wie kann er mir so was antun!« stöhnte er vor sich hin.

»Der kann das«, meinte Huber III, der sich vorausschauend in Neumanns Nähe aufhielt. Es war schließlich nicht das erste Mal, daß dieser labile Eierkopf beim Anhören von Holzingers Fassung einer seiner sorgfältig erarbeiteten Reden seine Haltung verlor. »Beruhige dich, Mensch – der Boss weiß, was er will.«

Und Undine sagte zu ihm, sehr leise und sanft und ohne dabei ihr zartes Lächeln aufzugeben: »Nimm dich zusammen, bitte!«

Während Frau Holzinger, die Kinder dekorativ um sich geschart, recht zufrieden wirkte – denn ihr Mann war ganz groß in Form, wie meist hinter dem Rednerpult. Größere Teile der Zuschauer gerieten in eine nahezu fröhliche Stimmung.

Und Holzinger fühlte sich beschwingt. Während er bei Neumann las: »... war unser verehrter Ludwig Thoma also im Grunde seines feinfühligen Wesens eher ein Heger als ein Jäger, ein Beschützer der hilflosen Kreatur...«, wurde nun daraus: »Wohl bin ich ein waidgerechter Jäger, also kein unbedenklicher Abknaller! Ich bin vielmehr ein Beschützer der edlen Tiere; mit viel Umsicht. Aber ich zögere nicht, eine Wildsau zu erlegen, wenn die Rudel allzu zahlreich werden und die Wildschäden auch! Aber das hat doch alles seine Grenzen, Schonzeiten, Ausleseprinzipien und so fort. Da bin ich ein strenger Heger!«

Bert Neumann, bleich geworden, entfernte sich beschämt. Er schob sich vorsichtig rückwärts-seitwärts durch die Menge; in den Hintergrund dieser Veranstaltung, wo ihn, wie er glaubte, niemand beachtete.

Aber hier, ganz am Rande, geriet er in die Nähe von Müller, Weinheber und Ettenkofler. Wenn ihn auch letztere kaum beachteten, so war doch Müller nicht der Mann, der jemand an sich vorübergehen ließ, der ihm irgendwie als beachtenswert erschien.

Müller grüßte also höflich und streckte Neumann seine Hand entgegen. »Gratuliere!« sagte er, was durchaus aufrichtig klang. Denn er kannte die Funktion dieses zierlichen, bleichen Mannes im Bereich Holzingers ziemlich genau. »Ganz erstaunlich, wie Sie sich inzwischen in seine persönliche Diktion hineingefunden haben.«

»Entschuldigen Sie, bitte – aber das ist nicht meine Rede!« versicherte Bert Neumann hastig. Worauf er sich verstört entfernte.

Müller sah ihm aufmerksam nach. Weinheber schüttelte ehrlich verwundert seinen Künstlerkopf. Während Ettenkofler, der sich hier auszukennen glaubte, meinte: »Der wird bei seinem Holzinger noch eine ganze Menge durchstehen müssen – denn dieser Neumann ist offensichtlich nicht der Typ, der sich dort wohl fühlen kann. Er soll jedoch ganz ungewöhnliche Qualitäten besitzen.«

Worauf nur wenige Minuten später Müller zu Weinheber sehr vertraulich sagte: »Bitte, lasse mir die Adresse von diesem Neumann besorgen, auch seine private Telefonnummer. Versuche auch die üblichen Auskünfte über ihn einzuholen – nur so, um nichts zu übersehen.«

Im gleichen Augenblick beendete Holzinger seine »herzerfrischende, vielumjubelte Festrede«, so später die Tageszeitung *MAM*. Noch einmal zog er alle Register seiner saftigen Volkstümlichkeit: »Es geht doch nichts über wohlabgerichtete, vorbildlich betreute Hunde! Also nicht jene, die mitten auf unseren Straßen ihre Geschäfte verrichten und in jedem Uniformierten ein willkommenes Objekt erblicken, dem man die Hosen zerreißen muß!« Höchste Vergnüglichkeit.

»Vielmehr sind unsere lieben Hunde«, so Holzinger abschließend, »die besten Freunde jener Menschen, zu denen sie gehören. Sie bewachen unseren Besitz, beschützen uns im Schlaf, sorgen im Bereich unserer Polizei mit für Ruhe, Ordnung und Sicherheit.

Und lassen Sie mich abschließend unseren verehrten Landesvater zitieren, der einmal, bei einem ähnlichen Anlaß, so überaus treffend festgestellt hat: Wer das treue Tier nicht ehrt, ist einen liebenden Menschen nicht wehrt!«

Und damit war für diesen Tag die große Minute gekommen: Der Oberbürgermeister enthüllte den Brunnen. Dabei Beifall und Musik! Ende dieser Veranstaltung – wie geplant: 12 Uhr 30.

»Und wann, Gudrun, griff dieser Mann nach dir?« befragte die Kriminalbeamtin Brasch das ihr anvertraute Kind. »Wann – packte er dich an?«

»Nachdem er geredet und geredet hatte!«

»Wie lange hat er denn geredet? So lange etwa, wie du einen Ball gegen die Wand spielen kannst, ohne daß er herunterfällt? Und das kannst du ja sehr lange, wie du mir gesagt hast – bis zu zwanzigmal.«

»Das dauerte länger – viel länger«, meinte das Kind, nach intensivem Nachdenken. »Etwa – dreimal so lang. Oder fünfmal. So ungefähr.«

Mithin, konnte sich die Brasch ausrechnen – und die Männer im Nebenraum, Lobner, Krebs und Keller, rechneten mit: wohl etwas mehr als zwei, drei Minuten, wenn man die allgemeinen praktischen Erfahrungen zugrunde legte.

In diesem von der Brasch vorbildlich herausgefundenen Ablauf war entscheidend wichtig: ein sehr schnell ins Stammeln verfallender Täter. »Ich verstand ihn nicht mehr«, hatte Gudrun gesagt. »Der redete nur noch, was aber, weiß ich nicht!«

»Der«, stellte Lobner fest, »befand sich also bereits mitten in einem Geschlechtsakt – ohne das Kind überhaupt berührt zu haben.«

»Dann aber griff er nach dir, Gudrun – er packte dich an, berührte dich.« Die Brasch sagte das höchst gelassen, als habe sie lediglich nach einem Spiel mit Puppen gefragt – und dieses Kind reagierte entsprechend. »Wo – wie berührte er dich? Hat er dir den Kopf gestreichelt? Griff er nach deinen Schultern? Oder wohin sonst? Sag es mir! Du weißt ja, du kannst mir alles sagen.«

Aus den Aufzeichnungen des Kriminalbeamten außer Dienst Keller:

»Fragwürdig sind so gut wie alle Zeugenaussagen. Nicht unbedingt jedoch die von Kindern. Diese sind durchaus in der Lage, objektive Angaben zu machen.

Die entscheidende Voraussetzung dafür ist die Kunst, ihr Vertrauen zu gewinnen. Außerdem: das Vermögen, zwischen dem, was Kinder sagen wollen, und dem, was sie sagen können, zu unterscheiden. Gefühlsbetonte Kinder, zu denen auch diese Gudrun gehört, können dabei, richtig gelenkt, der Wahrheit sehr nahekommen.

Und ich gestehe, daß ich im Verlauf meines langen kriminalistischen Lebens wohl kaum jemand so sehr bewundert habe wie an jenem Sonntag vormittag diese Mutter Brasch. Und dann zugleich – Krebs. Denn der hatte sie eingesetzt – folgerichtig und erfolgreich; er hatte also ihre Möglichkeiten richtig eingeschätzt. Zu unserem Metier gehört die Kenntnis der eigenen Grenzen wie die Fähigkeit, die anderer zu erkennen und voll zur Wirkung zu bringen.

Aber nur wenige Stunden später wurde mir bestürzend klar, daß unser Freund Zimmermann zu diesem Zeitpunkt bereits die wichtigsten, wesentlichsten Tatzusammenhänge dieses Falles erkannt hatte – die absolut zwangsläufig zum Täter hinführen mußten.

Doch zunächst ahnte der sie lediglich – wußte aber noch nicht, wie entscheidend seine Erkenntnisse waren. Bevor ihm das klar wurde, geriet Krebs in die wohl größte Krise seiner Laufbahn. Nur weil er nichts als ein Kriminalbeamter sein wollte.«

»Er – dieser Mann also – kniete dicht vor dir, Gudrun.« Die Kriminalbeamtin Brasch sprach davon mit gleichbleibender Selbstverständlichkeit. »Aber dann griff er zu – ganz plötzlich. Wohin? Gleich – ganz unten?«

»Ja – er riß mich an sich! Ganz plötzlich.« Gudrun stellte das nun höchst verwundert fest. Keine dieser Fragen quälte sie – denn sie unterhielt sich mit einer Frau, der sie vorbehaltlos vertraute. Es schien sie zu erleichtern, daß sie davon erzählen konnte. »Es war – wie ein Ringkampf. Ganz plötzlich. So ungefähr. So als wollte er ringen – mit mir. Wie das manchmal auch Jungens versuchen.«

»Wo – griff er dabei hin, Gudrun?«

»Erst auf meine Schultern – dann den Rücken hinunter – ganz schnell tiefer. Bis ganz unten. Er tat mir weh!«

»Hast du geschrien?«

»Das weiß ich nicht.«

»Hast du dich gewehrt?«

»Das weiß ich nicht – ich kann mich nicht mehr daran erinnern. Ja – ich versuchte es wohl. Denke ich.« Gudrun war äußerst bemüht, jede an sie gerichtete Frage zu beantworten. »Ich glaube – ich war wie betäubt – mir war schlecht. Übel. Zum Brechen! Und dann war alles ganz naß.«

Die Brasch schwieg – ohne jeden Kommentar hierzu. Sie blieb längere Zeit stumm. Die drei Männer im Nebenraum vermieden es, sich anzusehen: Krebs, Keller und Lobner. Es war, als wären – für Sekunden – alle Mikrofone gleichzeitig ausgeschaltet worden, als liefe kein Tonband; niemand blickte durch die Spiegelwand hindurch.

Doch dann kam die Stimme der Brasch wieder – jetzt etwas angestrengt, ein wenig zu laut: »Wir wollen auch darüber reden, Gudrun – über das, was da geschehen ist, Kind. Also – alles war naß bei dir, unten.«

»Ja – aber nicht von mir!«

»Das weiß ich, Gudrun – das hat dieser Mann gemacht. Er hat dir dein Kleid hochgezerrt – aber ausgezogen hat er dich nicht. Doch er hat dein Höschen beschädigt, es heruntergerissen?«

»Das weiß ich nicht.«

»Das war so – das wissen wir. Aber dann hatte er ein Taschentuch in der Hand – und damit reinigte er dich. Wieder unten? Ja? Du erinnerst dich nicht mehr daran? Mußt du auch nicht. Du bist dann wohl ausgeglitten und mit dem Hinterkopf gegen die Hauswand geprallt – und dann wurde es dunkel um dich, nicht wahr?«

»Ja – wie nachts.«

Ansichten des Rechtsanwaltes Dr. Messer – Keller gegenüber:

»Wer glaubt denn schon in unserem Metier zu wissen, was das tatsächlich ist: Recht oder gar Gerechtigkeit! Immer läßt sich ein sogenannter Sachverständiger finden, der jede erdenkliche Theorie ad absurdum führen kann. Den dann noch vorhandenen Rest vermögen versierte Rechtsanwälte zu erledigen.«

»Zu denen Sie sich zählen – ich weiß«, sagte Keller geduldig.

Messer: »Überlassen Sie mir diese Gudrun – für ein Kreuzverhör! Und danach sagt die garantiert das Gegenteil von dem aus, was ein Krebs herausgefunden zu haben glaubt.«

»Sind Sie so sicher?« fragte Keller nachsichtig. »Glauben Sie tatsächlich, daß es Ihnen gelingen könnte, einen Täter freizubekommen, der von der Kriminalpolizei überzeugend belastet worden ist – auf Grund aller erdenklichen Einzelheiten?«

»Ausgerechnet Ihnen genau das zu beweisen, würde mir eine Genugtuung bereiten, Herr Keller. Denn Ihre Existenz ist eine einzige Herausforderung!«

»Auch wenn das, Herr Messer, ein Menschenleben kosten sollte?«

»Es war also – wie nachts.«

Die Kriminalbeamtin nickte Gudrun zärtlich zu; dann warf sie einen kurzen Blick auf ihre Notizen, die sie gemeinsam mit Krebs erarbeitet hatte. »Über eins aber müssen wir uns noch ein wenig unterhalten. Der redete fast immer, hast du mir erzählt; erst langsam, dann schneller. Was aber sagte er dann, als das passierte: das mit dem Nassen bei dir, da unten? Wovon hat er dabei gesprochen? Versuche dich zu erinnern, bitte.«

»Wieder sagte er so was – wie schön«, erinnerte sich das Kind unsicher.

»Was – war schön? Wie schön? Oder wer war schön? Und warum?«

»Nun – er sagte wohl: Warum bist du so schön! So ungefähr.«

»Also vielleicht auch: Wie kann man nur so schön sein!«

»Ja – vielleicht auch das.«

»Oder, sagte er etwa, Gudrun: So schön darf man nicht sein!«

»Ja – vielleicht. Kann sein. Aber ich weiß das nicht genau, wirklich nicht. Ist das schlimm?«

»Das – ist gut!« stellte die Brasch abschließend fest. »Und nun denke nicht weiter daran – versuche alles zu vergessen. Wie einen Traum.«

Worauf im Nebenraum Keller erklärte, mit einer Stimme, die betrübt klang: »Und ich habe immer noch darauf gehofft, Krebs, daß du dich irrst – aber tatsächlich scheint alles genauso zu sein, wie du vermutet hast.«

»Geht es immer noch um diesen sogenannten ästhetischen Tätertyp?« fragte Lobner, leicht provozierend. »Und das bei diesem primitiven Vokabular? Ich habe dabei nur ein dominierendes Wort gehört – dieses ›schön‹!«

»Gudrun ja auch«, sagte Krebs, der Hunderte von ähnlichen Vernehmungen hatte durchführen müssen.

»Wobei man wohl wissen muß«, erklärte Keller, »daß der Wortschatz von Kindern in diesem Alter begrenzt ist; sie vereinfachen, was sie gehört haben – sie setzen es in ihre Sprache um. Ihre Wiedergabe ist wohl niemals ganz exakt; doch ihr Sinn für den richtigen Inhalt kann enorm sein.«

»Kinder«, gab Lobner zu bedenken, »werden manchmal von den Gesetzgebern arg im Stich gelassen.«

Krebs stimmte unverzüglich zu. »Kinder werden nicht nur im Stich gelassen, sie sind auch ausgeliefert – Erwachsenen, die sie quälen, sogenannten Eltern wie diesem Vater.«

»Du solltest dich nun«, meinte Keller bedächtig, »ausschließlich auf diesen vermutlichen Täter konzentrieren. Auch ich halte das für allein wichtig.«

»Bei dem handelt es sich offenbar«, stellte nun Lobner, bewußt vereinfachend, fest, »um eine Art Sittenstrolch in Samt und Seide; womöglich mit Mercedes sechshundert, Landhaus oder Luxuswohnung mit Swimmingpool. Mithin also um eine Person von einiger Prominenz, der sogenannten Gesellschaft zugehörend, vielleicht auch hochpolitischen Kreisen.«

»Sie verwechseln Laster mit Verbrechen«, erklärte ihm Keller, leicht erheitert. »Das eine leistet man sich, zum anderen ist man verdammt. Denn einige wenige können sich ihre lasterhaften Träume mit sehr viel Geld finanzieren, müssen sie also nicht, wie minderbemittelte Kranke, mit brutaler Gewalt erzwingen. Geld kann vieles kaufen – nicht alles.«

Lobner, ungeduldig geworden, wollte nun wissen: »Was verstehen unsere bewährten Kriminalpraktiker denn nun wirklich unter einem Tatvorgang mit ästhetischen Merkmalen?«

»Eine Art totaler Zerstörungsprozeß, der im entscheidenden Stadium unvermeidlich zur Selbstvernichtung in seelischen Bereichen führt«, versuchte Krebs zu erklären.

Und Keller sagte: »Stellen Sie sich einen Menschen von vielleicht großer geistiger Potenz vor – der, vielleicht für die Umwelt verborgen, allerstärksten, rücksichtslosesten Belastungen ausgesetzt ist! Bis dann irgend etwas in diesem Menschen explodiert, und das zerstört dann ihn und andere mit. Hier: Kinder.«

Die »Einweihung des Brunnens der Tiere« wurde allgemein als schönes, harmonisches Fest beurteilt. Die gegnerischen Parteien hatten nebeneinander ein erfreuliches Bild geboten, Kleinbürger und Nobelbürger schienen, von Hunden dazu verführt, in freundlicher Runde vereint. Harmonische Eintracht.

Doch alsbald lösten sich die Kreise wieder auf. Es bildeten sich Gruppen – wobei zwei, eindeutig politisch orientiert, dominierten. Die einen, die Konservativen, suchten das »Nürnberger Bratwurstglöckerl« auf – die anderen, die Fortschrittlichen, fanden sich im »Ratskeller« ein.

Sie wollten unter sich sein – um möglichst ungestört ihre ihnen liebgewordenen Kleinkriege fortsetzen zu können. Thema Nummer eins dabei in diesen Tagen: immer noch die Medienpolitik. Die schien in die entscheidende Phase geraten zu sein.

Zeitungen begannen sich immer mehr zu engagieren. Verbände reagierten noch erregter – ob nun dagegen oder dafür. Gewerkschaften regten sich, kirchliche Institutionen meldeten Bedenken an, politisierende Gruppen stellten Forderungen – von der einen Seite als »negativ«, von der anderen als »positiv« bezeichnet.

Und sie alle wollten »betreut« werden – mit Rat und Tat; also möglichst auch mit finanziellen Zuwendungen: Öffentlich plakatierte Gesinnung kostet Geld. Zumindest wurden verwertbare Informationen erwartet – also Material, Material, Material.

Das zu liefern war man bemüht.

Zur gleichen Zeit wurde der Plattenleger Dambrowski – der offizielle Vater Gudruns – aus dem Gerichtsmedizinischen Institut hinausgedrängt. Das geschah zwar behutsam, doch nicht ohne beharrliche Energie – der dafür zuständige Polizeibeamte glaubte, ganz im Sinne von Krebs zu handeln.

»Entfernen Sie sich!«

»Das«, rief Dambrowski empört, »kann man doch nicht mit mir machen!«

»Man kann«, meinte der Polizeibeamte unerschütterlich. »Sie stören hier.«

Dambrowski, bereits vor die Tür gedrängt, protestierte heftig. »Das lasse ich mir nicht bieten – das wird Folgen haben!«

»Nicht für mich«, stellte der Polizeibeamte unerschütterlich fest. »Denn ich tue lediglich meine Pflicht – ich verweise Sie aus einem unter Amtsschutz stehenden Gebäude, an dessen Eingangstür steht: Unbefugten ist der Zutritt verboten! Was auch für Sie gilt.«

»Ich«, versicherte Dambrowski heftig, »will zu meinem Kind, das hier widerrechtlich festgehalten wird. Ich will es in Sicherheit bringen, nach Hause. Als Vater habe ich ein Recht dazu! Wollen Sie mir das verwehren? Mir – dem Vater! Wollen Sie das? Können Sie das verantworten, daß hier ein Vater...?«

»Ich will weiter nichts als Ruhe und Ordnung – allein dafür bin ich hier verantwortlich. Und wenn Sie weiter Schwierigkeiten machen, muß ich Sie verhaften!«

Worauf sich Dambrowski schleunigst zurückzog – doch nicht ohne versichert zu haben: »Das lasse ich mir nicht bieten – ich doch nicht!«

Ein Vorgang mehr, für den dann allein Krebs verantwortlich gemacht werden sollte. Doch der war nur noch auf seinen Täter fixiert – was sonst um ihn geschah, beachtete er nicht, nahm er nicht mehr wahr. Und das sollte die wohl dunkelste Stunde seines Lebens zur Folge haben.

Mittelpunkt im »Nürnberger Bratwurstglöckerl«: Holzinger. Links von Holzinger war, auf seinen Wink hin, Undine Neumann placiert worden – von Huber III. Und Undine wirkte, nach wie vor, wohl ein wenig spröde und zurückhaltend – doch ihr Lächeln war bereits intensiver geworden.

Was wohl nicht zuletzt der Abwesenheit von Bert Neumann zu verdanken war. Niemand wußte, wo der nach dieser Feierstunde geblieben war; aber auch wohl keiner, der das unbedingt wissen wollte.

An Holzingers Tisch auch: der Fernsehdirektor mit Frau – einer grauen Maus. Und den, das erkannte Huber, gedachte sich der Boss nunmehr vorzunehmen, also »auf die Hörner« zu nehmen. Um damit wieder einmal mehr unmißverständlich zu demonstrieren, wer hier eigentlich auf wen angewiesen war. Doch zunächst stärkte der sich – ein Bier, halber Liter; dazu fränkische Bratwürste, drei.

Alle wohlklingenden Glückwünsche zu seiner vielfach »bravourös« genannten Brunneneinweihungsrede wehrte er, leicht geschmeichelt, ab. Um dann unverzüglich zur »Flurbereinigung« anzusetzen, wie er solche Vorgänge zu nennen pflegte. Und fast jeder an diesem Tisch wußte alsbald, was nun geschehen würde und hinzunehmen war.

»Heh – du!« rief Holzinger mit gekonnter Wirtshauslautstärke dem Fernsehdirektor zu. »Du sollst dich da gestern abend ganz schön breitgemacht haben – bei diesen Paradepferden von der Weltverbesserungspartei. Hast du dich zwischen diesen Schaumschlägern eigentlich wohl gefühlt? Fühlst du dich sogar schon zu diesen Leuten hingezogen?«

Die Runde um Holzinger verstummte – zum Teil durchaus erwartungsvoll. Einige Damen zeigten sich geradezu entzückt, wenn auch dezent – denn Holzingers herrlich unverblümt »draufgängerische« Art vermochte sie zu begeistern. Der war, auch als Politiker, ein Mann, ein Kerl – die anderen eher Kaufleute.

Der Fernsehdirektor versuchte versöhnungsbereit zu scherzen: »Ach, weißt du – manchmal muß man eben mit den Wölfen heulen.«

»Muß man nicht! Das haben wir nicht nötig!« stieß Holzinger entschlossen zu. Sie waren in dieser Runde ganz unter sich. »Und was heißt denn hier Wölfe – oder gar mitheulen! Wir sind doch wohl keine Hunde – oder sind wir Hunde?«

»Ich meinte das mehr symbolisch«, beeilte sich der Fernsehdirektor zu versichern.

»Symbolisch!« schnaufte Holzinger unwillig auf. »Nichts als Ausreden! Im Grunde nur intellektuelles Geschwätz. Hier aber geht es um ganz reale Tatsachen. Und die sehen so aus: Eine schäbige, doch entschlossene Minderheit versucht mit allen Mitteln nach vorne zu drängen – irgendwelche kommunistisch angehauchten Radaubrüder. Und die unterstützt ihr – wenn auch nur indirekt, so doch höchst wirksam. Vielleicht nur, um eure Sendezeiten irgendwie auszufüllen. Nichts als aufgeweichte Liberalität. Ihr erliegt der Versuchung, euch anzuwanzen!«

Der Fernsehdirektor, obgleich von seiner Frau warnend am Arm gepackt, meinte, immer noch um Verständnis werbend: »Sollte man sich denn nicht darum bemühen, auch den Gegner, seine Methoden, Ansichten und Absichten, kennenzulernen? Um dann, sozusagen wohlinformiert...«

»Aber das ist doch Scheiße!« rief Holzinger ganz massiv. Dieser Ausdruck gehörte neuerdings zum Umgangsvokabular; er war sogar schon vor Jahren im Bundestag gefallen und wurde in Büchern, Filmen und auch beim Fernsehen fleißig verwendet. Die Fäkaliensprache galt als modern.

»Eine Art liberale Scheiße – wenn du so willst. Aber als solche klar erkennbar – zumindest für jeden, der Politik macht. Oder sollte dir etwa unsere konservative, dennoch zukunftsweisende Partei nicht mehr zusagen? Scheint beinahe so!«

Worauf der Fernsehdirektor verstummte – zumal er erkannte: Irgendeine Antwort darauf wurde von ihm gar nicht erwartet. Er duckte sich und trank von seinem Bier. Und seine Frau flüsterte ihm zu: »Das ging doch wohl entschieden zu weit! So was kannst du dir nicht gefallen lassen.«

Nach so vollbrachtem Werk hatte sich Holzinger vertraulich Undine Neumann zugeneigt und ihr versichert: »Tut mir leid, liebe gnädige Frau, daß ich Ihnen so was zumuten mußte. Aber so ist nun mal die Politik – ein harter Job. Nichts für zarte Gemüter. Ich hätte Ihnen das gerne erspart. War es schlimm?«

»Was ist schlimm?« sagte Undine, sanft vor sich hin lächelnd. Um hierauf ihn, wie nach plötzlichem Entschluß, mit großen Augen anzusehen. »Ich glaube – ich habe das sogar genossen. Irgendwie. Vermutlich fühle ich mich verkannt!«

»Das – ist ja großartig!« rief Holzinger herzlich, ihre Hand ergreifend. »Offenbar hat man Sie ganz falsch eingeschätzt – ein Fehlurteil meiner engsten Mitarbeiter, das wir doch so schnell wie möglich korrigieren wollen. Aber wie, meinen Sie, könnte das wohl am besten geschehen? Wollen wir uns das gemeinsam überlegen?«

Zunächst jedoch blieb dafür keine Zeit. Denn der Innenminister, der stets Verläßliche – verläßlich zumindest für Holzinger –, erschien. Er begrüßte die Anwesenden, gab sich erfreut über den

Anblick der Damen, entzückt von den Kindern. Seine Jovialität schien grenzenlos – sie wurde jedoch, in Sekundenschnelle, abgeschaltet, als ihn Holzinger zu einem Gespräch »unter vier Augen« bat.

Sie begaben sich in eine Ecke des Raumes; und dort berichtete der Innenminister besorgt: »Die Aktivitäten dieses Müller scheinen immer intensiver zu werden. Gestern hat er unseren Fernsehdirektor bearbeitet. Aber der von ihm von Frankfurt antransportierte Lauferer scheidet aus; der ist in irgendeinem Krankenhaus gelandet. Was aber Müller nicht entmutigt. Denn der hat sich nun Ettenkofler vorgenommen. Der jedoch war irgendwie unser Mann. Aber jetzt sitzt er bei Müller im Ratskeller. Was sagst du dazu?«

Holzinger sagte zunächst nichts. Er dachte nach. Dieser Ettenkofler, der ganz wie ein gemütlicher Privatier wirkte, war in Wirklichkeit eine der großen Schlüsselfiguren im Münchner Geschäftsleben – Baugesellschaften, Banken, Mietshäuser, Kettenläden, Transportbetriebe. Und wer weiß, was sonst noch! Also ein Mann mit Beziehungen, Geschäftsfreunden, Großkapital.

»Mal sehen«, sagte Holzinger, wie stets optimistisch, »was sich da machen läßt.«

Michelsdorf wartete – ohne genau zu wissen, worauf. Doch war er dabei nicht untätig. Er versuchte, mit dem Personenverzeichnis jener Taschentuchbesitzer klarzukommen, von denen einer vermutlich ein Exemplar am Tatort zurückgelassen hatte.

Das war, wie ihm schien, eine ebenso mühsame wie im Ergebnis fragwürdige Untersuchungskette. Denn sie basierte, mit einiger Sicherheit, auf unvollständigen Angaben. Immerhin befand sich darunter der Name Ettenkofler – der ihn gleichsam magisch anzog.

Die von ihm inzwischen angesetzten Beamten fahndeten nach allen irgendwie erreichbaren Details über diese Taschentuchbesitzer. Und eine Spezialgruppe, unter der verläßlichen Leineweber, bemühte sich um Einzelheiten über Gudrun Dambrowskis Erzeuger. Auch das geschah, ohne daß Krebs verständigt worden war.

Vorsorgliche Aktennotiz von Michelsdorf hierzu:

»Hintergrundmaterial erscheint dringend notwendig. Eine diesbezügliche Absprache mit Dezernatchef nicht möglich, da dieser sich bei einer Vernehmung im Gerichtsmedizinischen Institut aufhält, dort nicht gestört werden will. Diesbezügliche Absprache aber auch nicht zwingend notwendig, da es sich um ergänzende Recherchen handelt.«

Michelsdorf war überzeugt, sich in jeder erdenklichen Hinsicht abgesichert zu haben. Er hatte sogar Kriminalrat Zimmermann zu informieren versucht – doch der, erfuhr er, nehme an einer Brunneneinweihung teil. Was Michelsdorf zwar leicht verwunderte, ihm aber nur recht war.

Dann jedoch stürzte die Leineweber – seine Hilde – in das Chefzimmer, ohne sich angekündigt zu haben, ohne anzuklopfen. Sie wirkte ungemein erregt – so wie er sie bisher noch nie gesehen hatte; auch privat nicht. Und sie rief ihm zu: »Du wirst es nicht glauben!«

Michelsdorf schüttelte mißbilligend seinen Kopf. Denn soviel Erregung berührte ihn peinlich. Und er verfiel unbewußt in die Diktion von Krebs, als er sagte: »Du solltest dich langsam daran gewöhnt haben, daß es in unserem Bereich grundsätzlich nichts gibt, was für unglaubhaft gehalten werden könnte.«

»Aber dies – das ist geradezu – ich weiß nicht, wie ich es sagen soll. Es ist ganz einfach ungeheuerlich!«

Michelsdorf blickte sie nun fast streng an – schließlich saß er am Schreibtisch seines Chefs, Dezernat Sitte; und hier hoffentlich bald nicht nur vertretungsweise. »Ich erbitte Sachlichkeit!«

Um diese bemühte sich die Leineweber – mit einigem Erfolg. »Wir haben herausgefunden, wer der uneheliche Erzeuger dieser Gudrun Dambrowski ist!«

»Na und – also – wer?«

»Du wirst es nie erraten!«

»Herrgott noch mal!« rief Michelsdorf, nun am Ende seiner Geduld. »Ist denn das hier eine Rätselecke oder ein Polizeibüro?« Wobei er prompt ihr fassungsloses Erstaunen registrierte und unverzüglich einlenkend versicherte: »Entschuldige bitte, meine Liebe – aber dieser Fall und seine Folgen beginnen meine Nerven zu strapazieren. Also – wer?«

»Ettenkofler«, sagte sie – nun sein Erstaunen genießend. »Der hat diese Gudrun gezeugt.«

»Wenn dem so ist – dann muß es doppelt nachgeprüft werden!«

»Ist bereits geschehen. Eindeutig positiv! Na – und was sagst du nun?«

Michelsdorf sagte zunächst nichts. Wortlos, doch dankbar griff er nach ihrer Hand. »Das muß gründlich durchdacht werden – bevor es wirksam ausgewertet werden kann. Doch soviel scheint jetzt schon erkennbar: Die Folgen könnten überraschend sein!«

Und das stimmte.

Die fortschrittliche Parteigruppe hatte sich im »Ratskeller« eingefunden, in einem holzgetäfelten Nebenraum. Die allgemeine Stimmung war »leicht gedämpft«.

Denn Müller, sonst stets der Wortführer, wirkte geradezu schweigsam. Und Ettenkofler, bevorzugt rechts von ihm placiert, blickte ihn leicht besorgt an. Sie speisten ohne sonderlichen Appetit.

Das große Wort führte inzwischen Dr. Weinheber, der neben der Frau des Oberbürgermeisters saß. Während er seine Frau neben dem Stadtkämmerer placiert hatte, dem einflußreichen Verwalter der vielhundert Steuermillionen. Und wieder einmal beschäftigte sich Weinheber mit kulturellen, künstlerischen Dingen – diesmal kritisch.

»Diese Brunneneinweihung«, dozierte er, »brachte eine Kette von Gemeinplätzen – von der sehr gelungenen Rede unseres Parteifreundes Müller abgesehen. Was ich jedoch bei ihm vermißt habe, war jene lebendige Fröhlichkeit, für die unsere Stadt so berühmt ist. Um das auf einen Nenner zu bringen: Diese Feierstunde war einfach nicht münchnerisch genug!«

»Es hat sich dabei um eine gemeinsame Veranstaltung der Stadtverwaltung und der Parteien des Landes gehandelt«, versuchte der Oberbürgermeister zu erklären. »Die ließen den Brunnen entwerfen und errichten, auch Mittel dafür aus ihren Sonderfonds anweisen.

Während wir lediglich den Platz zur Verfügung gestellt und die weitere Betreuung übernommen haben.«

»Die Hauptlasten gehen also auf unser Konto!«

»Es ist aber, lieber Herr Weinheber, ein schöner Brunnen mehr in unserer Stadt.«

»Darüber, lieber Herr Weinheber, ließe sich streiten!«

Wobei Weinheber unverzüglich seine ganze Streitbarkeit demonstrierte – gegen diese Brunnengestaltung, die er als »äußerst konventionell« abqualifizierte; gegen das Festkomitee, das er »denkbar einfallslos« nannte; gegen die Rede dieses Holzinger, die »einfach eine Zumutung« war. Seine Empörung war grenzenlos. Seine Frau blinzelte ihm anerkennend zu.

»Und dann die ausgewählten Musiknummern, verehrte Freunde – darunter ausgerechnet der erste Satz der Jagd-Symphonie von Haydn! Nichts gegen Haydn – aber alles gegen eine höfische Treibjagdmusik bei Einweihung dieses Brunnens! Als ob man die lieben Hunde abknallen wollte!«

Die Anwesenden ließen ihn reden – um so ungestörter konnten sie essen und trinken: Weißwürste, Schweinswürste, Kalbsbratwürste; dazu Bier – diesmal jenes der Brauerei, deren Aktien zu einundfünfzig Prozent Ettenkofler gehörten. Die Partei zahlte das alles, zu verbuchen unter Repräsentation.

Müller begab sich, fast unbemerkt, hinaus – in den Vorraum bei den Garderoben, wo sich Telefonzellen befanden. Er rief zu Hause an. Seine Tochter meldete sich – die sechzehnjährige Eva; ihr Verstand war so sicher wie seiner, und sie reagierte logisch wie er; auch jetzt schon mit fast gleicher Schnelligkeit.

Müller sagte: »Wie geht es dir? Sicherlich gut! Sonst wüßte ich es. Kann ich deine Mutter sprechen?«

»Nein«, sagte Eva einfach.

»Du solltest sie zumindest fragen...«

»Brauche ich nicht! Mutter hat gesagt, falls du anrufst, soll ich dir sagen: Sie ist nicht da! Das stimmt. Sie macht einen Spaziergang, natürlich allein – im Englischen Garten. Wann sie wiederkommt, weiß ich nicht. Ob sie zwischendurch hier anruft, weiß ich auch nicht. Sonst noch was?«

»Falls deine Mutter anruft – oder wenn sie heimkommt –, bestelle ihr: Ich erwarte sie! Denn ihre Anwesenheit, bei der Ausstellung im Puppenmuseum, spätestens aber am heutigen Abend, zum Abschluß des Oktoberfestes...«

»Werde ich ihr bestellen! Aber – versprich dir nicht viel davon. Es sei denn, du kommst zum Nachmittagskaffee oder gar zum Abendessen hierher...«

»Kann ich nicht, Eva! Ich muß meinen Verpflichtungen nachkommen. Versteht mich denn niemand?«

Als Müller nach diesem Telefongespräch wieder in die Runde seiner Parteifreunde zurückgekehrt war, hatte er große Mühe, sich halbwegs heiter zu geben. Der neben ihm sitzende Ettenkofler fragte gedämpft: »Unangenehme Nachrichten?«

Müller meinte vertraulich: »Unangenehme Dinge bleiben nie aus, doch wir dürfen uns durch sie nicht unterkriegen lassen.«

»Wem sagen Sie das, Herr Müller?«

Der schaltete unverzüglich auf Politik. »Sie wissen sicherlich, daß man sich zur Zeit von allen Seiten höchst intensiv um die Massenmedien bemüht. Dabei scheinen politische Aspekte im Vordergrund zu stehen – doch ungleich gravierender sind dabei wirtschaftliche, finanzielle Konstellationen, die möglichst nicht in den Einflußbereich einer einzigen Partei geraten dürfen. Am Ende dieses ganzen Spektakels wird man sich wohl auf eine neutrale, angesehene Persönlichkeit einigen. Wobei ich an Sie gedacht habe.«

»Das«, gestand Ettenkofler, höchst angenehm überrascht, »ist für mich sehr ehrenvoll.« Und lohnend war das auch. Er versicherte, sich einem derartigen Ruf, falls er erfolgen sollte, nicht entziehen zu können. »Ich bin ein verantwortungsbewußter Mitbürger.«

Müller war nicht sehr glücklich über diese Entwicklung – aber der Ausfall von Lauferer, Frankfurt, zwang ihn zu einer derartigen schnellen Absicherung, wenn er nicht Holzinger allein das Feld überlassen wollte. Er war düsterer Stimmung – dann jedoch: ein Lichtblick!

Denn der Fernsehdirektor erschien, gefolgt von seiner Frau, bewegte sich auf Müller zu, ergriff dessen Hände, schüttelte sie und rief aus: »Nun ist es wohl soweit – ich bin bereit.«

»Herzlich willkommen!« versicherte Müller und gab sich erfreut.

Kriminaloberinspektor Michelsdorf traf sich – nach einem Telefongespräch – mit Inspektor Weichmadler, der im Hauptarchiv arbeitete; vorher hatte er dem Dezernat Sitte, Spezialgebiet Zuhälter, angehört; davor dem Fahndungsdezernat, Observationen.

Diese Begegnung fand im dritten Korridor statt – bei der Fensterfront gegenüber der Frauenkirche. Dazwischen lag der zur Zeit der Olympischen Spiele gebaute bizarre Brunnen, der emsig aus hundert Kreisdüsen sprudelte. Er wurde von niemand beachtet – von diesen beiden Kriminalbeamten schon gar nicht. Die Schönheiten dieser Stadt waren wie Geheimnisse, nur von Liebhabern zu entdecken.

»Ich hatte dich, Weichmadler, sozusagen um Amtshilfe gebeten«, sagte Michelsdorf sanft fordernd. »Oder eben – wenn du so willst – um einen Kameradschaftsdienst ersucht. Erhalte ich nunmehr ein positives Resultat – oder bist du zu keinem Ergebnis gekommen?«

»Natürlich nicht!« versicherte Weichmadler von sich sehr überzeugt. »Denn noch niemand, auf den ich angesetzt war, hat mich abschütteln können. Aber in diesem Fall hast du mich auf eine Frau angesetzt – auf die Frau des Kommissars Krebs!«

»Na und wennschon – irritiert dich das?« Michelsdorf blickte leicht verwundert. »Schließlich verdankst du es ihm, daß du tief unten im Archiv gelandet bist. Aber wenn ich hier oben zu bestimmen habe, dann werde ich auch einen Platz für dich frei machen – etwa als Abteilungsleiter. Doch damit das geschehen kann, muß dieser Krebs weg. Mit deiner Hilfe – hoffe ich.«

Weichmadler schwankte noch ein wenig. »Glaubst du tatsächlich, sogar mit einem Krebs fertig zu werden?«

»Davon bin ich überzeugt! Weil es sein muß – im Interesse unseres Dezernats, der ganzen Kriminalpolizei, deren Sauberkeit, Ordnung, Verläßlichkeit. Wofür ich mich rückhaltlos einsetzen werde! Also – was hast du herausgefunden?«

»Folgendes: Frau Helene Krebs pflegt ihre Wohnung, Ungererstraße, mit einer gewissen Regelmäßigkeit zu verlassen. Fast stets am Dienstag und Donnerstag nachmittag – zwischen vierzehn und sechzehn Uhr. Ihre Tochter Sabine befindet sich zu dieser Zeit in der Schule – ihr Sohn Konstantin wird einer Nachbarin übergeben.«

»Und – sie selbst?«

»...sucht dann in ziemlich regelmäßigem Wechsel zwei Häuser auf: eines in der Gabelsbergerstraße – das andere Bayerstraße. Sie hält sich dort ein bis zwei Stunden auf.«

»Was zum GV völlig ausreicht!« Michelsdorf zeigte sich erfreut. »Darf ich dich bitten, mir die diesbezüglichen Unterlagen schriftlich zuzustellen – mit Daten, Ortsangaben, Uhrzeiten. Auch wenn so was, mein Lieber, durchaus heikel erscheinen mag, es ist aber unvermeidlich, wenn wir weiterkommen wollen. Und das wollen wir doch – wir beide?«

»Er ist da – dieser Battenberg«, berichtete der dritte Huber vertraulich seinem Boss. »Und zwar, wie Sie vorausgesehen haben, durchaus kapitulationsbereit. Ich habe ihm gesagt, er soll beim Ausschank warten.«

»Allein?« fragte Holzinger aufmerksam.

»Brigitte Scheurer hält sich in Battenbergs Wagen auf – der ist bei der Frauenkirche geparkt. Also durchaus anzunehmen, daß auch die einsatzbereit ist.«

Holzinger reagierte unverzüglich. Zu Undine Neumann sagte er, ganz Kavalier: »Sie entschuldigen mich – wichtige Geschäfte; bin aber bald wieder zurück.«

Holzinger, von Huber begleitet, begab sich zu Battenberg, schlug diesem kumpanenhaft-kameradschaftlich auf den Oberarm und bestellte für ihn einen doppelten Enzian; dazu eine Maß Wiesenbier. Im Steinkrug! »Und nun stärken Sie sich zunächst einmal.«

Als das geschehen war, kam Holzinger unverzüglich zur Sache. »Also, mein Lieber – auch der Ministerpräsident teilt nunmehr meine Ansicht, daß einseitig scharf links orientierte Manipulationen der Meinungsbildung in Rundfunk und Fernsehen nicht mehr länger hingenommen werden dürfen.«

Was Huber unverzüglich bestätigte – obgleich der genau wußte, daß gar kein diesbezügliches Gespräch zwischen seinem Boss und dem Regierungschef stattgefunden hatte; was an sich gar nicht nötig war; was möglicherweise aber auch zu Komplikationen führen konnte, wenn der in Bonn weilende Chef der Partei davon erfuhr.

Das hielt jedoch Huber nicht davon ab, Battenberg zu versichern: »Eine neue große Dokumentation ist bereits in Vorbereitung, eine Landtagsdebatte wird geplant, erstes Material für vertrauenswürdige Publizisten geht schnellstens hinaus. Unser Neumann sorgt dafür. Eine Großaktion also – aber Sie, Battenberg, wollen dabei abseits stehen?«

»Aber ich habe doch bereits erklärt...«

»Mit Erklärungen läßt sich nicht viel anfangen – wir brauchen Material. Handfeste Hinweise – und die schnellstens.« Huber sah, wie ihm Holzinger ermunternd zunickte – er machte seine Sache also gut. »Wann können Sie liefern?«

»Was bitte?«

»Fragen Sie Ihren Chefredakteur – wenn der hier Fernsehdirektor wird, ist sein Posten frei. Für Sie.«

Battenberg blinzelte begierig. Worauf sich wieder Holzinger einschaltete. »Ich bin, müssen Sie wissen, ein Mann, der gerne verläßliche Freunde um sich sieht. Es ist ihre Sache, ihre Verläßlichkeit zu beweisen. Hinzukommen muß aber dann noch das Menschliche!«

»Was, bitte, habe ich darunter praktisch zu verstehen?«

»Sie sagten: praktisch – und das ist gut. Ich aber sagte: das Menschliche – und das ist noch besser. Leben und leben lassen! Verstehen Sie, was ich damit anzudeuten versuche?«

»Noch nicht ganz.«

»Diesen Müller – den meine ich damit.« Holzinger erklärte das nachdrücklich. »Denn der, den ich als Politiker schätze und dem ich persönlich durchaus zugetan bin, stellt leider in unserer urbanen, toleranten bayerischen Welt ein Element des kühlen, wenn nicht kalten Prinzipiendenkens dar. Das stört unsere Zusammenarbeit. Noch immer nicht verstanden, worauf ich hinauswill, Battenberg?«

»Ich beginne langsam zu begreifen...«

»Der also ist ein Mann nur des Verstandes, ein methodischer Denker, auch ein hochbegabter Organisator – aber menschliche

Regungen sind bei dem kaum erkennbar! Keinerlei Gefühle, keine Schwächen; und wenn, dann sind diese wie eingemauert – zum Beispiel den Frauen gegenüber.«

»Welcher Sorte Frauen – etwa?«

»Eben richtige, schöne Frauen, Battenberg – wie etwa diese Brigitte Scheurer. Um irgendeinen Namen zu nennen.«

Wobei Huber ergänzte: »Die interessiert sich für ihn, und er interessiert sich für sie – ist Ihnen das noch nicht aufgefallen?«

»Das Menschliche – also«, bestätigte Holzinger, als ob er seinen Segen erteilte.

Endlich hatte auch Battenberg begriffen, was hier von ihm erwartet wurde. Er nickte zustimmend. Der Posten eines Chefredakteurs war verlockend – und ihm wohl auch gemäß, meinte er.

»Widmen Sie sich also unserem lieben Müller«, empfahl ihm Holzinger, »gemeinsam mit dem schönen Fräulein Scheurer. Erledigen Sie das möglichst bald und erstatten Sie mir Bericht.«

Battenberg entfernte sich unverzüglich – nicht ohne seine kooperative Entschlossenheit vertraulich bekundet zu haben.

»Das wäre also dies«, stellte Huber zufrieden fest. »Und was weiter?«

»Neumann muß her!« entschied Holzinger drängend.

»Der treibt sich irgendwo herum – wer weiß wo!«

»Spüre den auf, Huber! Der soll sich unverzüglich in unser Zentralbüro begeben, um dort die nun dringend notwendige Dokumentation gegen bestimmte destruktive Störungen im derzeitigen Fernsehen zusammenzustellen. Ich muß diese Unterlagen noch heute haben. Allein damit soll Neumann sich beschäftigen – und wenn das Stunden dauert.«

»Und was ist mit seiner Frau – dieser Undine?«

»Um die«, entschied Holzinger, »werde ich mich inzwischen kümmern.«

Ergeben blickte Huber III seinen Boss an. Wobei jedoch seine Augen halb geschlossen waren – als wäre er gezwungen, in eine grelle Sonne zu sehen. Und dieses schien er nunmehr wagen zu wollen. Undines wegen.

Der Kriminaldirektor Hädrich forderte die laufenden Unterlagen des Dezernats Sitte an. Sie wurden ihm unverzüglich vorgelegt – von Kriminaloberinspektor Michelsdorf. Der zeigte sich äußerst auskunftsbereit.

Was einen Hädrich aber nicht davon abhielt, zunächst eine gründliche, wortlose Überprüfung der ihm vorgelegten Akten vorzunehmen. Doch dann stellte er, sichtlich beunruhigt, zu den Komplexen Gudrun Dambrowski und Verhaftung Ettenkofler einige Fragen. Sie wurden ihm bemüht sachlich beantwortet – aber eben von Michelsdorf.

Und der sagte: »Etwas fragwürdig – das alles. Falls Sie meine Meinung dazu hören wollen. Ein Vorgang von nicht unbedenklicher Eigenwilligkeit, jeder dienstlichen Verfahrensweise kraß widersprechend. Was leider auch andere Beamte registriert haben. Eine gewisse Unruhe...«

Der Kriminaldirektor ließ nicht direkt erkennen, was er sich dabei dachte. Er nickte lediglich – äußerst bedächtig. Denn nunmehr zog er in Erwägung, den derzeitigen Chef des Dezernats Sitte, Kommissar Krebs, seines Amtes zu entheben, was praktisch hieß: den bis auf weiteres kaltzustellen.

7

Sonntag nachmittag. Die letzte Runde des diesjährigen Oktoberfestes war »in vollem Gang«. Alles lief »bestens«; wie »mit dem Segen des Himmels«. Denn so ein durst- und freßförderndes Festwetter hätten sich selbst Oktoberwiesenwirte nicht besser bestellen können.

Unvermeidlich zeichneten sich deshalb neue Rekorde dieses einzigartigen Volksvergnügens ab: Der »Hendlverzehr« etwa, also die Verspeisung von Brathühnern, war um zehn Prozent größer als im Vorjahr – würde also heuer die Stückzahl von einer halben Million erreichen. Auch der Bierkonsum stieg an, wenn auch lediglich um fünf Prozent – womit aber über vier Millionen »Maß«, also Liter, ausgeschenkt worden waren. Und die Zahl der gestohlenen Krüge wurde, nicht ganz glaubwürdig, mit zweihunderttausend angegeben – aber auch das ein neuer Rekord.

Die Zahl der diesjährigen Besucher wurde auf fünf bis sechs Millionen geschätzt. Mithin mindestens doppelt so viele wie bei den weltweiten, unglücklich gestörten Olympischen Spielen. Eventuell noch lebendige Erinnerungen daran wurden hier von Bierfluten hinweggeschwemmt. Dieses von einer hiesigen Zeitung auch als »Maßkrug-Olympiade« bezeichnete Unternehmen war ein praller Erfolg.

Auch die speziell für das Oktoberfest gebildete Polizeieinheit konnte, nach dreihundertfünfzig Einsätzen, eine durchaus erfreuliche Bilanz ziehen – falls sich in diesen letzten Stunden nichts Ungewöhnliches mehr ereignen sollte. Ansonsten jedoch: kein Todesfall bisher – nur an die viertausend Verletzte, darunter eintausend schwer. Weiter nicht ganz zwanzig Festnahmen wegen Diebstahls, dabei zwölf Taschendiebe; diese ausnahmslos Ausländer, ferner dreihundert vorübergehend verlorengegangene Kinder – und sonstige Kleinigkeiten.

Kommentar der Polizei: »Alles war wesentlich friedlicher als im letzten Jahr.«

Im Polizeipräsidium fühlte sich Kriminaloberinspektor Michelsdorf nach seiner Unterredung mit Kriminaldirektor Hädrich immer noch, wenn nicht nun erst recht, unbeschränkt verantwortlich für das Dezernat Sitte. Krebs, der Chef, hatte vom Gerichtsmedizinischen Institut aus angerufen und sich danach erkundigt, ob irgend etwas von einiger Bedeutung »angefallen« wäre. Mit der Zusatzbemerkung: »Erbitte möglichst umfassenden Bericht.«

Auskunft Michelsdorf: »Nichts Besonderes, Herr Kommissar. Das Übliche: Ein Fetischist vom Klub ›Lederheil‹ wurde im Englischen Garten aufgegriffen; der ließ sich dort in die Visage urinieren. Eine Anzeige gegen einen Massagesalon, Dachauer Straße, wegen sadistischer Perversitäten; zwei Beamte unterwegs. Dazu die üblichen Beischlafdiebstähle, diesmal drei. Eine Abtreibung mit tödlichem Ausgang. Mißhandlung einer Dirne, durch Zuhälter; mit einer Rasierklinge. Dann ein Genitalienentblößer – wieder in Gegend Rot-Kreuz-Platz. Routinemäßig wurden unsere Spezialisten darauf angesetzt.«

Frage Krebs: »Und womit beschäftigen Sie sich?«

Antwort Michelsdorf: »Mit der Überwachung der üblichen Recherchen. Dabei weiter Sammlung von Details zu Ihrem Spezialfall, Herr Kommissar.«

Entscheidung Krebs: »Derartige Details sind lediglich zu sammeln – deren Bearbeitung und Auswertung aber übernehme ich selbst. Noch etwa eine Stunde lang bin ich im Gerichtsmedizinischen Institut, Pettenkoferstraße, zu erreichen. Wir werten dort die Vernehmung des Kindes Gudrun Dambrowski aus.«

Womit also der Kriminaloberinspektor Michelsdorf, zumindest für die nächsten sechzig Minuten, so gut wie »freie Hand« hatte. Doch noch immer wußte er nicht, wie sein besonderes Material wohl am wirksamsten zu verwerten wäre – angestrengt dachte er nach. Seine Stunde schien nun wohl gekommen; aber er ahnte noch nicht, wie die aussah.

Hilde Leineweber, die dicht neben ihm saß, vermochte ihn jetzt nicht abzulenken – sie versuchte das auch gar nicht. Sie war in seinen Augen ein liebes, verläßliches Mädchen! Bereitwillig demonstrierte sie ihre Einsatzbereitschaft – in jeder Hinsicht.

Während Michelsdorf intensiv nachdachte, die Leineweber ihn dabei nicht störte, erschien ein Besucher. Der öffnete die Tür, ohne anzuklopfen oder vom Vorzimmer aus angekündigt worden zu sein – er bewegte sich auf den Kriminaloberinspektor zu, stellte sich vor ihm auf, musterte ihn. Das war der Journalist Herzog.

»Da haben Sie mir vielleicht was eingebrockt!« rief dieser aus. »Sie haben mich glatt um meinen Job gebracht!«

Michelsdorf reagierte auf diesen massiven Angriff unbeeindruckt. Er blickte den Journalisten leicht mißbilligend an – sodann, nur kurz, zur Leineweber hinüber. Worauf sich diese unverzüglich entfernte. Sie waren nun ganz unter sich.

»Was soll denn das sein?« fragte nunmehr Michelsdorf, betrübt tadelnd – dabei auf einen Stuhl vor sich weisend. »Ist das etwa der Dank für meine Informationen?«

»Dieser Informationen wegen bin ich gestrandet«, bekannte Herzog, während er sich auf den ihm angewiesenen Stuhl fallen ließ. »Denn was Sie mir da eingeflüstert haben, das reichte einfach nicht aus – nicht für mich. Wohl aber für meinen derzeitigen Brötchengeber. Und der hat mich unverzüglich gefeuert.«

»Weil Sie gut informiert waren?«

»Wohl ein wenig zu gut, in diesem Fall«, meinte Herzog, tief aufschnaufend. »Aber eben doch nicht ganz ausreichend.«

»So was ist zumeist eine Zeitfrage«, meinte Michelsdorf bedächtig, sich nun ganz als Chef des Dezernats gebend. »Wir erfahren jeden Tag, fast jede Stunde mehr – wenn wir gründlich vorgehen.«

»Was denn wissen Sie inzwischen mehr?« wollte Herzog begierig wissen.

»Einiges von Bedeutung.«

Der Journalist beugte sich vor, dem Oberinspektor entgegen. »Die Sache ist doch wohl so: Sie haben mir da gewisse Informationen gegeben...«

»Vertraulich, Herr Herzog – keinesfalls amtlich – wenn auch durchaus zutreffende.«

»Aber das, Herr Michelsdorf, doch nicht eben meiner schönen blauen Augen wegen, wie man so sagt – sondern doch wohl nur, um damit einen ganz bestimmten Effekt zu erzielen. So was gehört ja auch zu meinem Job. Doch diesmal war das ein Bumerang – man hat mir fristlos gekündigt! Nach etlichen Manipulationen, wie anzunehmen ist – etwa durch Ettenkofler, Messer und wer weiß, wen sonst noch! Ein richtiges Wespennest! Aber Sie, Mann, ließen mich dort hineingreifen! Ich habe mich engagiert – doch was ist der Dank dafür?«

»Schließlich existiert nicht nur eine einzige Zeitung in unserem München, nicht wahr?«

Herzog nickte. »Und die Konkurrenz von meinem bisherigen internationalen Käseblatt würde mich denn wohl auch liebend gerne bei sich aufnehmen! Vorausgesetzt, daß ich denen etwas vorlegen könnte, was die schön scharf macht. Was aber mehr sein müßte als das, was ich bisher anbieten konnte. Meinen Sie, das ließe sich ermöglichen? Damit wäre ich aus dem Schneider heraus – und Sie bekämen die Wirkung, auf die Sie Wert zu legen scheinen. Also?«

»Herr Herzog, selbstverständlich sind wir kein Auskunftsbüro.« Der Oberinspektor erhob sich, ohne dabei den Journalisten anzusehen. »Und selbst wenn Sie mich direkt nach ganz bestimmten Einzelheiten fragen sollten, etwa nach jenen, die hier in dieser Mappe gesammelt worden sind, so dürfte ich leider keine Ihrer Fragen beantworten; aus dienstlichen Gründen.«

Worauf Michelsdorf, sich eindringlich vorbeugend, die Fingerspitzen seiner beiden Hände auf diese Aktenmappe vor sich legte. »Das hier, Herr Herzog, ist höchst internes amtliches Material – es darf also, offiziell, keinem Außenstehenden zugänglich gemacht werden. Sie verstehen?«

Herzog staunte ehrlich. »Ich verstehe.«

»Ich darf Ihnen keinerlei diesbezügliche Auskünfte erteilen – und habe Ihnen also auch keine derartigen Auskünfte erteilt. Sind wir uns dahingehend einig?«

»Allemal!«

»Womit dies also geklärt wäre!« Michelsdorf verließ seinen Schreibtisch, auf dem diese Akte lag – er begab sich zur Tür, die zum Vorzimmer führte. »Ich darf Sie nun wohl bitten, mich für einige Minuten zu entschuldigen – sagen wir: fünf Minuten. Ich muß im Nebenraum noch ein paar Unterlagen zusammensuchen.«

Womit Michelsdorf dem Journalisten zunickte und den Raum verließ. Der starrte entzückt auf die vor ihm liegende Akte. Er legte die Hände aufeinander, wie um ein Dankgebet zu sprechen – doch dann rieb er diese, freudig-geschäftig.

»Dies ist ein Tag nach meinem Herzen!« rief Holzinger aus. Er versicherte das laut und herzlich seiner Familie. »Und ich wollte, ich könnte einen solchen Tag voll und ganz genießen! Aber selbst heute muß ich mich als Ackergaul der Politik betätigen.«

Seine Frau wußte, was das zu bedeuten hatte: Wohl war ihr Max ein kraftvoller Mann der Tat, aber neuerdings schrumpften seine Reserven; was ihr nur recht sein konnte. Er wurde eben älter – also würde er bald, etwa wie der Ministerpräsident, hausväterlich werden und sich mehr seiner Familie widmen.

»Ich muß zunächst einige Akten durcharbeiten – und dann noch diverse Leute auf Vordermann bringen«, scherzte er. »Doch gegen Abend geht es dann erst richtig los!«

Er wollte mithin, erkannte seine Frau instinktsicher, zwischendurch einen ausgedehnten Nachmittagsschlaf halten – vermutlich allein; in dem stets für ihn reservierten Hotelzimmer.

»Wir werden uns also inzwischen einen gemütlichen Nachmittag machen«, versicherte sie lächelnd.

»Möglichst gemütlich«, stimmte Holzinger zu, dachte jedoch auch jetzt als Parteipolitiker und fügte hinzu: »Es wäre sinnvoll, wenn du dich, einmal, stellvertretend für mich in der Japan-Ausstellung im Puppenmuseum sehen ließest; mit den Kindern natürlich. Vergiß dann auch die Teestunde im Amerikanisch-deutschen Frauenklub nicht – schließe dich dort unserer Oberkrähe an.« Womit er die Landesmutter meinte.

»Sonst noch was?« fragte seine Frau mit sanfter, mühsam unterdrückter Ironie.

»Du machst das schon! Alles hundertprozentig!« versicherte er ihr anerkennend. Um dann, als falle ihm das plötzlich ein, hinzuzufügen: »Übrigens könntest du dich ein wenig um unsere Frau Neumann kümmern – nimm sie mit.«

»Muß das sein?« fragte seine Frau.

»Sozusagen aus sozialen Gründen«, scherzte er, »oder aber aus humanen, falls du das lieber hörst!«

»Und wie weit gehen die – bei dir?«

»Komm, Mädchen, komm! Seit wann versuchst du dich denn in derart verkorksten Gedankengängen? Schon mal was von Betriebsklima gehört? Allein darum geht es hier.« Holzinger wirkte ungemein heiter und gelöst. »Ich muß meine Schafe zusammenhalten – oder eben meine Böcke. Aber dieser Neumann treibt sich irgendwo herum, und Huber ist unterwegs, ihn anzuschleppen – und ich brauche beide dringend. Es wäre nicht ungünstig, wenn inzwischen diese Frau Neumann ein wenig abgelenkt würde.«

»Durch mich? Im Puppenmuseum? Beim deutsch-amerikanischen Damenklub-Tee?«

»Wo, wie und durch wen auch immer!« Holzinger wirkte nun geradezu besorgt. »Du mußt wissen, daß ich mir über meinen

Neumann eine Menge Gedanken mache. Denn er scheint in der letzten Zeit häufiger durchzudrehen. Das könnte auch an seiner Frau liegen – die muß ermuntert werden!«

»Hast du das nicht schon selbst versucht, Max – recht intensiv?«

Kriminalkommissar Krebs war immer noch damit beschäftigt, unterstützt von Lobner und Keller, die von der Brasch durchgeführte und aufgezeichnete Befragung der Gudrun Dambrowski zu analysieren.

Sie arbeiteten äußerst intensiv – jetzt bei Bier und belegten Broten. Lobners Tee hatten die Kriminalisten inzwischen ebenso höflich wie energisch abgelehnt. Abermals wurden sie gestört.

Denn der beim Portier stationierte Polizeibeamte meldete: »Die Eltern Dambrowski – gemeinsam. Sie wollen ihr Kind mitnehmen.«

»Die sollen sich noch ein wenig gedulden«, sagte Krebs unwillig. Denn möglicherweise waren, nach Überprüfung der Befragung, noch ein paar Zusatzfragen an Gudrun zu stellen. »Dieser Dambrowski kann noch früh genug wieder Vater spielen!«

»Der ist aber kaum noch aufzuhalten«, meinte der Polizeibeamte ehrlich besorgt.

»Hausherr«, bot sich Lobner an, »bin hier ich.«

»Unterhalte dich mit ihm«, forderte nun Keller, fast eindringlich. »Bevor der auf dumme, aber gesetzlich berechtigte Gedanken kommt – du kannst ihm seine Tochter kaum noch länger vorenthalten.«

»Seine Tochter!« schnaufte Krebs auf.

Doch dann folgte er unverzüglich dem Ratschlag von Keller. Er begab sich in die Vorhalle, wo die Eltern Dambrowski auf ihn warteten. Wobei er bemüht war, sich verbindlich zu geben.

»Herr Kommissar«, sagte der Plattenleger Dambrowski, betont würdevoll und intensiv auf diese Begegnung vorbereitet, »wir haben Ihnen unsere Gudrun anvertraut...«

»Ein sehr liebes Kind!« versicherte Krebs.

»Unsere Gudrun ist Ihnen anvertraut worden«, sagte Dambrowski zielstrebig weiter, sich vor seine Frau stellend, »weil Sie meine Gattin dazu überredet haben. Die Ihnen dann nachgegeben hat. Das aber ganz gegen meine Überzeugung. Aber nun fragte ich Sie, Herr Kommissar – was haben Sie mit unserer Gudrun alles angestellt?«

Krebs, der anstrengende Stunden hinter sich hatte, verlor für Sekunden völlig seine Beherrschung. »Na, was denn wohl – was denken Sie sich eigentlich? Halten Sie uns für Henker der Gerechtigkeit? Für Vollzugsbeamte, die über Leichen gehen?«

»Man wird ja wohl noch fragen dürfen!« meinte Dambrowski empört.

Und seine Frau wollte wissen: »Geht es meinem Kind gut?«

»Sehr gut«, versicherte Krebs, nun wieder ganz sachlich, mitfühlend und herzlich. »Sie spielt jetzt im Garten – mit einem anderen Kind und einem Hund. Und ich kann Ihnen nur versichern, daß ich Ihre Gudrun geradezu liebgewonnen habe – sie kommt mir wie meine eigene Tochter vor. Und entsprechend ist sie auch behandelt worden.«

»Ich weiß ja nicht, wie Sie Ihre Tochter behandeln«, sagte nun Dambrowski, äußerst entschlossen, den guten, starken Mann zu spielen – den Vater. »Ich weiß nur so viel, daß man heutzutage selbst Kindern so gut wie alles zumutet – nicht zuletzt bei der Polizei. Die werden dort ausgefragt wie alte Huren, hat man mir gesagt. Mit allen dreckigen Einzelheiten!«

»Hören Sie gefälligst mit diesem Unsinn auf!« forderte Krebs nun streng. »Was wissen Sie denn schon von der Polizei?«

»Und was weiß die denn von diesem Kind!« rief Dambrowski warnend. »Die haben Sie widerrechtlich festgehalten, was Sie noch teuer zu stehen kommen könnte! Denn unsere Gudrun ist schließlich nicht irgendwer!«

»Weiß ich«, sagte Krebs abwehrend; um sich dann unverzüglich an die Mutter zu wenden. »Frau Dambrowski – versuchen Sie das alles möglichst so zu sehen: Ihre Gudrun ist unser Gast gewesen – ein sehr lieber Gast, wie ich versichern möchte. Und was auch immer geschehen sein mag – es ist nunmehr Vergangenheit. Auch Ihre Tochter, da bin ich sicher, empfindet das nun so. Lassen Sie es also dabei bewenden. Quälen Sie Gudrun nicht mehr damit – mit keiner Andeutung. Und versuchen Sie das bitte auch Ihrem Mann klarzumachen.«

Worauf der hervorstieß: »Sie bezeichnen mich als Mann meiner Frau – nicht aber als Vater dieses Kindes! Was, Herr, glauben Sie denn, herausgeschnüffelt zu haben?«

»Benehmen Sie sich gefälligst wie der Vater dieses Kindes!« forderte nun Krebs kraftvoll. »Kinder brauchen nun einmal Väter! Und Sie sollten glücklich darüber sein, sich als Vater von Gudrun fühlen zu können.«

»Das«, rief Dambrowski aus, die besänftigend auf seinen Arm gelegte Hand seiner Frau von sich stoßend, »lasse ich mir nicht bieten! Sie versuchen mich als Mensch, als Mann herabzusetzen.«

»Sie tun mir leid«, sagte Krebs betrübt.

»Na – dann wollen wir doch mal sehen, wer hier wem leid zu tun hat!« stieß Dambrowski drohend aus.

Drei Anfangsstationen einer sich dann als folgenschwer herausstellenden Beziehung.

Erste Station:

Battenberg bei Brigitte Scheurer, die in seinem geparkten Wagen sitzt.

Battenberg: »Ich will dich nicht daran erinnern, daß du mir einiges zu verdanken hast. Etwa, daß ich dich immer wieder bevorzugt habe und das selbstverständlich auch weiterhin tun werde – deiner speziellen Qualitäten wegen, besonders vor der Fernsehkamera. Ich möchte dich diesmal um einen ganz besonderen Gefallen bitten.«

Brigitte: »Du kommst direkt von Holzinger, und der hat dich vermutlich unter Druck gesetzt – soll ich etwa mit diesem Nilpferd schlafen?«

Battenberg: »Dessen Bedarf in dieser Hinsicht scheint im Augenblick voll gedeckt zu sein. Hier handelt es sich vielmehr um Müller – um den muß man sich kümmern! Denn der, meint Holzinger, müsse etwas menschlicher gestimmt werden – und dafür müsse dringend etwas unternommen werden.«

Brigitte: »Durch mich? Wofür hältst du mich eigentlich?«

Battenberg: »Zumindest für klug und vorurteilslos! Und ich erwarte ja auch nicht, daß du gleich in irgendwelche Betten steigst, in denen du dich nicht wohl fühlst – du sollst mir lediglich helfen, einem wertvollen Freund einen wichtigen Gefallen zu tun. Also, es geht um Müller, der eine erkennbare Schwäche für dich hat. Du brauchst dich nicht selbst damit zu belasten. Du brauchst dem nur jemanden zugänglich zu machen, der weit weniger Hemmungen hat – etwa unseren Schlagerstar Melissa.«

Brigitte: »Ausgerechnet dieses billige Biest?«

Battenberg: »Abwarten, Brigitte! Du reagierst als Frau, Müller aber ist ein Mann! Und in bestimmten Punkten sind sich alle Männer ähnlich.«

Zweite Station:

Unterredung zwischen Battenberg und der Scheurer mit Schlagersängerin Melissa im Café am Dom. Diese »Melissa«, eigentlich Käthe Meier aus Köln-Kalk, war bekannt geworden durch das Lied »Wenn unsere Sterne strahlen...« Hierauf zwei Auftritte im Fernsehen; achtmal in Gesellschaftsberichten genannt; Favorit für die Goldene Schallplatte. Nächster geplanter Titel: »Wenn der Mond aufgeht...«

Battenberg: »Nett, daß du so schnell gekommen bist! Ich wollte dir eigentlich nur sagen, daß wir planen, deinen nächsten Titel ganz groß herauszubringen – etwa in einer Samstagabendsendung, neben Michael und der Tina Turner. Das wäre dir doch recht? Fein. Ich würde mich gerne dafür stark machen, denn ich glaube an deine Begabung. Du müßtest nur ein wenig mehr ›in‹ sein, wie man so sagt. Also dich nicht mit der üblichen Dutzendware an Spielknaben begnügen, die sich durch alle Klatschspalten quälen, sondern einmal versuchen, an eine Persönlichkeit heranzugeraten, die auf der ersten Seite einer Zeitung Schlagzeilen machen kann.«

Melissa: »Mit wem, meinst du, soll ich denn?«

Battenberg: »Kennst du Müller?«

Melissa: »Nun ja, den Namen habe ich schon gehört. Bestimmt sogar! Film – oder so was? Einer vom Fernsehen? Na, wer auch immer – wenn du meinst, Klaus, dann will ich – gerne...«

Brigitte Scheurer hierauf: »Das langt doch, denke ich! So was kann man einem Müller wirklich nicht zumuten. Du kannst also verschwinden, Mädchen – mit deinem Typ ist hier nichts anzufangen! Da werde ich wohl selbst einspringen müssen.«

Dritte Station:

Brigitte Scheurer, dazu Battenberg, nunmehr bei Müller im Ratskeller angekommen, von diesem herzlich begrüßt.

Brigitte: »Ich bin sozusagen – ganz direkt – auf Sie angesetzt worden!«

Müller: »Na, und wennschon – ich könnte mir kaum jemand vorstellen, dessen Anblick erfreulicher wäre. Wobei ich natürlich gerne wissen würde: angesetzt – warum? Und – von wem?«

Battenberg: »Wohl eine Art Ablenkungsmanöver – um Sie angenehm zu beschäftigen. Denn wie ich erfahren habe, plant Holzinger mit seinen Leuten weitere gezielte Angriffe auf Rundfunk und Fernsehen – sogar mit Hilfe des Ministerpräsidenten. Überrascht Sie das nicht?«

Müller: »Keinesfalls. Das war vorauszusehen – seit Monaten schon gibt es Anzeichen dafür. Jedenfalls danke ich Ihnen für Ihre vertrauliche Warnung, lieber Herr Battenberg – doch wir sind darauf vorbereitet.«

Brigitte: »Aber auf mich sind Sie nicht vorbereitet?«

Müller: »Überraschungen, Fräulein Scheurer, gehören nun mal zu unserem Leben. Angenehme Überraschungen sind dabei leider recht selten. Nutzen wir sie also! Würden Sie mir die Freude machen, mich heute abend, zum Abschluß des Oktoberfestes, zu begleiten? Mich – und meine Frau und einige Freunde.«

Brigitte: »Sehr gerne.«

Kriminalrat Martin Zimmermann – Chef aller Sonderkommissionen – war von der Brunneneinweihung und einem anschließenden Mittagessen wieder »heimgekehrt« in das Präsidium. Er wirkte sehr nachdenklich, fast ein wenig abweisend.

Im Büro empfing ihn Felder, seine »graue Eminenz« genannt; ein unermüdlicher Aktenplaner, neuerdings Kriminalkommissar. Dieser Felder war im Amt offiziell für den Dauerdienst zuständig, praktisch jedoch der Koordinator für alle Dezernate; mit Zimmermann bildete er eine verläßliche Aktionseinheit. Es gab nichts, was Felder nicht wußte – selbst der Präsident pflegte seine verläßlichen Informationen direkt von ihm zu beziehen.

Felder legte die bisher eingelaufenen Tagesmeldungen vor. Diese aufgeteilt in drei Abteilungen, wie von Zimmermann angeordnet. Dabei zunächst: die tagtäglich üblichen Routinefälle; diesmal bisher sechsunddreißig. Sodann, zweitens: nicht klar durchschaubare, nicht eindeutig geklärte Vorgänge – lediglich drei: ein Einbruch mit Todesfolge, möglicherweise Raubmord, Danziger Straße – Massenprügelei einer jugoslawischen Ausländergruppe, dabei drei Schwerverwundete, in der Nähe des Holzkirchner Bahnhofs – ein erwürgtes Kind, Stadtteil Riem; Täter vermutlich der Vater, da vom Brüllen seines Kindes um den Mittagsschlaf gebracht. Dann aber, das Wichtigste: alarmierende Vorgänge, speziell Morde. »Keine.«

»Ein ruhiger Tag«, stellte Zimmermann fest. »Und was meldet die Polizeieinheit Oktoberfest?«

»Das Übliche«, berichtete Felder. »Heute allerdings ein Toter, dieser vermutlich einem Herzschlag erlegen; weiter zwölf vermißte Kinder, sieben davon bereits aufgefunden; weiter vier inzwischen geschlichtete handgreifliche Auseinandersetzungen in und bei Bierzelten, dabei siebzehn Mann in ärztlicher Behandlung. Also auch hier – nichts Besonderes.«

»Wo ist Krebs?« wollte Zimmermann dann wissen.

Felder telefonierte – um nach einer knappen Minute zu berichten: »Der befindet sich noch immer im Gerichtsmedizinischen Institut – bei der Auswertung der Vernehmung eines Kindes.«

»Und – Keller?«

Felder sah auf seine Uhr. Dann sagte er lediglich: »Es ist nunmehr fünfzehn Uhr sechsundzwanzig.«

Was völlig genügte. Denn um diese Zeit pflegte sich der Kriminalbeamte außer Dienst Keller mit absoluter Regelmäßigkeit im Hofgarten aufzuhalten – auf Spaziergängen bis hin zum idyllischen Finanzgarten. Das seines Hundes Anton wegen. Der genoß dort alles, was sich ihm anbot – dieser Anton pflegte regelmäßig das Konzertpodium anzupinkeln, versuchte sich in sämtliche, ihm vertrauten Büsche zu schlagen und sich dann, im Finanzgarten, bei dem abgelegenen und versteckten Heinrich-Heine-Brunnen auszuruhen.

»Dort also halte ich mich in der nächsten Stunde auf«, sagte Zimmermann.

Der Weg zu Fuß dorthin, vom Polizeipräsidium in der Ettstraße über den Odeonsplatz zum Anfang des Hofgartens, dauerte fünf Minuten. Nach weiteren zwei Minuten wurde Anton gesichtet; dieser erwartungsgemäß beim Heine-Brunnen. In dessen Nähe saß Keller auf einer Bank, ein aufgeschlagenes Buch neben sich – er sah Zimmermann erwartungsvoll entgegen.

Der begrüßte zunächst den herbeigeeilten, freudig wedelnden Hund Anton, bevor er sich neben seinem Freund niederließ. Sie lächelten sich zu und schienen dann intensiv den spätherbstlichen Rasen zu betrachten – der verlor das satte Grün, wurde grau wie altes Papier.

»Wie war es bei Krebs?« fragte schließlich der Kriminalrat.

»Geradezu phantastisch! Fast so was wie psychologische Perfektion!« berichtete Keller anerkennend. »Krebs wäre ein hervorragender Arzt geworden – aber da sich seine Eltern keine höhere Schulbildung leisten konnten...«

»Weißt du, Keller, daß man fast genau das gleiche auch von dir gesagt hat? Aber nun wirst du in Fachzeitschriften gerühmt und an Universitäten zitiert – ich sehe noch, daß dir der Doktor honoris causa verliehen wird.«

»Du mußt ja riesige Sorgen haben«, meinte der große alte Mann des Präsidiums belustigt, »wenn du versuchst, sogar mir Komplimente unterzujubeln. Was beunruhigt dich denn diesmal – etwa ein besonders perverser Mord?«

»Eine Frau – der Anblick einer Frau«, gestand Zimmermann, ein wenig zögernd. Um dann hastig hinzuzufügen: »Aber unterstehe dich nicht, jetzt etwa breit zu grinsen – es ist natürlich nicht das, was du denkst!«

»Noch denke ich gar nicht – ich höre zu! Ich registriere: eine Frau – deren Anblick – hat dich beunruhigt. Folgerungen später. Was – weiter?«

»Die Formulierung ›beunruhigt‹ habe ich nicht gebraucht – die stammt von dir. Und sie trifft nicht zu.« Zimmermann ließ sich nichts unterschieben. »Richtiger wäre wohl: Diese Frau hat mich nachdenklich gestimmt.«

»Eine Frau – dich? Allein schon ihr Anblick?«

»Erspare mir deine Scherze«, sagte der Kriminalrat, nun gleichfalls amüsiert. »Aber vermutlich bin ich nicht gleich deutlich genug gewesen. Nun gut – ich war bei einer Brunneneinweihung, um dort noch einmal vorsorglich auf Ettenkofler einzuwirken, damit der keine Schwierigkeiten machte, die dem Amt unangenehm werden können. Er wird nicht! Dabei aber erblickte ich eine Frau, die mir merkwürdig bekannt vorkam – aber ich war sicher, sie noch nie vorher gesehen zu haben, zugleich aber auch überzeugt davon, sie zu kennen. Verrückt – was?«

»Ungewöhnlich – aber das Ungewöhnliche ist ja in unserem Metier stets das Interessanteste.« Keller war jetzt sehr aufmerksam. »Du bist also gekommen, weil dir inzwischen eingefallen ist, warum dir diese weibliche Person bekannt vorkam. Also – woher?«

»Eine ganz vage Vermutung, eine geradezu lächerlich anmutende Erinnerung – besonders lächerlich für einen Kriminalisten. Vermutlich ohne jeden praktischen Wert.«

»An wen oder was hat dich diese Frau erinnert – sage es schon!«

»Nun gut, Keller! Genau wie diese Frau sehen die Fotos von den Kindern aus, die Krebs auf die Wandtafel in seinem Arbeitszimmer montiert hat – wie Kinder dieser Frau, wie diese Frau als Kind! Zug um Zug, der gleiche Typ! Wie alterslos!«

»Phantastisch«, sagte Keller ernsthaft. »Hast du schon mit Krebs darüber gesprochen?«

»Ich werde mich hüten!« wehrte Zimmermann entschieden ab. »Ich bin zwar mit Krebs befreundet wie du – aber ich bin auch sein Vorgesetzter. Und als solcher kann ich dem doch nicht phantasievolle Theorien vortragen!«

»Das soll also ich machen«, stellte Keller erheitert fest. »Und das mache ich auch – sehr bereitwillig sogar. Bitte, übergib mir alle bisher von dir gesammelten Unterlagen über diese Frau.» Was Keller für selbstverständlich hielt – war es auch.

Zimmermann entnahm seiner Brusttasche einen Notizblock, von

dem riß er ein Blatt herunter. Dort hatte der Kriminalrat aufgeschrieben: Name der Frau, Vorname, Geburtsname, Geburtstag und -ort, Datum der Hochzeit, Name der Eltern, deren Stand, deren derzeitige Betätigung, Adresse der Frau, die dazugehörende Telefonnummer; Details über deren Mann.

»Glaubst du, daß sich damit etwas anfängen läßt?« wollte Zimmermann wissen.

»Mal sehen«, sagte Keller lapidar.

»Soll ich dir einen Wagen zur Verfügung stellen?«

»Anton läuft gerne – und ich muß noch ein wenig nachdenken. Über diesen Fall und über dich. Du fängst an, sogar mich zu überraschen – du entwickelst schöpferische Phantasie. Das läßt mich hoffen – für Krebs.«

Bei Kriminaldirektor Hädrich ließ sich ein Rechtsanwalt namens Schlosser anmelden – gemeinsam mit einem seiner Klienten. Er ersuchte um eine Unterredung und ließ durchblicken: Falls ihm diese verwehrt werde, müsse er sich mit dem Bereitschaftsdienst der zuständigen Staatsanwaltschaft in Verbindung setzen.

Hädrich empfing nach nur wenigen Minuten den ihm bekannten Rechtsanwalt. Der erschien mit seinem Klienten, stellte den als Herrn Dambrowski vor und kam dann unverzüglich zur Sache. Nach spätestens zehn Minuten war der Kriminalrat fast sprachlos.

Schlosser: »Um also den Tatbestand noch einmal zusammenzufassen: Das überfallene Kind wurde von den Eltern ferngehalten – und zwar mehr als sechzehn Stunden lang. Etliche Versuche, mit diesem Kind Verbindung aufzunehmen, wurden schroff zurückgewiesen. Schließlich erfolgten sogar beleidigende Äußerungen dem Vater dieses Kindes gegenüber – meinem Klienten, Herrn Dambrowski.«

Hädrich, etwas mühsam: »Das – sind recht schwerwiegende Anschuldigungen.«

Dambrowski: »Aber sie stimmen! Wie den letzten Dreck hat er mich behandelt – dieser Krebs.«

Hädrich: »Ich werde das unverzüglich nachprüfen – und zwar persönlich. Und wenn es sich herausstellen sollte, daß diese Anschuldigungen zutreffen...«

Schlosser: »Sie treffen zu! Und was dann, bitte?«

Hädrich: »Dann werde ich nicht zögern, nicht einen Augenblick, die unvermeidlichen Konsequenzen aus diesen Vorgängen zu ziehen – also den dafür Verantwortlichen auch dafür verantwortlich zu machen. Ich werde Sie darüber unterrichten.«

Schlosser zeigte sich nicht unzufrieden – und sein Klient war das auch. Sie entfernten sich. Während Hädrich unverzüglich anordnete: »Kommissar Krebs zu mir!«

Undine Neumann war – nach dem Besuch des Puppenmuseums, gemeinsam mit Frau Holzinger und der Landesmutter – wieder in ihrer Wohnung angelangt. Der Chauffeur des Ministerpräsidenten hatte sie hergefahren. Ein gemeinsamer Besuch des Oktoberfestes zu dessen Abschluß war fest vereinbart worden.

Undine wirkte daher beschwingt, als sie leichtfüßig die Treppen zu ihrer Wohnung hinaufstieg. Unmittelbar neben der Tür erblickte sie ihren Mann, der dort hockte. Er sah ihr, völlig erschöpft, entgegen. Und er wirkte in ihren Augen peinlich ungepflegt, ja verkommen.

»Hast du denn keinen Schlüssel?« fragte sie ihn.

»Bisher«, sagte er, sich mühsam aufrichtend, »bist du immer in dieser Wohnung gewesen, wenn ich heimgekommen bin.«

»Das muß deshalb doch kein Dauerzustand sein«, sagte sie mit gläserner Stimme. Sie schob sich mit einer graziösen Bewegung an ihm vorbei, öffnete die Wohnungstür, ließ diese weit offen, ging hinein.

Bert Neumann folgte ihr – schwerfällig. Er preßte sich beide Hände an die Schläfen – als habe er quälende Kopfschmerzen. An der Tür zum Wohnzimmer blieb er stehen, lehnte sich dann seitwärts, Halt suchend. Und er sah, wie sie die Fenster aufriß – die knallenden, harten Geräusche, die sie erzeugte, ließen ihn zusammenzucken.

Sie sagte: »Du riechst nicht gut! Warum bist du hier? Huber sucht dich – du wirst bei Herrn Holzinger gebraucht.«

»Ach – diese Schweine!« stieß Bert mit plötzlich ausbrechender Heftigkeit hervor. »Die können mich doch alle...«

»Was – können die dich?« fragte sie sanft.

»Am Arsch lecken!« schrie Bert Neumann unbeherrscht. »Diese Kerle brüten doch nur monströse Windeier aus – um sich irgendwie zu bestätigen.«

Undine lächelte sanft und verächtlich, über ihn hinweg, ins Leere hinein. Ihre Stimme blieb völlig unverändert. »Wie maßlos du doch sein kannst, wie hemmungslos, vor nichts zurückschreckend – in deiner Phantasie. Dann siehst du überall Feinde, empfindest nur Haß – mir gegenüber, aber auch Holzinger gegenüber, der ein bewundernswerter Mann ist.«

»Was – ist der?« schrie Neumann. »Ein Schwein ist der!«

»Mein Gott – was ist aus dir geworden!«

»Durch dich – meine Frau.«

»Ich – deine Frau!« Ihr Lächeln schien sich zu verstärken – wenn auch nur für Bert Neumann wahrnehmbar. »Auf dem Papier – in deinen Phantasien vielleicht noch.« Sie wich langsam, instinktiv zurück – in den nächsten Raum hinein, der ihr Schlafzimmer war. »Aber praktisch schon lange nicht mehr.«

Bert Neumann zuckte zusammen, hob erzitternd die Hände, sein Körper begann zu beben. Dann stürzte er ihr nach, auf sie zu, keuchend, mit weit geöffnetem Mund. Er warf sie auf ihr Bett und sich auf sie – seine Hände zerwühlten ihr Haar, preßten sich gegen ihre Brüste, glitten haltlos abwärts, zerrten ihr Kleid hoch, griffen nach ihrem Unterleib – mit wilder, hektischer Enthemmtheit.

Undine hatte ihr Gesicht schroff seitwärts abgewendet, preßte es in die Kissen hinein, schien nicht zu atmen. Wie willenlos, absolut regungslos lag sie da – steif, sich noch mehr versteifend; wie in Totenstarre. »So nicht«, keuchte sie.

Seine wild wühlenden Bewegungen erlahmten – in Sekundenschnelle. Wie leblos lag er auf ihr – blieb dort liegen. Sein unendlich verloren wirkendes Gesicht war leichenblaß. Dann traten aus seinen Augen Tränen hervor.

»Hilf mir doch!« rief er flehend aus. »Gibt es denn niemanden – nicht einen ...«

»Dir«, sagte sie glasklar und spröde, »kann niemand helfen. Du bist ja nicht mehr normal.«

Das Telefon läutete – anhaltend. Undine zerrte sich unter ihm hervor, stieß ihn fast mühelos zur Seite, griff nach dem Hörer, meldete sich. Sagte dann: »Herr Müller – er will dich sprechen.«

Kriminalkommissar Krebs war endlich wieder in seiner Dienststelle eingetroffen – Uhrzeit: 15 Uhr 45. Er begrüßte seine Mitarbeiter im Vorzimmer. Dort traf er auf die Oberassistentin Reese, die er ihrer Loyalität wegen schätzte; doch sie schien ihm besorgt.

»Der Kriminaldirektor erwartet Sie – es sei sehr dringend, hat er ausrichten lassen.«

»Wird gemacht«, sagte Krebs – der, wie ein Spürhund auf seiner Fährte, nicht zu irritieren war. »Zunächst habe ich allerdings hier noch einiges zu erledigen, das nicht warten kann.«

In seinem Arbeitszimmer fand Krebs seinen Stellvertreter Michelsdorf vor – der, was aber nicht ungewöhnlich war, an seinem Schreibtisch saß. Vor diesem, sorgfältig und übersichtlich in Plastikumschlägen gesammelt: die angefallenen Vorgänge des Tages. Der Kommissar sichtete sie mit schnellen Zugriffen.

»War die Vernehmung erfolgreich?« fragte Michelsdorf, durchaus auf vertrauliche Ergebenheit bedacht – nunmehr neben dem Schreibtisch des Chefs.

»Ob wirklich erfolgreich, kann man noch nicht wissen – doch diese Vernehmung dürfte bestimmt nicht vergeblich gewesen sein.«

»Nur das – bei diesem enormen Arbeitsaufwand?« meinte Michelsdorf; was sich so anhörte, als bewundere er die unermüdliche Einsatzbereitschaft des Chefs.

Kommissar Krebs reagierte nicht darauf. »Ich erbitte alle Unterlagen, die inzwischen zu diesem Fall gesammelt worden sind.«

Michelsdorf wies auf den Aktenkorb, der links auf dem Schreibtisch stand – darin lagen die eingelaufenen Meldungen, Untersuchungen, Recherchen. Alle bis auf eine; die hielt der Oberinspektor, gefaltet, in seiner Hand.

Der Kommissar begann, irritierend schnell, in diesen Unterlagen zu blättern – bis er dort den Ermittlungsbericht des Textilspezialisten vom Einbruchsdezernat fand. Den betrachtete er gründlich – um dann geradezu ungläubig aufzusehen.

»Das hätten Sie mir unverzüglich melden müssen, Michelsdorf!«

»Was denn, bitte? Die Tatsache, daß auf dieser Liste der möglichen Taschentuchbesitzer auch der Name Ettenkofler steht?« Michelsdorf blickte betont bieder. »Ich wollte Sie damit nicht unnötig belästigen – zumal Sie ja mit dafür gesorgt haben, daß dieser Herr Ettenkofler als weitgehend entlastet zu gelten hatte...«

»Michelsdorf«, sagte nun Kommissar Krebs, seinen Unwillen kaum verbergend, »diese ganze Liste kann von enormer Wichtigkeit sein! Sie wissen doch ziemlich genau, wonach wir hier suchen – nach einem ästhetischen Täter. Jeder diesbezügliche Hinweis ist sofort aufzunehmen und auszuwerten. Doch der Name Ettenkofler ist dabei nur einer unter zehn, zwölf anderen!«

»Wir hätten diesen Menschen unbedingt vereinnahmen müssen.« Der Oberinspektor gab sich drängend. »Eine konsequente, gründliche Überprüfung dieses Ettenkofler – nicht aber eine bereitwillige Entlastung; vielleicht nur weil der Ansehen, einigen Einfluß und dazu noch Geld in großen Mengen besitzt!«

»Michelsdorf – wir sind hier bei der Polizei, nicht auf einer antikapitalistischen Wahlveranstaltung. Wir suchen einen Täter, kein gesellschaftskritisch dankbares Objekt.«

»Und warum soll dieser Ettenkofler als Täter nicht in Frage kommen?« Der Oberinspektor zögerte nun nicht mehr, die offene Konfrontation zu suchen. »Zumal wir inzwischen einiges herausgefunden haben, was ein grelles Schlaglicht auf diese Person wirft.«

»Und was wäre das, Ihrer Ansicht nach?«

»Wissen Sie, wer dieser Ettenkofler ist?« fragte nunmehr Michelsdorf triumphierend. Wobei er den von ihm bisher zurückgehaltenen Ermittlungsbericht dem Kommissar auf den Tisch legte. »Der ist der Erzeuger jenes Kindes, mit dem Sie sich so ungewöhnlich intensiv beschäftigt haben – der uneheliche Vater von Gudrun Dambrowski.«

»Das weiß ich«, sagte Krebs einfach. »Das war nicht allzu schwer herauszufinden. Und wir nehmen das lediglich zur Kenntnis, erwähnen es aber nicht weiter, offiziell ist Dambrowski Gudruns Vater.«

»Und – was ist mit Ettenkofler? Nur weil er der Ettenkofler ist...«

»Ich denke, das reicht, Michelsdorf«, sagte Krebs entschieden.

»Mir nicht, Herr Kommissar!«

»Sie sollten nachdenken – das können Sie doch sonst ganz gut. Aber diesmal haben Sie sich in eine Theorie verbohrt. Das kann uns gelegentlich allen so gehen – nur nicht in diesem Fall, Michelsdorf! Denn wo gibt es da irgendwelche Übereinstimmungen – zwischen einem Kind, das nach Hause geleitet werden sollte, unbeschadet, wie die Nachforschungen ergeben haben, und einem Kind, das von einem Sittlichkeitsverbrecher angefallen wurde?«

»Dennoch ein Zusammenhang, der wohl nicht abgestritten werden kann – eben Ettenkofler!«

»Mann Gottes, Michelsdorf – haben Sie denn völlig verlernt, logisch zu denken?« Krebs blickte seinen Oberinspektor warnend an. »Das ist doch reiner Zufall – ein reichlich banaler noch dazu. Hüten Sie sich vor dem Zufall – der verfolgt uns zuweilen!«

Müller hatte nach mühsamem Entschluß schließlich doch alle weiteren Verpflichtungen für diesen Sonntagnachmittag abgesagt und Weinheber gebeten, ihn zu vertreten; was dieser gerne tat.

Denn Müller hielt es für zwingend notwendig, sich wieder einmal seiner Familie zu widmen – seiner Frau insbesondere. Irgendwelche Mißverständnisse wollte und durfte er sich nicht leisten.

Er war ein Mann des harmonischen An- und Ausgleichens, der praktischen Toleranz, der ausgewogenen Kompromisse. Und so war er denn entschlossen, seiner Familie nunmehr einen gemütlichen, entspannten, möglichst fröhlichen Sonntagnachmittag zu bereiten. Mit den Kindern zu plaudern, Musik zu hören, verständnisvoll betreut von seiner Frau.

Doch als Müller, ohne Chauffeur, im Volkswagen bei seinem Reihenhaus ankam, fand er es so gut wie leer. Lediglich das Hausmädchen war anwesend – Irmgard, aus dem Bayerischen Wald, achtzehn Jahre alt, eine rustikale Schönheit, bescheiden und anstellig, bei 500 Mark monatlich, dazu volle Verpflegung und freie Wohnung. Sie verehrte ihn.

»Wo ist meine Frau?«

»Zu ihrer Mutter gefahren – nach Passau. Wußten Sie das nicht?«

»Aber sicher«, erklärte Müller eilig. »Nur der genaue Zeitpunkt war mir nicht bekannt – ich dachte, sie würde erst gegen Abend fahren. Und wo sind die Kinder?«

»Das weiß ich nicht.«

»Denken Sie mal nach, Irmgard.« Müller zeigte seine Enttäuschung nicht – vielmehr gab er sich hausväterlich-freundlich. »Sie kennen mich doch – mit mir kann man einfach über alles sprechen. Also – wo sind die Kinder?«

»Nun ja – Ihre Tochter ist vor etwa zwei Stunden abgeholt worden; gleich nachdem Ihre Frau mit einem Taxi zum Bahnhof gefahren ist.«

»Von wem ist sie abgeholt worden?«

»Von ihrem derzeitigen Freund. Wer das ist, weiß ich nicht, aber der macht einen prima Eindruck. Wenn er allerdings auch nicht gerade der Jüngste ist – aber er hat einen ganz tollen Wagen, einen Porsche.«

»Na, fein, Irmgard«, meinte Müller, sich unberührt gebend. »Gönnen wir ihr den flotten Wagen! Und was machen die Jungens? Nun?«

»Peter ist seit gestern nicht nach Hause gekommen – der unternimmt irgendeinen Ausflug, hat er sagt, in die Berge.« Irmgard musterte den Hausherrn nicht unbesorgt. »Aber Joachim kann jeden Augenblick heimkommen – der hat eben erst angerufen, ich soll ihm ein frisches Hemd herauslegen.«

»Dann warte ich auf ihn«, sagte Müller.

Er ging in den Wohnraum hinüber, der zugleich sein Arbeitszimmer war. Dort stand in der linken Ecke ein Tisch aus Fichtenholz. Darauf lediglich ein Notizblock, ein Gefäß mit Schreibstiften, das Telefon. Erwin Müller setzte sich hinter diesen Tisch. Blieb dort regungslos sitzen. Längere Zeit. Blickte dann blinzelnd in den Raum – Warenhausmöbel, Seriengardinen, gewebte Wollteppiche – vor Jahren schon erworben. Ein Bücherregal, vollgestellt zumeist mit Freiexemplaren, Werbezusendungen, Ehrengeschenken. Davor, auf einem Rolltisch: der Fernsehapparat, älteres Modell, nur schwarzweiß. Vasen, Teller, Krüge – meist Andenken, Geschäfts- oder Gastgeschenke: aus Niederbayern etwa, anläßlich eines Volksfestes – oder aus Oberitalien, Verona, Freundschaftsbesuch – aus Mexiko sogar, wo er als Delegierter die Olympischen Spiele besucht hatte – und wieder aus Mexiko, diesmal Fußballweltmeisterschaft – dann auch München, abermals eine olympische Vase.

Mithin: ein Mittelbürger in einer Warenhauskatalogumgebung. Vermutlich vermochte er nicht anders zu leben; jedenfalls nicht so wie dieser Holzinger. Denn der besaß einige Mietshäuser in München, ein Landhaus in Oberbayern – vielleicht auch mehrere –, eine Ferienvilla an der Riviera; dazu Aktien von Großbanken, Anteile an Immobilienfirmen, Autofabriken, Tiefbaugesellschaften. Nun gut, nun gut – der machte gute Profite; während er, Müller, es vorgezogen hatte, möglichst gediegene Politik zu machen.

Sein Sohn Joachim, der jüngste, knapp sechzehn Jahre alt, erschien; er blieb an der Tür stehen und meinte: »Was für ein seltener Anblick! Dich habe ich schon lange nicht mehr gesehen!«

»Nun siehst du mich! Hast du Lust, dich ein wenig mit mir zu unterhalten?«

»Keine Zeit, Vater! Und worüber sollten wir uns denn auch unterhalten – etwa über Demokratie, Infrastruktur oder gar über Schicksalsfragen der Nation? Bei Gelegenheit gerne. Im Augenblick aber warten meine Freunde auf mich – vor dem Haus. Wir wollen ein paar ganz sture Vorgestrige verunsichern – was dagegen?«

»Warum sollte ich?« fragte Müller entgegenkommend. »So was kann durchaus sinnvoll sein – wenn es zielstrebig an den richtigen Mann gebracht wird. Wie wäre es, wenn du mir wenigstens danach Gesellschaft leisten würdest?«

»Wobei denn?« fragte der Sohn mißtrauisch.

»Ich muß mich heute abend auf dem Oktoberfest einfinden – zum Abschluß. Dabei darf niemand von der sogenannten Prominenz fehlen, das ist hier so üblich. Willst du mich begleiten? Ich würde mich sehr darüber freuen! Ein erstes großes Bier, Joachim – gemeinsam?«

»Gerne, Vater, aber bitte, bei besserer Gelegenheit. Nicht unbedingt zwischen diesen faden Gesellschaftstieren! Damit kannst du mir nicht kommen!« Worauf sich Joachim entfernte.

Erwin Müller blieb zurück. Abgespannt saß er längere Zeit da, die Augen geschlossen; fast schien es, als wolle er sich dem Schlaf überlassen. Doch dann bemühte er sich zu lächeln; er öffnete die Augen, machte eine wegwerfende Handbewegung ins Leere hinein. Unmittelbar darauf griff er nach mehreren visitenkartengroßen Merkzetteln, die vor ihm auf dem Tisch lagen: Namen, Adressen, Telefonnummern – darunter die Nummer von Bert Neumann.

Und Müller wählte dessen Nummer, vernahm unendlich lang Summertöne – erst dann meldete sich eine überaus sanft klingende Frauenstimme. Müller nannte seinen Namen und Vornamen, höflich, betont langsam, sehr deutlich – dann erkundigte er sich danach, ob er Herrn Neumann sprechen könne. Der meldete sich dann.

»Lieber Herr Neumann«, sagte Müller verbindlich, »ich habe es immer sehr bedauert, daß sich bisher keine rechte Gelegenheit zu einem intensiveren Gespräch zwischen uns beiden geboten hat. Das aber sollten wir nachholen, meinen Sie nicht auch? Ich jedenfalls würde mich sehr freuen...«

»Auch ich, Herr Müller...«

»Ausgezeichnet! Also so bald wie möglich – ja? In einer Stunde? Einverstanden? Dann erwarte ich Sie also sozusagen auf neutralem Boden – im Opern-Espresso. Wir treffen uns dort – ganz zufällig...«

Interne dienstliche Vorgänge im Polizeipräsidium in drei Phasen – oder: wie man heikle Situationen wirksam bereinigt.

Phase eins: Kommissar Krebs bei Kriminaldirektor Hädrich.

Hädrich: »Sie sehen mich besorgt, Herr Kollege – und zwar Ihretwegen. Sie kommen mir in letzter Zeit überarbeitet vor. Sie sollten ausspannen – ein paar Tage Urlaub nehmen; etwa so lange, bis der Präsident wieder zurück ist.«

Krebs: »Danke – nein! Ich arbeite gerade an einem Fall, der mir höchst alarmierend erscheint.«

Hädrich: »Mir auch – aber eben wesentlich anders als Ihnen! Offenbar arbeiten Sie zu intensiv, zu verbissen an diesem Vorgang. Sie haben sich offenbar in diese Sache total verbohrt. Ich bitte Sie – muß ich denn noch deutlicher werden? Ich versuche Ihnen goldene Brücken zu bauen, um einigermaßen elegant aus dieser völlig überzogenen Angelegenheit herauszukommen.«

Krebs: »Ich will diesen Fall zu Ende bringen!«

Hädrich: »Dann zwingen Sie mich – zu meinem großen Bedauern, Herr Kollege Krebs –, folgende Entscheidung zu treffen: Entweder Sie ersuchen ab sofort um Urlaub – oder ich enthebe Sie Ihres Postens als Leiter des Dezernats Sitte, auch ab sofort. Überlegen Sie sich das – in der nächsten halben Stunde.«

Phase zwei: Kriminalrat Zimmermann auf Kommissar Krebs treffend, im Korridor.

Zimmermann: »Was – du stehst hier herum? Ich denke, du bist emsig an der Arbeit, um deinen ästhetischen Sittenstrolch zu schnappen! Zumal Keller hierher unterwegs ist – mit einigen Neuigkeiten, bei denen ich gerne dein überraschtes Gesicht sehen möchte.«

Krebs: »Im Augenblick, Zimmermann, sieht die einzige für mich wichtige Neuigkeit so aus: Entweder nehme ich Urlaub – oder ich bin nicht mehr Chef des Dezernats Sitte. Hädrich hat mich vor diese Entscheidung gestellt. Soeben.«

Zimmermann: »Dann werde ich den auch mal vor eine Entscheidung stellen!«

Phase drei: Kriminalrat Zimmermann bei Kriminaldirektor Hädrich.

Hädrich: »Sie habe ich kommen sehen! Aber geben Sie sich keinerlei Mühe – meine Entscheidung ist endgültig. Mir blieb keine andere Wahl! Was unser Krebs sich da an Sondertouren geleistet hat, droht geradezu in Wahnideen auszuarten. Das kann uns enorm schaden – und so was gedenke ich nicht zu unterstützen!«

Zimmermann: »Gedachte ich auch nicht – jedenfalls nicht vorbehaltlos. Doch was dann, wenn sich herausstellt, daß Krebs allein instinktiv richtig reagiert, während wir uns hinter Vorschriften verschanzen?«

Hädrich: »Ich bitte Sie – der ist doch besessen! Aber wir sind schließlich eine Behörde. Und für die bin ich zur Zeit verantwortlich. Selbst Sie werden daran nichts ändern können!«

Als der Kriminalbeamte außer Dienst Keller an diesem Tag das Polizeipräsidium aufsuchte – »heimsuchte«, wie einige behaupteten –, war es 16 Uhr 04. Anton, der »amtsbekannte Hund«, eilte ihm voraus – zielstrebig in das Dienstzimmer von Kommissar Krebs hinein.

Dieser empfing Anton herzlich – nicht nur weil seine Tochter Sabine dieses Tier liebte, sondern weil zu diesem Hund sein Freund gehörte. Und Keller war Krebs stets willkommen – denn mit dem ließen sich auch die heikelsten Probleme durchsprechen; die gab es hier immer. Und nun erst recht.

Der »große alte Mann«, wie Keller im Amt genannt wurde, hob grüßend die linke Hand. Er begab sich unverzüglich quer durch den ganzen Raum – zur Wandtafel des Kommissars. Unmittelbar unter derselben ließ sich Anton nieder, als verlange es ihn danach, im Mittelpunkt des Interesses zu weilen.

Keller erklärte: »Mich beschäftigt deine Theorie von den eindeutig typisierten Opfern ungemein. Bist du nach wie vor davon überzeugt, daß sie stimmt?«

»Absolut«, bestätigte Krebs. »Nur bin ich kaum noch dafür zuständig.«

»Bist du krank?«

»Lediglich beurlaubt – oder eben nicht mehr Chef des Dezernats Sitte. Ich kann wählen. Hädrich hat mich vor die Wahl gestellt. Mein Nachfolger ist jedenfalls Michelsdorf.«

»Weiß Zimmermann davon?«

»Ja. Der hält sich zur Zeit beim Kriminaldirektor auf.«

»Dann«, sagte Keller überzeugt, »kümmere dich nicht weiter um interne Kleinkriege. Konzentriere dich allein auf den für dich wesentlichen Vorgang. Wie sieht der zur Zeit aus?«

»Schau her!« Krebs, bereitwillig auf Keller eingehend, heftete nun ein viertes Foto neben die drei anderen an seine Tafel – das von Gudrun Dambrowski. »Eine unverkennbare Ähnlichkeit, der gleiche Typ! Beachte dies: stets die gleiche überaus zierliche Gestalt, die gleichen zarten Gesichtszüge – von langfallenden hellen Haaren umrahmt. Bemerkenswert weiter die großen, wie um Verständnis flehenden Augen...«

»Das hört sich ja geradezu poetisch an«, meinte Keller bedächtig. »Aber sogar stahlharte Praktiker wie unser Freund Zimmermann zeigen ja plötzlich phantasievolle Anwandlungen.«

»Ausgeschlossen! Was weiß der schon von Kindern und ihren Gefährdungen! Zimmermann ist Mordspezialist – er ist ja ausschließlich mit brutalen Gewalttätern befaßt.«

»Das habe ich bisher auch immer geglaubt – sagen wir: bis vor einer knappen Stunde. Doch mußte ich erkennen: Unser Zimmermann zeigt geradezu phantastische Anwandlungen. Ich glaube, er hat den Schlüssel für deinen Fall gefunden.«

Krebs blicke ungläubig, aber auch hoffnungsvoll. »Selbst wenn das stimmen sollte – es könnte zu spät sein, da ich so gut wie kaltgestellt bin.«

»Abwarten, Krebs! Was da bei unserem Freund Zimmermann zum Vorschein gekommen ist, will mir höchst vielversprechend erscheinen – diese schöpferische Phantasie, gepaart mit seiner enormen Tatkraft, läßt eine ganze Menge erhoffen.«

Zimmermann erschien, verkniffen lächelnd. »Dieser Hädrich weiß noch, was konsequent ist. Was er gesagt hat, hat er gesagt!«

»Also – bin ich hier erledigt«, stellte Krebs fest.

Zimmermann erklärte ihm die Situation. »Hädrich hat gesagt: Du sollst in Urlaub gehen. Und ich habe ihm gesagt: Krebs fühlt sich keinesfalls urlaubsreif. Worauf Hädrich meinte: Dann gilt der zweite Teil meiner Entscheidung – dann ist Krebs ab sofort nicht mehr Leiter des Dezernats Sitte. Nun – und das habe ich akzeptiert, akzeptieren müssen. Damit unser Hädrich sein edles Beamtengesicht wahren kann.«

»Also wird Michelsdorf mein Nachfolger?« fragte Krebs leise.

»Den solltest du zum Teufel schicken, also wieder zum Nuttenfang – bei der nächsten besten Gelegenheit«, empfahl Zimmermann robust. »Das Dezernat Sitte wird mir direkt unterstellt – ich übernehme es sozusagen kommissarisch – und dich mit.«

»Eine geradezu ideale Lösung, die dir da gelungen ist«, stellte Keller weitsichtig fest. »Damit kannst du deinen immensen Apparat einsetzen – für diesen Fall.«

»Du solltest dir noch einmal alle vorhandenen Unterlagen ansehen, Keller – im Hinblick auf meinen Hinweis; vielleicht geht dort irgend etwas zusammen. Ich selbst werde meine Unterlagen noch vervollständigen. Und du, Krebs, machst genauso weiter. Und dann – gehen wir aufs Ganze!«

Zur gleichen Zeit hielt sich im Vorzimmer des Chefs Dezernat Sitte Kriminaloberinspektor Michelsdorf auf. Er beschäftigte sich dort am Aktenschrank, während die Kriminaloberassistentin Reese am Mitteltisch saß – Eingänge und Ausgänge ordnend und registrierend.

Reese: »Ich darf doch wohl annehmen, Herr Kollege, daß Sie dem Chef von einem Vorgang berichtet haben, der den hier bestehenden Anordnungen nicht voll entsprach.«

Michelsdorf: »Wovon reden Sie – bitte?«

Reese: »Ich meine damit die Anwesenheit dieses Journalisten, Herzog heißt er wohl, im Dienstzimmer des Dezernatsleiters.«

Michelsdorf: »Er verlangte gewisse Auskünfte, und die habe ich ihm gegeben; im Rahmen meiner, unserer Möglichkeiten. Ich bitte Sie – ich kann doch schließlich nicht die im Grundgesetz garantierte Meinungsfreiheit...«

Reese: »Darum handelt es sich hier gar nicht. Sondern um eine für uns verbindliche Anordnung: In diesen Räumen darf sich kein Außenstehender allein und unbeaufsichtigt aufhalten, weil hier Akten herumliegen, die keinesfalls für eine unbefugte Einsicht und Auswertung bestimmt sind.«

Michelsdorf: »Bitte nicht diese Pedanterie, Kollegin! Herzog wollte nur mal ungestört telefonieren.«

Reese: »Allein – im Zimmer des Chefs? Das hätte er auch bei uns im Vorzimmer tun können. Oder, noch besser, nämlich absolut ungestört, in der Halle, wo mehrere schalldichte Kabinen für

Journalisten aufgestellt sind. Aber Sie haben diesen Herzog im Chefzimmer allein gelassen – mit allen Unterlagen, die dort liegen. Das werden Sie Herrn Krebs wohl erklären müssen – falls das noch nicht geschehen sein sollte. Ist das aber nicht geschehen, geschieht das nicht durch Sie, müßte ich es tun.«

Im Chefzimmer des Dezernats Sitte schnaufte der Hund Anton auf – denn er hatte erkannt, daß sein Herr plötzlich von heftiger Unruhe gepackt wurde. Und zwar beim Studium der ihm vorgelegten Akten.

Keller sagte: »Alles wirkt tatsächlich höchst zwangsläufig und überzeugend!«

»Ich«, sagte Krebs, »sehe nur Ansatzpunkte.«

»Weil du nicht weißt, was Zimmermann entdeckt hat. Aber der Name des möglichen Täters steht bereits in diesen Akten – allerdings vorerst lediglich als Randerscheinung. Und das nur, weil du dir Mitarbeiter großgezogen hast, die auf nichts anderes als deine Nachfolge spekulieren.«

»Soll ich denn jedem mißtrauen?«

»Vertrauen ist gut, aber Kontrolle ist besser«, zitierte Keller Lenin.

Bevor Krebs dazu Stellung nehmen konnte, erschien Michelsdorf. Er bat um Entschuldigung, falls er gestört haben sollte. Doch er fühle sich veranlaßt, versicherte er, einen vielleicht mißverständlichen Vorgang zu bereinigen, zu erklären.

Worauf er mitteilte: Ein Journalist habe ihn aufgesucht, der plötzlich zu telefonieren wünschte, möglichst ungestört. Worauf er, Michelsdorf, stets um gute Zusammenarbeit mit der Presse bemüht, diesem den Apparat im Chefzimmer zur Verfügung gestellt habe. Dabei habe er diesen Journalisten, um Diskretion bemüht, allein gelassen.

»Auch das noch«, sagte Krebs leise, um dann hinzuzufügen: »Wer war dieser Journalist?«

»Ein gewisser Herzog.«

»Das reicht nun!« sagte Keller energisch, wobei sein Hund aufsprang. »Sie sind hier überflüssig. Entfernen Sie sich.«

»Erlauben Sie«, sagte Michelsdorf, »ich kenne zwar Ihre besondere Stellung bei uns im Präsidium – aber amtliche Anordnungen haben Sie doch nicht zu geben.«

»Aber ja!« erklärte nun Krebs ganz entschieden.

»Tatsächlich?« fragte Michelsdorf entschlossen. »Soweit mir bekannt ist, sind Sie nicht mehr Chef dieses Dezernats – was ich persönlich zwar sehr bedaure, wonach ich mich aber wohl richten muß.«

»Nun gut – gehen Sie also getrost davon aus, daß ich für unser Dezernat nicht mehr zuständig bin. Aber ich bin immer noch ein Vorgesetzter für Sie. Und als solcher befehle ich Ihnen: Lassen Sie die Finger von diesem Fall, übergeben Sie alle diesbezüglichen Unterlagen an Frau Brasch, beschäftigen Sie sich wieder mit Prostitution.«

Michelsdorf entfernte sich, konsterniert und erregt. Keller blinzelte Krebs anerkennend zu. Doch der sagte bedrückt: »Daß so was – in meinem Bereich...«

»Laß dich dadurch nicht ablenken«, forderte Keller. »Beschäftige dich lieber mit den Übereinstimmungen in deinen Akten – und der ergänzenden Wahrnehmung von Zimmermann. Denn der hat eine frappierende Beobachtung gemacht – und einen Namen entdeckt. Und der taucht bereits in der Ermittlung unseres Textilspezialisten auf.«

»Was – wieder einmal – ein Zufall sein könnte.«

»Aber ein höchst vielversprechender! Prüfe alles nach. Setze dann alles ein, was Zimmermann dir zur Verfügung stellen kann. Am wirksamsten wäre Kommissar Felder – der bringt alles zustande.«

»Und du, Keller – wirst du uns helfen?«

»Mit Wonne! Nicht zuletzt, weil ich mir eine direkte Konfrontation mit einem ästhetischen Täter nicht entgehen lassen möchte. So einer fehlt noch in meiner Sammlung.«

Der dritte Huber rief bei Neumanns an. Undine meldete sich am Telefon. »Was kann ich für Sie tun – und für Herrn Holzinger?«

»Bin überaus erfreut über Ihre Bereitschaft!« versicherte Huber schwungvoll. »Auch den Boss wird das freuen, da wir ja sozusagen eine Großfamilie bilden – welche jedoch Ihr Mann, bisher...«

»Was von mir bedauert wird, Herr Huber. Sehr.«

»Na – ausgezeichnet! Aber wir sehen uns ja heute abend auf dem Oktoberfest – wo wir uns hoffentlich ein wenig näherkommen werden... Sie werden doch erscheinen, nachdem Herr Holzinger Sie persönlich eingeladen hat?«

»Gerne. Sehr gerne.«

»Sie werden abgeholt mit einem Mercedes – Anordnung vom Boss. Doch zunächst muß ich jetzt Ihren Mann sprechen. Der wird bei uns ganz dringend benötigt!«

»Er war hier«, sagte Undine gleichgültig. »Aber nur ganz kurz – eine knappe halbe Stunde.«

»Verdammt noch mal!« rief Huber enttäuscht. »Hinter dem bin ich her – wie der Teufel hinter einer armen Seele! Er soll uns noch heute eine wichtige Dokumentation zusammenstellen – die dann spätestens morgen früh an die Presse hinausgehen muß. Haben Sie eine Ahnung, wo er sich herumtreibt – Pardon: wo er sich aufhält?«

»Woher soll ich das wissen? Was weiß ich schon von ihm?« Undines Stimme klang sanft klagend. »Ich weiß nur soviel – er erhielt einen Anruf. Von einem Herrn Müller – soweit ich den Namen verstanden habe.«

»Sagten Sie – Müller? Tatsächlich?«

»Sagte ich. Aber das ist doch wohl nichts Besonderes – oder?«

»Ganz wie Sie meinen!« versicherte Huber bereitwilllig. Soviel Naivität erschien ihm vielversprechend; besonders in ganz bestimmten Situationen. »Ich kläre Sie gerne darüber auf, wenn wir uns am Abend sehen. Verlassen Sie sich also getrost auf mich – Huber erledigt einfach alles!«

Herzog – Lokalreporter, Spezialist für Polizeiberichte – traf nach mehreren vorbereiteten Telefongesprächen im Verlagsgebäude der Tageszeitung *München am Morgen* ein. Es war 16 Uhr 15. Er wurde unverzüglich vom Verlagsleiter und Mitherausgeber Tierisch empfangen.

Dabei ertönten zunächst einleitende Herzog-Floskeln wie: freue mich sehr, über Ihre Bereitschaft... wenn auch gelegentliche Spannungen wohl unvermeidlich... ich jedoch stets bemüht, auch gegnerische Ansichten zu tolerieren. Worauf dann Herzog, von Verlagsleiter Tierisch erwartungsvoll ermuntert, alsbald zur Sache kam. Und die hörte sich durchaus vielversprechend an.

Herzog sagte: »Sie wissen genau, wer ich bin. Sie kennen meine journalistischen Arbeiten – Sie werden diese nicht übersehen haben. Wobei es Ihnen vermutlich nicht entgangen sein wird – denn das war mehr als einmal zwischen meinen Zeilen zu lesen –, daß ich mich manchmal in meinem Stall nicht sonderlich wohl gefühlt habe. Ich bin nämlich im Grunde meines Wesens ein konservativer Mensch – deshalb ging mir auch diese Fortschrittlichkeit um jeden Preis von großen Teilen meiner Redaktion nicht selten auf die Nerven.«

»Sie wünschen sich also zu verändern«, stellte Tierisch aufmerksam fest. »Was ich durchaus begrüßen würde. Das müßte dann aber äußerst überzeugend geschehen.«

»Genau das, was Sie erwarten, kann ich bieten!« versicherte Herzog eindringlich. »Ich besitze Material über skandalöse Vorgänge – und vorerst verfüge ich allein über diese Unterlagen. Aber diese scheißliberalen Aufweichler in unserer Redaktion, plus deren Hintermänner und Helfershelfer, haben versucht, diesbezügliche Artikel von mir zu unterbinden. Und eben deshalb bin ich hier.«

Tierisch blickte ganz sanft. »Was für ein Material – und gegen wen richtet es sich?«

»Material direkt aus den Akten der Sittenpolizei – also aus allererster Quelle!« erklärte Herzog. »Und dabei nicht etwa die üblichen Bettgeschichten – sondern ganz massive Vorgänge: Sittlichkeitsverbrechen! Hochangesehene Leute sind darin verwickelt – unter diesen auch: Ettenkofler.«

»Ettenkofler?« fragte Tierisch vorsichtig, doch unverkennbar interessiert.

»Das wird Sie hoffentlich nicht irritieren. Denn Sie müssen wissen, daß dieser Ettenkofler neuerdings kräftig zur Müller-Gruppe hintendiert.«

»Weiß ich, mein Lieber.«

»Um so besser! Aber dann müssen Sie jetzt auch wissen, daß sich dieser Ettenkofler direkt hinter Müller geklemmt hat – worauf dieser seine Gesinnungsfreunde so mächtig unter Druck setzte, daß mein Artikel nicht erscheinen durfte.«

»Wenn dem so ist, könnten wir ins Geschäft kommen«, meinte Tierisch bedächtig. »Und zwar möglichst noch heute – dann haben wir schon morgen einen schönen Knüller im Blatt. Wann können Sie liefern?«

»Ein erster Artikel ist bereits im Entwurf fertig – ich habe ihn mitgebracht. Und dazu diverse Unterlagen für weitere Artikel. Lesen Sie sich das alles in Ruhe durch. Und dann sagen Sie mir, was Sie davon halten – und was Ihnen das wert ist.«

Kriminalrat Zimmermann wirkte an diesem späten Nachmittag ungemein heiter, als er zur Arbeitskonferenz im Dezernat Sitte erschien. Er hielt einen übergroßen, doch scheinbar leeren Umschlag in der Hand und warf ihn auf den Schreibtisch von Krebs.

Dabei sagte er: »Eine Art verfrühtes Weihnachtsgeschenk für dich, inspiriert von Keller.«

Dann setzte er sich auf den Schreibtisch von Krebs, fast genau auf den von ihm mitgebrachten Umschlag. Er blickte erwartungsvoll um sich und wollte dann wissen: »Läuft alles gut an?«

»Ja«, berichtete Krebs. »Was Felder zu verdanken ist. Denn der scheint das halbe Präsidium mobilisiert zu haben – bald wird es hier zu eng werden.«

»Wir nehmen dann den Konferenzraum des Präsidiums – ich habe bereits entsprechende Anordnung gegeben«, sagte Zimmermann unternehmungsfreudig. »Dieser Raum für die geistigen Turn- und Massageübungen des Amtschefs ist bis morgen gegen Mittag frei – und bis dahin müssen wir es geschafft haben, oder wir sind erledigt! Mal sehen, wer hier wen schafft. Was ist bisher veranlaßt?«

»Keller hat einen Plan für stufenweises Vorgehen aufgestellt«, berichtete Krebs, von Zimmermanns Entschlossenheit beeindruckt, »Felder setzt ihn bereits in die Praxis um.«

»Diese Maßnahmen entsprechen dem, was ich dir bereits angedeutet habe«, erklärte Kelller, der in einer Ecke saß. »Schwerpunkt dabei: zwei Personen – ein Mann, eine Frau – Ihre Namen brauche ich nicht mehr zu nennen. Alle erreichbaren Einzelheiten über beide sind laut Anordnung schnellstens herbeizuschaffen. Dabei, einmal, generelle Ermittlungen – wie etwa Herkunft, Beruf, Tätigkeit, Wohnung, Privatleben. Sodann Nachforschungen, Überprüfungen und Befragungen möglichst vieler zum engeren Kreis dieser beiden Personen gehörenden Menschen – besonderer Zielpunkt dabei: die Tatzeit gestern abend.«

»Wobei Felder die Zahl der hierfür benötigten Beamten auf fünfzig geschätzt hat«, berichtete Krebs, besorgt über dieses ungewöhnliche Aufgebot. »Keller aber hat siebzig gefordert.«

»Zusätzlich zwei Observationsgruppen – eine für die Frau, die andere für den Mann.« Keller lächelte zufrieden vor sich hin. »Diese beiden Beobachtungsteams sind sofort angesetzt worden. Ich habe mir erlaubt, das anzuordnen. Aber hörst du überhaupt zu, Zimmermann?«

»Ich weiß, daß du denken kannst – damit kannst du mir nicht imponieren!« Zimmermann genoß die Situation sichtlich – denn endlich wieder einmal voll auf der ganzen Klaviatur kriminalpolizeilicher Möglichkeiten spielen zu können, bereitete ihm geradezu Wonne. Aber dennoch wirkte er noch nicht ganz zufrieden. »Irgend etwas scheint mir hier zu fehlen...«

»Was nicht unsere eingeleiteten ersten Maßnahmen betreffen kann«, meinte Krebs. »Die sind umfassend.«

»Wer bezweifelt denn das?« Zimmermanns Munterkeit schien unzerstörbar. »Schließlich ist Keller unser Lehrmeister. Wobei mir aber auch einfällt, was ich hier vermisse – wo ist denn unser Anton?«

Worauf der Hund hinter der Wandtafel hervorsprang, als habe er nur darauf gewartet, endlich mit Namen genannt zu werden – er eilte auf Zimmermann zu und wurde von ihm schallend begrüßt: »Da bist du ja, du Wundertier! Begleitest du mich – in die Kantine? Weißwürste, Anton! In jeder gewünschten Menge! Hier werden wir nicht länger gebraucht.«

»Darf ich mir auch eine Bemerkung erlauben?« meldete sich Krebs ernsthaft. Die Anwesenden sahen ihn aufmerksam an – auch Keller, Zimmermann und Anton. »Eine Bemerkung über die von Zimmermann ausgemachte weibliche Person. Du hast sie gesehen; sie stimmt, sagst du, mit den Fotos auf meiner Wandtafel als Typus voll überein. Davon muß ich mich – bitte verstehe das – mit eigenen Augen überzeugen. Erst dann könnte ich hier mit letzter Überzeugung...«

»Willst du etwa diese Frau aufsuchen?« fragte Keller leicht verwundert.

»Ich muß sie vor mir sehen! Ich muß mir ein Bild von ihr machen können!«

»Nichts einfacher als das!« Zimmermann zeigte sich vergnügt. »Ich habe ein Foto von ihr mitgebracht.«

Keller blinzelte anerkennend. »So etwas Ähnliches habe ich tatsächlich von dir erwartet – und zwar bereits, als du mich und Anton im Hofgarten aufgesucht hast. Ich habe mir gesagt: Der leistet sich keine Vermutungen, der geht auf Nummer Sicher.«

»Und ich«, bekannte Zimmermann, »habe immer darauf gewartet, dich mächtig grinsen zu sehen – dann auch Krebs. Denn schließlich ist es ja auch höchst kurios, wenn sich ein der Sachlichkeit verpflichteter Kriminalist auf gefühlsmäßige Reaktionen einläßt – oder etwa nicht?«

»Bitte – wo ist dieses Foto?« wollte Krebs wissen.

»Also – ich habe jene weibliche Person«, Zimmermann genoß seine detaillierte Schilderung, »die mich so zwingend an die Fotosammlung an deiner Wandtafel erinnerte, bei der Brunneneinweihung erblickt. Und dort waren diverse Fotografen für unsere Tageszeitungen tätig – die nahmen so gut wie jeden auf. Ich brauchte also nur noch Felder zu bitten, möglichst viele Bilder beizubringen – was dann auch geschah. Allerdings mit irreführenden Behauptungen von Felder: Der Kriminalrat möchte sich auch mal gerne inmitten der Prominenz abgebildet sehen! Das geeignete Bild davon ist in unserem Labor vergrößert worden.«

»Wo ist es?« fragte Krebs sprungbereit.

»Auf deinem Schreibtisch – in dem Umschlag, den ich mitgebracht habe.«

Krebs stürzte sich darauf. Auch Keller setzte sich ziemlich schnell in Bewegung. Nur Anton blieb völlig unbeeindruckt – der hielt sich an Zimmermann, der diesen Vorgang ebenso genoß wie Antons Zuneigung.

Der Umschlag wurde aufgerissen. Und zum Vorschein kam ein großformatiges, gestochen scharfes Gruppenfoto. Deutlich erkennbar, im Mittelpunkt, breit, gewichtig: Holzinger, der Parteiboss. Rechts neben ihm seine Frau, doch links neben ihm ein weiteres weibliches Wesen – ungemein zart, zierlich und blond. »Eine Lichtgestalt«, nannte sie später ein Klatschkolumnist.

»Genau!« bekannte Krebs bei diesem Anblick spürbar beeindruckt, fast feierlich. »Übereinstimmend – in allen erdenklichen Einzelheiten. Nun ist vieles klar.«

»Ich beneide dich nicht um deine Sicherheit«, meinte Keller, behutsam warnend. »Denn die Situation könnte einem Eisberg ähneln: Die Hauptmasse der Möglichkeiten ist nicht sichtbar. Dennoch sollten wir nun nicht länger warten.«

Worauf Keller eine Papierschere ergriff und damit das von Zimmermann gelieferte Großfoto mit schnellen, sicheren Schnitten bearbeitete – bis davon, etwa in Postkartengröße, nur noch die Gestalt einer Frau übrigblieb. Und dieses Foto heftete er an die Wandtafel des Krebs – neben das Bild der Gudrun Dambrowski und die der drei anderen Kinder.

»Welch frappante Übereinstimmung«, sagte er dann erfreut.

»Herr Neumann«, sagte Müller gradezu vertraulich – was gleichzeitig Vertrauen schuf. »Ich habe mir schon lange gewünscht, mich mit Ihnen einmal ungestört unterhalten zu können.«

Bert Neumann nickte zustimmend. Sie waren sich im Opern-Espresso – wie vereinbart »zufällig« – begegnet. Nun saßen sie in der hintersten Ecke nebeneinander. Kaffee stand vor ihnen, Mineralwasser auch – doch keiner trank davon. Müller gab sich gelassen, Neumann wirkte abgespannt; unruhig blinzelte er in den Raum. Doch das Lokal war um diese Zeit nur mäßig besucht – und bekannte Gesichter waren nicht zu erblicken, was ihn erleichterte.

»Ich will nicht hoffen«, sagte er hastig, »daß mein Kommen irgendwie mißverstanden wird – Sie wissen schon, von wem und weshalb. Aber gekommen bin ich gerne.«

»Abgesehen davon, daß auch Holzinger und ich gelegentliche Gespräche unter vier Augen führen, zuweilen auch hier – so ist doch unsere Begegnung, Herr Neumann, wenn ich so sagen darf, eine von ähnlich gearteten. Ich kenne Ihre besonderen Leistungen ziemlich genau – und ich anerkenne sie; ich weiß sie zu schätzen.«

»Wirklich?« fragte Bert Neumann. »Woran denken Sie?«

»An die von Ihnen entworfenen Reden und Artikel – die Format haben. Auch literarische Feinheiten aufweisen.«

»Jedoch nicht als Endprodukt!«

»Ich kenne Holzingers Methoden, Herr Neumann!« versicherte Müller. »Ich weiß daher sehr wohl, daß er Ihre sorgsamen Entwürfe handgreiflich vereinfacht, sie also in von ihm für volkstümlich gehaltene Redewendungen umsetzt. Was Sie wohl manchmal schmerzen muß.«

»Schmerzen?« rief Neumann. »Es ist – eine Vergewaltigung!«

Das war eine Formulierung, die Müller leicht verwunderte – denn die paßte nicht ganz in politische Vorgänge, so wie er sie verstand. Er betrachtete, sich ablenkend, den Raum um sich. Dieser war von zeitgemäßer, steriler Neutralität: Sitzgelegenheiten aus Ledererersatz, die Tische mit dicken Glasplatten bedeckt, Holzimitation an den Wänden – dazu Neonlicht und Chromleisten; alles autogerecht! Einfach scheußlich – registrierte er.

Um dann, sich auf seine Konzeption besinnend, zu sagen: »Ich vermute, Herr Neumann, daß Sie für Herrn Holzinger lediglich arbeiten – um einen Job zu haben. Wobei Sie nicht einmal der von ihm vertretenen Partei angehören, schon gar nicht sich mit dieser vorbehaltlos identifizieren können. Trifft das zu?«

»Wer findet schon den Platz, der ihm gemäß wäre?« bekannte Bert Neumann. »Wir geraten in irgend etwas hinein, was wir nicht gewollt haben; wir finden uns plötzlich in einer Welt, die uns bedrückt, aus der wir nicht ausbrechen können – nicht mit eigener Kraft. Wir bleiben ausgeliefert!«

Erwin Müller registrierte auch diese ihm ein wenig fremden Formulierungen; wohl literarische Floskeln. Denn eine gewisse schöngeistige Überhöhung mußte wohl bei diesem Neumann hingenommen, konnte sogar als dessen besondere Qualifikation ausgelegt werden. Denn, das wußte er: Wirklich große Politik bedurfte der Worte von starker prägender Kraft!

Und so sagte er denn: »Ich könnte mir einen Menschen mit Ihren besonderen Fähigkeiten in meinem Bereich recht gut vorstellen. Was halten Sie davon? In vertrauensvoller Zusammenarbeit – basierend auf gegenseitigem Respekt. Würde Ihnen das zusagen?«

»Das wäre – eine Erlösung!« Und sehr leise fügte Neumann hinzu: »Denn ich will mich nicht ein Leben lang mißbrauchen lassen.«

Diese letzte Bemerkung überhörte Müller – er dachte bereits weiter. »Und natürlich werde ich niemals verlangen, daß Sie mir gewisse interne politische Vertraulichkeiten aus Ihrem bisherigen Bereich mitteilen – wenn Sie das nicht ausdrücklich von sich aus wollen.«

»Ich bin ein loyaler Mitarbeiter – so bitter schwer mir das manchmal auch gemacht wurde. Bisher.«

»Was ich sehr zu schätzen weiß«, bestätigte Müller eilig. »Auch über die derzeitige Medienpolitik aus der Sicht eines Holzinger will ich nichts wissen – nur das, was Sie mir jeweils anvertrauen wollen.«

Wobei Neumann erneut erkannte: Er blieb ein Kaufobjekt – und wieder und wieder würde er eingekauft und dann wohl erneut verkauft werden. Nur eben, daß ihm dieser Menschenhändler Müller weniger inhuman erschien. Er mußte seine Tränen unterdrücken.

Bericht des Illustriertenreporters Konstantin Leitgeb, Keller gegenüber:

»Da sind Sie richtig informiert. Ich bin tatsächlich darauf angesetzt worden, das sogenannte Sexualleben einiger unserer derzeit maßgeblichen Persönlichkeiten zu durchleuchten. Der Ausgangspunkt dafür: im Redaktionsarchiv gesammelte Reden, Interviews, interne Erklärungen der Betroffenen. Ich weigerte mich – tatsächlich, Herr Keller. Denn ich glaubte, das Endresultat bereits zu kennen. Erst nach einem größeren Vorschuß...

Also – Müller etwa: ein etwas steril wirkender Jüngling! Er konzentriert seine Arbeitskraft auf den Erfolg – nicht auf den Genuß. Sie brauchen sich nur seine Frau näher anzusehen. Vor einigen Monaten drehte eine seiner Sekretärinnen durch, als Weib ein Prachtexemplar, setzte ihm zu, verfolgte ihn in jeden dunklen Winkel – doch er redete lediglich gütig und herzlich auf sie ein. Zwei- oder dreimal ist er dann dienstlich unterwegs gewesen, mit einer strebsamen jüngeren Parteifreundin, mit ihr im gleichen Hotel abgestiegen – natürlich in verschiedenen Zimmern; nicht das geringste war ihm nachzuweisen. Er scheint, uneingeschränkt, zum vorbildlichen Ehemann entschlossen!

Holzinger: ein Lebensgenießer – ein barocker Kraftmensch. Wahrscheinlich sagt er nur deshalb so selten nein, weil er seinen ausgezeichneten schlechten Ruf nicht gefährden will. Frauen der Parteifreunde, Mitarbeiterpersonal, Freundinnen von Geschäftspartnern – alle dienen sie seiner Freizeitgestaltung; doch stets unverbindlich. Man sagt von ihm: Der legt sich auf alle – doch bei keiner legt er sich fest!

Dann Ettenkofler: eine Art Ehrenmann – auch auf diesem Gebiet noch. Der genoß nicht nur – der zahlte auch dafür, und zwar großzügig. Seine jeweils ganz große Liebe wurde von ihm geheiratet und blieb glänzend versorgt – bisher vier solche Fälle. Aber auch kleinere Liebesverhältnisse pflegte er intensiv und durchaus mit einigem Anstand zu genießen. Bei den unvermeidlichen Folgen – etwa ein Dutzend unehelicher Kinder werden ihm zugeschrieben – erfolgte stets generöse Abfindung: etwa ein fünfstelliger Scheck – oder eine Eigentumswohnung – auch die Installierung eines Geschäfts. Irgendwie alles recht nobel. Geradezu münchnerisch – was?

Doch als ich vor einem knappen Jahr mit meinen ersten, sicherlich höchst unvollständigen Recherchen bei meinem Verleger auftauchte, schlug der die Hände über dem Kopf zusammen. Er war einfach entsetzt! Und zwar, wie er mir feierlich versicherte, über meine schamlose Indiskretion, meinen Hang zu negativen Ausdeutungen, meine offenbare Freude an schmierigen Vorkommnissen. Er habe sich einen flotten und verführerischen, körperschönen Eros erhofft – nicht jedoch eine widerliche, heimtückische Sexschnüffelei!

Immerhin forderte er den großen Vorschuß nicht zurück. Und wenn Sie auf meine Unterlagen Wert legen sollten, Herr Keller – sie stehen Ihnen zur Verfügung. Schließlich bin ich Ihnen verpflichtet.

Wenn Sie nicht gewesen wären... dann wäre ich vermutlich im Gefängnis gelandet und säße jetzt noch dort. Aber hier bin ich lieber!«

Keller: »Dort säßen Sie, wenn Sie es verdient hätten. Aber das war eben nicht der Fall – deshalb damals meine Hilfestellung. Sie sind mir also keineswegs verpflichtet, Herr Leitgeb – aber Sie könnten mir einen Gefallen tun. Wären Sie bereit, für mich einen weiteren ähnlichen Sexualreport zu erstellen? Wobei es mir um folgende Namen geht: Weinheber – Huber – Neumann.«

»Bekannt«, sagte Leitgeb sachverständig. »Auch über diese zweite Garnitur habe ich damals Unterlagen gesammelt – sozusagen als Abfall- oder Randprodukte meiner Recherchen. Ich brauche also nur nachzusehen und werde dann unverzüglich liefern.«

Als Maximilian Holzinger seinen erholsamen »ungestörten Mittagsschlaf« in seinem Hotelzimmer beenden wollte, wälzte er sich aus dem Bett. Gestärkt erhob er sich, zu weiteren Taten bereit. Doch zunächst begab er sich in das Badezimmer, wusch sich dort heroisch mit kaltem Wasser. Um sich dann mit Duftwasser, Tosca, zu besprühen. Nun fühlte er sich duraus »fit«.

Er legte seinen flauschigen Bademantel um – pure Wolle, weißblaue Farben, von Dietrich, dem ersten Herrenschneider am Ort, geliefert – dann hob er den Telefonhörer ab. Die Vermittlung meldete sich unverzüglich. »Ich bin nun wieder sprechbereit«, sagte er. »War irgend etwas Besonderes?«

»Offenbar nicht, Herr Holzinger«, erfuhr er. »Verschiedene Anrufe – alle aufgezeichnet; die diesbezüglichen Notizzettel schikke ich Ihnen auf Ihr Zimmer.«

»Vielen Dank, Rita«, sagte Holzinger freundlich, denn er hatte die Telefonistin an der Stimme erkannt; er scherzte gerne mit ihr, beschenkte sie gelegentlich auch: Blumen, Kuchen, eine Flasche Sekt; wie es sich gerade ergab. Er war nun mal ein Mann des Volkes und vergaß nur selten, das zu demonstrieren. Angestellte, besonders weibliche, hielten ihn für einen »guten Kerl«, einen »Prachtkerl«, mit dem man Pferde stehlen könne. Schließlich stimmte das ja auch.

»Noch etwas, Herr Holzinger – ein Besucher für Sie hat sich eingefunden«, berichtete Rita. »Er erschien vor etwa einer halben Stunde und wollte mit Ihnen telefonieren. Ich sagte ihm, daß Sie noch nicht sprechbereit seien, und bat ihn zu warten. Er hält sich in der Halle auf – ein sehr geduldiger Mann.«

»Hat er seinen Namen genannt?«

»Ein Herr Michelsdorf.«

»Michelsdorf?« Holzingers vorzügliches Namensgedächtnis fand keinen Anhaltspunkt. »Kenn ich nicht. Haben Sie eine Ahnung, wer das sein könnte, Rita?«

»Ich weiß, Herr Holzinger», beeilte sich die Telefonistin zu versichern, »daß Sie hier im Hotel keine Besucher ohne Voranmeldung empfangen. Ich habe deshalb diesen Herrn Michelsdorf um einige nähere Angaben gebeten. Er sagte, er sei Oberinspektor bei der Kriminalpolizei, befinde sich aber privat hier.«

»Er soll heraufkommen«, entschied Holzinger nach kurzem Zögern.

Michelsdorf erschien nach wenigen Minuten – er wirkte höflich, keinesfalls verlegen, eher ein wenig neugierig. Schließlich war er im Verlaufe seiner Dienstjahre mancher hochgestellten Persönlichkeit begegnet, was ihm meist wenig imponiert hatte – aber für diesen Holzinger empfand er immerhin Sympathie.

Der begrüßte seinen Besucher herzlich – als habe er schon lange auf ihn gewartet. Er geleitete ihn zum Sofa beim Fenster, bat ihn, Platz zu nehmen, fragte nach seinen Wünschen: Kaffee, Schnäpschen, ein Bier? Und während dieser ganzen jovial wirkenden Zeremonie wurde Michelsdorf von Holzinger genau abschätzend betrachtet. Mit dem Ergebnis: ein ernst zu nehmender Mann, nicht ohne Gewicht.

Holzinger goß Enzian, einen klaren Gebirgsschnaps, in zwei Gläser. »Ein Geschenk des Landeshauptmanns von Tirol – allerbester Privatbrand! Nur für besondere Besucher reserviert! Denn Kriminalpolizei bei mir, das kommt höchst selten vor.«

»Hat man Sie davon unterrichtet, daß ich sozusagen privat hier bin?«

»Man hat!« Holzinger lehnte sich behaglich in seinen Sessel

zurück. »Wer ich bin«, sagte er dann scherzend, »wird Ihnen vermutlich bekannt sein. Sollte auch mir bekannt sein, wer Sie sind?«

Michelsdorf empfand die Atmosphäre, in der dieses Gespräch stattfand, als außerordentlich angenehm – sie erleichterte ihm seine Mission wesentlich. Er stellte sich bereitwillig vor: »Kriminaloberinspektor im Polizeipräsidium – und dort Stellvertreter des Dezernatchefs Sitte.«

»Sitte?« fragte Holzinger, nun doch sehr überrascht, was er deutlich zeigte. »Sind Sie etwa als Beamter dieser Abteilung hier? Womöglich gar – meinetwegen?« Er griff nach seinem Glas und trank es leer, schüttelte sich; sagte dann: »Will man mir, ausgerechnet mir – irgend etwas Diesbezügliches anhängen?«

»Darf ich noch einmal darauf aufmerksam machen«, versicherte der Kriminalbeamte höflich, »daß ich privat hier bin? Also aus persönlichem Entschluß und Vertrauen. Und weil es mir widerstrebt, daß möglicherweise sogar Sie, dessen entschiedene politische Grundhaltung ich schätze, mit in eine Affäre verwickelt werden könnten, die als recht unangenehm zu bezeichnen ist.«

»Verstehe«, sagte Holzinger schnell schaltend. Er füllte erneut sein Glas mit Enzian und prostete seinem Besucher zu – dann tranken sie beide. Sie blinzelten sich an.

Und dann sagte Holzinger: »Sie wollen mich also warnen? Das ist sehr nett von Ihnen. Sie beabsichtigen wohl außerdem, mich intern wegen eventueller Gegenmaßnahmen zu unterrichten – das muß ich Ihnen hoch anrechnen. Dabei dürfen Sie versichert sein, Herr Michelsdorf, daß ich weiß, was Freundschaftsdienste wert sind. Also – wo liegt hier der Hund begraben?«

»In unserem Dezernat«, berichtete der Kriminalbeamte, um Kürze und Klarheit bemüht, »wird zur Zeit ein Fall bearbeitet, der den Tatbestand eines versuchten schweren Sittlichkeitsverbrechens an einem Kind, geschehen gestern abend, zum Inhalt hat. Die Recherchen gehen meiner Ansicht nach dabei erheblich über jedes vertretbare Maß hinaus – nicht zuletzt deshalb, weil dabei einige Namen von erheblichem Rang aufgetaucht sind.«

»Ja – pfui Teufel!« rief Holzinger empört. »Doch nicht etwa auch meiner?« Entgeistert sah er, daß sein Besucher nickte. »Wenn das zutrifft, ist das eine Schweinerei allerhöchsten Grades! Welcher bornierte Idiot ist denn dafür verantwortlich?«

»Ehe ich, Herr Holzinger, diese Ihre letzte Frage beantworte, erlauben Sie mir, bitte, Sie mit dem entscheidenden Detail der auf Sie zukommenden Ermittlungen bekannt zu machen: Am Tatort wurde ein beflecktes Taschentuch aufgefunden, ein Tuch von ungewöhnlicher Qualität, das nachweisbar nur von ganz wenigen Personen im Münchner Raum gekauft worden ist – deren Namen ließen sich feststellen. Ihr Name, Herr Holzinger, ist auch darunter! Außerdem noch die Namen von zweien Ihrer wohl engeren Mitarbeiter, Huber und Neumann. Dazu noch der von Ettenkofler.«

»Aber das ist doch purer Irrsinn!« sagte Holzinger sichtlich beeindruckt. »Wegen so einem lächerlichen Zufall kann man doch nicht mich persönlich ansauen wollen! Wer ist für diesen fürchterlichern Bockmist verantwortlich – sagen Sie das endlich. So was werde ich mir selbstverständlich nicht gefallen lassen!«

»Vom kriminaltaktischen Standpunkt aus«, meinte Michelsdorf, anscheinend intensiv nachdenkend, »könnten derartige Recherchen sogar als begründet erscheinen. Nur Ausmaß und Nachdruck sind ungewöhnlich. Ich habe deshalb auch den dafür zuständigen Kriminalkommissar Krebs, unmißverständlich und höchst nachdrücklich, vor einem derartigen Vorgehen gewarnt – leider vergeblich, wie ich befürchten muß.«

»Krebs also heißt er«, stellte Holzinger schnell fest. »Und der will mir Schwierigkeiten machen – ausgerechnet mir! Was ist das für ein Mann?«

»Schon etwas fragwürdig – wenn Sie meine persönliche Ansicht wissen wollen«, stellte Michelsdorf entschlossen fest. Er war nun sicher, in Holzinger den gesuchten Partner gefunden zu haben. »Zumal er, wohl nicht ganz zufällig, mit einer ehemaligen Gelegenheitsprostituierten verheiratet ist.«

»Was Sie da nicht sagen!« rief Holzinger aufhorchend – schnell wieder die Gläser füllend. Sie tranken sich zu – sie waren sich so gut wie einig. »Jedenfalls freue ich mich, lieber Herr Michelsdorf, daß Sie mich aufgesucht haben. Und Vertrauen gegen Vertrauen! Für mich gehören Sie nunmehr zu meinem inneren Kreis – was Folgen haben wird!«

Drei Telefongespräche, geführt von Holzinger.

Erstes Telefongespräch – mit Huber III, dieser in der Parteizentrale.

Holzinger: »Na, wie geht es dir, du verdächtiger Sittenstrolch?«

Huber: »Mir geht es gut, Chef – wie immer. Stets auf Draht! Nur eben, daß Neumann immer noch nicht greifbar ist – der treibt sich irgendwo herum. Während ich mich mit dieser blöden Dokumentation über Rundfunk und Fernsehen abquäle. Aber warum Sittenstrolch, Chef – noch dazu verdächtigt?«

Holzinger: »Das wird dir schnell klar werden! Laß dort alles sausen! Komm sofort zu mir ins Hotel! Hier wartet auf dich ein Kriminalbeamter – aber der gehört zu uns. Mit dem mußt du eine ganz scharfe Suppe auskochen. Da ist ein wildgewordener Bürohengst schnellstens zu bändigen. Krebs heißt der Kerl. Unser Mann heißt Michelsdorf.«

Zweites Telefongespräch – Holzinger mit Ettenkofler; dieser in seiner Villa, Grünwald.

Holzinger: »Ich habe, Verehrtester, ganz einfach meinen Ohren nicht getraut! Wie kommen denn ausgerechnet Sie dazu, zu den möglichen Sittenstrolchen gezählt zu werden? Wenn wir beide auch nicht immer in politisch-wirtschaftlicher Hinsicht zusammengehen – aber das, was ich da vernehmen mußte, hat mich doch tief erschüttert.«

Ettenkofler: »Lauter Mißverständnisse! Die kann ich Ihnen alle erklären – wenn Sie wollen.«

Holzinger: »Können Sie – will ich! Möglichst schnell! Suchen Sie mich doch bitte gleich auf.«

Drittes Telefongespräch – Holzinger mit Kriminaldirektor Hädrich.

Holzinger: »Sie wissen, wie sehr ich Sie schätze, Herr Kriminaldirektor. Wenn es nach mir ginge, wären Sie der nächste Polizeipräsident. Aber wissen Sie auch, was einige Ihrer Leute alles anstellen, um äußerst ehrbare Bürger zu verdächtigen?«

Kriminaldirektor: »Ich lasse mich gerne aufklären. Aber worum geht es? Und – wann soll diese Aufklärung erfolgen?«

Holzinger: »Heute abend! Da Sie sich ja zunächst einmal gründlich informieren wollen: Dezernat Sitte – Krebs. Eventuell dann noch fehlende Einzelheiten werde ich Ihnen liefern. Wir sehen uns also auf dem Oktoberfest. Sie wissen, wo ich dort zu finden bin – Sie sind mir herzlich willkommen. Oder aber – ich werde Sie finden. Falls notwendig. Im gegenseitigen Interesse!«

8

»Ich habe befürchtet, Sie würden nicht kommen«, sagte Erwin Müller beim Anblick von Brigitte Scheurer.

»Sie haben mich angerufen, und wir haben uns verabredet«, sagte sie, ihn anlächelnd. »Warum also sollte ich nicht kommen?«

»Weil mir mein Vorschlag allzu spontan erschien.«

»Ich liebe das Spontane.« Sie griff nach seinem Arm, herzlich und ungeniert. »Und was – nun?«

Sie hatten sich unter dem Karlsplatz getroffen, zwischen hellerleuchteten Schaufenstern vor einem Blumengeschäft. Das war ein Treffpunkt jüngerer Leute, für S- und U-Bahn-Fahrer, beliebter Bummelplatz für Zeittotschläger. Eben deshalb fielen sie hier nicht auf – es war ein neutraler Boden mit hin und her fluktuierenden Menschen.

Ihre Natürlichkeit bereitete ihm Freude. »Ich komme mir fast so unbekümmert vor wie zu meiner Studienzeit!«

»In dem Alter war ich Verkäuferin – in einem Stoffgeschäft«, sagte sie. »Ich hatte keinen Studenten als Freund. Also immerhin jetzt eine Art Nachholbedarf.«

»Man sollte sich nicht zum Oktoberfest fahren lassen – man sollte darauf zugehen«, versicherte Müller fast schwärmerisch, während er mit ihr, auf einer Rolltreppe, aufwärts ins Freie glitt. »Durch die

Schwanthalerstraße etwa – langsam der Lichterflut entgegen, mitten in der frohgestimmten Menschenmenge, auf die Gerüche nach Gebratenem und gebrannten Mandeln zu.«

»Um dann im brodelnden Lärm irgendeines Festzeltes zu landen – wo man kein vernünftiges Wort mehr miteinander wechseln kann. Wir sollten uns dieses Vergnügen vielleicht erst ein wenig später leisten – genießen können wir das dann immer noch, stundenlang.«

»Einverstanden! Wohin also – zunächst?« Wohl kannte sich Erwin Müller in der sogenannten großen Welt der Luxushotels, Nobelrestaurants und gutbürgerlichen Bräugaststätten dieser Stadt recht gut aus – in jener der Straßencafés, Eckenbars und Nebenstraßenkneipen jedoch nicht. »Wo also, meinen Sie, könnten wir uns noch ein wenig unterhalten? Möglichst ungestört, wenn Ihnen das recht ist.«

Worauf Brigitte Scheurer, die sich hier auskannte, die »Fontana di Trevi« vorschlug – ein italienisches Restaurant in einer Passage an der Sonnenstraße; unten Café, oben Restaurant. Zumeist von Italienern besucht, aber auch von eingeweihten Münchnern, die einen exzellenten Espresso zu schätzen wissen. »Dort sind wir so gut wie sicher vor jeder Prominenz. Nur Liebhaber italienischer Spezialitäten finden sich dort ein – und die stören niemand.«

Im unteren Raum war ein Tisch frei, in der rechten hinteren Ecke. Dort ließen sie sich nieder, und niemand beachtete sie, auch der zuständige Keller nicht. Erwin Müller fühlte sich hier sofort wohl – da sich Brigitte Scheurer auf der Sitzbank dicht neben ihm befand. Beide beugten sich über die Getränkekarte, studierten sie anscheinend eifrig, Kopf an Kopf – und ausdauernd. Um dann zunächst zwei Espressos zu bestellen.

»Hoffentlich«, fragte sie, leicht besorgt, »ist es hier nicht ein wenig zu primitiv für Sie?«

»Ich genieße es geradezu!« versicherte er. »Denn im Grunde bin ich ein anspruchsloser und unkomplizierter Mensch. Ich komme aus einfachen Verhältnissen. Mein Vater war ein simpler Steuerbeamter; meine Mutter mußte in einer Munitionsfabrik arbeiten; und ich habe mir mein Studiengeld auch nicht leicht verdient – als

Gelegenheitsarbeiter auf dem Bau und dann als Hilfskraft bei der Müllabfuhr.«

»Das alles weiß ich«, bestätigte Brigitte, vor sich hin lächelnd. »Die Details Ihrer Biographie sind mir bekannt – aus Zeitungsberichten, aus Flugblättern, aus Werbeprospekten Ihrer Partei. Aber stimmt das auch alles?«

»Ganz genau!« versicherte er, erheitert über ihr Mißtrauen. »So ist es tatsächlich gewesen – wenn auch manches für den Propagandagebrauch ein wenig vergröbert wurde. Denn in Wirklichkeit war Vater bei meiner Geburt Finanzoberinspektor, und jetzt ist er Regierungsrat a. D. Auch stimmt es, daß Mutter in einer Munitionsfabrik hat arbeiten müssen; etwa zwei Monate lang während der Schlußphase des letzten Weltkrieges, dort aber in der Verwaltung. Im übrigen war sie jedoch die Tochter eines ziemlich vermögenden Apothekers; und als solche konnte sie mir recht gut ein juristisches Studium ermöglichen, das ich dann – wie man sagt – glänzend beendete. Um danach allerdings – gleichsam magisch angezogen, vielleicht auch nur verführt – ganz schnell in die Politik überzuwechseln.«

»Und was entspricht denn sonst noch in Ihrer offiziellen Biographie nicht so ganz der Wahrheit? Etwa die Behauptung, daß Sie eine unübertrefflich harmonische Ehe führen?«

Wobei Erwin Müllers Heiterkeit schlagartig aufhörte. »Bitte – müssen wir denn unbedingt auch darüber sprechen?«

»Nein!« beeilte sich Brigitte fast hastig zu versichern – zumal ihr seine Antwort durchaus genügte. Schnell redete sie weiter. »Bleiben wir also bei der Politik! Man nennt Sie einen kommenden Mann – den niemand aufhalten kann. Auch kein Holzinger? Wenn einer, sagt man, Ihnen wirklich gefährlich werden könne – dann er.«

»Wir beide leben, glaube ich, aneinander vorbei – wir sind zu verschiedenartig. Er ist vital und robust, ich eher abwägend und differenzierend; er handelt realistisch und augenblickbezogen, ich denke konkret und plane vorausschauend; er macht Politik für seine Spezis, ich bin ein Politiker für die Menschen allgemein.«

»Sie vermeiden ein sehr zeitgemäßes Wort: Macht!«

»Dagegen, Brigitte, sträube ich mich! Denn zu jeder Macht

gehört Gewaltanwendung. Ich aber will nicht gewalttätig sein – ich kann das nicht!«

»Er aber, Holzinger, kann das – will das sogar. Er wird versuchen, Sie auf seine Ebene zu zwingen. Um Sie dort stellen und treffen zu können!«

»Es ist für mich sehr schön, Brigitte«, gestand er ihr, »daß es noch Menschen wie Sie gibt!«

»Menschen – wie mich?« fragte sie fast bestürzt.

»Sie glauben, mich warnen zu müssen. Sie sind also besorgt um mich. Das macht mich glücklich. Denn Sie haben ganz instinktiv sicher erkannt, daß ich mich manchmal ein wenig verlassen fühle. Ein Zustand, der auf die Dauer verbittern und hart machen kann, ja robust und rücksichtslos. Was ich aber nicht bin, mir auch nicht liegt; und das erst recht jetzt nicht neben einem Menschen wie Sie, Brigitte.«

»Da sind Sie ja endlich!« rief die Sekretärin im vorderen Vorzimmer der Parteizentrale der Konservativen beim Sendlinger-Tor-Platz Bert Neumann zu. »Hier wartet alles auf Sie!«

»Alles« war derzeit hier Huber III. Wenn Holzinger nicht anwesend war, dominierte in diesem Bürogeschoß sein »persönlicher Referent«; und das ebenso laut wie geschäftig. Er hielt sich im Chefzimmer auf, wo er unverzüglich von Neumanns Eintreffen verständigt wurde.

Und dem rief er zu: »Na endlich – du Traumtänzer! Hoffentlich wieder bei voller Vernunft? Die ist hier nämlich gefragt! Die für dich gesammelten Unterlagen über dieses Massenverdummungsorgan, genannt Fernsehen, findest du auf deinen Arbeitstisch. Fang schon an zu brüten – ich komme gleich nach. Und dann will ich erleben, daß du spurst!«

Zu dem Mann, der sich mit ihm im gleichen Raum befand, sagte er: »Kochen Sie inzwischen noch weitere brauchbare Einzelheiten aus, Herr Michelsdorf – Sie sind auf dem richtigen Weg. Ich jedenfalls muß zunächst mal schnell und kräftig unserem Hausfuchs auf den Schwanz treten. Bin gleich wieder zurück.«

Er ging in das rechte Nebenzimmer, wo er und Neumann gemeinsam zu arbeiten pflegten – Schreibtisch an Schreibtisch. Hier stand sein Eierkopfkollege am Fenster und starrte hinaus auf die sprudelnden Brunnenkegel des Sendlinger-Tor-Platzes.

»Menschenskind – wie du wieder aussiehst!« rief Huber, unwillig, aber auch amüsiert. Denn Neumanns Anzug wirkte schäbig und verknittert, sein Haar ungekämmt; dazu war sein Schlips gelockert und das Hemd darunter alles andere als sauber; wie man es hier erwartete. »Du siehst aus wie einer, der unter die Hippies geraten ist! Wo hast du dich denn schon wieder herumgetrieben?«

»Irgendwo«, sagte Bert Neumann abwesend. »Und wen interessiert das schon?« Um dann, fast heftig, hinzuzufügen: »Und wen – geht das was an?«

»Uns!« stellte Huber prompt fest. »Denn du bist hier angestellt, du wirst von uns bezahlt. Und bei Holzinger hat nun mal der Tag vierundzwanzig Stunden und eine Woche sieben Tage. Wonach auch du dich zu richten hast. Jedenfalls wird im Augenblick hier dein Typ dringend verlangt.«

»Nicht nur hier – glücklicherweise.«

»Was soll denn das heißen, Neumann?« Der dritte Huber, nun ganz zweiter Boss, blickte drohend. »Willst du uns etwa Schwierigkeiten machen? Mann, wenn du das versuchen solltest, dann machen wir dir welche! Und was für welche! Oder stimmt es etwa, daß dich dieser Müller höchstpersönlich angerufen hat? Wanzt der sich etwa an dich heran?«

»Na – und wennschon!« begehrte Neumann auf – um sich dann in seinen Schreibtischstuhl fallen zu lassen. »Ich weiß, ich weiß – zunächst bin ich noch immer hier unter Vertrag.«

»Darüber sprechen wir noch: über dich und die Manipulationen von diesem Affenarsch Müller.« In Abwesenheit seines Bosses pflegte Huber in ordinären Formulierungen zu schwelgen. »Im Augenblick jedoch hast du allein unsere Suppen auszukochen! Dazu gehört in erster Linie die von dir verlangte Dokumentation über Rundfunk und Fernsehen; mit dem Tenor: nachweisbar von linken Schaumschlägern einseitig mißbraucht. Kapiert? Werte alle diesbezüglichen Unterlagen entsprechend aus! Überzeugend!«

»Und was gedenken Sie inzwischen zu veranstalten?«

Huber gab sich geschäftig überlegen. »Ich muß mich mit wesentlich anderen Dingen herumschlagen – denn wir haben, zu allem Überfluß, die Kriminalpolizei im Haus.«

»Wen?« fragte Neumann, plötzlich hellwach. »Sagten Sie: Kriminalpolizei?«

»Sogar deren denkbar übelste Sorte – also Sitte!«

»Weshalb?«

»Kümmere dich nicht um ungelegte Eier, Neumann! Wir haben hier lediglich alle anfallenden Vorgänge zu erledigen. Du deine – ich meine. Und was dich anbelangt, so solltest du hier endlich ganze Arbeit leisten.«

»Und – was ist mit der Kriminalpolizei?«

»Die geht dich nichts an! Mit der habe ich fertig zu werden. Du sollst lediglich jüngstes brauchbares Material contra Rundfunk und Fernsehen an Holzinger liefern. Der wartet darauf – auf dem Oktoberfest. Willst du ihn etwa sitzen lassen?«

Die im Polizeipräsidium zusammengestellte Sonderkommission – Zimmermann – Felder; dazu Keller – Krebs – war nun, um 19 Uhr 30, bereits voll in Aktion. Ihr Hauptquartier: der Konferenzraum des Präsidenten. Dort ein großer Tisch, zwölf Stühle darum, vier Fenster dahinter. Dunkle, glanzlose Farben herrschten vor: Graugrün und das Braun des Holzes.

Auf dem Tisch montiert: drei Telefone – davon eins rot gekennzeichnet – also von der Vermittlung bevorzugt zu bedienen. Weiter: zwei Funkgeräte – eins für die Verbindung mit den fünf abrufbereiten Streifenwagen; das andere auf eine Spezialfrequenz eingestellt: Direktverbindung zu den zwei bereits in Aktion befindlichen Observationsgruppen.

Der zunächst allein beherrschende Mittelpunkt dieses Konferenzraumes: Kriminalkommissar Felder, im Amt auch »Fuhrmann Felder« genannt, seiner unerschütterlichen Gelassenheit wegen im Umgang mit Kriminalbeamten aller Dienstgrade und Kriminellen aller Sparten. Er war mittelgroß, stämmig, rothaarig, mit einem irritierend nichtssagenden Straßenreinigergesicht.

Rechts von ihm, schwergewichtig-geduldig, die Brasch – sie

versah alle eingehenden Meldungen mit Randnotizen wie Uhrzeit, Aktenzeichen, besonderen Details. Diese Meldungen übergab sie zunächst Inspektor Feiner, der links von Felder saß. Dieser Feiner war ein wieselflinkes, instinktsicheres, schnell reagierendes Männlein. Nach Krebs galt er als der beste Kenner aller im Amt gesammelten Sittlichkeitskarteien.

»Die eingehenden Meldungen«, stellte Felder fest, »nehmen zahlenmäßig zu – an Substanz offenbar auch. Doch soweit ich diesen Fall bisher bereits zu überblicken vermag: lediglich Bestätigungen – noch nichts wesentlich Neues.«

Zimmermann hielt sich, abwartend, in der hintersten Fensterecke des Konferenzraumes auf – gemeinsam mit Krebs und Keller. Krebs blätterte in seinen Notizen; welche auch der Kriminalrat, sich vorbeugend, betrachtete. Währenddessen kämmte Keller seinen Hund Anton, vor allem dessen Kopf – was sich dieser empfindsame Hund nur leicht murrend gefallen ließ.

»Eine Meldung aus Ulm erscheint mir bemerkenswert«, berichtete Felder. »Denn dort haben wir offenbar, ein Glücksfall, einen Mann mit Gedächtnis getroffen.«

Er reichte die diesbezügliche Meldung an Zimmermann weiter. Der las sie durch und übergab sie kommentarlos Krebs. Dieser schien sie gründlich zu studieren – was Kellers Neugier erregte; er las mit. Und zwar dies:

...besagte weibliche Person war, im Alter von 14 Jahren, auslösendes Element für einen Verleumdungsprozeß. In diesem ging es um den Vorwurf, ihr Vater habe ein besonderes, höchst verdächtiges Verhältnis zu dieser seiner Tochter unterhalten. Wofür jedoch kein juristisch einwandfreier Nachweis erbracht werden konnte...

»Auch dieser Vorgang«, versicherte Krebs mit Nachdruck, »bestätigt meine Theorie.«

»Wenn dem tatsächlich so sein sollte«, meinte der unentwegt sachliche Felder, »dann wäre es wohl ratsam, nunmehr auch noch einen erfahrenen Psychiater heranzuziehen.«

»Woher den so schnell nehmen – am Sonntag abend?« fragte Zimmermann. »Außerdem scheint es hier um Stunden zu gehen! Aber glücklicherweise haben wir unseren Keller!«

»Ich«, warnte der, »bin lediglich ein Praktiker.«

»Aber hier geht es doch nur um kalte und komplizierte Kriminalpraktik! Dafür bist du exakt der richtige Mann.« Zimmermann wollte offenbar keine Zeit an mögliche Theorien verschwenden. »Was melden die Observationsgruppen?«

Observationsgruppe eins – Zielobjekt: der Mann:

»Seine Spur aufgenommen, nach längerem Suchen, 18 Uhr 17 in der Fußgängerzone, zwischen Marienplatz und Stachus. Er begab sich von dort durch die Sonnenstraße zum Sendlinger-Tor-Platz. In der dortigen Parteizentrale eintreffend: 18 Uhr 30. Er hält sich dort weiterhin in seinem Büro auf.«

Observationsgruppe zwei – Zielobjekt: die Frau:

»Sie hielt sich in ihrer Wohnung auf. Von dort wurde sie abgeholt, 18 Uhr 45, durch Mercedes 600, mit Fahrer. Hinten im Wagen vermutlich Herr Holzinger. Beide stiegen dann in der Nähe der Oktoberfestwiese aus, Bayerstraße. Von dort aus gingen sie zu Fuß.«

»Bei allem Wohlwollen, Krebs – aber das ist doch kaum mehr als ein gefälliges Planspiel«, meinte Zimmermann provozierend ungehalten. »Aufwendige Taktik – doch ins Blaue hinein!«

»Es sei denn, daß es uns gelingt, rechtzeitig und wirksam nachzuhelfen«, ergänzte Keller behutsam, doch nicht minder provozierend.

»Dieser Täter ist überreif«, behauptete Krebs überzeugt. »Nach allem, was wir bisher von ihm wissen, könnte er sehr schnell wieder in Aktion treten, wenn auch nicht mit verläßlicher Sicherheit.«

»Dann«, meinte Keller, nun noch weitaus behutsamer, »sollten wir ihm diese nächste Gelegenheit bieten. Ganz gezielt.«

»Wie stellst du dir denn das vor?« fragte Krebs, ehrlich verwundert. »Dieser Mensch handelt triebhaft – das auslösende Element sitzt in ihm. Niemand kann ihn zu einer Konfrontation zwingen.«

»Keller kann das«, meinte Zimmermann fordernd. »Er weiß wohl nur noch nicht genau, wie am besten, am wirksamsten, am sichersten.«

Krebs unterdrückte eine Antwort hierauf – er hob lediglich, wie abwehrend, eine Hand. Dann beschäftigte er sich weiter mit seinen Unterlagen. Er ahnte nicht, was da auf ihn zukam.

»Was Sie da vor sich sehen, meine liebe, verehrte Frau Neumann«, rief Holzinger aus, auf das Lichtergefunkel des Oktoberfestes deutend, »kommt mir immer wie ein Abglanz von allen erdenklichen menschlichen Möglichkeiten vor: Verlockung, Verführung, Genuß – umflossen von Lichtfluten! Wen das gleichgültig läßt, der versteht nicht zu leben. Wer aber nicht zu leben versteht, ist ein armes Schwein.«

»Alles das ist für mich irgendwie neu, geradezu bestürzend neuartig«, sagte Undine, dicht neben ihm, bemüht, mit ihm Schritt zu halten. »Aber Sie werden mir schon noch erklären, worauf es hier ankommt – nicht wahr?«

»Vertrauen Sie sich mir getrost an – ich kenne mich hier aus!«

»Sie – sind ein Mann des Volkes, sagt man.«

»Nicht nur das«, lachte er herzhaft auf, »ich habe auch noch einige andere Fähigkeiten – die ich Ihnen, bei hoffentlich baldiger Gelegenheit, gerne demonstriere.«

Er wurde von einigen Festbesuchern erkannt – sie nickten ihm zu, winkten, schüttelten ihm die Hand. Sagten: »Auf geht's, Max!« Oder: »Nur so weiter!« Auch: »Zeig es denen mal wieder, diesen Schleimscheißern!«

»Sie werden verehrt!« stellte Undine Neumann entzückt fest. Doch das mußte sie nun fast hinausschreien. Denn der oktoberfestliche Lärm umbrodelte sie mit vehementer Heftigkeit.

Nachdem sie die Hauptstraße dieses geballten Vergnügens erreicht hatten, gerieten sie in den Strom der vergnügungsentschlossenen Besucher, der sie aufzusaugen und mitzureißen drohte. Undine griff wie hilfesuchend nach Holzingers Arm.

Der zog sie, diesen Zustand genießend, herzlich an sich und meinte mit männlichem Beschützerlachen: »Sie werden sich schon noch daran gewöhnen, meine Liebe!«

»Das will ich auch – gerne«, versicherte sie, hoffnungsfroh zu ihm aufsehend. »Und werde das auch schaffen – wenn Sie mir dabei helfen.«

»Aber mit Wonne!« Holzinger legte seinen rechten Arm um ihre Schultern – er schien sie abzutasten. Und er spürte: Sie war zwar zierlich, hatte aber Fleisch auf den Knochen; und ihre Brust wirkte durchaus nicht klein. »Wir werden uns schon gut verstehen. An mir soll's nicht liegen.«

»Ich habe wohl bisher«, bekannte sie, »viel zuviel in meinem Leben versäumt.«

»Wie vermutlich die meisten Menschen! Aber wenn man das erst einmal erkannt hat, läßt sich immer noch einiges nachholen. Doch darüber später mehr. Zunächst muß ich mich mit einigen höchst profanen politischen Umpolungen beschäftigen; was Sie, meine Liebe, hoffentlich nicht allzu sehr langweilen wird. Danach dann – das Vergnügen!«

»Das alles scheint vielversprechend«, meinte Huber III ermunternd zu Kriminaloberinspektor Michelsdorf. »Aber – ob es wirklich ausreicht, wer weiß?«

»Was erwarten Sie denn noch?« Michelsdorf wirkte etwas angestrengt, aber nicht mutlos. »Dieses Material dürfte sogar ausreichen, den Stuhl des Polizeipräsidenten wackeln zu lassen.«

Diese Unterlagen sahen folgendermaßen aus:

Erstens: Abschrift einer Aktennotiz: Spezialermittlung des Amtes, betreffend: ein Taschentuch. Dabei auch der Name: Holzinger; und weitere Namen aus dessen engerer Umgebung.

Zweitens: Der dafür zuständige und allein verantwortliche Kriminalkommissar Krebs ist offensichtlich entschlossen, seine Untersuchungen bis auf Herrn Holzinger auszudehnen. Was zu einem Skandal führen könnte!

Drittens: Dieser Krebs kann als eine Person von einer gewissen Fragwürdigkeit angesehen werden, da er mit einer ehemals der Gelegenheitsprostitution verdächtigen Person verheiratet ist. Diese geht anscheinend selbst jetzt noch ihrem einstigen Gewerbe nach, zumeist nachmittags; zwei diesbezügliche Adressen liegen vor. Krebs könnte also auf diesem Wege erpreßt werden.

»Durchaus brauchbar«, gab Huber zu. Und da er bemüht war, wie sein Boß zu denken, gefiel er sich auch in der Pose des skeptischen Realisten. »Aber es könnte doch durchaus sein, daß dieser Krebs inzwischen kalte Füße bekommen hat, sich also hüten wird, seine voreiligen Androhungen wahrzumachen? In diesem Fall wären wir es womöglich, die hier unnötig Wind machen. Also – voreilig!«

»Das ist nicht anzunehmen. Denn inzwischen ist ein Journalist dabei, diese Mißstände massiv aufzugreifen, von denen er Kenntnis erhalten hat – zufällig. Der wird also verläßlich in die Arena steigen. Ein gewisser Herzog. Kennen Sie ihn?«

Huber nickte sachverständig. »Und ob ich den kenne! Dem ist so was durchaus zuzutrauen. Immer vorausgesetzt, der erwischt den richtigen Hebel!«

»Den scheint er bereits erwischt zu haben. Der hat auf *MAM* umgeschaltet. Werden Sie also Herrn Holzinger dazu raten, nunmehr kompakte Gegenmaßnahmen einzuleiten?«

»Das werde ich wohl müssen. Aber, offengestanden, lieber Herr Michelsdorf, mir wäre wesentlich wohler, wenn wir gegen diesen Krebs, als den Auslöser dieser Affäre, noch wesentlich handfesteres Material in Hnden hätten.«

»Was denn noch?«

»Zunächst einmal eins, mein Bester. Sie müssen wissen: Unser Holzinger macht keine halben Sachen. Wo der hinhaut, da muß es auch krachen.«

»Meine Unterlagen reichen dafür aus!«

»Ach, wissen Sie, mein Boss sagt immer: Politik ist nicht selten eine Porzellanfabrik voller Elefanten: Scherben gibt es immer – aber wer will denn schon wissen, was da zuletzt zerdeppert wird?«

»Das mag für die Politik zutreffen, aber nicht für die Kriminalpolizei – schon gar nicht für einen Krebs! Dieser Krebs ist mit allen Wassern gewaschen – und so sanft der sich auch gibt, er ist schärfer als jeder Fährtenhund, sogar ausdauernder. Der hat nur einen einzigen wirklich schwachen Punkt – sein Privatleben!«

»Wer kümmert sich denn schon um so was! In dieser tabuwidrigen Zeit! Wenn da so ein Flittchen ab und zu Ehebruch betreibt – das kommt doch in den besten Familien vor.«

»Sie – wollen also nicht...«

»Nur immer mit der Ruhe! Sie sind da schon auf dem richtigen Dampfer, Herr Michelsdorf – nur der Kurs ist noch nicht ganz richtig.«

»Worauf wollen Sie denn hinaus?«

»Nun, ich meine: Wenn so ein Sittenfachmann mit einer amtsbekannten Person verheiratet ist, so ist das natürlich peinlich, mehr aber noch nicht.« Huber, von Holzinger geschult, gedachte nunmehr ganze Arbeit zu leisten. »Wenn es aber gelänge, diesen Sittenwachmann selbst als Sittenstrolch zu entlarven, dann würde die Situation garantiert gefährlich für ihn.«

»Sie verlangen da sehr viel von mir.«

»Sie erwarten ja auch nicht gerade wenig – von uns. Aber wenn Sie diesen Krebs von seinem Stuhl herunterkatapultieren wollen, dann müssen Sie auch einiges dafür beisteuern.«

»Sie machen alles sehr schwierig, Herr Huber – wo ich Ihnen, und damit Herrn Holzinger, doch nur helfen will. Ob nun uneigennützig oder nicht, steht hier ja nicht zur Debatte. Eines jedenfalls steht fest: Mit einem Krebs werden Sie nicht so leicht fertig. Da müssen Sie ganz scharfe Munition auffahren. Der muß außer Gefecht gesetzt werden.«

»Aber genau das wollen wir ja auch!« rief Huber besänftigend. »Gemeinsam mit Ihnen. Aber eben höchst brisante Munition! Und nun werden wir mal ganz deutlich. Ich meine: Dieser Krebs ist doch auch nur ein Mensch – eben einer, der von Amts wegen mit allerhand Nutten zusammengekommen ist. Dabei wird der doch wohl auch mal über die eine oder andere hinübergerutscht sein?«

»Nun ja«, meinte Michelsdorf, sehr nachdenklich, »vor einer strammen jungen Nutte hat schon so manch einer von uns kapituliert. Nicht ich. Aber auch so was ausgerechnet einem Krebs nachzuweisen, dürfte sehr schwerfallen.«

»Na schön – dann eben nicht. Aber da gibt es bei Ihnen doch auch weibliche Angestellte! Und die bieten sich doch geradezu für handgreifliche Sympathieerklärungen an. In jeder Firma ist das so!«

»Nicht unbedingt bei uns«, meinte Michelsdorf, fast bedauernd. »Zumal in unserem Amt ausgereifte weibliche Vollzugsbeamte dominieren, die ich mir kaum in irgendwelchen fremden Betten vorstellen kann. Von einer Ausnahme vielleicht abgesehen: die Kollegin Leineweber.«

»Wer auch immer!« ermunterte ihn Huber antreibend. »Die Hauptsache: Jemand findet sich bereit! Nur einige belastende Einzelheiten, dazu eine eidesstattliche Erklärung, eine einzige – und alles ist gelaufen! Na – wie wär's damit?«

»Muß das sein – unbedingt?«

»Es muß wohl sein! Holzinger legt stets Wert darauf, Nägel mit Köpfen zu machen. Und Sie, Michelsdorf, lieber Freund, wollen diesen Krebs aus Ihrem Weg räumen. Nun gut – so weit sind wir uns einig. Aber eben dabei muß man ganz massiv vorgehen – nur keine halben Sachen!«

Aus den Aufzeichnungen des Kriminalbeamten außer Dienst Keller:

»In diesem Bereich, muß man wohl wissen, existieren – laut Lehrbüchern – einmal: Sittlichkeitsverbrecher; diese verstoßen, wie ihre Gattungsbezeichnung bereits besagt, gegen ›sexuelle Sittlichkeit‹. Dann: Sexualverbrecher – diese begehen strafwürdige Handlungen ›zwecks Aufreizung oder Befriedigung ihres Geschlechtstriebes‹.

Wobei aber, in der Praxis, kaum jemals eine klare Abgrenzung möglich ist – zwischen dem Sittlichkeitsverbrecher und dem Sexualverbrecher. Schon gar nicht, wenn es sich um einen ›ästhetischen Täter‹ handelt. Der vermag vielmehr jene erschreckend dünne Trennwand zwischen Leidenschaft und Mord, Lust und Qual deutlich zu machen.

Wobei dieser Tätertyp in der Auswahl seiner Opfer geradezu peinlich genau auf einen bestimmten Typ fixiert ist. Seine Tätigkeit beginnt meist mit erotischen Anwandlungen, die sogar außerkriminalistische Ausdeutungen zulassen. Dennoch sind diese Täter nicht ›besser‹ als andere, sie gehen lediglich ›feiner‹ vor. Das jedoch nur in der Anlaufphase. Im Endeffekt sind auch sie gemeingefährlich.

Was jedoch dieser sehr spezielle Täter grundsätzlich nicht ›liebt‹, was ihn geradezu abstößt, das sind die sonst bevorzugten Objekte im Notzuchtsbereich: ausgeprägte Hintern, vollschlanke Figuren, starke Brüste. Diese ›Ästheten‹ sind auf das ganz und gar Ungewöhnliche versessen, das Zart-Schöne, ein Geschöpf mit katzenartigen Bewegungen, ein Engelsgesicht, ein Puppenkind.

Die praktische Folgerung aus diesen Erkenntnissen überließ ich in unserer Situation Zimmermann – der war der robuste Praktiker dafür. Und der erklärte dann auch prompt, nach Durchsicht der ersten eingegangenen Ermittlungsberichte:

›Mit solchen Unterlagen kann man schön-scheußliche Bücher schreiben, auch schockierende Vorlesungen für Anfänger halten oder Zeitungsspalten füllen. Nur eines kann man damit nicht – das für uns Wichtigste: diesen Täter überzeugend überführen!‹

Ich sagte: ›So was, meinst du, muß in unmittelbarer Aktion geschehen, zwangsläufig – in flagranti?‹

Zimmermann: ›Keller, warum willst du mich zwingen, deine Gedanken nachzuvollziehen? Und sie auch noch auszusprechen?‹

Ich: ›Weil ich hier nur Gast bin, Zimmermann – du aber bist der zuständige Beamte.‹

Zimmermann: ›Provoziere mich nicht fortwährend! Ich weiß genau, worauf du hinauswillst. Und ich stimme dir zu! Du willst diesen potentiellen Täter direkt mit einem Objekt konfrontieren, das diesen garantiert reizen muß. Dann wird er reagieren. Und dabei kassieren wir ihn.‹

Zimmermann hatte klar erkannt, was für ein ›Reizobjekt‹ dabei allein in Frage kam. Für ihn war das kein Problem. Aber ich mußte mich fragen, wie diese höchst gewagte Spekulation unserem Krebs beizubringen war – diesem erklärten Kinderfreund.«

»Man wird Sie vermissen«, meinte Brigitte Scheurer besorgt.

»Ich jedenfalls vermisse niemanden«, behauptete Erwin Müller beschwingt. »Ich bin froh, hier zu sein – bei Ihnen!«

»Ihre Freunde werden auf Sie warten! Vielleicht versäumen Sie irgend etwas.«

»Was denn wohl, Brigitte – während Sie bei mir sind.«

Sie befanden sich immer noch in der hinteren rechten Ecke des Restaurant-Cafés »Fontana di Trevi«, unter dem wandbeherrschenden Großfoto des gleichnamigen Brunnens in Rom. Müller hatte versucht, italienischen Sekt zu bestellen, worauf jedoch der Besitzer dieses Etablissements recht besorgt dreingeblickt hatte. Dabei tat er, als kenne er diese seine Besucher nicht; doch zumindest die Scheurer war ihm nicht unbekannt.

Und da er um das Wohl dieser Gäste sichtlich bemüht war, erlaubte er sich den Hinweis: Der gewünschte Sekt könnte sich womöglich doch als zu süß erweisen. Er empfehle einen Lambrusco, halb schäumend, zart und dennoch herb; roséartig.

Davon tranken sie nun – mit sichtlichem Genuß. Sie ließen sich dabei Zeit. Niemand, der sie störte. Das Oktoberfest schien weltenfern – und die Menschen in diesen Räumen ausschließlich mit sich selbst beschäftigt.

»Einen so wunderbar entspannenden Abend«, bekannte er, »habe ich mir schon lange gewünscht – vielleicht unbewußt.«

»Ich auch«, versicherte Brigitte verhalten. »Aber ganz bewußt – zumindest seit einigen Stunden. Und nun genieße ich ihn.«

»Ausgerechnet – Sie!« Erwin Müller blickte ehrlich verwundert. »Sie können doch alles haben, was Sie wünschen – Schlemmerlokalbesuche, Nachtclubfreuden, Privatpartys! Man kann es ja in den Zeitungen nachlesen; mindestens einmal wöchentlich.«

»Allerdings! Denn mindestens einmal wöchentlich lasse ich mich auf so was ein; das gehört mit zum Betrieb, von dem ich leben muß. Ich habe nichts anderes gelernt, nur eins: ein perfektes Gesellschaftsobjekt zu sein! Das heißt: Ich muß zweifelhafte Angebote über mich ergehen lassen, wenn ich nicht als ›lebensfremd‹ gelten will. Können Sie sich vorstellen, Erwin«, erstmals nannte sie ihn mit seinem Vornamen, »wie mich das alles anwidert?«

»Kann ich, Brigitte«, versicherte er überzeugt. »Denn mir geht es im Grunde nicht anders! Sie haben es mit Schmarotzern zu tun, des angeblich ungebrochenen Lebens – während ich mich mit den hemmungslosen Nutznießern der politischen Gegebenheiten auseinandersetzen muß!«

»Läßt sich das nicht vergessen?« fragte sie gekonnt verhalten. »Wenigstens für Stunden?«

»Nichts«, sagte er schwer, »wünschte ich mir mehr.«

»Und ich wäre glücklich darüber.«

Sie vermieden es, sich anzusehen. Längere Zeit schwiegen sie.

Dann griff er nach seinem Glas und hob es ihr entgegen. Sie tranken sich zu.

Der unauffällig aufmerksame Besitzer des Lokals erschien und stellte eine neue Flasche vor sie hin – unaufgefordert. Den gleichen aromatischen, leicht perlenden Lambrusco. »Sie fühlen sich hier wohl«, sagte er, »und das freut mich.« Er entfernte sich, ohne eine Antwort abzuwarten.

»Glücklich sein!« sagte Erwin Müller, während er nach Brigittes Hand griff. »Das ist es wohl, wonach wir verlangen – um zugleich erkennen zu müssen: Wir erwarten wohl zuviel!«

»Versuchen wir doch herauszufinden, was sich ermöglichen läßt. Und tun wir das dann vorbehaltlos. Ich jedenfalls bin dazu bereit.«

»Jetzt, meine Liebe, geht es um die Entscheidung«, erklärte Michelsdorf überzeugt – und bemüht zu überzeugen. »Also, um das, was nun eindeutig nachzuweisen ist.«

Das erklärte er seiner Hilde, der Kriminalassistentin Leineweber. Die hatte ihn, seiner Aufforderung umgehend entsprechend, im zentralen Parteibüro der Konservativen aufgesucht. Hier wurde sie zunächst ebenso zielstrebig wie innig umarmt. Aber die Zeit drängte! Er wies ihr einen Platz neben sich an.

»Was ist denn, deiner Ansicht nach, hier das Entscheidende?« wollte sie wissen. Wobei sie eine seiner Hände hilfesuchend ergriff. »Was erwartest du von mir?«

»Vorbehaltloses Vertrauen, Hilde, und uneingeschränkte Bereitschaft zur Mitarbeit.«

»Worum geht es diesmal?«

»Um Krebs«, sagte er einfach und eindringlich. »Worum denn sonst?«

»Und was soll, bitte, mit dem sein?«

»Du mußt das möglichst unproblematisch sehen, Hilde. Und zwar so: Da sich dieser Krebs in seinem Privatleben, in bezug auf die Wahl seiner Frau, höchst bedenkliche Fragwürdigkeiten geleistet hat, ist doch mit einer gewissen Zwangsläufigkeit anzunehmen, daß der sogar im internen Dienstbereich zu nicht minder fragwürdigen Manipulationen fähig gewesen sein muß.«

»Wie – meinst du das?«

Michelsdorf gab sich geduldig, doch in seinen nun folgenden Worten klang eine zunehmende fordernde Schärfe mit. »Versuche nachzudenken! Ein Mensch wie dieser Krebs ist doch sogenannter großer und reiner Gefühle unfähig – Frauen gegenüber: bei seinem skandalösen Vorleben, bei den vielfachen Gelegenheiten, die sich ihm bieten. Was aber zu beweisen wäre! Nun?«

»Nun – ja«, meinte sie nach längerem Zögern – doch bemüht, auf seine Gedanken einzugehen. »Eine gewisse Intimität etwa – mit dieser Brasch.«

»Hilft uns nicht weiter!« entschied Michelsdorf überzeugt. »Man braucht sich doch nur diese Brasch ein wenig näher anzusehen – diese kräftige Kriminalbeamtenkuh! Bei der sind auch nur halbwegs normale sexuelle Verdachtsmomente ganz auszuschließen, wer hielte die schon für glaubhaft?«

»Bei der Reese etwa?« fragte Hilde, um Entgegenkommen bemüht.

»Bei der auch nicht!« entschied Michelsdorf, nun bereits leicht verärgert über so viel Begriffsstutzigkeit. »Denn die Reese ist viel zu clever; die läßt sich nichts anhängen. Selbst wenn sie den Krebs noch so sehr anhimmelt, aber beizukommen ist der nicht. Da muß schon eine weit wirksamere Person in Aktion treten – jemand also, auf dessen Angaben man sich voll verlassen kann. Ein weibliches Wesen, das brauchbare Unterlagen liefert.«

»Ich etwa – in bezug auf Krebs?« fragte die Leineweber ungläubig.

»So was fordere ich natürlich nicht bedenkenlos von dir, Hilde. Aber ich würde dich doch sehr darum bitten, meine Liebe.« Michelsdorf blickte sie mit großer Herzlichkeit an. »Denke bitte darüber nach. Versuche dich an Einzelheiten zu erinnern – so schwer dir das auch fallen mag. Lasse nichts aus. Erinnere dich etwa an seine Vorliebe für schlüpfrige sexuelle Wörter – das alles kannst du bestätigen.«

»Kann ich das?«

»Aber sicher! Zunächst einmal ergibt sich so was in unserem Metier ganz unvermeidlich. Wer sich damit beschäftigt, der arbeitet auch mit dem Vokabular, das in unserer Praxis anfällt – so könnte man das, muß es aber nicht so auslegen! Denn schließlich hat er es auch mit weiblichen Mitarbeitern zu tun. Und denen gegenüber wendet er nicht nur entsprechende schlüpfrige Formulierungen an – er leistet sich auch Handlungen dieser Art. Im Dienst – außer Dienst. Verstehst du mich?«

»Ich versuche es...»

»Dann zieh endlich die entsprechenden Konsequenzen!« Er griff nach einer ihrer Hände. »Tu das für uns beide! Denn hier geht es um meine Existenz; und damit um unsere gemeinsame Zukunft. Versuche dich also an alle Einzelheiten zu erinnern – an unsittliche Angebote, Intimitäten, direkte Zugriffe. Wir werden das alles ganz genau durchsprechen, dann schriftlich fixieren – bist du dazu bereit?«

»Ich tue alles, was du verlangst. Dir vertraue ich – auf unsere gemeinsame Zukunft bauend.«

»Du bereitest uns nicht gerade reine Wonnen«, meinte Huber III massiv und doch scherzend. »Du bist nicht freudig genug bei der Sache, nicht restlos kooperationsbereit – das muß ich dir leider immer wieder sagen.«

Er sagte das zu Neumann, der mißmutig an der geforderten Dokumentation herumbastelte. Betreffend: die politisch-literarische Unterwanderung des Rundfunks und Fernsehens von links außen; klar erkennbarer Mißbrauch der überparteilich konzipierten, auf Neutralität hin angelegten Medien. Wobei Neumann das übliche Auswahlspiel zu absolvieren hatte: Beweiskräftiges herein – Gegenbeweise hinaus! Nichts, was mit dieser Methode nicht halbwegs überzeugend zu beweisen war.

»Hat diese Kollektion von abschußfähigen Pappkameraden«, fragte Neumann, »nicht noch Zeit?«

»Nicht nach Ansicht von Holzinger – und die ist hier maßgeblich«, erklärte Huber mit Nachdruck. »Schließlich gehört die Aufbereitung von so einem Seich ja zu deinem Job; dafür wirst du bezahlt. Oder sollte dir etwa jemand ein höheres Angebot gemacht haben – du weißt schon, wen ich meine?«

»Ich«, sagte Bert Neumann, »will vor allem als Mensch behandelt werden.«

»Wirst du ja!« Huber amüsierte sich. »Du brauchst dich nur menschlich zu benehmen. Aber du reagierst wie eine Mimose – und auch noch wegen einer Frau!«

»Wie ist das gemeint, bitte?«

»Menschenskind, markiere hier nicht den ahnungslosen Engel! Ich weiß doch genau, warum du so beschissen unruhig bist, wie durchgedreht. Nur, weil sich unser Boss deiner Frau gegenüber freundlich benommen hat. Ich habe dich bei dieser Brunneneinweihung genau beobachtet – du warst total erledigt. Mann Gottes – warum denn?«

»Was geht euch mein Privatleben an!« stieß Neumann zischend hervor. »Ich arbeite hier – für euch! Nicht gerne, aber verläßlich. Doch mißbrauchen lasse ich mich nicht!«

»Wer will denn dich mißbrauchen!« Huber lachte wie über einen gelungenen Scherz. Dann aber trat er dichter an Neumann heran, legte ihm eine Hand schwer auf die Schulter – wobei er spürte, wie der nachgab. »Aber nun mal ganz im Vertrauen – unter uns Vertrauten!«

Worauf dann eine ziemlich präzise, wohldurchdachte Ausführung folgte, die offensichtlich auf Hubers praktischen Erfahrungen basierte. Mit diesem Inhalt:

Holzinger ist ein Ausnahmemensch, zumindest hält er sich für einen solchen; was hier entscheidend ist, zumal es sich bei ihm um einen Mann von fast unbegrenztem Einfluß handelt. Also kann der sich gewisse Eigenwilligkeiten leisten; wobei aber auch auf seine Großzügigkeit Verlaß ist. Vorbehaltlose Mitarbeit weiß er dankbar zu schätzen und zu honorieren. Das sollte man zu schätzen wissen.

Um nun noch tiefer in seine Praxis einzusteigen: drei Beispiele, allein aus den letzten Monaten. Erstens: H. gab bei entscheidender Gelegenheit der Tochter eines Kettenrestaurantbesitzers die Ehre – wodurch dieser die Möglichkeit erhielt, sich im Olympiagelände einzukaufen. Zweitens: H. bevorzugte nur einmal die Schwester eines Bauunternehmers – worauf sich dieser alsbald an einem millionenschweren Staatsauftrag erfreuen konnte. Drittens: H. schlief mit der Frau von Hubers Vorgänger bei jeder sich bietenden Gelegenheit – doch der ist nunmehr Abgeordneter, Ausschußvorsitzender, Aufsichtsratsmitglied mehrerer Firmen.

»Menschlich muß man denken können, mein Lieber, wenn man im Bereich unseres Bosses was werden will.« Huber klopfte kräftig auf die Schultern von Neumann – durchaus ermunternd. »Darum solltest du dich bemühen, dann kann aus dir noch allerhand werden! Deine Frau könnte sich dabei als bares Grundlagenkapital erweisen.«

»Wie scheußlich das ist«, sagte Bert Neumann leise. Kaum vernehmbar. Dann stürzte er hinaus...

Huber sah ihm betrübt nach: »Wie wenig Sinn doch diese intelligenten Kerle den wahren Gegebenheiten dieses Lebens entgegenbringen – auch wenn man sie mit der Schnauze darauf stößt. Die können in keiner Situation von ihrer lebensuntüchtigen Nabelschau abgehen. Die sind gekennzeichnet – von ihrer Dünnschißphilosophie.«

»Was wir uns hier leisten«, meinte Kriminalrat Zimmermann dennoch heiter, »droht langsam in ein Abenteuer auszuarten. Ich bin gespannt, wohin das noch führen wird.«

»Ich bin meiner Sache sehr sicher«, behauptete Krebs, wenn auch nicht ganz unbesorgt. »Aber falls du der Ansicht sein solltest, daß hier ein viel zu großer Apparat eingesetzt worden ist...«

»Dieser Ansicht ist Zimmermann nicht«, behauptete Keller.

»So – und warum nicht?« fragte der Kriminalrat munter.

»Weil ein Fachmann wie du niemals einen derartigen Apparat einsetzen würde – ohne triftige Gründe.«

»Und was wären meine Gründe dafür, Keller?«

»Nun – etwa die günstige Gelegenheit, eine Art größere Übung durchzuführen; nur damit die lieben Kollegen sich nicht langweilen. Der Kriminaldirektor jedenfalls würde sich sicherlich über eine derartige Auskunft freuen.«

Zimmermann, Krebs und Keller hielten sich noch immer abgesondert in der rechten hinteren Ecke des Konferenzraumes des Präsidenten auf. Auch der Hund Anton beteiligte sich hoffnungsvoll am großen Warten – er sprang den Kriminalrat freundlich wedelnd an und forderte ihn unmißverständlich auf, mit ihm zu spielen. Worauf Zimmermann ein Fahndungsformular ergriff, dieses zu einem Flugzeug faltete und es zum Entzücken des nachspringenden Hundes durch den Raum segeln ließ.

Kommissar Felder ließ sich auch dadurch nicht stören. Denn zunächst war er immer noch der Mittelpunkt; je schwieriger, komplizierter die Vorgänge wurden, um so zufriedener schien er. Er nahm die einlaufenden Ergebnisse entgegen und gab ohne zu zögern seine Anweisungen. Und diese hörten sich an, als verlese er lediglich den Wetterbericht.

Unter vielen anderen auch diese:

»Beide Observationsgruppen sind vorbeugend zu verstärken; das Fahndungsdezernat wird darum gebeten; möglichst Aufstockung des eingesetzten Personals um je ein Drittel.«

»Die einsatzbereiten Funkwagen teilen sich auf. Drei bleiben in Nähe Objekt eins, also Mann beim Sendlinger-Tor-Platz. Von den anderen drei folgt einer unmittelbar dem Objekt zwei, der Frau, die sich in Begleitung in Richtung Oktoberfest bewegt. Das zweite Fahrzeug voraus in Auffangstellung, Postierung beim Haupteingang. Das dritte begibt sich südwestlich, parkt zwischen Messeplatz und Bavaria.«

»Ermittlungen zur Person reichen inzwischen aus, sind also einzustellen. Schwerpunkt nunmehr: konzentrierte Überprüfung der einzelnen Tatvorgänge; und zwar dahingehend, ob der vermutliche Täter in jedem der registrierten Fälle zeitlich und räumlich dafür in Frage kommen könnte.«

Das war wohl der entscheidende Punkt. Krebs begab sich zu Felder und zog seinen Stuhl mit sich; er setzte sich dicht hinter den Kommissar. Und der übergab ihm, wortlos, einen der vor ihm liegenden drei Meldungsstapel. Krebs sah: Täter und Tat schlossen einander bereits in zwei, wenn nicht in drei Fällen durchaus nicht aus.

Zimmermann faltete das von Anton aufgeschnappte und ihm überbrachte Formularflugzeug sorgfältig neu und warf es dann abermals, zum Entzücken des Hundes, in den Raum. Dabei flüsterte er dem neben ihm sitzenden lächelnden Betrachter dieses Spiels, Keller, zu:

»Hoffe nicht länger auf Wunder, Konstantin. Und wenn unser Apparat noch so glänzend funktioniert – den letzten entscheidenden Beweis werden wir so nicht schaffen. Und das weißt du genauso gut wie ich. Also – warum zögerst du immer noch?«

»Weil Krebs unser Freund ist«, sagte Keller.

Zimmermann nickte – bestätigend, doch nicht zustimmend. Er griff nach einem weiteren Fahndungsformular und faltete es sorgfältig zu einem Flugobjekt. Dabei sagte er empfehlend: »Du solltest dich mit seiner Frau darüber unterhalten.«

»Du hast mir schon immer eine ganze Menge zugemutet.«

»Von dir dazu herausgefordert.« Zimmermann wirkte höchst zufrieden. »Und vergiß nicht, Anton mitzunehmen – der wird es dir vermutlich wesentlich leichter machen, danach Sabine hierher mitzubringen.«

»Und vergiß nicht«, fügte er hinzu, »Frau Krebs herzlichst von mir zu grüßen. Dabei solltest du ihr klarzumachen versuchen, daß die Position ihres Mannes nicht ganz ungefährdet scheint. Das nicht nur wegen eines Michelsdorf; wir werden es, darüber hinaus, auch noch mit Hädrich zu tun bekommen. Sie sollte also auf einiges gefaßt – und damit auch zu einem gewissen Entgegenkommen bereit sein. Ich verlasse mich da ganz auf dich.«

Wie man einen Journalisten fertigmacht – Teil 2.

Erstens:

Holzinger telefonierend vom Postamt Oktoberfest, Querstraße 3 – nachdem er Frau Undine in Obhut einiger wohlverläßlicher Gesinnungsfreunde im Armbrustschützenzelt zurückgelassen hatte. Sein Gesprächspartner: Huber.

Holzinger: »Seid ihr denn immer noch nicht fertig?«

Huber: »Neumann reißt sich nun am Riemen, nachdem ich ihm Feuer unter seinen Hosenboden gemacht habe. Und bei diesem Michelsdorf ist ziemlich alles klar.«

Holzinger: »Bereitwillige Parteigänger muß man fördern – falls sie das verdienen. Verdient er es?«

Huber: »Durchaus möglich. Denn dieser Michelsdorf kann seinen Chef – falls der uns tatsächlich unbequem werden sollte – ziemlich massiv belasten. Darüber hinaus bietet er noch weiteres Sprengstoffmaterial an – über Ettenkofler. Und das scheint der Journalist Herzog unbedenklich ausnutzen zu wollen. Er ist zwar bei der *MAZ* bereits geflogen – doch nun versucht er offenbar bei der *MAM* seine Suppe abzukochen.«

Holzinger: »Bringe alle diesbezüglichen Unterlagen mit, wenn du hier mit Neumann aufkreuzt – und der soll sich beeilen, setze ihn unter Druck!«

Zweitens:

Holzinger tauchte im Schottenhamelzelt auf und strebte dort den linken unteren Boxen zu, die für angesehene Münchener Bürger reserviert waren – hier traf er auf Ettenkofler. Vertrauliches Gespräch.

Holzinger: »Ich bin besorgt, mein Lieber – denn gewisse Manipulationen beunruhigen mich! Auf Eingriffe in unser Privatleben reagiere ich empfindlich. Davon könnten auch Sie profitieren – wenn Sie neuerdings auch nicht gerade als erklärter Freund meiner Politik gelten. Das muß aber wohl kein Dauerzustand bleiben, nicht wahr?«

Ettenkofler: »Ich bin parteipolitisch stets um Neutralität bestrebt gewesen. Das kann manchmal zu Mißverständnissen führen. Doch ich kann mir vorstellen, worauf Sie in diesem Fall hinauswollen – auf die fragwürdigen Machenschaften eines sogenannten Journalisten. Diese jedoch konnten, glücklicherweise, rechtzeitig unterbunden werden.«

Holzinger: »Sie scheinen da nicht ganz umfassend informiert zu sein, mein Bester! Wohl ist dieser Herzog von seiner bisherigen Zeitung gefeuert worden – was aber ein Fehler war, wenn Sie mich fragen. Man hätte ihn dort auf Eis legen sollen. Aber nun wechselt dieser Herzog zur Konkurrenz über – mit seinem ganzen Material.«

Ettenkofler: »Das darf doch nicht wahr sein! Aber wenn Sie das sagen, wird es wohl stimmen. Dieser schäbige, heimtückische Halunke... Der versucht also das Blatt zu wechseln, sagten Sie?

Also zum *Morgen* überzugehen? Aber diese Zeitung steht doch Ihnen sehr nahe, auf die haben Sie Einfluß...«

Holzinger: »Ich weise es entschieden von mir, die Presse beeinflussen zu wollen. Aber ich lehne Freundschaftsdienste nicht ab – falls diese sich als sinnvoll erweisen sollten.«

Ettenkofler: »Rechnen Sie mit meiner Dankbarkeit!«

Holzinger: »Na, ich hoffe auf Ihre Loyalität! Etwa im Hinblick auf die jetzt zur Entscheidung kommende Medienpolitik. Wenn nicht noch etwas Unvorhergesehenes passiert, wird ein weitsichtiger Kompromiß unvermeidlich sein. Ich habe dabei an Sie gedacht – Sie mit Ihren Beziehungen und Möglichkeiten scheinen mir der Geeignetste, hierbei als Element des Ausgleichs nach beiden Seiten zu wirken. Wären Sie dazu bereit?«

Ettenkofler: »Ich kann diesen Auftrag nur als ehrend empfinden! Aber die Bedrohung durch diesen Journalisten...«

Holzinger: »Das erledige ich schon! Wenn ich damit einen guten Freund für eine gerechte Sache zu gewinnen vermag, kann man sich ganz auf mich verlassen.«

Drittens:

Holzinger traf nun wieder im Armbrustschützenzelt, auf der hinteren Galerie rechts neben dem silbrigen bayerischen Doppeladler, auf Verlagsleiter Tierisch – der sich nur drei Tische weit von dem seinen entfernt aufhielt.

Holzinger: »Da habe ich immer gedacht, du bist die Vorsicht in Person! Aber nun muß ich hören, daß du ganz scharf darauf bist, dich auf ein reichlich fragwürdiges Abenteuer einzulassen. Ich meine diesen Herzog!«

Tierisch: »Der besitzt ziemlich heiße Unterlagen, mit denen sich einiges anfangen läßt, wenn man geschickt vorgeht. Zumal von politischen Gegnern, denen du nicht gerade wohlwollend gesonnen bist.«

Holzinger: »Aber doch nicht Ettenkofler? Der ist schließlich kein Politiker – der ist ein Geschäftsmann. Und mit dem können wir jederzeit rechnen, wenn wir ihn uns spürbar verpflichten. Die Gelegenheit dazu scheint äußerst günstig.«

Tierisch: »Nun – wenn du das so siehst, Max, dann geschehe dein Wille. Und auf mich – das weißt du – kannst du dich verlassen.«

Viertens:

Verlagsleiter Tierischs Telefongespräch mit seinem Verlagsdirektor Waldemar Wöllrich.

Tierisch: »Folgendes, Waldemar, zur schnellsten Erledigung: In unserer Redaktion sitzt dieser Herzog. Der brütet über einem Artikel. Bestelle ihn zu dir und mache ihm dann folgendes nachdrücklich klar: Wir sind ein seriöses Unternehmen, wir lehnen fragwürdige Dinge ab. Vom Polizeipräsidium eingeholte Auskünfte, und zwar von Kriminalrat Zimmermann, besagen ganz eindeutig, daß die angeblich amtlichen Unterlagen dieses Herzog außerordentlich anfechtbar sind. Feure den also hinaus! In hohem Bogen!«

Wöllrich: »Wird gemacht!«

Fünftens:

Herzog bei Verlagsdirektor Wöllrich.

Herzog: »Verstehe ich Sie richtig – Sie wollen nicht?«

Wöllrich: »Nach gründlicher Nachprüfung – nein! Tut mir leid, Ihnen das sagen zu müssen. Aber die Sorgfaltspflicht gebietet es uns...«

Herzog: »Sie sind also auch unter Druck gesetzt worden! Wieder haben irgendwelche ihre Finger...«

Wöllrich: »Ich muß doch sehr bitten, Herr Herzog! Was Sie da vorbringen, sind Unterstellungen, die ich in Ihrem Interesse überhört haben will. Zumal diese nicht gerade für die Qualitäten eines verantwortungsbewußten Journalisten sprechen. Vielleicht sollten Sie sich nach einem anderen Beruf umsehen – ich empfehle Ihnen, in die Werbebranche umzusteigen.«

Keller war um 19 Uhr 50 in der Wohnung Krebs eingetroffen. Dort schrie Sabine entzückt auf – als sie ihren Freund Anton erblickte. Beide stürzten aufeinander zu. Für lange Sekunden waren sie unablenkbar miteinander beschäftigt.

»Ich freue mich immer, Sie zu sehen«, versicherte Helene Krebs mit großer Herzlichkeit. »Auch wenn ich mich bei Ihrem Erscheinen immer wieder fragen muß: Was mag er von mir wollen?«

»Zunächst – eine Tasse Kaffee«, sagte Keller ermunternd. »Denn Ihr Kaffee, Helene, ist der beste, den ich kenne, und das will was heißen.«

Er bekam seinen Kaffee – und der war exzellent. Er trank ihn bedächtig und betrachtete dabei Sabine und Anton, die sich spielend auf dem Teppich wälzten. Ein Anblick, der ihn sichtlich vergnügte.

»Warum sind Sie diesmal gekommen?« fragte Helene Krebs vorsichtig. »Denn dies ist für Sie eine recht ungewöhnliche Zeit; zumal Sie Ihre Besuche bei mir meist vorher ankündigen.«

»Sie haben mich durchschaut!« Keller lachte erfreut auf. »Sie beginnen, die Besonderheiten unseres heiklen Metiers immer mehr zu entdecken.«

»Wir haben uns in so vielen Stunden über dieses Thema unterhalten, was ich Ihnen nie vergessen werde. Sie haben mich dabei immer wieder mit allen möglichen Gefährdungen vertraut gemacht und mir gesagt, ich solle stets auf alles Erdenkliche gefaßt sein, auf mir zugetragene Verdächtigungen, Beleidigungen. Doch nichts dergleichen ist geschehen.«

»Bisher nicht, Helene.«

»Droht nun etwas dieser Art?«

»Eine solche Gefährdung«, erklärte Keller, ein wenig mühsam, »besteht ja eigentlich immer – besonders bei Beamten des Dezernats Sitte. Denn diese werden sehr oft mit enthemmten, triebhaften Menschen konfrontiert – da sind die überraschendsten Reaktionen denkbar.«

»Ist mein Mann in Gefahr?«

»Liebe Helene«, sagte nun Keller mit großer Herzlichkeit, »er hat Sie, und er hat seine Freunde. Wie mich – und Zimmermann. Das schließt aber nicht aus, daß einige versuchen könnten, ihm gefährlich zu werden. Doch an ihn werden sie wohl kaum herankommen.«

»Aber an mich – wollten Sie das sagen?«

»Liebe Helene – ich bin von Berufs wegen dazu verdammt, die verrücktesten Möglichkeiten in Erwägung zu ziehen. Ich versuche diese zu durchschauen, zu ergründen, ihnen vorzubeugen – es gibt immer zahllose Varianten menschlichen Verhaltens. Schließlich trifft dann nur eine davon zu – aber auf die muß man vorbereitet sein.«

»Und worauf, meinen Sie, habe ich mich vorzubereiten?«

»Nun – zunächst darauf, daß es mich gibt und daß ich kein bequemer Weggenosse bin. Daß ich Forderungen stellen könnte – besser wohl, Sie bitten könnte, mir einen besonderen Gefallen zu tun.«

»Welchen, Herr Keller?«

»Würden Sie mir Sabine anvertrauen?«

»Selbstverständlich. Warum fragen Sie?«

»Jederzeit? Ich meine das wortwörtlich: zu jeder Zeit.«

»Aber natürlich!«

»Also ohne zu fragen, warum – mithin ohne eine nähere Erklärung zu verlangen?«

»Ja. Denn zu Ihnen habe ich Vertrauen.« Und sehr verhalten fügte sie hinzu: »Mein Leben lang habe ich mir einen Freund gewünscht, dem ich voll vertrauen kann – nun habe ich ihn.«

»Wer weiß denn«, meinte Keller augenzwinkernd, »was oder wen Sie sich da aufgegriffen haben. Einen pensionierten Polizisten mit einem Hund; und beide auf der Suche nach Familienanschluß. Wobei sie jedoch das bleiben wollen, was sie sind: Hund und Polizist.«

Er nickte Helene väterlich-liebevoll zu. Dann rief er nach Sabine. Die eilte zu ihm hin, gefolgt von Anton. Und Keller sagte zu diesem stets aufmerksamen Kind: »Ich möchte gerne etwas ausprobieren, das mir als sehr wichtig erscheint – nämlich dies: Wie zuverlässig, meinst du wohl, ist das Witterungsvermögen unseres Hundes?«

»Na – enorm!« versicherte Sabine unverzüglich. »Denn unser Anton ist ganz und gar einmalig! Oder bezweifelt das etwa irgend jemand?«

Zumindest Anton selbst schien das nicht zu bezweifeln. Der hatte den Kopf hochgestreckt und blickte mit unternehmungsfreudig glänzenden Augen auf Keller. Und der erklärte weiter: »Da zweifelt kaum jemand daran. Aber Herr Zimmermann möchte sich sehr gerne davon überzeugen. Heute noch – bei einer Art Übung. Und dein Vater wird auch dabei sein. Nun, Sabine, wie ist es – wollen wir denen mal vorführen, was unser Anton alles kann?«

»Gerne! Prima! Wenn Mutter nichts dagegen hat?«

»Warum sollte ich Herrn Keller daran hindern?« Helene Krebs sah den Freund vertrauensvoll an. »Wenn er so was vorschlägt, wird er seine Gründe dafür haben.«

»Müssen wir nicht gehen?« fragte Brigitte Scheurer verhalten.

»Wohin?« wollte Erwin Müller, sie anlächelnd, wissen.

»Sie werden auf dem Oktoberfest erwartet – seit zwei Stunden schon!« Sie erwiderte, ganz offen, sein zärtlich-verlangendes Lächeln. »Man wird Sie dort vermissen.«

»Niemand vermißt mich«, versicherte er, unter dem Tisch nach ihrer Hand greifend, die sie ihm bereitwillig überließ. »Einige werden sogar froh sein, wenn ich dort nicht aufkreuze. So können sie wenigstens diesen letzten Oktoberfesttag ungestört genießen.«

»Sie überlassen also einem Holzinger allein das Feld?« fragte sie behutsam, während er seine Hand auf ihren Oberschenkel legte. Was sie sich gefallen ließ. »Werden Sie das nicht – bereuen, Erwin?«

»Warum sollte ich das? Immer wieder wird mir suggeriert: Man muß sich entscheiden. Und meine Entscheidungen sind denn auch bisher immer zugunsten meiner sogenannten Arbeit, meiner angeblichen Aufgabe, ausgefallen. Wodurch ich wohl manches versäumt habe – das erkenne ich jetzt. Hier. Bei dir. Und nur das beschäftigt mich jetzt.«

Sie hielten sich immer noch im »Fontana« auf – die zweite Flasche Lambrusco war nahezu geleert. Ihre Augen glänzten, ihre Hände schienen wie unlösbar aneinander zu haften. Ihre Stimmen klangen bewegt.

Noch immer schien niemand sie in diesem Restaurant zu beachten – von dem Inhaber abgesehen, der sich jedoch diskret fernhielt. Schließlich boten sie denn auch kein ungewöhnliches Bild: ein Herr in späteren mittleren Jahren mit seiner etwa zwanzig Jahre jüngeren Begleiterin. Beide anscheinend ineinander verliebt – nun, warum sollten sie nicht?

»Wir könnten zu mir gehen«, sagte dann Brigitte Scheurer ganz offen. »Aber ich weiß nicht, ob wir dort völlig ungestört sein würden.« Sie spürte seine Hand auf ihrem Oberschenkel. »Ich wohne mit einer Kollegin vom Funk zusammen – sie macht dort Kinderstunden. Sie ist viel häufiger zu Hause als ich.«

»Schade«, sagte er. Um dann zu bekennen: »Ich habe, mußt du wissen, keine Erfahrung in diesen Dingen...«

»Das spricht für dich. Und das bestätigt mir, daß ich für dich nicht irgendeine Zufallsbekanntschaft bin.«

»Nein«, sagte er fast feierlich. »Aber was – sollen wir tun?«

»Ich kenne zufällig den Besitzer eines Hotels in nächster Nähe, in der Schillerstraße«, sagte sie, nun entschlossen aktiv werdend. »Dort könnten wir ein Zimmer bekommen – ohne alle Formalitäten. Willst du?«

»Ja – wenn du das auch willst.«

Weiterer Bericht des Illustriertenreporters Manfred Leitgeb, Keller gegenüber:

»Ich habe nun – schnellstens, wie von Ihnen gewünscht – alle Notizen, Recherchen und sonstigen Unterlagen über die drei von Ihnen benannten Personen durchgesehen, dazu noch weitere Informationen eingeholt. Keine sehr schöne Sache, das müssen Sie mir glauben, Herr Keller – zumal Sie ja so was auch gar nicht honorieren können.«

Keller: »Könnte sich unsere Polizei derartig erstklassige Rechercheure wie Sie leisten – würde sie es tun. Aber wir sind ein vergleichsweise armer Haufen, mithin auf freundliche Mitarbeit angewiesen. Wenn ich also bitten darf – zunächst einmal das Wesentlichste.«

Leitgeb: »Kurzfassung also.

Nummer eins auf Ihrer Liste – Huber. Ganz der Mann seines Meisters, wenn ich so sagen darf – auch er versucht immer wieder seine Potenz zu beweisen; eifert Holzinger nach. Ziemlich umfangreiche Abschußliste – dabei vorwiegend zweitklassige Frauen. Adressen stehen zur Verfügung, scheinen jedoch wenig herzugeben. Eben auch hier: nur ein zweiter Mann. Dabei manchmal sogar unmittelbarer Nachfolger seines Meisters oder gar in dessen direkter Vertretung.

Nummer zwei dann – Weinheber. Ein künstlerisch veranlagter Mensch, wie er selbst immer wieder betont. Dabei alles ein wenig künstlich – auch sein Geschlechtsleben. Investiert dafür Gefühle und Geld. Äußerst seltener Wechsel in seinen Bettbeziehungen – in den letzten zwanzig Jahren anscheinend zwei- bis dreimal. Stets Sekretärinnen oder so was Ähnliches – diese jedoch mit musischen Ambitionen. Eine lief ihm davon, eine ließ sich wegheiraten, die derzeit wohl dritte hat zumindest drei Freunde nebenbei – aber von ihm eine Wohnung, dazu ein monatliches Geld.

Nummer drei dann – Neumann. Eine absolute Null – in sexueller Hinsicht. Fast so gut wie desinteressiert, dachte ich zunächst. Angeödet bei Parties, sperrte er sich geradezu gegen weibliche Annäherungen; und als ihm einmal, in einem Nachtlokal, wohin er seinen Boss zu begleiten hatte, ein halbnacktes Mädchen auf den Schoß gesetzt wurde, stieß er die weg, sprang auf, rannte hinaus.«

Keller: »Also kein normales Verhalten – meinen Sie das?«

»Das, Herr Keller«, bestätigte Leitgeb, »meinte ich auch. Bis ich dann die Frau dieses Neumann kennenlernte – eine gewisse Undine.«

»Ein ästhetisch wirkendes Geschöpf – sehr zart, ein wenig blutarm, nahezu gläsern. Bin ich richtig informiert?«

»Genau, Herr Keller«, versicherte Leitgeb. »Aber eben diese... das können manchmal die Schlimmsten sein! Alles, was sie zeigen, ist feinste Fassade – aber dahinter: aufgestautes Verlangen, wuchernde Phantasien, unersättliche Sexualbedürfnisse. Wer an so was gerät, muß ein Gigant an Leistungsfähigkeit sein – oder er zerbricht daran.«

Holzinger im Armbrustschützenzelt auf der hinteren Balustrade wirkte ungemein vergnügt, auch tatbereit. Freudig blickte er um sich: rechts von ihm Undine Neumann, ihn anhimmelnd; links Ettenkofler, der neugewonnene Freund; ihm gegenüber der verläßliche Innenminister. Der hatte inzwischen eine Menge Material geliefert – mit Hilfe von Chefredakteur Geigenbauer, der wohl bald Fernsehdirektor werden würde.

Nunmehr erschien auch noch Weinheber mit Frau, der Vertraute des durch Abwesenheit glänzenden Müller. Weinheber wurde laut begrüßt, seine Frau durch Handkuß ausgezeichnet, und beide wurden aufgefordert, Platz zu nehmen. Worauf, zu den Klängen des Blasorchesters, das »volkstümliche Weisen« spielte – etwa »So leben wir« oder »Das kann doch einen Seemann nicht erschüttern« –, die Schlußphase dieses Schauspiels letzter menschlicher und wohl auch politischer Möglichkeiten begann.

Holzinger zu Weinheber, Gespräch über den Tisch, dabei beide stark einander entgegengebeugt.

Holzinger: »Sie sind doch, wie man sagt, ein kluger Kopf. Aber denken Sie auch realistisch? Ihre verehrte Frau Gemahlin kann das – sie sympathisiert mit mir; sie weiß genau, was sich mit wem am sichersten anfangen läßt. Wissen Sie das auch?«

Weinheber: »Worauf steuern Sie hin?«

Holzinger: »Daß Sie Ihren, wie man sagt, glänzenden Verstand richtig gebrauchen! Ich fürchte, daß ich Ihrem Müller die Krallen kräftig beschneiden muß, das ist einfach unvermeidlich geworden. Er ist hier viel zu stark in mein Gehege geraten – da muß ich einen Riegel vorschieben. Ihm täte Luftveränderung gut. Möglichst gleich bis nach Bonn. Damit würde für Sie hier der Weg frei in Ihrem Verein oder als Intendant oder als Vorsitzender des Rundfunkrates. Wir werden uns gewiß arrangieren. Das sei Ihnen von Herzen gegönnt – schon Ihrer verehrten, klugen Frau wegen.«

Huber III, bei Holzinger eingetroffen, im Gespräch mit ihm in einer Ecke unterhalb der Balustrade, beim rechten hinteren Ausgang.

Huber: »Neumann kommt gleich nach, der muß seinen Quark noch abschreiben lassen – ziemlich miese Arbeit, wenn Sie mich fragen. Unser Stockfisch ist einfach nicht bei der Sache. Dieser Michelsdorf aber – ein großer fetter Brocken. Hier seine Unterlagen – einmal ziemlich ausführlich, aber auch eine konzentrierte Zusammenfassung. Die werden Sie lesen wollen.«

Holzinger, nachdem er die Zusammenfassung überflogen hat: »Das müßte eigentlich hinhauen – falls es die Kripo tatsächlich wagen sollte, sich bei uns bemerkbar zu machen.«

Huber: »Das hat sie bereits. Mehrere Beamte versuchten, bei uns herumzuschnüffeln – wobei es ihnen gelungen ist, unsere zweite Empfangsdame aufs Kreuz zu legen. Dieses Rindvieh hat denen doch glatt unsere Personalliste ausgehändigt, dazu noch das Ein- und Ausgangsbuch; aber auch sonst scheint die reichlich munter drauflosgeplaudert zu haben.«

Holzinger: »Feure sie hinaus! Weißt du, ob sich auch Kriminaldirektor Hädrich hier irgendwo aufhält?«

Huber: »Durchaus anzunehmen. Sein genauer Aufenthaltsort dürfte in der Polizeibaracke hinter dem Schottenhamelzelt bekannt sein.«

Holzinger: »Halte hier inzwischen die Stellung! Widme dich besonders Undine; sorge dafür, daß sie sich hier wohl fühlt. Wenn Neumann inzwischen eintrifft, soll er auf mich warten.«

Holzinger eilte hinter den Bierzelten auf den durch Bretterwände abgesperrten Verwaltungsteil zu – hier fand er vor: den Wagen des Kriminaldirektors; diesen selbst im Gespräch mit dem Einsatzleiter der Polizeikräfte. Kriminaldirektor Hädrich wurde unverzüglich um eine vertrauliche Unterredung gebeten; er zögerte nicht, dieser Aufforderung sofort Folge zu leisten. Holzinger dankte für diese Bereitschaft. Hierauf versicherte er noch entgegenkommend: »Bin entschieden für Ordnung und Sicherheit – habe unsere Polizei schon immer geschätzt«, um dann ganz massiv vorzuprellen:

»Um so mehr wundert es mich – bestürzt es mich geradezu –, daß Ihre Leute das Hauptbüro meiner Partei sozusagen in corona heimsuchen! Und dort meine Mitarbeiter mit Fragen überfallen, sich breitmachen, Unruhe stiften. Das noch dazu mit den heikelsten Verdächtigungen.

Selbstverständlich nehme ich an, Herr Hädrich, daß Sie persönlich nicht informiert sind. Wie ja auch ich selbst von dieser Aktion nicht rechtzeitig unterrichtet worden bin, was doch wohl, unter halbwegs normalen Verhältnissen, zu erwarten gewesen wäre. Vermutlich handelt es sich hier um einen vorschnellen Zugriff, einen beklagenswerten Mißgriff von irgendwelchen subalternen Beamten. Und zwar ausgerechnet von Beamten Ihres Dezernats Sitte, wie ich erfahren habe.

Die treibende Kraft dabei ist offenbar ein gewisser Kommissar Krebs! Eine wohl etwas fragwürdige Erscheinung – nach den mir zugänglich gemachten Unterlagen, die ich Ihnen gerne zur Verfügung stelle. Und so einen Menschen, ich bitte Sie, läßt man auf angesehene Bürger los?«

Der Kriminaldirektor: »Ich werde das unverzüglich überprüfen, Herr Holzinger – genau, in allen Einzelheiten. Sie hören dann wieder von mir. In Kürze.«

Maximilian Holzinger, die eigenen Aktivitäten freudig genießend, war wieder im Armbrustschützenzelt eingetroffen. Er drängte sich durch die berauschte Menge, winkte breit lachend um sich, ließ sich dann auf seinen Platz, neben Undine, nieder. Er griff nach einem Bierkrug und rief in die Runde: »Da bin ich wieder, Freunde! Ich mußte jedoch zunächst einmal etliche Mißverständnisse ausräumen, krumme Sachen geradebiegen. Aber jetzt können wir feiern!«

Er prostete zunächst Ettenkofler zu. Dieser hob, dankbar und freundschaftlich gestimmt, sein Glas. Das taten auch Weinheber und seine Frau, ebenso wie der Innenminister, auch Geigenbauer, der sich bereits als Fernsehdirektor sah. Eine runde biergesättigte Harmonie schien sie alle zu umfassen.

Und zu Undine sagte Holzinger lächelnd: »Endlich kann ich mich Ihnen widmen. Schließlich bin ich nur Ihretwegen hier.«

Sie sagte: »Das ist schön.«

Aber noch einmal wurde Holzinger gestört – durch Bert Neumann. Der starrte ungläubig auf seine Frau, während er seinem Boss eine Mappe mit Dokumenten übergab. Dieser griff lässig danach, schlug sie auf, begann die Unterlagen schnell durchzublättern. Dann sagte er: »Nicht gerade überwältigend.«

Und Bert Neumann antwortete mühsam: »Mehr war damit nicht zu machen.«

Holzinger schüttelte den Kopf, umdröhnt vom Lärm der Trinker, den Zurufen der Freunde, dem Getöse des Blasorchesters – nun wieder »Bayerischer Defiliermarsch«, wohl zum sechstenmal an diesem Abend. Es war bereits 21 Uhr. Nur noch zwei Stunden – und auch das diesjährige Oktoberfest war geschafft.

»Das gefällt mir nicht«, sagte Holzinger, die ihm übergebenen Dokumente mit seiner rechten Hand gleichsam wiegend – als seien sie zu leicht befunden. »Das reicht einfach nicht aus! Das ist lauwarmer Seich.«

Hierauf ordnete er an: »Huber, schleppe diesen Battenberg her! Der soll diesen unzulänglichen Mist bearbeiten, ihn mit seinen Interna sachverständig anreichern. Neumann, du gehst dann diesen ganzen unzureichenden Quark noch einmal gründlich durch – und wenn die ganze Nacht dabei draufgeht.«

»Wird gemacht«, erklärte Huber.

Bert Neumann jedoch schien Holzinger nicht zu hören – er sah unentwegt seine Frau an, mit gequältem Erstaunen. Dann forderte er sie auf: »Komm mit!«

»Nein«, sagte sie, sanft und entschlossen.

Und Holzinger meinte, robust-freundlich: »Mach jetzt kein Theater, Neumann! Deiner lieben verehrten Frau gefällt es hier – willst du ihr diesen Abend vermiesen? Mit Gewalt?«

»Komm mit!« forderte Bert Neumann erneut – er war blaß geworden; er schien zu zittern. Murmelte dann kraftlos: »Du kommst mit!«

»Du – ödest mich an«, sagte sie leise vor sich hin. Ihm erschien es quälend laut – während sie ihn nicht mehr anzusehen vermochte. Eine jäh aufkommende Stille schien Bert Neumann für Sekunden zu lähmen.

Dann stürzte er hinaus.

Meldung der angesetzten Observationsgruppe über Funk an die Befehlszentrale Polizeipräsidium, für Kommissar Felder, Konferenzraum:

»Beobachtungsobjekt verläßt Armbrustschützenzelt durch rechten hinteren Ausgang. Begibt sich über das dort anschließende Hügelgelände auf die südwestlich gelegene Straße zu – in Richtung Messeplatz. Uhrzeit: 21 Uhr 10.«

Felder: »Dranbleiben!«

9

Keller war wieder im Polizeipräsidium eingetroffen – nunmehr mit Sabine und Anton. Diese beiden ließ er in der Kantine zurück, nachdem er die Brasch telefonisch gebeten hatte, das Kind und den Hund zu betreuen.

Den Konferenzraum betrat Keller allein – es war 20 Uhr 50. Hier nickte er Zimmermann zu, der das sichtlich erfreut registrierte, und bat dann unverzüglich, um keine Minute mehr zu verlieren, Krebs zu sich. Doch der schien sich von Felders gesammelten Werken nur schwer lösen zu können – die stimmten ihn zuversichtlich.

Doch kaum war er zu Zimmermann getreten, als er dessen maßgebliche Erkenntnisse zu diesem Fall vernahm.

»Mit diesem Riesenaufwand wird es uns wohl mit einiger Sicherheit gelingen, deine Theorie zu bestätigen. Aber es gibt nun einmal nur eine garantierte Sicherheit in unserem Metier – die Überführung des Täters in voller Aktion.«

»Das wäre relativ leicht zu bewerkstelligen«, meinte der hier sich einmischende Keller. »Man müßte nur diesem Täter ein Objekt über den Weg laufen lassen, auf das er mit Sicherheit reagiert – reagieren muß.«

»Also den aktionsauslösenden Reiztyp für ihn! Eine Art Schwester dieser Gudrun Dambrowski, im selben Alter, von ähnlicher Ausstrahlung«, erklärte Zimmermann suggestiv. »Ich könnte mir durchaus jemanden vorstellen, der dafür extra in Frage käme.«

»Nein!« rief Krebs heftig abwehrend, er hatte blitzschnell den Plan durchschaut. »Nicht meine Tochter Sabine! Die bringe ich nicht in Gefahr.«

»Das muß doch nicht gefährlich werden«, sagte Zimmermann verwundert. »Was meinst du, Keller?«

»Auch Keller«, sagte Krebs eindringlich, »wird Sabine niemals einem solchen Täter als Lockvogel ausliefern wollen – auch er hat das Kind gern!«

»Stimmt«, bestätigte der Kriminalbeamte außer Dienst bereitwillig. »Aber dieser Täter ist sensibel, voller Hemmungen, er tastet sich vorsichtig vor – ist eben ein Ästhet. Plötzliche, explosive Reaktionen sind bei dem nicht zu befürchten.«

Krebs schwieg. Die Beamten im Konferenzraum lauschten gebannt dem Gespräch der leitenden Kriminalisten.

»Was hier vorgeschlagen wird, könnte böse, wenn nicht gefährliche Folgen haben«, stellte Krebs bedächtig fest. »Dem soll mein Kind ausgesetzt werden? Und selbst du, Keller, bist dazu bereit?«

»Ja, Krebs! Denn hier geht es doch gar nicht um eine vollzogene oder nur versuchte Tat. Lediglich deren Anlauf dürfte voll genügen, um dann diesen ästhetischen Täter stellen zu können – um ihn zu überführen, zu einem Geständnis zu bringen.«

»Also, Freund Krebs – warum zögerst du noch?« fragte Zimmermann ermunternd. »Deiner Sabine wird kein Haar gekrümmt werden. Wir werden sie abschirmen, nach allen Regeln der Kunst. Mit unserem großen Apparat – einschließlich Keller und Anton.«

»Nun ja – kann sein«, meinte Krebs, sich ergeben zurücklehnend. »Aber wie bringe ich das meiner Frau bei? Denn die wird niemals zulassen, daß unsere Sabine...«

»Sie hat mir dein Kind anvertraut«, erklärte Keller. »Sabine befindet sich bereits im Präsidium – auf meine Verantwortung.«

»Mein Gott«, sagte Krebs tonlos, Keller anstarrend, »es gibt wohl nichts, was man dir nicht zutrauen müßte.«

»Volle Aktion also!« rief Zimmermann schwungvoll. »Felder, lassen Sie jetzt alle Puppen tanzen!«

Situationsbericht des Kriminalkommissars Felder:

»Observationsobjekt eins, männlich, hielt sich im Armbrustschützenzelt auf, hintere Balustrade. Dortselbst offenbar interne heftige Auseinandersetzungen. Unmittelbar danach, laut letzter Meldung, Ausbruch des Mannes – in südwestlicher Richtung. Diese Möglichkeit war einkalkuliert.

Dieser Ausbruch konnte nach den Gegebenheiten wohl nur in südwestlicher Richtung erfolgen. Denn: Das Armbrustschützenzelt liegt diesmal gleich rechts beim Eingang zum Oktoberfest – dahinter, südlich, das große umzäunte Ausstellungsgelände; doch nur wenig seitwärts davon, südwestlich: ein Wohnviertel.

Dieses Wohnviertel wird zwar von einigen verkehrsreichen Hauptstraßen durchzogen – wie Schießstätt- und Gollierstraße. Doch dazwischen liegen völlig vereinsamte Nebenstraßen; dort stehen nur abgestellte Autos, Fußgänger sind selten, es gibt nur wenig erhellte Fenster.«

Anregung von Keller:

»Wir sollten uns in Auffangstellung begeben. Dabei sind die zur Verfügung stehenden Funkstreifenwagen abschirmend einzusetzen. Dazu unsere speziellen Aktionseinheiten, im Fahrzeug eins: Krebs und Sabine, dazu die Brasch; im Fahrzeug zwei: Zimmermann, Anton und ich.

Dann wird das bereits von mir mit Sabine abgesprochene Hundespiel durchgespielt: Sabine ist angeregt worden, das Witterungsvermögen unseres Anton zu erproben – also zu erkunden, ob der sie aufspüren kann – auch unter schwierigsten Bedingungen. Sabine ist bereit, hierbei mitzuhelfen, um Antons Fähigkeiten unter Beweis zu stellen.

Ich habe Sabine gesagt: Dein Vater begleitet dich bis zu einem bestimmten Punkt – dann gehst du allein weiter. Anton und ich werden in der Nähe sein. Du suchst also unseren Hund, aber ohne nach ihm zu rufen. Und falls dich jemand dabei ansprechen sollte, dann erkläre ihm, daß du den Hund Anton suchst. Wenn dann etwa der, welcher dich angesprochen hat, dir beim Suchen helfen will – warum nicht? Ich denke, das müßte ausreichen.«

Entscheidung Zimmermann:

»Dann wollen wir also! In die Fahrzeuge – zu den Auffangstellungen. Einsatzbereitschaft dortselbst dürfte in knapp 15 Minuten gegeben sein. Verkehrszentrale wird gebeten, alle Ampeln für uns auf grün schalten zu lassen.

Felder bleibt hier verantwortlich: für alle Funksprechverbindungen; für die Begleitung der Streifenwagen, für die Observationsgruppen. Laufende und unverzügliche Unterrichtung über eventuelle neue Ermittlungsergebnisse.

Stellen Sie eine möglichst umfassende Ringschaltung des Funkverkehrs sicher. Falls inzwischen Fotos vom Observationsobjekt eins vervielfältigt worden sind, sollten diese allen beteiligten Beamten sofort zugängig gemacht werden.«

Der Lautsprecher im Konferenzraum wurde eingeschaltet. Er rauschte zunächst lediglich auf. Doch dann ertönte die höfliche, doch auch energische Stimme des Kriminaldirektors.

»Herr Kriminalrat Zimmermann bitte zu mir. Es ist dringend.«

Worauf Zimmermann sagte: »Diese Aktion läuft weiter wie geplant. Lassen Sie den Kriminaldirektor wissen, Felder, daß ich bereits auf dem Wege zu ihm bin. Unmittelbar danach begebe ich mich in das Einsatzgebiet. Bis zu meinem Eintreffen leitet der Kollege Krebs alle Aktionen. Das jedoch nach meinen Weisungen, die während meiner Abwesenheit Herr Keller geben wird; diese sind bereits abgesprochen.«

Bert Neumann verließ – »wie von Furien gejagt«, war später zu lesen – das Festzelt. Er eilte ins Freie.

Er hastete den Hügel hinauf, zum Ausstellungsgelände hin – hier blieb er, wenige Sekunden, schweratmend stehen. Er betrachtete mit unruhigen Blicken die Menschen, die dort saßen – einzelne, zumeist betrunken; aber auch Paare, die sich umschlungen hielten; Familien – Väter, Mütter und Kinder –, die in den bizarren Lichterglanz starrten.

Bert Neumann überquerte die südliche Ringstraße, über die Autokolonnen krochen, und eilte auf das Ausstellungsgelände zu. Doch dem wich er aus – er lief, sich nach rechts wendend, auf den Messeplatz zu, stürzte sich von dort in die nächste Straße.

Aber auch sie wie die nächste waren von Lärm und Motorengeheul erfüllt: Tummelplätze eines hektischen Verkehrs. In dieses Inferno stürzte er sich hinein. Blockierte Autos, aufheulende Motoren, wildes Hupen – kein Fahrzeug bewegte sich vom Fleck. Dazu eine Menschenmenge, grölend, schwankend, schreiend, an Zäunen und Bäumen kotzend. Enthemmter Lebensgenuß, berauscht und schnell müde geworden.

Bert Neumann ruderte mit beiden Ellbogen durch dieses taumelnd-trunkene Gewimmel – er flüchtete sich in eine Nebenstraße. Und hier, nur wenige Meter vom Strom der Berauschten entfernt, umgab ihn ganz plötzlich eine erlösende, nach dem Lärm fast lautlose Abgeschiedenheit.

Er lehnte sich gegen eine Hauswand – völlig erschöpft. Die Beleuchtung in der Straße – eine Neonröhre, fünf Meter hoch montiert – erreichte ihn nicht. Schon gar nicht sein Gesicht – das leichenblaß war und schweißig glänzte. Er schien ganz in sich zusammenzusinken – als wollte er sich selber auslöschen!

Da erblickte er ein Kind. Ein Kind, das sich mitten über diese Straße bewegte. Beinahe auf ihn zu. Durch diese Straße, die ihm – als wäre sie plötzlich grell ausgeleuchtet worden – unheimlich bekannt vorkam. Es war die P-Straße. Die gleiche – wie gestern.

Dennoch konnte er jetzt nur noch dieses Kind registrieren – das da auf ihn zukam. Als ob es irgend etwas suchte – bunte Luftballons schwebten über einem helleuchtenden Gesicht.

»Da sind Sie ja endlich«, rief Kriminaldirektor Hädrich, als sich Kriminalrat Zimmermann bei ihm meldete. »Überflüssige Vorbemerkungen wollen wir uns ersparen. Mit aller Deutlichkeit: Jetzt muß Schluß sein!«

»Wovon sprechen Sie, bitte?« fragte Zimmermann, zunächst neugierig.

»Von Krebs!« stellte der Kriminaldirektor fest. »Von wem denn wohl sonst?«

Worauf Zimmermann entschieden feststellte: »Krebs ist, wie Sie selbst genau wissen, einer unserer besten Beamten. Wir sollten froh sein, daß er zu uns gehört.«

»Sollten wir das – tatsächlich? Es gibt andere, die wesentlich anderer Ansicht sind.«

»Solche gibt es immer!«

»Aber nur selten welche, die nicht nur schwere Bedenken anmelden, sondern die über alarmierendes Beweismaterial verfügen.«

»Im Hinblick auf Krebs? Glaube ich nicht.«

»Die mir angebotenen Unterlagen, Herr Kollege«, sagte der Kriminaldirektor vorsichtig, »stimmen mich höchst nachdenklich.

Da wird zum Beispiel behauptet: Krebs habe sich in eine fragwürdige Ehe eingelassen.«

»Unsinn!« rief Zimmermann robust.

»Auch soll sich seine Frau noch nach ihrer Verehelichung in dunkle Vorgänge eingelassen haben – wofür zwei Adressen angeboten werden. Hier sind sie; was sagen Sie nun?«

»Ich bitte Sie, was sind denn schon Adressen? Einer meiner Freunde, ein Elektrotechniker, wohnt in einem Haus in der Landwehrstraße, in dessen Erdgeschoß befindet sich ein sogar von Regierungskreisen frequentierter Massagesalon – ich suche dort nur meinen Freund auf; den mit der gleichen Adresse.«

Hädrich blieb hartnäckig – er schien entschlossen, hier reinen Tisch zu machen. »Ferner soll Krebs sich gewisse intime Eingriffe in das Privatleben seiner weiblichen Mitarbeiter geleistet haben.«

»Wer so was behauptet, muß eine ziemlich ausschweifende Phantasie besitzen – außerdem kann der nicht die geringste Ahnung von unserem Krebs haben.« Zimmermann fing an zu lachen. »Wobei ich mich doch wundere, daß Sie auf derartige Unterstellungen überhaupt reagieren.«

»Verehrter Herr Kollege«, sagte nun der Kriminaldirektor warnend, »ich muß da doch wohl um ein wenig mehr Verständnis für meine Situation bitten. Als Stellvertreter des in Urlaub befindlichen Präsidenten habe ich nicht nur mögliche Mißgriffe unserer Kriminalbeamten einzudämmen – ich muß an das ganze Amt denken.«

»Niemand hindert Sie daran! Bedenken Sie das Ganze, während wir arbeiten.«

»Herr Zimmermann«, sagte nun Hädrich mit Nachdruck, »ich wünsche keine direkte Kontroverse mit Ihnen – nehmen Sie das zur Kenntnis. Was mich beunruhigt, ist die massive Versessenheit dieses Krebs! Erst gestern diese peinliche Sache mit Ettenkofler.«

»Dafür kann Krebs nicht unmittelbar verantwortlich gemacht werden! Vor voreiligen Fachidioten bleibt leider keine Dienststelle verschont. Auch nicht die Kriminaldirektion.«

»Bleiben wir sachlich! Sehen Sie nur die rücksichtslose Art und Weise, mit der Krebs heute seine Ermittlungen vorantreibt – sogar bis hin in eine Parteizentrale. Das hat eine Menge Staub aufgewirbelt, was sich leicht hätte vermeiden lassen!«

»So was soll ansonsten gerne geschehen«, erklärte Zimmermann völlig unbeirrbar. »Wir gehen ja sonst mit Samthandschuhen und auf Gummisohlen vor, falls es die Klientel empfiehlt. Doch in diesem Fall arbeiten wir unter starkem Zeitdruck – sonderliche Rücksichten können wir uns dabei kaum leisten. Für Sie ist aber wohl derzeit das Wichtigste: Nicht Krebs ist für diese Aktion verantwortlich zu machen – sondern ich! Sie haben mir sein Dezernat unterstellt – und damit auch ihn. Wenn Sie also hier jemanden kaltstellen wollen – dann nicht Krebs, sondern mich.«

Kriminaldirektor Hädrich schwieg – längere Zeit. Dann fragte er gedehnt: »Wollen Sie tatsächlich das alles verantworten?«

»Ob ich will oder nicht – ich mache es. Gemeinsam mit Keller.«

»Sie haben sogar Herrn Keller eingeschaltet?« fragte der Kriminaldirektor sichtlich besorgt. »Und der hat sich einschalten lassen? Da muß es ja schlimm stehen. Ich erbitte Ihren ausführlichen Bericht.«

»In einer Stunde etwa«, erklärte Zimmermann ungeniert. »Jetzt muß ich zum Einsatz. Von dessen Ausgang wird es dann abhängen, ob ich meinen Abschied einreiche oder ob Sie mir Ihr volles Vertrauen aussprechen – und Krebs dazu. Keller hat so was ja wohl nicht nötig.«

Erklärungen des Kriminaltechnikers Dr. Bergold, Polizeipräsidium:

»An diesem Sonntagabend wollte ich mich meiner Familie widmen; nach einem guten Essen, Schweinsbraten mit Knödel, wollten wir fernsehen. Ich wollte mich wieder einmal an einem Kriminalfilm ergötzen – denn die dort vorgeführte Naivität und Ahnungslosigkeit unserer Praxis gegenüber pflegt mich in Märchenstimmung zu versetzen. Da erreichte mich jedoch eine Aufforderung von Keller – was viel mehr versprach.

Ich fand unseren großen alten Mann im Labor vor und wurde von ihm mit folgendem Problem konfrontiert: Installierung eines möglichst kleinen Mikrofons, so gut wie unsichtbar – bei einem Kind. Reichweite: einige hundert Meter.

Ich machte meine Vorschläge: Mikro diesem Kind um den Hals montieren, kaum halb so groß wie eine Streichholzschachtel – unter einem Arm, in den Haaren. Keller lehnte das ab – es könnte, meinte er, ein direkter Zugriff erfolgen, der dann dieses Mikrofon beschädigen oder gar ausschalten würde. Also – es werde gebeten, Phantasie zu investieren!

Ich erbat Einzelheiten: Was für ein Kind – wie und wo eingesetzt? Und erfuhr: ein Mädchen, etwas älter als zehn Jahre – das sich in der Umgebung der Oktoberfestwiese aufhielt. Und dieses Stichwort suggerierte mir: Freiheit – Leichtigkeit – Schweben!

Das Ergebnis: Luftballons – etwa drei – an kurzen Fäden, etwa ein Meter bis ein Meter fünfzig lang. Und daran montiert: das Mikro.«

Bert Neumann, gegen eine graue Wand gelehnt – am Haus P-Straße 26 –, sah drei Luftballons auf sich zuschweben, in starken Farben: blau – rot – gelb. Ein mondlichthaftes Gelb; ein starkes Himmelblau; ein grelles Rot.

Und darunter – im Licht der Neonleuchte deutlich erkennbar: ein puppenhaft schönes, wundersam ebenmäßiges Gesicht, gerahmt von sanft strahlendem Blondhaar. Bert Neumann bewegte sich, wie unter magischem Zwang, auf dieses frauliche Kind zu.

Als er Sabine erreicht hatte, blieb er stehen – behutsam, um sie nicht zu erschrecken. Dann sagte er: »Was machst du denn hier?«

Und Sabine sagte: »Ich suche nach unserem Hund!«

»Ist er dir weggelaufen?«

»Das nicht«, sagte das Kind. »Aber ich kann ihn einfach nicht finden – oder er findet mich nicht!«

»Dann mußt du eben weitersuchen – immer wieder suchen. Alle Menschen müssen suchen, solange sie leben.«

Er ging auf Sabine zu, die stehengeblieben war und ihn neugierig betrachtete. Er bewegte sich langsam, als leiste er vergeblich Widerstand, während er gewaltsam vorwärtsgeschoben wurde. Dann, nur noch einen Meter von ihr entfernt, sagte er leise, wie gewürgt, mit dumpfer Deutlichkeit:

»Mein Gott, Kind – bist du schön!«

Um dann, wie erstickt, mit gepreßter Stimme hinzuzufügen: »Mein Gott – wie kann man nur so schön sein, mein Kind.«

Dieser Vorgang wurde – durch das Mikrofon unter den schwebenden Luftballons übertragen – von vier Personen mitgehört: von Krebs und Frau Brasch im ersten Wagen; im zweiten von Keller mit Anton und von Zimmermann. Letzterer war erst vor wenigen Minuten eingetroffen – sprungbereit wie ein gereizter Löwe. Aber auch der Hund schien jedes Wort zu verstehen; er wurde unruhig.

»Das genügt doch wohl!« sagte Krebs hastig – in das vor ihm hängende Funksprechgerät hinein.

»Nur noch ein wenig Geduld«, empfahl Keller an seinem Gerät – am anderen Ende der Nebenstraße.

»Hat sich die Observationsgruppe an dieses Objekt herangearbeitet?« wollte Zimmermann wissen.

»Sie hat«, bestätigte Keller – über das beständig eingeschaltete Funksprechgerät, also auch von Krebs und der Brasch deutlich zu verstehen. »Unsere Gruppe kann jederzeit zugreifen.«

Das Personal dieser Observationsgruppe bestand nunmehr, von Felder vorsorglich verstärkt, aus sechs Personen – vier davon waren männlich, zwei weiblich. Sie hielten sich im Schatten eines geparkten Wagens, in einem Hauseingang, in einem Auto auf. Jeweils zu zweit.

»Wir sollten zugreifen«, empfahl Krebs.

»Noch nicht!« rief Zimmermann.

»Sabine ist nicht gefährdet«, versicherte Keller suggestiv. »Ich kann deine Ungeduld verstehen, Krebs – unserem Anton geht es ähnlich. Aber es wäre zu früh.«

»Kein Zugriff ohne meinen Befehl!« ordnete Zimmermann an.

»Ich würde dir gerne behilflich sein, mein liebes Kind«, sagte nun Bert Neumann mit leiser Stimme, ohne sich zu bewegen – noch etwa einen Meter entfernt vor dem Mädchen stehend. »Wie heißt du denn?«

»Sabine«, sagte sie, wobei sie zu ihm aufsah – ein wenig neugierig.

»Das ist ein schöner, ein wunderschöner Name! Er paßt zu dir – zu deiner Zartheit.«

»Unser Hund«, sagte Sabine ratlos, »findet mich nicht.« Sie blickte Neumann hilfesuchend an. »Was kann man da tun? Wo kann ich ihn finden?«

»Hunde, die sich verlaufen haben«, sagte er und beugte sich ein wenig vor, »haben Angst; sie verkriechen sich meistens, suchen dunkle Stellen auf. Wollen wir dort mal nachsehen? Oder hast du auch Angst?«

»Warum denn?« fragte Sabine mit heiter klingender Stimme. »Und wo – meinen Sie – sollten wir suchen?«

»Überall, wo es dunkel ist, Sabine – mein schönes Kind! Etwa gleich dort drüben könnten wir beginnen, beim Toreingang. In so völliger Dunkelheit fühlen sich Hunde geborgen, wie manchmal auch Menschen. Kommst du mit? Komm schon, Sabine – du schönes Kind. Komm mit.«

Knapp einhundert Meter davon entfernt grölten trunkene Festbesucher, die sich bei ihrem geparkten Omnibus eingefunden hatten. Sie sangen: »So ein Tag – so wunderschön wie heute!« Uhrzeit: 21 Uhr 42.

Holzinger, im Armbrustschützenzelt, überblickte noch einmal sein Gefolge, hob dabei den vor ihm stehenden Bierkrug und trank jedem einzelnen zu:

Ettenkofler – in neu gewonnener Freundschaft: »Auf das, was wir noch vorhaben!« Weinheber – in weitschauender Planung auch hier: »Alle Chancen liegen bei Ihnen – und Ihrer verehrungswürdigen Frau.« Innenminister – stets bewährter Weggenosse: »Nur weiter so.« Schließlich Geigenbauer, demnächst Fernsehdirektor: »Wir verstehen uns!«

Wieder einmal schienen alle wichtigen Weichen gestellt. Holzinger war nun mal ein motorischer Mensch und seiner Antriebskraft sicher. Schöpferische Pausen dazwischen schienen ihm sinnvoll und wohlverdient.

Zufrieden blinzelte er in den Festlärm, dann auch zu den massiven Wildschwein- und Rehbocktrophäen hinauf, die an den Breitseiten dieses Großzeltes angebracht waren – Doppelkeiler und Zwölfender; und was es sonst an Beute im Bereich abschußfreudiger

Jäger geben mochte.

Und er sagte zu der neben ihm sitzenden Undine, selbstbewußt und vertraulich werbend: »Jetzt ist hier so gut wie alles gelaufen – nun kann ich endlich nur noch Mensch sein. Mit Ihnen – wenn Sie wollen.«

»Ich will«, sagte sie entschlossen.

Der Kriminaldirektor hatte Kriminalkommissar Felder zu sich kommen lassen. Der stand nun denkbar gelassen vor ihm.

»Ich weiß«, sagte Hädrich gemessen, »daß Sie unseren Kollegen Zimmermann sehr schätzen.«

»Das stimmt, Herr Direktor. Übrigens hat mir Herr Zimmermann zwei Adressen, die Sie ihm vorgelegt haben, übergeben, Frau Krebs betreffend, mit dem Auftrag, sie nachzuprüfen. Dementsprechende Recherchen sind erfolgt.«

»Na und? Mit welchem Ergebnis?«

»Ein Wochenbesuch galt ihrem Vater – Adresse Nummer eins. Dann bei Herrn Keller – Adresse Nummer zwei. Diese Verdächtigungen muten äußerst primitiv an. Da können nur amtliche Armleuchter am Werk gewesen sein.«

»Gut«, sagte der Kriminaldirektor, etwas peinlich berührt von diesem banalen Ergebnis, ein wenig erleichtert aber auch. »Sehr gut sogar.«

»Dann kann ich jetzt also gehen?«

»Noch nicht, Felder! Noch werden Sie hier gebraucht. Zumal ich Sie für einen unserer verläßlichsten Beamten halte.«

»Wäre ich gerne.«

»Verläßlich in jeder erdenklichen Hinsicht, Felder! Womit ich annehme, daß Sie unbedenklich jeder Anordnung von meiner Seite nachkommen werden. Damit rechne ich. Ich verlange nicht gleich, daß Sie über den Schatten Ihrer Vorgesetzten springen sollen. Lediglich dies erwarte ich: eine intensive Vorplanung! Und zwar dahingehend: Was geschieht – mit allen Einzelheiten –, falls die Aktion Zimmermann-Krebs fehlschlagen sollte? Einer Katastrophe müssen wir vorbeugen. Die amtsübliche Absicherung also. Verstehen Sie mich?«

»Vollkommen!«

»Sie sind also bereit...«

»Nein, Herr Direktor!« sagte Felder entschieden. »Es sei denn, Herr Keller selbst würde mich davon überzeugen, daß es sich in diesem Fall um eine fatale Anhäufung von Fehleinschätzungen gehandelt hat. Halten Sie das für möglich?«

»Was seid ihr doch für ein fürchterlich verschworener Haufen!« rief Hädrich. »Mit euch muß man Pferde stehlen – ob man will oder nicht.«

»Sie wollen es«, hörte sich Felder sagen. »Und wir wollen, daß Sie weiter Kriminaldirektor bleiben.«

»Bist du glücklich?« fragte Brigitte Scheurer verhalten.

»Ja, ich bin glücklich«, gestand Erwin Müller aufrichtig.

»Weißt du, was Glück ist?« fragte sie, vor sich hin lächelnd. »Was verstehst du darunter?«

»Bei dir zu sein«, bekannte er.

Sie lagen beieinander – in einem Zimmer dieses Hotels in der Schillerstraße: grasgrüner Fußboden, himmelblaue Wände, weißgraue Decke. Um sie herum primitive Kaufhausmöbel. Doch das Doppelbett, auf dem sie lagen, war erst jüngst ausgewechselt. Er reckte sich darin – genießerisch, mit geschlossenen Augen.

»Du darfst nicht glauben«, sagte sie, sich an ihn schmiegend, »daß ich so etwas öfters tue...«

»Ich«, bekannte er lächelnd, über sich selbst verwundert, »habe das noch nie getan, seit ich verheiratet bin!«

»Glaube ich dir nicht!« rief sie, sich aufrichtend – sie betrachtete ihn ehrlich erstaunt. »Das sagst du nur so.«

»Ich weiß – das klingt nicht gerade sehr glaubhaft; aber es ist die reine Wahrheit. Aus Mangel an Gelegenheit, wenn du so willst; aus Abneigung gegen schnelle Abenteuer; man könnte vielleicht aber auch sagen: aus Prinzip.«

»Das ist schlimm – und wunderbar zugleich«, sagte Brigitte, sich über ihn beugend, zärtlich und wie um Verzeihung bittend zugleich. »Schlimm wohl – weil ich es bin.«

»Wunderbar – weil du es bist!«

»Und was«, fragte sie, ihn dabei nicht ansehend, »könnte sich daraus ergeben?«

Uhrzeit – 21 Uhr 42.

»Hier, mein schönes Kind, hier bei diesem Hauseingang, wollen wir anfangen, deinen Hund zu suchen. Komm mit mir – sei ganz ruhig. Wir werden ihn schon finden. Vertrau mir – ich tu's gern. Für dich.«

Diese Worte des Bert Neumann dröhnten in die Ohren von Krebs, der seinen Empfänger auf volle Lautstärke geschaltet hatte. Die mütterliche Brasch neben ihm legte vorsorglich besänftigend ihre Hand auf seinen Arm.

Mehrere Sekunden vergingen lautlos.

»Es ist gleich soweit«, sagte Keller beruhigend sachlich.

Und dann war wieder die Stimme von Sabine zu vernehmen; sie klang kaum mehr als unwillig verwundert. »Was – machen Sie denn da? Warum knien Sie sich hin?«

Hierauf Bert Neumann, als werde er gewürgt, mit nur noch mühsam erkennbaren Wortfetzen: »Mein Gott – wie kann man nur so schön sein... wie fürchterlich doch diese Schönheit ist... darf nicht sein... kann ich nicht...«

»Schluß jetzt«, schrie Krebs entsetzt. »Das halte ich nicht aus!«

»Das genügt wohl«, bestätigte Keller.

»Das genügt nicht!« behauptete Zimmermann scharf. »Das ist doch alles nur die einleitende Phase. Wenn wir den wirksam überführen wollen, muß er weitergehen.«

»Das kann man Krebs nicht mehr zumuten!« erklärte Keller eindringlich. »Für uns ist das ein Fall – bei ihm geht es um sein Kind.«

»Macht keine halben Sachen!« rief Zimmermann besorgt. »Wenn wir den jetzt aufstöbern, geht er uns durch die Lappen – und alles war umsonst.«

Krebs: »Nicht weiter!«

Keller: »Du mutest ihm zuviel zu, Zimmermann. Mach Schluß! Sofort!«

»Zugriff also!« befahl Zimmermann notgedrungen – aber das so laut, daß kaum noch eine Verstärkeranlage notwendig erschien. Und sofort setzten sie sich in Bewegung, wie aus der Pistole geschossen:

einmal Krebs, dazu die Beamten der Observationsgruppe und die Brasch. Allen voran aber der losgelassene Hund Anton, der Sabine zuerst erreichte. Unmittelbar danach, erstaunlich wieselflink, Keller.

Der und Anton beschäftigten sich sofort und intensiv mit Sabine. Der Hund hatte den Mann, der sich bei dem Kind befand, angefallen – aber Keller selbst drängte ihn ab, stieß ihn gegen die Hauswand und zog dann Sabine mit sich – aus dem Hinterhofeingang heraus, ins Straßenlicht.

Hier umarmte er beschützend das Kind, das von Anton freudig angesprungen wurde. Er sagte, etwas mühsam lachend: »Na, Sabine – war das ein Spaß? Oder hast du dich erschrecken lassen? Das hoffe ich nicht – es war doch alles ziemlich komisch, oder nicht?«

»Kann man sagen«, bestätigte das Kind.

Denn Sabine war weder erschreckt noch verstört, vielleicht ein wenig verwundert; wie Keller erleichtert feststellte. Er überließ sie der Brasch – während Anton offenbar Wert darauf legte, bei dem Kind zu bleiben. Keller begab sich zum Torweg zurück.

Hier stand Bert Neumann, den Rücken gegen eine Hausmauer gepreßt. Er blinzelte in das grelle Licht von mehreren auf ihn gerichteten Taschenlampen hinein – bleich, kraftlos und ergeben. Krebs, der sich versichert hatte, daß seine Tochter wohlbehalten war, stand vor ihm und starrte ihn an. Völlig wortlos.

Währenddessen näherte sich Zimmermann – mit löwenartig federndem Gang. Doch ohne jede Hast. Absolut entschlossen, nun zum vernichtenden Sprung anzusetzen. Er betrachtete Bert Neumann prüfend, sein Opfer, das nun zu erzittern schien, vielleicht der Nachtkälte wegen.

Dann sagte er laut fordernd: »Nun zu Ihnen!«

Den weiteren Ablauf des Geschehens schien Zimmermann zunächst Kriminalkommissar Krebs überlassen zu wollen. Er nickte ihm zu und zog sich einige Schritte zurück – worauf er dann lauernd, wie sprungbereit, stehen blieb. Keller neben ihm.

Keller sagte, verhalten: »Ein intelligentes, nervöses, zerquältes Gesicht. Was muß alles in diesem Menschen geschehen sein.«

Zimmermann knurrte ungehalten. »Ich sehe zunächst nur, daß er kein Idiot ist. Und wenn er sogar, wie du meinst, intelligent ist, dann sollte es ihm nicht schwerfallen, aus dieser Schlinge herauszukommen. Krebs ist weich geworden – wegen Sabine. Und du – auch. Ihr Kriminalbeamten mit den feinen Gefühlen!«

Krebs hatte sich inzwischen Neumann langsam genähert – bis auf wenige Zentimeter. Wobei die ihn umgebenden Beamten zurückwichen, respektvoll und voller Erwarung; das Licht ihrer Taschenlampen blieb auf Neumann konzentriert. Und dessen vorher an eine Clownmaske erinnernden, scharfen und bleichen Gesichtszüge wirkten nun sterbensmatt. Er schloß die Augen.

Krebs sagte – leise und sehr eindringlich: »Sie sind überführt – eines versuchten Sittlichkeitsverbrechens. Weitere ähnliche Tatvorgänge sind nachweisbar. Zeugen sind vorhanden. Wollen Sie sich dazu äußern?«

Bert Neumann stöhnte gequält: »Was wissen Sie denn schon – von mir?«

»Eine ganze Menge!«

»Nichts wissen Sie! Sie ahnen nicht einmal, in welchem Ausmaß jeder Mensch ausgeliefert ist!«

»Das ist Ihre Ansicht! Halten wir uns an die Tatsachen.« Krebs war durch nichts mehr von seinem Ziel abzulenken, dem er sich endlich nahe glaubte. »Das hier war Ihr dritter oder gar vierter Versuch – jeder einzelne ist nachweisbar; jeder davon hat sich gesteigert. Sie wissen, was am Ende gestanden hätte!«

»Ich – habe nur geliebt; nichts sonst!« Neumann blinzelte verzweifelt in das Licht hinein – und schloß abermals die Augen.

»Sie erlagen einem Wahn – erzeugt von Ihrer Frau.«

»Undine!« murmelte Bert Neumann. Verloren starrte er vor sich hin. »Warum gibt es solche Frauen? Sind denn alle so – voller Zerstörung, Zersetzung, eine Krankheit, die das Blut zerstört? Eine furchtbare Krankheit – schon in Kindern erkennbar. Vor der man sie bewahren muß...«

»Indem man ihr Leben auslöscht?«

»Ich liebe – die Menschen.«

»Ersparen wir uns derartige Erklärungen«, schaltete sich Zimmermann robust ein. »Mit Philosophie kommen wir hier nicht weiter. Wir haben einen Täter – nun brauchen wir sein Geständnis. Und das wird er uns liefern!«

»Was soll ich denn gestehen?« fragte Bert Neumann verzweifelt. »Daß man mich immer nur mißverstanden hat? Daß ich nie geliebt wurde? Daß ich leide?«

»Weitere Vernehmung im Präsidium!« entschied Zimmermann ungehalten. »Ab mit dem Mann!« Was unverzüglich erfolgte.

Und zu Krebs sagte er: »Nimm ihn dir vor – schnellstens und nach allen Regeln der Kunst. Bevor bei dem die Schockwirkung nachläßt. Vermeide dabei alles, was nach einem Krankheitsbericht aussehen könnte – nur Tatsachen, Tatsachen, Tatsachen!«

Und zu Keller sagte er: »Wir müssen also damit rechnen, daß zum Erscheinungsbild eines ästhetischen Täters – wie du schon richtig erkannt hast – eine gewisse Intelligenz gehört. Wenn er seinen Verstand zu Hilfe nimmt, kann er uns entgleiten wie ein Aal. Kann ich damit rechnen, daß du dann eingreifen wirst?«

Keller nickte zustimmend. »Rechne damit. Doch zunächst werde ich mich davon überzeugen, ob Sabine und Anton alles gut überstanden haben. Denn wenn jemand von Menschen spricht, meint er damit höchst selten Kinder. Von Tieren erst gar nicht zu reden.«

»Deine Sorgen möchte ich haben!« Zimmermann lachte auf, nicht sonderlich freudig. »Bei dir geht es offenbar um seelische Nuancen, bei mir jedoch um meine Existenz und um die von Krebs dazu. Wenn hier alles schiefläuft, sind wir erledigt. Hädrich wird dann dafür sorgen.«

Uhrzeit: 22 Uhr 45.

»Nun – war Anton nicht gut?« fragte Sabine höchst munter. Dabei umarmte sie den Hund so heftig, daß er aufjaulte. »War nicht alles sehr gut?«

Sabine stellte die Frage an Keller – sie saß hinten bei ihm im Dienstwagen des Kriminalrates. Die Brasch, vorne neben dem Fahrer, blickte erstaunt zurück – auf dieses seltsam mobile Kind. Sabine schien nicht im geringsten beeindruckt zu sein; offenbar hatte sie nicht begriffen, daß sie sich noch vor wenigen Minuten in hoher Gefahr befunden hatte. Die Brasch blinzelte Keller fragend an.

Der große alte Mann des Präsidiums lachte – hell, herzhaft, ungetrübt. »Bei dir, Sabine, scheint tatsächlich alles bestens zu sein – nicht nur im Hinblick auf unseren vielgeliebten Anton. Denn ich kann mir beinahe vorstellen, warum du glaubst, gut gewesen zu sein. Offenbar hast du begriffen, was tatsächlich geschehen ist.«

»Es ging dabei um so was wie einen Onkeltyp«, erklärte das Kind. »Und dabei war ich – so eine Art Lockvogel!«

»Wie kommst du denn darauf, Sabine?« Die Brasch war stark beeindruckt – auch sie konnte immer noch dazulernen.

Und Keller meinte, sichtlich erheitert: »Ich traue dir eine ganze Menge zu, Sabine; unsere Frau Brasch tut das auch, unser Anton erst recht. Aber woher, bitte, weißt du, was ein Lockvogel ist?«

»Ich kann doch lesen. Und schließlich habe ich Augen im Kopf!« Das Kind war jetzt wie verwandelt, reagierte ohne die bedächtige Ernsthaftigkeit, die ihr sonst eigen war, erschien vielmehr höchst aufgeschlossen. »Das kenne ich doch vom Fernsehen. Dann lese ich die Zeitung. Und außerdem habe ich mir immer Zeitschriften angesehen, die Vater mit nach Hause bringt.«

»Kaum zu glauben«, meinte die Brasch kopfschüttelnd. »Dieses Kind liest Fachzeitschriften – etwa auch die ›Kriminalistik‹?«

»Ja, die – aber auch den ›Kriminalbeamten‹ und die ›Polizeinachrichten‹ und die Bücher von Herrn Keller.« Sabine sonnte sich in dem Staunen ihrer Umgebung. »Manchmal verstehe ich zwar etwas nicht ganz genau – aber vieles schon!«

»Höchst bemerkenswert«, meinte Keller. »Darüber solltest du dich eigentlich mit deinem Vater unterhalten – oder mit mir – oder mit Frau Brasch. Die Hauptsache jedenfalls ist: Es war nicht schlimm! Oder beunruhigt dich dabei irgendwas? Nein?«

»Ich hab das gern getan«, versicherte das Kind, nun wieder ernsthaft. »Und unser Anton«, wobei sie diesen erneut innig umarmte, »war dabei ganz, ganz prima, nicht wahr? Er war viel schneller bei mir als jeder Mensch.«

»Unser Anton ist wirklich prima«, bestätigte Keller bereitwillig. »Aber du bist das auch. Und weil du das bist, kann ich dich jetzt beruhigt verlassen. Vielleicht werde ich im Präsidium gebraucht. Frau Brasch wird dich zu deiner Mutter bringen.«

»Und was ist mit unserem Hund?«

»Den siehst du spätestens morgen wieder, Sabine. Zunächst jedoch muß er mich begleiten – immerhin möglich, daß ich auf seinen sicheren Instinkt angewiesen bin, was du ja verstehst. Unser Anton kann als Tier mögliche Katastrophen im voraus wittern.«

Holzinger vernahm gedämpfte, doch eindringliche Klopfgeräusche an seiner Hotelzimmertür. Er wälzte sich unwillig zur Seite – das weibliche Wesen neben ihm, Undine, blieb regungslos liegen.

Sie sagte mit geschlossenen Augen, wie betäubt vom Genuß: »Bleib bei mir.«

»Ich komme gleich wieder«, versprach er ihr. »Schließlich hat die Nacht ja kaum erst begonnen.«

»Beeile dich!« sagte sie.

Er stieß sich vom Bettrand hoch und griff nach seinem bereitliegenden Bademantel. Dann entriegelte er die Tür seines Hotelzimmers und öffnete sie spaltbreit. Er erblickte Huber.

»Mann – willst du dich etwa mit Gewalt bei mir unbeliebt machen?« fragte Holzinger unwillig. »Sind die Russen einmarschiert?« Das war einer seiner Standardscherze – er war also keineswegs schlecht gelaunt, er fühlte sich lediglich gestört.

»Darf ich fragen«, flüsterte Huber höchst vertraulich, »ob Frau Undine bei Ihnen...«

»Bist du deshalb hier? Weil du selbst ganz gerne...« Holzinger wußte nicht recht, ob er nun Huber anschnauzen oder laut lachen sollte – zumindest schien es ihm nicht ratsam, hier Aufsehen zu erregen. Er meinte gedämpft: »Mach keinen Mist, Mensch – vielleicht ein andermal.«

»Ich bin wegen Bert Neumann hier!« versicherte er hastig.

Holzinger zog den Bademantel enger um sich, trat in den Korridor hinaus und zog die Tür hinter sich ins Schloß. »Was ist denn mit Neumann? Schnüffelt der mir nach? Etwa mit gezückter Pistole? Versuch nicht, mir diesen Quatsch anzudrehen. Außerdem weiß Neumann nicht, in welchem Hotel ich absteige; das weißt nur du!«

»Wenn es nur das wäre«, meinte der sichtlich besorgte Huber.

»Aber es ist schlimmer. Der Neumann ist nämlich verhaftet worden!«

»Dann verständige einen Anwalt, damit er sich um ihn kümmert – aber mich laß gefälligst schlafen!«

»Es wäre nicht ratsam, wenn wir uns in diesem Fall engagierten – vielmehr sollten wir uns entschieden distanzieren. Neumann ist nämlich unter dem dringenden Verdacht verhaftet worden, ein Sittlichkeitsverbrechen begangen zu haben.«

Holzinger starrte seinen engsten Vertrauten an, als habe er ein monströses Fabeltier vor sich. Dann blickte er sich spähend um. Nur sie beide befanden sich in dem schmalen, mit dicken Läufern ausgelegten Hotelkorridor. Holzinger ließ sich auf ein schmales Sofa fallen, das an der Wand stand, den Hotelzimmertüren gegenüber.

»Ein Mann aus unserem engeren Bereich, ich bitte dich, und verwickelt in so was? Ausgeschlossen! Das darf nicht sein! Begründeter Verdacht, sagst du – oder lediglich eine Vermutung?«

»Er soll sozusagen auf frischer Tat ertappt worden sein. Das hat mir Michelsdorf mitgeteilt, unser Gewährsmann. Und zwar handelt es sich um ein Kind – das von Neumann überfallen worden sein soll. Das ist sozusagen amtlich.«

»Dieses kleine, miese Schwein!« rief Holzinger ehrlich empört. »Von diesem Saukerl müssen wir uns unverzüglich trennen.«

»Ich schlage vor, daß diese Trennung bereits vor der Tat erfolgt ist.«

»Das, mein Lieber«, sagte der Boss aufhorchend, »wäre nicht schlecht – wenn es geht. Aber mit welcher Begründung?«

»Neumann hat sich heute nachmittag mit Müller getroffen – seine Frau kann das bestätigen.« Huber war froh, das mitteilen zu können. »Ein glatter Abwerbungsversuch!«

»Kein Versuch – eine vollzogene Abwerbung!« entschied Holzinger, schnell reagierend. Er erhob sich, wieder unerschütterlich selbstbewußt; ganz großer Boss! »Damit gehört also Neumann nicht mehr zu uns – sondern zur Gegenpartei – zu Müller. Der hat sich also einen Sittlichkeitsverbrecher eingehandelt! Soll er sehen, wie er mit ihm fertig wird. Kapiert?«

»Genau!« bestätigte Huber. »Das ist dann amtlich. Aber wie wird Müller darauf reagieren?«

»Spür ihn auf – den Rest erledige ich dann schon.«

»Also lassen wir diesen Sittenstrolch Neumann in seinem eigenen Saft schmoren?«

»Offiziell ja, intern aber nicht! Ich denke dabei keinesfalls an die derzeitige Position Neumanns, sondern allein an die unsere. Er muß so gut wie möglich neutralisiert werden – durch den wirksamsten Mann, der uns zur Verfügung steht.«

»Messer etwa?« fragte Huber III ungläubig. »Gleich der?«

»Genau der!« entschied Holzinger souverän. »Der soll sich um Neumann kümmern – damit eine weitgehende Einebnung gewährleistet ist. Messer wird zwar von uns honoriert, hat aber Neumann nicht als unser Mann gegenüberzutreten. Jeder politische Bezug ist unbedingt zu vermeiden.«

»Wird gemacht!« versicherte Huber III voller Bewunderung. Um dann hinzuzufügen: »Und was wird mit dieser Undine?«

»Was soll mit der schon werden?« Sein Boss lachte auf. Um dann männlich-vertraulich hinzuzufügen: »Die ist noch Neuland und ganz verrückt darauf, ihre ›Unschuld‹ zu verlieren. Ebenso aufregend wie anstrengend – kleiner Vulkan für den Hausgebrauch. Aber spüre du erst diesen Müller auf und setze unseren Messer an. Alles andere wird sich dann schon arrangieren lassen – auch für dich. Nicht zuletzt im Hinblick auf Undine.«

Bert Neumann hockte im Hauptbüro des Dezernats Sitte auf einem Stuhl vor dem Schreibtisch des Kommissars. Krebs saß dahinter. Kriminalrat Zimmermann stand in der Ecke bei der Tür – hielt sich im Hintergrund, erwartungsvoll an die Wand gelehnt.

Krebs sagte eindringlich: »Sie sind überführt worden – und Sie wissen das. Sie befanden sich mitten in der Tatausführung – das können Sie nicht leugnen.«

Neumann schwieg. Er hockte verkrümmt da, hob seinen Kopf, blickte den Kommissar mit großen Augen an. Es war, als könne er kein Wort hervorbringen.

Krebs fügte hinzu: »Das Kind, das Sie angesprochen und dann

angefallen haben, trug ein Mikrofon bei sich. Wir haben also jedes Wort mitgehört.«

»Was – besagen schon Worte«, sagte Bert Neumann leise.

Krebs versuchte nunmehr, auf Umwegen ans Ziel zu gelangen. Er begann mit einer großen Aufrechnung – wollte Fall an Fall reihen, jeden nach Zeit, Ort, Gelegenheit, dem Motiv analysieren. In einem riesigen, ungemein dichtgeknüpften Netz sollte sich Neumann verfangen.

Das aber würde, wie Zimmermann schnell erkannte, viele Stunden, wenn nicht Tage beanspruchen. Die Zeit dafür hatte er nicht – denn der Kriminaldirektor wartete auf seine Ergebnisse; und schon bald würde sich auch die Presse bemerkbar machen. Er benötigte also, ganz dringend, ein eindeutiges Resultat.

Deshalb schaltete er sich entschlossen ein. Er bat Krebs in das Vorzimmer hinaus – wobei sie Neumann, unter Bewachung eines Beamten, zurückließen. Zimmermann verlangte dringend nach Keller.

Nachdem dieser mit Anton erschienen war, setzten sich die drei in einer Ecke zusammen. Und damit begann eine kleine interne Konferenz, wie sie in diesem völlig überfüllten Amt auf Korridoren, in der Kantine, in jeder Ecke stattfinden kann – wirksame Fachgespräche benötigen keinen Konferenzraum.

Zimmermann: »Wir kommen nicht schnell genug weiter!«

Krebs: »Weil alles sehr kompliziert liegt – deshalb benötigen wir Geduld.«

Zimmermann: »Geduld erfordert Zeit – und die haben wir nicht!«

Keller: »Krebs will aufbauend, konstruktiv vorgehen.«

Zimmermann: »Das dauert aber zu lange. Da bleibt uns nur eines: die ganz harte Methode – also ein Kreuzverhör unter physischem Druck.«

Krebs: »Was ich ablehne – nicht nur aus Prinzip. Dieser Täter ist, bei aller periodischen Enthemmtheit, ein höchst sensibles Wesen. Ein Gewaltzugriff führt hier nicht zum Ziel!«

»Dann«, sagte Zimmermann entschieden, »mußt du in Aktion treten, Keller! Du mit deinen menschlichen Methoden.«

»Muß ich?« fragte Keller, wobei er Krebs anblickte.

»Versuch es«, sagte der vertrauensvoll.

Holzinger wurde abermals gestört – nunmehr um 23 Uhr 18. Doch diesmal nicht unerwartet. Undine neben ihm begann unter »ferner liefen« zu rangieren.

Er betrachtete sie abschätzend. Nun ja – mal was anderes! Sie wirkte wonnig zerzaust – ein Anblick, der seiner Männlichkeit schmeichelte. Seine Vitalität war keine Legende – was er sich wieder einmal mehr bewiesen hatte.

Undine drehte sich auf den Bauch – sie hatte bei all ihrer Zierlichkeit einen bemerkenswert festen Hintern. Sie preßte ihr Gesicht in die Kissen, angenehm erschöpft.

»Ruh dich ein wenig aus«, empfahl ihr Holzinger.

Dann stand er wieder, unternehmungsfreudig und entspannt, im Hotelkorridor seinem Huber gegenüber. Und der berichtete: »Ich habe von Battenberg herausbekommen, was mit dieser Scheurer los ist. Die spurt! Genau in unserer Fahrtrichtung.«

»Bei Müller? Hat sie den geschafft?«

»Sieht ganz so aus!« Der dritte Huber war sich seiner erstklassigen Arbeit durchaus bewußt – ihn beschwingte der anerkennende Blick seines Chefs. »Die Scheurer bevorzugt – wie unser Battenberg wohl aus eigener Erfahrung weiß – stets das gleiche Hotel. Battenberg brauchte nur anzurufen, um herauszubekommen, daß sich die Scheurer dort aufhält – mit einem Herrn, wie es hieß. Also mit unserem Freund Müller! Hier die Adresse. Der Nachtportier spricht auf Trinkgelder an; fünfzig Mark reichen aus.«

Holzinger nahm den Notizzettel mit der Hoteladresse, plus Zimmernummer, erfreut entgegen. »Gut gemacht!« versicherte er. »Allerbeste Arbeit, mein Lieber!«

Dabei rechnete er: Von hier zum angegebenen Hotel – Paradeplatz bis Goethestraße: knapp zehn Minuten. Die frische Luft würde ihm gut tun.

»Ist Messer mobilisiert?«

»Der schien nur darauf gewartet zu haben!« berichtete Huber. »Er startete sofort in Richtung Polizeipräsidium.«

»Ohne unseren offiziellen Auftrag – aber in unserem Interesse?«

»Messer ist eine Wucht – der ist sein Honorar wert! Er wußte sofort, worauf es ankommt.«

Worauf Holzinger seinem Huber zublinzelte: »Ich werde mich jetzt anziehen. Dann kannst du es dir in meinem Zimmer bequem machen. Du hast auch eine Entspannung verdient. Und was die Dame betrifft – die scheint zu schlafen. Betreue sie – wenn sie wach wird.«

Messer – gelegentlich auch, nicht unzutreffend »Macki Messer« genannt – war kein Mann umständlicher Umwege, er ließ sich direkt beim Polizeipräsidenten anmelden und traf so auf dessen Stellvertreter, Kriminaldirektor Hädrich. Der sagte nur: »Auch der noch« und bat ihn herein.

Messer kam unverzüglich zur Sache: »Ihre Beamten haben einen gewissen Herrn Neumann verhaftet. Einen Bert Neumann. Sind Sie informiert?«

»Das ist mir bekannt«, sagte Hädrich äußerst vorsichtig – denn auch Messer war ihm bekannt. »Sind Sie sein Anwalt?«

»Das bin ich – falls er mich akzeptiert, was ich annehme.« Messer überspielte diesen etwas heiklen Punkt schnell. »Offenbar hat Herr Neumann weder Zeit noch Gelegenheit erhalten, sich mit seinem Anwalt in Verbindung zu setzen. Das heißt praktisch wohl: Er ist verhaftet worden, ohne auf seine Rechte aufmerksam gemacht worden zu sein – er wird verhört, ohne Aufklärung darüber, daß er einen Rechtsbeistand anfordern kann.«

»Bitte, keine voreiligen Vermutungen!« empfahl der Kriminaldirektor.

»Dann entkräften Sie sie bitte!« forderte Messer. »Geben Sie Anordnung, daß ich unverzüglich mit Herrn Neumann sprechen kann. Dann werden wir weitersehen.«

Hädrich sah schwarz. Er ahnte Fürchterliches und verfluchte das ganze Dezernat Sitte und Zimmermann dazu. Und er erklärte äußerst verbindlich: »Ich entspreche Ihrem Ersuchen – Herr Neumann steht zu Ihrer Verfügung. Bitte wenden Sie sich an den dafür zuständigen Beamten, Herrn Zimmermann.«

Bert Neumann befand sich noch immer im Chefbüro des Dezernats Sitte – mitten darin hockte er auf einem Stuhl zusammengekrümmt. Unsagbar allein. Den Wachbeamten, der sich hinter ihm aufhielt, schien er nicht wahrzunehmen.

Doch dann hob er, sehr mühsam, den Kopf. Irgend etwas in diesem nüchternen, schäbigen, heftig strapazierten Raum erschien ihm jetzt höchst ungewöhnlich, irritierend, erzwang seine Aufmerksamkeit.

Denn vor ihm stand ein Hund. In ein, zwei Meter Entfernung – der sah ihn an. Und dieser Hund war ein fast schwarzes, struppiges, leicht verwahrlost wirkendes Wesen – mit großen glänzenden Augen.

»Das ist Anton«, hörte Neumann – und die Stimme, die das sagte, klang hell, klar, wirkte sehr jugendlich.

Aber Bert Neumann erblickte einen kleinen, alten, unendlich besorgt erscheinenden Mann. Mit gütigem Gesicht – in dem die Augen überraschend klar waren. Und dieser Mann nickte dem Wachbeamten kurz zu, der sich daraufhin unverzüglich entfernte. Er zog einen Stuhl herbei und setzte sich vor Neumann.

»Mein Name ist Keller«, sagte er sehr höflich. »Und das ist Anton, mein Hund. Sie kennen ihn bereits – nicht wahr?«

Neumann starrte Anton an, der ihn unentwegt zu betrachten schien – mit geradezu beklemmender Ausdauer. »Ist das derselbe Hund – der mich vorhin – in jener Straße – der sich dort zwischen uns gedrängt hatte – so wild! Ist das der gleiche Hund?«

»Er ist es«, sagte Keller. »Aber achten Sie bitte darauf, Herr Neumann – Anton bellt Sie hier nicht an, er knurrt auch nicht; er ist jetzt also weder angriffsbereit noch befindet er sich in Verteidigungsstellung. Er sieht Sie nur an. Es scheint, als versuche er Sie zu verstehen.«

»Mich?« fragte Bert Neumann ungeduldig.

»Hunde«, erklärte ihm Keller behutsam, »reagieren viel instinktsicherer als die meisten Menschen – dieser besonders. Denn der begreift, was wir kaum ahnen. Offenbar besitzen Sie seine intensive Anteilnahme.«

»Was für ein Hund ist dieser Anton?« wollte Bert Neumann zögernd wissen.

»Genau kann ich das nicht sagen«, meinte Keller leicht betrübt. »Denn dieser Hund besitzt wohl nicht das, was man Rasse nennt – vermutlich ist er eine Art Mischung aus Pudel und Hirtenhund, Spitz und Terrier. Sein Alter weiß ich auch nicht; über seine Herkunft ist mir wenig bekannt. Ich habe ihn vor einigen Jahren übernommen. Von einem Mann, der hier nicht mehr länger leben konnte oder wollte – als Honorar dafür, daß ich ihn davor bewahrt habe, lebenslänglich eingesperrt zu werden. Das war das schönste und wertvollste Honorar, das ich mir je gewünscht habe.«

»Ein Lebewesen also, das Sie liebt«, stellte Bert Neumann nachdenklich fest. »Ohne Berechnung? Und so was gibt es?«

»Das beruht auf Gegenseitigkeit; muß darauf beruhen. Denn auch ich liebe dieses Geschöpf – wir sind Freunde.«

»Ein Hund also!« Bert Neumann blickte Anton prüfend und dann auch verlangend an. »Das ist vielleicht gar nicht wenig – in dieser scheußlichen Welt, in der sonst die sogenannte Liebe meist nur Qual ist, eine endlose Kette von Demütigungen, ein Ersticken jeder aufkeimenden Hoffnung. Und dieser Hund, meinen Sie, vermag Gefühlsregungen zu spüren?«

»Er kann das – ohne zu ahnen, warum er es kann«, sagte Keller unbeirrt. »Im Grunde weiß er wohl nur so viel: Solange noch Menschen Gefühle aufbringen können, solange auch nur ein Funken Gefühl in ihnen existiert, sind Hunde nicht verloren – sie vermögen sie zu überleben. Allein das macht sie schon dankbar.«

»Darf Anton zu mir kommen?« fragte Bert Neumann leise.

»Er wird es – wenn er will, wenn ihm sein Instinkt das erlaubt. Rufen Sie ihn.«

Und er rief: »Anton – komm zu mir!«

Worauf sich der Hund, nach kurzem Zögern, in Bewegung setzte – auf Bert Neumann zu; und sich unmittelbar vor ihm niederhockte. Wobei seine Augen – dunkel leuchtend – um Vertrauen baten. Sein gestutzter Schwanz begann zaghaft zu wedeln.

Bert Neumann kniete sich nieder und umarmte den Hund. Der ließ sich das gefallen – wobei er zu Keller hinüberblinzelte, der ihm zunickte. Dann hob er seine Schnauze empor, dem Gesicht des bei ihm knienden Menschen entgegen.

»Es ist tatsächlich so«, sagte Bert Neumann, zutiefst erstaunt, auch beglückt, »als ob dieser Hund mich verstünde!«

»Ich«, sagte Keller, »versuche das auch.«

»Tut mir leid, mein Lieber, Verehrtester, wenn ich stören sollte!« rief Holzinger vergnügt. »Aber wir müssen uns dringend über einen Vorgang unterhalten, der absolut keinen Aufschub duldet.«

Er war in das Hotelzimmer eingedrungen, in dem Müller und die Scheurer lagen. Er betrachtete beide nicht ohne Genuß – sie waren nackt und versuchten ihre Blöße zu bedecken. Holzinger stand in der Tür und hatte dort alle Lichtquellen im Raum eingeschaltet.

Er sagte belustigt: »Nicht daß ich Ihnen das nicht gönne, mein Lieber – ich habe vollstes Verständnis dafür, zumal Sie ja da einen ganz reizenden Fang gemacht haben. Wenn es mich auch ein wenig überrascht, daß ausgerechnet Sie...«

»Was wollen Sie hier? Scheren Sie sich hinaus!« Müller hatte sich abwehrbereit aufgerichtet – war jedoch hilflos in seiner Blöße. Selbst seine Brille hatte er abgelegt – er blickte angestrengt auf diesen munteren Eindringling, ohne jede seiner Reaktionen sicher erkennen zu können. »Was soll dieser Unsinn?«

Holzinger ließ sich Zeit, beide hochbefriedigt zu betrachten. Dann sagte er, lässig gegen die Tür gelehnt: »Von mir aus, mein Lieber, können Sie treiben, wozu Sie lustig sind – auch das hier! Ich habe viel Verständnis dafür – nur eben nicht in jedem Fall und zu jeder Zeit. Etwa dann nicht, wenn hinter meinem Rücken einer meiner Leute abgeworben wird – auch wenn es sich dabei nur um einen Neumann handelt.«

»Von Abwerbung kann hier keine Rede sein«, versicherte Müller, um schnelle Klärung bemüht. »Ich habe mich zwar mit Herrn Neumann unterhalten und dabei den Eindruck gewonnen, daß er sich zu verändern wünscht; und das, meine ich, sollte man ihm möglich machen, wenn er darauf besteht.«

»Den schenke ich Ihnen!« erklärte Holzinger robust. »Von mir aus können Sie mit ihm glücklich werden. Die Hauptsache jedoch: klare Verhältnisse. Darauf bestehe ich. Der ist also Ihr Mann!«

»Ja – wenn Sie nichts dagegen haben.«

»Ganz im Gegenteil, Verehrtester – dazu gebe ich Ihnen sogar meinen Segen. Doch ob Sie an dem sonderlich viel Freude haben werden, bezweifle ich – aufrichtig wie ich bin.«

Rechtsanwalt Messer wurde an Kriminalrat Zimmermann verwiesen, der ihn unbekümmert empfing. »Was soll's denn diesmal sein?«

»Herr Neumann. Ich habe Erlaubnis, mit ihm zu sprechen.«

»Aber gerne, Herr Messer – falls Sie dazu legitimiert sind.«

»Herr Hädrich hat eine entsprechende Entscheidung bereits getroffen.«

»Aber doch wohl nur«, meinte Zimmermann, geradezu herzlich, »falls die rechtlichen Voraussetzungen gegeben sind. Ist das der Fall? Soweit mir bekannt ist, hat Herr Neumann keinen Anwalt verlangt – schon gar nicht Sie persönlich. Also können Sie auch nicht in seinem Auftrag hier sein.«

Messer blinzelte den Kriminalrat geradezu entzückt an – er liebte derartige Konfrontationen, sie regten ihn an. »Nun – wenn Sie unbedingt wollen, dann können wir dieses Pferd juristisch auch ganz anders aufzäumen. Ist Herr Neumann bei seiner Verhaftung über seine Rechte informiert worden?«

»Sicherlich!« Zimmermann gab sich ganz bieder. »Das geschieht bei mir ganz automatisch – wird aber leider manchmal überhört.«

Messer grinste anerkennend – soviel gekonnte, aber auch geschickt abgesicherte Ungeniertheit gefiel ihm ungemein. Genauso hätte er, an Stelle von Zimmermann, reagiert. »Sind inzwischen bereits Vernehmungen durchgeführt worden?«

»Nein«, erklärte der Kriminalrat, heiter gelassen. Was nach der Strafprozeßordnung stimmte. Denn zu einer amtlichen Vernehmung gehört ein Protokoll – das unterschrieben und gegengezeichnet werden muß.

»Also haben bisher lediglich sogenannte Befragungen stattgefunden«, bohrte Messer munter weiter. »Das heißt: die polizeiübliche Methode der Vorbereitung auf eine derartige Vernehmung – eine suggestive Beeinflussung! Und das alles, ohne den Befragten auf sein Recht aufmerksam zu machen, daß er jede Auskunft verweigern darf!«

»Wofür halten Sie uns? Mit Herrn Neumann findet derzeit lediglich eine Art Unterhaltung statt – und zwar durch Herrn Keller.«

Nun war Messer sichtlich alarmiert; seine genießerische Freude am Spiel verschwand augenblicklich. Er wirkte höchst beunruhigt, als er nun, betont offiziell, erklärte: »Ich bin der Anwalt von Herrn Neumann!«

»Können Sie das beweisen?« fragte der Kriminalrat sanft.

»Ich ersuche Sie, mich unverzüglich mit meinem Klienten zu konfrontieren!«

»Nicht unverzüglich! Herr Neumann unterhält sich gerade mit Herrn Keller – wobei wir beide nicht stören sollten. Falls aber Herr Neumann danach auf eine Unterredung mit Ihnen Wert legen sollte, wird sie stattfinden.«

»Kein Menschenleben«, sagte Keller bedächtig, »das nicht jederzeit gefährdet wäre.« Er betrachtete Bert Neumann, der sich immer noch, seltsam zärtlich, um Anton bemühte. »Haben Sie schon mal von der sogenannten Fluchttheorie gehört – sie wird nicht selten bei Kriminalbeamten angenommen.«

»Je mehr ich nachdenke, um so weniger vermag ich zu erkennen«, sagte Bert Neumann, sich an Anton klammernd, der von unendlicher Geduld war. »Ich empfinde nur dies: widerstandslos ausgeliefert zu sein – aber ich weiß nicht an was, an wen, warum! Was verstehen Sie unter dem seltsamen Begriff – Fluchttheorie?«

»Gelegentlich wird behauptet, wir Kriminalbeamte seien im Grunde nichts anderes als verhinderte Kriminelle. Vielleicht ist das manchmal auch der Fall. Denn um einen Täter überführen zu können, muß man so denken, so reagieren wie er.«

»Und das können Sie?« fragte Neumann bestürzt und ungläubig. »Auch in meinem Fall?«

»In Ihrem Fall«, erklärte Keller, sehr behutsam, »sind Sie in der letzten Phase mit einem Kind konfrontiert worden, das ich kenne.«

»Ein schönes, wunderschönes Kind – wenn Sie mir erlauben, das zu bemerken. Ein Geschöpf wie aus Traum und Märchen!«

»Was ich nur bestätigen kann, Herr Neumann. Denn auch mich bezaubert dieses Mädchen, ich reagiere also kaum anders als Sie. Selbst mein Hund Anton muß etwas Ähnliches empfinden – denn von niemandem sonst, auch von mir nicht, duldete er gröbere Zugriffe.«

»Auch Sie... sagten Sie... vermögen ähnlich wie ich...«

»Selbst für mich könnte dieses Kind unter gewissen Umständen, Voraussetzungen, Gegebenheiten, möglicherweise zu einer Gefahr werden – da ich Sabine sehr liebe.« Keller bekannte das vorbehaltlos, sehr bedacht auch. »Aber ich bin eben ein alter Mann, wie man sagt: abgeklärt, mit nur noch sehr begrenzten körperlichen Anwandlungen – ich befinde mich also in einem Zustand, den man jenseits von Gut und Böse nennen könnte. Aber bei Ihnen, Herr Neumann, liegt das wesentlich anders.«

»Was vermuten Sie?« fragte Bert geradezu begierig, während er Anton an sich preßte. Und der Hund ließ sich das gefallen, mit halb geschlossenen Augen und hechelnder Zunge im geöffneten Maul. »Was – wissen Sie?«

»Was ich vermute, Herr Neumann, spielt hierbei praktisch keine Rolle. Und ich habe mir noch niemals angemaßt, sonderlich viel zu wissen.« Keller blickte Neumann, der ihn atemlos anstarrte, bedächtig an. »Denn wie sich zwei Blätter eines Baumes, eines Waldes, von allen Bäumen dieser Welt, niemals exakt in allen Einzelheiten gleichen – so ist auch kein Mensch mit einem anderen genau zu vergleichen. In jeder Stunde, in jeder Minute kann jeder von uns verändert sein. Dabei gibt es Augenblicke des völligen Ausgeliefertseins.«

»Können Sie sich so etwas bei mir vorstellen?«

»Bei jedem Menschen, Herr Neumann. Nehmen wir ein äußerst primitives Beispiel – etwa einen Verkehrsunfall mit Todesfolge. Dabei ein völlig unschuldiges Opfer hier – ein reichlich leichtfertiger Täter dort. Aber wenn Sie sich nur wenige Sekunden früher, oder eben wenige Sekunden später, aufeinander zubewegt hätten – wäre nichts passiert.«

»Welch eine phantastisch-verwegene Erklärung!« rief Bert Neumann gebannt. »Aber hat das was mit mir zu tun?«

»Ja«, bestätigte Keller leise. »Seit erdenklichen Zeiten fragt sich jeder Kriminalist bei jedem Vorgang: Wie hat das geschehen können? Wobei uns dann Verbrechen gar nicht selten wie Verkehrsunfälle vorkommen – eine auswegslose Ausnahmekonstellation!«

»Und in meinem Fall?«

»Ihr Fall ist vermutlich zwangsläufig ausgelöst worden – durch einen Reizvorgang. Der kann von einer Farbe ausgehen, einem bestimmten Geruch, manchmal auch von einem Gegenstand, einem Fahrrad etwa, einem aufblitzenden Messer – in Ihrem Fall: einem Gesicht. Porzellanhaft schön – wie erstarrt. Dem Gesicht einer Puppe – dem Ihrer Frau.«

»Ich liebe sie«, bekannte Bert Neumann schwer. »Über alle Maßen! Unsagbar.«

»Das dürfte die Erklärung sein – für alles.«

»Ach du!« rief Undine Neumann, aufstöhnend, mit fest geschlossenen Augen. »Du bist – einmalig!«

Huber III, über ihr, antwortete nicht. Er keuchte nur – vor Wonne. Sie hatte ihn mit einer Selbstverständlichkeit angenommen, die ihn ungemein beglückte – und anspornte. Sein Leistungsvermögen erschien ihm grenzenlos – er war wie sein Boss.

»Du bist noch besser – viel besser – als vorher!« gestand sie atemlos. »Mach so weiter – mach weiter!«

Und das tat er, freudig erregt. Er richtete sich dabei ein wenig auf, betrachtete sie – sie bewegte sich unter ihm, völlig entfesselt. »Es ist herrlich«, stöhnte sie, »so herrlich war es noch nie!«

Verdammt nochmal, sagte er sich verwundert – sie muß doch wissen, daß es hier nun wesentlich anders zugeht! Aber sie zeigt das nicht. Sie will wohl nichts davon wissen; sie redete ihn sogar, in die Kissen stöhnend, mit »Max« an.

So verschaffte er ihr und sich Genuß über Genuß. Sie verging unter ihm. Er fiel über sie. Lag schwer atmend da.

Und sie murmelte anerkennend: »Du bist noch besser – als er!«

»Ich glaube, daß Sie mich verstehen«, sagte Bert Neumann, plötzlich sehr müde. »Sie scheinen zu ahnen, was in mir vorgeht – vorgegangen ist. Mit großer, quälender Zwangsläufigkeit.«

»Ich weiß nichts wirklich«, bekannte Keller offen. »Ich versuche lediglich, Sie zu verstehen. Wobei ich Sie bitte, mir behilflich zu sein, um letzte Zusammenhänge aufzuklären.« Er zog Anton an sich. »Wir Kriminalisten haben nicht selten den Eindruck, vom Zufall verfolgt zu werden – ihm ausgeliefert zu sein. Man kann das auch Schicksal nennen.«

»Dieses Ausgeliefertsein!« rief Neumann. »Das ist es! Das beherrscht auch mich.«

»Uns alle – irgendwie, irgendwann, ganz zwangsläufig, ich sagte das schon. Entscheidend ist allein die jeweilige Konstellation – und die kann sich niemand aussuchen.«

»Ich glaube Sie zu verstehen, Herr Keller. Sie sind ein Mensch, dem man sich anvertrauen kann. Aber immer wieder habe ich mich Menschen anvertraut – doch alle haben mich enttäuscht, betrogen, ausgenützt. Alle, alle! Warum sollten Sie anders sein?«

Keller registrierte diesen Ausbruch mit großer Betroffenheit. Anton richtete sich alarmiert auf – Keller zog ihn zärtlich an sich. Dann sagte er etwas mühsam: »Ihre Erfahrungen mögen sehr bitter sein – aber die Summe Ihres bisherigen Lebens ist nicht gleichbedeutend mit dem Leben schlechthin. Es gibt Menschen voller Verständnis für andere – nur sind Sie denen bisher offenbar noch nie begegnet. So wissen Sie auch nicht, wer Krebs ist; was Sie ihm zu verdanken haben.«

»Wer ist – Krebs?«

»Sie kennen ihn nicht – wir sitzen hier in seinem Dienstzimmer. Der weiß eine ganze Menge über Sie; vielleicht sogar in bestimmten Punkten mehr, als Sie selbst von sich wissen oder auch nur ahnen. Schauen Sie her!«

Keller hatte sich erhoben und begab sich an die Schultafel, die mit der Vorderseite zur Wand gedreht worden war – er wendete sie um. Neumann starrte auf die dort angebrachte Materialsammlung: Fotos, Tatortskizzen, Tatvorgangsbeschreibungen, Tätersignalement, Ermittlungsergebnisse.

Und dann schritt Bert Neumann, wie magisch angezogen, darauf zu, blieb davor stehen, mit erstarrtem Körper, ungläubig und mit hilflos blickenden Augen. Anton zeigte heftige Unruhe – Keller legte ihm eine Hand auf den Kopf, ohne den Mann vor der Wandtafel auch nur eine Sekunde aus den Augen zu lassen.

»Mein Gott«, sagte der leise, kaum vernehmbar, »wie ist das möglich?«

»Nichts daran ist ungewöhnlich«, erklärte ihm Keller. »Es ist das Ergebnis normaler kriminalistischer Kleinarbeit. Und Sie werden kaum etwas davon verleugnen oder abstreiten können.«

»Auch Sie wollen nur mich fangen, wie in einem Netz!« rief Neumann gequält, langsam zurücktretend, als müsse er Abstand gewinnen. Dann ließ er sich wieder auf seinen Stuhl sinken. »Bin ich immer nur neuen Verfolgungen ausgesetzt? Wo ich lieben will – das Schöne, das Zarte –, da will man mich – zerstören!«

»Sie sollen vor Ihrer totalen Selbstzerstörung bewahrt werden – und das kann nur gelingen, weil Sie einem Krebs begegnet sind. Der hat Sie davor bewahrt, eines Tages Menschenleben auf dem Gewissen zu haben.« Kellers sanfte Eindringlichkeit rang um Neumanns Verstehen. »Dieser Krebs, mein Kollege und Freund, hat frühzeitig erkannt, daß hier ein äußerst feinfühliger Mensch am Werk war – Sie. Und das alarmierte ihn.«

»Warum?«

»Weil auch Krebs feinnerviger Reaktionen fähig ist. Und deshalb hat er die starke Gefühlsbetontheit bei diesen einander so frappierend gleichenden Fällen instinktiv erspürt. Er sprach von Vorgängen, die ihm vorkämen wie ein hilflos dahintaumelndes Liebesempfinden. Aber er wußte auch, daß dahinter eine todsicher eskalierende Zwangsläufigkeit steht – nicht unähnlich einer sich steigernden Abhängigkeit vom Alkohol, von Drogen, von sexuellen Hörigkeiten. Das Ausgeliefertsein an eine rasch fortschreitende Krankheit.«

»Und das, glauben Sie«, fragte nun Bert Neumann, maßlos verwundert, »genau das hat dieser – Mensch, der Krebs heißt, tatsächlich erkannt?«

»Sie wären sonst nicht hier – sondern vielleicht schon wieder unterwegs – zunehmender Gewaltanwendung hilflos entgegentaumelnd. Am Ende stünde – die Auslöschung eines Menschenlebens; das eines Kindes. Und eben davor hat Krebs Sie bewahrt.«

»Ich wollte«, sagte nun Bert Neumann, in sich zusammengesunken, »ich könnte Ihnen vertrauen – ich wünschte es von Herzen.«

»Dann tun Sie es. Befreien Sie sich endlich von Ihrer Last.«

»Ich habe wieder und immer wieder Menschen vertraut. Und es war immer vergeblich. Niemals mehr werde ich irgend jemandem vertrauen. Keinem! Keinem!«

»Wir haben da offenbar ganze Arbeit geleistet«, stellte Holzinger zufrieden fest. Er saß mit Huber III in der Halle des von Holzinger bevorzugten Hotels. Sie tranken Mokka. Dazu einen Cognac, es war kurz vor Mitternacht.

»Haben Sie tatsächlich unseren Freund Müller beim Strampeln überrascht?« wollte Huber begierig wissen.

»Habe ich. Zusammen mit der Scheurer!« Holzinger lachte genußvoll auf. »Doch kann ich das, persönlich, kaum auswerten – dafür kennt man mich zu gut, habe aus meinem Herzen auch nie eine Mördergrube gemacht. Ich werde selbstverständlich so was niemals der empfindsamen, gutbürgerlichen Frau Müller mitteilen. Wer könnte das etwa?«

»Weinheber?«

»Den wollen wir nicht gleich strapazieren – der kommt noch an die Reihe«, stellte Holzinger amüsiert fest. »Halten wir uns zunächst an die Galopper der hier zur Diskussion stehenden Branche.«

»Battenberg müßte hinhauen«, meinte Huber zuversichtlich. »Den haben wir ganz schön angespitzt – der fühlt sich bereits als Chefredakteur. Er wird der auch von ihm verehrten Frau Müller sicherlich ganz schön einheizen und ihr einen erstklassigen Scheidungsgrund verschaffen.«

»Soll er – möglichst noch heute nacht. Immer Salz in die frische Wunde streuen!«

»Und damit, meinen Sie, könnte Müller fertiggemacht werden?«

»Du hast immer noch einiges zu lernen, mein Bester«, sagte Holzinger, sehr nachsichtig gestimmt. »Wenn man weitsichtige

Politik machen will, muß man Ausdauer besitzen – immer bereit sein. Zug um Zug machen. Wenn Müller auch mal fremdgeht, darum geht seine Welt noch lange nicht zugrunde. Aber er investiert dabei Gefühle, und die sind nie ganz ungefährlich; auf die Dauer jedenfalls nicht.«

»Sie meinen – bei dem war tatsächlich so was wie Liebe im Spiel?«

»Der läßt sich ablenken. Seine Affäre wird ihn beunruhigen – und ein möglicher kleiner Scheidungsskandal noch mehr. Der hat eine zu dünne Haut für unser Geschäft – wenn wir ihn kräftig kratzen, wird ihn das bereitwilliger machen, auf unsere Vorschläge einzugehen.«

»Kapiert!« versicherte Huber.

»Und was«, wollte Holzinger unverzüglich wissen, »ist mit dieser Undine?«

»Die ruht sich aus.«

»Sorge dafür, daß sie verschwindet. Das war mal ganz was anderes – aber auf die Dauer – kaum vorzustellen. Oder?«

»Ganz Ihrer Meinung!«

»Glaubst du, daß sie irgendwelche Ansprüche, Forderungen stellen wird?«

»Die bestimmt nicht! Kann sie ja auch gar nicht – nach dieser Nacht mit mehreren Männern. Wenn sie aber trotzdem... dann werde ich rundweg erklären: Mit Nutten wollen wir nichts zu tun haben!«

»Zu deutlich, zu direkt!« klärte Holzinger seinen Huber auf. »In unserem Metier soll man allzu krasse Konfrontationen vermeiden – es sei denn, es wird unvermeidlich und zugleich sinnvoll. Lasse sie zunächst in dem Glauben, daß wir Kavaliere sind, die schweigen.«

»Wird gemacht!«

»Und was ist mit Neumann – also mit Messer?«

»Messer scheint das Präsidium ganz schön unter Druck zu setzen – hat Michelsdorf, unser Vertrauensmann, berichtet. Der meint: Wenn Neumann nicht ausgesprochen idiotisch reagiert, kann er schon heute nacht wieder bei seiner geliebten Frau sein.«

»Gut! Aber sie sollte vor ihm zu Hause eintreffen – sorge dafür.«

Drei Stationen in dieser Nacht, die zwangsläufig zum Tod eines Menschen führen sollten. Ort Polizeipräsidium.

Erste Station: Messer bei Neumann. Gespräch unter vier Augen.

Messer: »Überlassen Sie alles mir! Ich bin Ihnen nicht unbekannt, von Ihrer bisherigen Stellung her, wenn das hier auch keine Rolle spielen darf. Ich stehe Ihnen sozusagen privat zur Verfügung – um mein Honorar brauchen Sie sich keinerlei Gedanken zu machen.«

Neumann: »Was hat das noch für einen Sinn?«

Messer: »Lassen Sie mich das machen. Dabei erwarte ich gar nicht, daß Sie sich mir anvertrauen – nur meine Dienste in Anspruch nehmen. Dazu gehört aber, daß Sie mich informieren. Dann können Sie noch in dieser Nacht wieder zu Hause sein.«

Neumann: »Wo – zu Hause?«

Messer: »Bei Ihrer Frau! Wollen Sie das nicht?«

Neumann: »Ja – das will ich. Unbedingt. Tun Sie also, was notwendig ist! Zu meiner Frau will ich!«

Zweite Station: Messer bei Kriminaldirektor Hädrich; dazu Zimmermann und Krebs.

Messer: »Ich bin der Anwalt von Herrn Neumann – der hat mir Vollmacht erteilt, die zu den Akten genommen werden kann. Als Anwalt von Herrn Neumann verlange ich seine sofortige Freilassung!«

Hädrich: »Er wird nicht festgehalten – wir legen lediglich Wert auf seine Auskünfte.«

Krebs: »Wozu auch diverse Gegenüberstellungen nötig sind.«

Messer: »Ich weiß – etwa eine Gegenüberstellung mit Kindern! Das ist an sich schon fragwürdig. Außerdem werden Sie diese Kinder doch kaum noch in dieser Nacht zur Verfügung haben. Sonstige Zeugen wohl auch nicht. Also ist der Aufenthalt von Herrn Neumann hier nicht sinnvoll, könnte vielmehr als Freiheitsentzug ausgelegt werden. Zumal er über eine feste Adresse verfügt, von mir ordnungsgemäß vertreten wird und Fluchtverdacht nicht vorliegt. Also?«

Dritte Station: Kriminaldirektor Hädrich, Kriminalrat Zimmermann und Kriminalkommissar Krebs. Außerdem Keller mit seinem Hund Anton.

Hädrich: »Eine höchst heikle Situation, in die Sie mich da hineinmanövriert haben, meine Herren Kollegen. Wir sollten nun gemeinsam alles überdenken, um aus dieser Zwickmühle einigermaßen unbeschadet herauszukommen.«

Zimmermann: »Läßt man einen endlich aufgegriffenen Sittenstrolch frei, bedeutet das: Man läßt ihn wieder auf die Menschheit los!«

Krebs: »Es handelt sich um einen schwerkranken Menschen – den müssen wir vor sich selber bewahren.«

Hädrich: »Sind Sie auch dieser Ansicht, Herr Kollege?«

Keller: »Ja. Ich habe versucht, Herrn Neumann seine Situation zu erklären. Das gelang im ersten Anlauf nicht. Doch im zweiten oder dritten Anlauf könnte es gelingen – so sehr er sich auch vorerst noch sperrt.«

Hädrich: »Soviel Zeit haben wir aber nicht. Nicht nach den derzeitigen gesetzlichen Bestimmungen. Die erlauben mir nicht, Neumann noch länger festzuhalten – schon gar nicht, seitdem er über einen Anwalt wie Messer verfügt.«

Krebs: »Wenn das geschieht, müßten wir mit allem rechnen – sogar damit, daß dieser Neumann am Rande seiner Kräfte Amok läuft, sobald er psychisch die letzte Grenzlinie überschreitet. Die Analyse seines Krankheitsbildes weist eindeutig in diese Richtung.«

Hädrich: »Das darf mich hier nicht interessieren! Für mich gelten nur die derzeitigen Bestimmungen. Und nach diesen muß Neumann entlassen werden. Was ich hiermit verfüge.«

Krebs: »Das könnte sich als Beihilfe zum Mord erweisen!«

Hädrich: »Eine Bemerkung, die ganz entschieden zu weit geht und die wohl niemand überhören kann! Betrachten Sie sich ab sofort als beurlaubt, Herr Krebs. Verlassen Sie unverzüglich unser Amt.«

Zimmermann: »Erlauben Sie...«

Hädrich: »Ich erlaube nun gar nichts mehr. Ich erteile vielmehr meine Befehle. An Sie diesen, Herr Zimmermann: Sorgen Sie dafür, daß Herr Neumann unverzüglich freigelassen wird.«

Bert Neumann, unverzüglich entlassen, zeigte nicht das geringste Verlangen, sich mit seinem Rechtsanwalt Dr. Messer zu besprechen. Er wich ihm aus. Er bestieg in der Nähe des Polizeipräsidiums ein Taxi und ließ sich zu seiner Wohnung fahren.

Dort angekommen, eilte er die Treppen hoch. Vor seiner Wohnungstür mußte er feststellen, daß er keinen Schlüssel bei sich hatte. Anhaltend drückte er auf den Klingelknopf – das Mozartmotiv ertönte: Komm auf mein Schloß mit mir! Es widerte ihn an.

Dann klopfte er gegen die Tür – trommelnd, doch ohne Ausdauer. Er ließ sich auf die oberste Stufe der Flurtreppe sinken. Hockte dort, vor sich hinstarrend. Mit schweißüberströmtem Gesicht.

»Ich glaube, ich muß mich bei dir entschuldigen«, sagte Konrad Krebs, nachdem er heimgekehrt war, zu seiner Frau Helene. »Wenn ich auch nicht ganz genau weiß, warum.«

»Du brauchst dich in dieser Hinsicht nicht zu bemühen«, wehrte sie gefaßt ab. »Denn ich bin hinreichend aufgeklärt worden – durch unseren Freund Keller.«

»Dessen Methoden sind schwer durchschaubar.« Krebs schüttelte seinen Kopf. »Was hat er denn bloß angestellt, daß du ihm unsere Sabine ausgeliefert hast?«

»Eine Frage, die leider zeigt, daß du unseren Freund Keller immer noch nicht genau kennst.«

»Wie geht es Sabine?« fragte Krebs, eilig ablenkend.

»Sie schläft jetzt – tief und ruhig. Sie scheint alles, was geschehen ist, geradezu neugierig genossen zu haben. Offenbar hat sie sich nicht eine Sekunde lang irgendwie beunruhigt gefühlt – weil du da warst; und Keller; Anton auch.«

Es war kurz vor Mitternacht. Krebs wirkte völlig übermüdet. Er bekannte, während er wie hilfesuchend nach den Händen seiner Frau griff: »Diese beiden Tage waren wie ein wüstes Abenteuer: für das Amt, für meine Dienststelle, auch für mich. Für mich persönlich – und damit für unsere Ehe, für unsere Kinder, für dich.«

»Ist das jetzt vorbei?« wollte sie wissen.

»Bis auf weiteres«, sagte er, mühsam lächelnd. »Denn ich bin beurlaubt worden.«

»Meinetwegen?«

»Nein«, versicherte Krebs, sie herzlich an sich ziehend. »Allein ich bin dafür verantwortlich. Ich habe es gewagt, die amtsüblichen Methoden zu durchbrechen – ich konnte einfach nicht anders! Ich habe versucht, vorbeugend tätig zu werden – ich witterte den Tod, einen Menschen, der einem Mord entgegentaumelt. Aber den letzten Beweis dafür konnte ich nicht erbringen, obgleich ich ihm sehr nahe war. Doch nun – bin ich ausgeschaltet.«

»Dann hast du jetzt endlich einmal Zeit für dich – für uns. Sieh es so!«

»Gerne, Helene – ich habe mir das schon immer gewünscht. Doch unter anderen Umständen. Denn jetzt beherrscht mich die Vorstellung, ich habe es nicht geschafft! Das aber kann ein Menschenleben kosten.«

»Doch drei Menschen sind glücklich darüber, daß du endlich einmal für sie da bist – dein Sohn, unsere Tochter und ich!«

Da läutete das Telefon. Krebs hob den Hörer ab und meldete sich. Er vernahm die Stimme von Kriminalkommissar Felder. Und die sagte: »Kommen Sie bitte sofort ins Amt – etwas Fürchterliches ist geschehen.«

Geschehen war – was dann zu Recht als »fürchterlich« bezeichnet wurde:

Der auf der obersten Treppenstufe vor der Tür seiner Wohnung mit hängenden Händen hockende Bert Neumann hob plötzlich den Kopf. Er vernahm die Geräusche eines Autos, dann das Öffnen der Haustür, dann Schritte, die er kannte – die seiner Frau. Und er schrie entsetzt auf, als sie ihm entgegentrat: »Mein Gott – wie siehst du denn aus!«

Sie sagte müde: »Geh mir aus dem Weg.«

»Du siehst aus«, rief er, ohne sich zu bewegen, »wie jemand, der überfallen worden ist. Deine Augen sind rot, mit dunklen Ringen, deine Kleider sind zerknautscht, deine Haare zerwühlt, du riechst – nach Bett und Mann. Wer hat dir das angetan? Was hast du gemacht?«

»Ich«, sagte sie leise, doch quälend deutlich für ihn, »habe endlich einmal gelebt!«

Er erhob sich taumelnd, während er sie unentwegt anstarrte. »Gelebt – hast du?«

»Ja – das habe ich! Endlich!«

»Mein Gott – weißt du denn nicht, wie sehr ich dich liebe!«

»Was weißt du denn schon von Liebe!« sagte sie verächtlich – durch ihn hindurchsehend. Sie schob ihn zur Seite. »Gib den Weg frei, du – Schlappschwanz.« Sie bewegte sich zur Tür hin.

Er stürzte ihr nach, versuchte sie zu umarmen; sie wehrte ihn ab, stieß ihn von sich. Er taumelte seitwärts, suchte einen Halt, fand keinen. Dann taumelte er wieder ihr entgegen. Er klammerte sich an sie, an ihre Schultern – sie versuchte ihn abzuschütteln, wollte schreien – vermochte es aber nicht mehr. Entsetzt starrte sie ins Nichts.

Denn seine Hände hielten ihren Hals umspannt – er keuchte, stieß wild ihren Kopf gegen die Wand, mehrmals, mit entfesselter Wut. Blut klebte an der Mauer.

Sie sank unter ihm zusammen, winselnd, zuckend, lag dann leblos da. Er fiel über sie, keuchte: »Warum liebst du mich nicht!« An sie geklammert, blieb er neben ihr liegen. Weinend. »Warum liebst du mich nicht.«

So wurden beide gefunden.

An diesem Sonntag, dem 8. Oktober, verließ kurz vor Mitternacht der Kriminalbeamte außer Dienst Keller das Polizeipräsidium – gemeinsam mit seinem Hund Anton. Sie bestiegen einen für sie bereitgestellten Dienstwagen und ließen sich zum Oktoberfestgelände hinausfahren.

Hier, beim Haupttor, entließ Keller den Kraftfahrer. Dann schlenderte der »große alte Mann«, gemeinsam mit seinem Anton, die Wirtsbudenhauptstraße entlang. Er wollte noch ein letztes Bier trinken, ein dunkles, aus einem Steinkrug; und sein Anton hatte ein Brathuhn verdient, ein ganzes diesmal. Der Hund schien es zu wittern, er winselte freudig.

Die letzte Nacht des diesjährigen Oktoberfestes schien nur mühsam enden zu wollen. Horden von Trunkenen grölten, versuchten zu singen, schwankten reihenweise Arm in Arm. Sie wurden aufmerksam von Polizeibeamten beobachtet, die im Schatten des Vergnügens Wartestellung bezogen hatten.

Einer von ihnen eilte auf Keller zu und wies auf Anton – denn für Hunde war das Betreten des Festgeländes streng verboten; zu ihrem Schutz. Aber der Polizist erkannte Keller – womit Anton sozusagen zum Polizeihund umfunktioniert wurde; Herr und Hund durften sich also hier, dienstlich, bewegen.

Der Himmel über ihnen war von samtschwarzen Wolken überzogen, die das ersterbende Leuchten dieses letzten Herbstfesttages reflektierten. Ein dichtes, dunkles Tuch schien sanft, doch stetig herabzusinken; von rostfarbenem Blut befleckt.

Offizieller Wetterbericht: diesig-kalt-naß. Bald würde es regnen – nach nahezu einem halben Hundert durchsonnter Tage und klarer Nächte.

Keller, seit Jahrzehnten mit allen Möglichkeiten dieser Münchner Stadt vertraut, wußte genau, wo es selbst noch um diese Uhrzeit ein schäumendes Bier für ihn gab und auch ein freilich bereits abgekühltes Brathuhn für seinen Anton. Kurz vor der Bavariastraße betrat er samt Hund durch den Hintereingang das Schottenhamelfestzelt. Und dort wurden beide herzlich willkommen geheißen. Denn der Pächter war Keller verpflichtet – mehr noch als andere. Sich von der Polizei in heiklen Situationen menschlich-verständnisvoll behandelt zu wissen, macht dankbar.

So saß dann Keller fast ganz allein im geräumten, nun riesengroß wirkenden Festzelt – weiß-blaue Lichterkränze über ihm, vor ihm ein Bier, neben ihm sein Anton mit einem Brathuhn; das von allen Knochen befreit war. Ein mitternächtliches Idyll! Auf das sich jedoch alsbald ein Schatten legte – der von Kriminalrat Zimmermann. Auch er bekam sein Bier.

Zimmermann bekannte bedächtig: »Manchmal ist es sehr schwer, nicht mutlos zu werden – besonders in unserer Branche.«

»Das sagst du – aber was soll erst Krebs sagen?«

»Vielleicht«, gab Zimmermann zu bedenken, »hat er sich geirrt – ich möchte es fast hoffen, aber es fällt mir sehr schwer. Denn mich hat er überzeugt – seine Theorie zumindest scheint zu stimmen.«

»Das scheint sie nicht nur – sie stimmt tatsächlich.« Keller streichelte Anton, der sich nur kurz von seinem köstlichen Brathuhn ablenken ließ. »Krebs hat einen Fall aufgeklärt, der in die Fachliteratur eingehen wird – in nicht allzuferner Zeit als großes Beispiel vorbeugender Kriminalarbeit anerkannt und gewürdigt. Nur eben, daß ihm der letzte abschließende Erfolg versagt blieb – nur weil ein bornierter Vollblutbeamter es nicht fertigbrachte, schöpferisch mitzudenken.«

»Wir werden morgen früh dort weitermachen, wo wir heute nacht aufhören mußten«, versprach Zimmermann entschlossen. »Und zwar mit Krebs – den bringe ich wieder ins Amt, und wenn ich Hädrich Daumenschrauben anlegen muß!«

Der Kriminalrat wurde zum Telefon gerufen. Dort vernahm er die Stimme von Kommissar Felder. Und der sagte: »Fürchterliches ist geschehen.«

»Was heißt hier fürchterlich?« meinte Zimmermann gelassen. »Schießen Sie los.«

Felder berichtete, Zimmermann hörte zu – mit immer härter werdendem Gesicht. Ohne irgendein Wort zu sagen, legte er den Hörer auf.

Dann kehrte er zu Keller zurück, setzte sich neben ihn, sah ihn zunächst nur an. Nach längerem Schweigen sprach er – und seine Stimme verriet eine Regung, die ihm niemand im Amt zugetraut hätte, von der nur Keller wußte: Selbst dieser »Löwe« konnte, in höchst seltenen Augenblicken, Trauer empfinden.

»Du ahnst nicht«, sagte er, »in welchem Ausmaß und auf welch scheußliche Weise unser Freund Krebs recht behalten hat.«

»Neumann also«, stellte Keller fest. »Und wer ist sein Opfer?«

»Seine Frau. Er hat an ihr vollendet, was er bei Kindern begonnen hat.«

»Bei Kindern – in denen er stets sie gesucht hat.«

»Damit«, stellte Zimmermann fest, »ist wenigstens Krebs rehabilitiert!«

»Doch um einen Preis, den er vermeiden wollte. Kannst du mir sagen, was ein Menschenleben wirklich wert ist?«

Sie sagten nichts mehr. Keller betrachtete seinen Hund, der jetzt voller Wohlbehagen vor sich hinschnaufte. Zimmermann hatte sich schwer auf den Tisch gelehnt. Dann hoben sie, der Kriminalrat und der Kriminalbeamte außer Dienst, ihre Bierkrüge und tranken – ohne sich zuzuprosten.

Währenddessen verwandelte sich die neblig sickernde Nässe über der Oktoberfestwiese in einen langsam herabfallenden Regen, der die Zeltdächer und Straßen erglänzen ließ. Der sterbende Herbst würde sich jetzt bestürzend schnell in den Winter verwandeln.

»Die mögliche Wahrheit! Oder nur ein Anhaltspunkt für sie, danach suchen wir alle, wenn auch meist vergeblich«, sagte Keller, seinem Hund zunickend. »Aber eine Wahrheit finden, so wie es Krebs gelungen ist – wer will das schon.«

Abschließende Ansichten des – in diesem München maßgeblichen – Franz Josef Ettenkofler:

»Die erhoffte und wohl auch notwendige, möglichst weitgehende Einflußnahme auf den Medienbetrieb blieb zunächst aus – zumindest in dem erstrebten Ausmaß. Aber was sagt das schon? Man muß da nur genug Ausdauer besitzen.

Stark bremsend wirkte in diesem Fall, daß sich alsbald aufgeputschte, sogenannte demokratiebewußte Bürgergruppen lautstark in den Vordergrund drängten. Diese störten jede kalkulierte politische Entwicklung und die dazugehörenden wirtschaftlichen Planungen – zunächst.

Wenn dabei einige ins Gras beißen mußten, so ist das wohl ebenso unvermeidlich wie aber auch legitim. Wer risikolos leben will, sollte sich nicht in interne Entscheidungskämpfe einmischen. Dieses Leben ist kein Job für Idealisten, die sich in ihrem Idealismus sonnen.

Die Bilanz weist folgendes aus: Wenn zunächst auch nur kleinere Schritte getan werden konnten, so gingen diese doch genau in die richtige Richtung! Der derzeitige Fernsehdirektor ist für eine ehrenvolle Professur vorgesehen; der verdienstvolle Chefredakteur wird ihn ablösen, und dessen Stelle wird der verläßliche Chefreporter einnehmen. Während der nächste Intendant durchaus Weinheber heißen könnte, werde ich mich zunächst auf die garantierte internationale Auswertung von Bandaufzeichnungen und Bildplatten, einschließlich der dazugehörenden Apparaturen, beschränken, womit sich ein Millionengeschäft erhoffen läßt – mit Anteilen für unseren Holzinger.

Alles in allem: Es hat sich also doch gelohnt. Müller wurde hinweggejubelt, bis nach Bonn hin. Die Scheurer siedelte nach Hamburg über. Und sogar dieser schon mehrfach verunsicherten Polizei wurde endlich einmal klargemacht, daß auch sie letztlich nur ein Dienstleistungsbetrieb ist! Und das nach unserem schönen, bewährten münchnerischen Grundsatz: Wer zahlt, schafft an – nur er bestimmt!«

C. C. BERGIUS

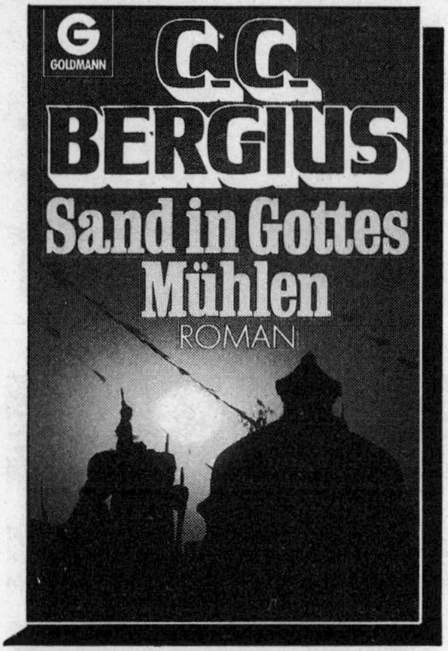

Sand in Gottes Mühlen
Roman. (8618)

Endstation Tibet
Roman. (8518)

La Baronessa
Roman. (8499)

Oleander, Oleander
Roman. (6831)

Roter Lampion
Roman. (6637)

Der Feuergott
Roman. (6477)

Nebel im Fjord der Lachse
Roman. (6445)

Das Medaillon
Roman. (6424)

Söhne des Ikarus
Die abenteuerlichsten Fliegergeschichten der Welt. (3989)

Heißer Sand
Roman. (3963)

Schakale Gottes
Roman. (3863)

Der Fälscher
Roman. (3751)

Entscheidung auf Mallorca
Roman. (3672) Als Band 7209 auch in der Goldmann-Großschrift-Reihe erschienen.

Dschingis Chan
Roman. (3664)

Der Tag des Zorns
Roman. (3519)

Das weiße Krokodil
Roman. (3502)

GOLDMANN